D1832737

मंजुल भगत

जन्म : 22 जून, 1936; मेरठ (उत्तर प्रदेश)।

8 उपन्यास व 8 कहानी संग्रह प्रकाशित।

अनेक रचनाएँ भारतीय एवं विदेशी भाषाओं में अनूदित एवं प्रकाशित। हिन्दी अकादमी, दिल्ली के 'साहित्यकार सम्मान' से अलंकृत की गईं और *खातुल* उपन्यास पर 'कृति पुरस्कार' दिया गया।

निधन : 31 जुलाई, 1998; दिल्ली।

मृदुला गर्ग

मृदुला गर्ग के रचना-संसार में लगभग सभी गद्य विधाएँ सम्मिलित हैं। उपन्यास, कहानी, नाटक, निबन्ध, यात्रा संस्मरण, कटाक्ष आदि।

प्रकाशित पुस्तकें : *उसके हिस्से की धूप, चित्तकोबरा, अनित्य, मैं और मैं, कठगुलाब* और *मिलजुल मन* (उपन्यास)। कुल प्रकाशित कहानियाँ-90, 2003 तक प्रकाशित 8 कहानी-संग्रहों की सम्पूर्ण कहानियाँ *संगति-विसंगति* नाम से प्रकाशित। हाल में लिखी लम्बी कहानी *वसु का कुटुम* (कहानी-संग्रह)। *एक और अजनबी, जादू का कालीन, साम दाम दंड भेद, क़ैद-दर-क़ैद* (चार नाटक)। *रंग-ढंग, चुकते नहीं सवाल, कृति और कृतिकार* (निबन्ध-संग्रह)। *कुछ अटके कुछ भटके* (यात्रा संस्मरण)। *मेरे साक्षात्कार* (साक्षात्कार)। *कर लेंगे सब हज़म, खेद नहीं है* (व्यंग्य संग्रह)।

पुरस्कार सम्मान : अन्य अनेक पुरस्कारों के साथ *कठगुलाब* उपन्यास को 2004 में *व्यास सम्मान* और *मिलजुल मन* को *साहित्य अकादमी पुरस्कार* 2013 प्राप्त।

सम्पर्क : mridula.garg7@gmail.com

अचला बंसल

अचला बंसल अंग्रेज़ी की सम्मानित लेखिका हैं। उनकी कहानियाँ देश-विदेश की पत्रिकाओं में ससम्मान छपती रही हैं। अंग्रेज़ी में उनके चार कहानी-संग्रह प्रकाशित हो चुके हैं—'वन्स ए इयर इट्स मार्च', 'एस अपोन किंग', 'चैकमेट' और 'आई कॉन्टैक्ट'। 'चैकमेट' लीक से हटी पाँच कहानियों के संग्रह का नाम है, जो स्क्रेव प्रेस, यू के से 2009 में प्रकाशित हुआ है। उसमें प्रकाशित कहानी 'चैकमेट' को यू.के का 'बुक फ़ॉर बोर्गेस' 2007 पुरस्कार प्राप्त हुआ। स्क्रेव प्रेस से ही प्रकाशित कहानी संकलन 'इन सर्च ऑफ़ द परफ़ैक्ट गरम मसाला' में उनकी कहानी 'आउट ऑफ़ टाइम' संकलित है।

सम्पर्क : ए-1/एफ़ 28, डीडीए फ़्लैट्स, पंचशील एन्क्लेव, नई दिल्ली-110017

बिसात

तीन बहनें तीन आख्यान

सम्पादक
मृदुला गर्ग

लेखक
मंजुल भगत
मृदुला गर्ग
अचला बंसल

राजकमल पेपरबैक्स

पहला पुस्तकालय संस्करण
राजकमल प्रकाशन प्राइवेट लिमिटेड द्वारा
2014 में प्रकाशित

राजकमल पेपरबैक्स में
पहला संस्करण : 2016

राजकमल पेपरबैक्स : उत्कृष्ट साहित्य के जनसुलभ संस्करण

राजकमल प्रकाशन प्रा. लि.
1-बी, नेताजी सुभाष मार्ग, दरियागंज
नई दिल्ली-110 002
द्वारा प्रकाशित

शाखाएँ : अशोक राजपथ, साइंस कॉलेज के सामने, पटना-800 006
पहली मंजिल, दरबारी बिल्डिंग, महात्मा गांधी मार्ग, इलाहाबाद-211 001
36 ए, शेक्सपियर सरणी, कोलकाता-700 017

वेबसाइट : www.rajkamalprakashan.com
ई-मेल : info@rajkamalprakashan.com

बी.के. ऑफसेट
नवीन शाहदरा, दिल्ली-110 032
द्वारा मुद्रित

मूल्य : ₹ 195

BISAAT *: Teen Bahanen Teen Aakhyan*
by Manjul Bhagat, Mridula Garg, Achla Bansal

ISBN : 978-81-267-2572-4

भूमिका

हम तीन बहनें अर्से से कथा साहित्य लिखती रही हैं। सबसे बड़ी बहन मंजुल भगत और सबसे छोटी बहन अचला बंसल के बीच उम्र का ठीक दस साल का फ़र्क़ था। बीच में मैं, मृदुला गर्ग, मंजुल से ढाई बरस छोटी और अचला से साढ़े सात बरस बड़ी।

ज़ाहिर है, शादी होने से पहले हम तीनों बहनें काफ़ी बरस साथ रहीं, मैं और मंजुल ज़्यादा, अचला और हम दोनों कम। फिर भी तीनों के काफ़ी अनुभव साझा रहे। ज़िन्दगी में कितने ऐसे किरदार थे, जिनसे तीनों का साबक़ा पड़ा। कितने ऐसे हालात थे, जिनका तीनों ने नज़ारा किया। साझा अनुभवों, किरदारों और अहसास ने हमारे भावबोध को गढ़ा, और अन्य अनुभवों की तरह, वे भी कभी-न-कभी, किसी-न-किसी रूप में। हमारी रचना के आधार बने। रचना जब-जब हुई, निजी अहसास से गढ़ी, मौलिक थी। हर लेखक का नज़रिया अपना अलग था। फिर भी साझा अहसास और अनुभव की गूँज, उसमें साफ़ ध्वनित होती थी। कह सकते हैं, हमने एक ही विषय पर आधारित रचना की पर रचना के दौरान, रचनात्मकता के दबाव में, रचना ने अपना विषय, कुछ हद तक, बदल लिया।

इन साझा अनुभवों में से एक कुछ यूँ था–

एक आलीशान कोठी; उसके भीतर जीता, आभिजात्य से ओतप्रोत एक आला किरदार। क़ायदे-क़ानून के हर नुक़्ते को अपनी शख़्सियत में जज़्ब करके, तर्क और न्याय बुद्धि से संचालित ज़िन्दगी बसर करनेवाला, इन्साफ़परस्त इनसान। ग़रीबों का हमदर्द तो अपनों को हर मौक़े-माहौल पर, इन्साफ़ के तराजू पर तौलनेवाला। अपने उसूलों पर अडिग। पर उसी अडिगता में, उसूलों के निर्देशों पर कठपुतली-सा चलता, धीरे-धीरे, परिवार के दूसरे, राग-द्वेष से संचालित, मामूली अतार्किक और भावुक सदस्यों की ज़रूरतों के प्रति संवेदनहीन होता हुआ। जो बचा रहता है, वह है एक सही पर निष्प्राण व्यक्ति। सही होने के दम्भ में, संयुक्त परिवार के कर्ता के नाते, गाहे-बगाहे वह उसके सदस्यों का काफ़ी अहित कर बैठता है। उस आदमी को, अपने नाना के रूप में, हम तीनों बहनें जानती थीं। उसे मैंने नाम दिया, जज शुक्ला और उसे केन्द्र में रखकर उपन्यास लिखा 'वंशज'। यथार्थ कुछ-कुछ वैसा

था, जैसा मैंने अपने उपन्यास में चित्रित किया या उपन्यास का चित्रण कुछ-कुछ वैसा था, जैसा मैंने जीवन में देखा। पर पूरा नहीं। पूरा कदापि नहीं। मैंने रचना की थी, यथार्थ को दर्पण नहीं दिखलाया था। पर यथार्थ की झलक उसमें ज़रूर थी। उस यथार्थ को हम तीनों ने अपने-अपने तरीक़े से महसूस किया; तीनों के अहसास में वह अलग तरह उतरा।

'वंशज' में शुक्ला साहब विधुर थे और उनके साथ रहते थे—उनके पुत्र सुधीर और पुत्री रेवा। कालान्तर में सुधीर का विवाह—सर्वगुण सम्पन्न, ख़ानदान की इज़्ज़त को अपनी आन-बान-शान समझनेवाली, पारम्परिक आदर्श बहू सविता से हुआ। रेवा सन्दीप से विवाह करके ससुराल चली गई। और तब, जितना सविता के सुघड़, आदर्श गृहिणी रूप ने ससुर और ससुराल के आभिजात्य को सहेजा, उतना सुधीर के भावुक मन को आहत भी किया। इस हद तक कि उसके अति तर्कहीन और जज साहब के अति तर्कशील व्यक्तित्वों की टकराहट में, भौतिक लालसा पूर्ति से संचालित, उसके व्यावहारिक और संवेदनशून्य मन ने जितना जज साहब का पक्षपात किया, उतनी उनके उसूलों की धज्जियाँ उड़ीं और अमानवीयता प्रकट हुई। ग़ैरदुनियादार और अव्यावहारिक होने की वजह से सुधीर परिवार की समृद्धि के लिए घातक था, इसलिए उसे मात देनी ही थी। पर अन्त में जज साहब की न्यायबुद्धि, उनके सहज पितृ भाव के आगे समर्पण कर गई। अपनी इस हार को उन्होंने बख़ुशी स्वीकार भी कर लिया।

यह जानते हुए कि तर्कसम्मत दृष्टि से देखें तो हर तरह जज साहब सही थे और सुधीर गलत; हम सुधीर के खोखले होते व्यक्तित्व और बेमानी होते जीवन के लिए, उन्हें ज़िम्मेवार ठहराए बग़ैर नहीं रह पाते। तो मैंने उस आभिजात्य कोठी के मालिक के रोज़मर्रा के जीवन को केन्द्र में रखकर उपन्यास लिखा और उसमें सामन्तवादी उपकारक के कार्यकलापों के अथाह अमानवीय शून्य को दिखलाया।

मंजुल भगत ने भी उसी किरदार को केन्द्र में रखकर, अपनी लम्बी कहानी 'बेगाने घर में' लिखी। किरदार को नाम दिया वकील किशोरचन्द्र। पर दो तथ्य एकदम उलटकर रख दिए। यह कहानी उन्होंने कही, उस आभिजात्य कोठी के निवासी के माध्यम से नहीं, उसके पिछवाड़े रहनेवाले नौकर-चाकरों की रोज़मर्रा की ज़िन्दगी की मार्फ़त, जो आठ कोठरियों के भीतर और बड़ी कोठी के पिछवाड़े गुलज़ार थी। रोज़गार ही नियमत थी, ऊपर से सिर पर छत। बस इतने आर्थिक अवलम्ब से ख़ुश, उनकी ज़िन्दगी प्यार-मुहब्बत से लबरेज़, भावुकता से ओतप्रोत, जिजीविषा से सम्पूर्त चहल-पहल भरी थी। उस जीवन का कोई त्रासद पल इस कहानी में नहीं दिखाया गया। त्रासदी जो है, सब कोठी की दिवंगत मालकिन की है। कोठी के मालिक का मंजुल ने आदर्श अमूर्तन कर दिया। उसे चित्रित किया एक विधुर, सन्तानहीन पर नौकर-चाकरों के अभिभावक के आदर्श रूप में। अपने

मातहतों के रोज़मर्रा के जीवन को कुछ अधिक ख़ुशहाल बनाने में, गाँव के उदार ज़मींदार की तरह, कोठी के माध्यम से हर दिन ख़ाने-पीने वग़ैरह का सामान पहुँचता रहता है। पर बच्चों की पढ़ाई-लिखाई का इन्तज़ाम कोई और मिशनरी युगल करता है, वे नहीं। ग़रीबों के हमदर्द, मेरे जज शुक्ला, मंजुल भगत की कहानी में पीली कोठी के मालिक किशोरचन्द्र के रूप में पितृसत्तात्मक मुखिया और उपकारक बने रहे। अपने मातहतों को बेहतर ज़िन्दगी मुहैया करवाई तो उनसे असम्पृक्त रहकर। जो किया गया, एक नज़दीकी ख़ादिम की मार्फ़त और उसके सुझावों पर; ख़ुद मालिक नौकरों से सिर्फ़ एक बार मुख़ातिब हुए; आगज़नी के हादसे के बाद। कहीं कुछ ग़लत नहीं था। पर जो था, सामन्तवादी तर्क से संचालित था। यहाँ जज शुक्ला, आदर्श सन्तानहीन विधुर किशोरचन्द्र के रूप में, ऐसे कुलपिता की भूमिका निभाते हैं, जो ग़रीब-गुरबा का ख़याल रखता है, उनकी परवरिश करता है; पर जो करता है, अपनी जीवन दृष्टि के मुताबिक़; अपने सिद्धान्तों की ख़ातिर; उनकी निजी ख़्वाहिशों को तरजीह देकर नहीं। इसलिए नहीं कि उनके दुख-दर्द की उन्हें परवाह नहीं है बल्कि इसलिए कि उनकी निजी पसन्द-नापसन्द का कोई महत्त्व नहीं है। उसके लिए हुआ हर निर्णय न्यायसंगत हैं, इसलिए सबके लिए मुफ़ीद हैं। होते भी हैं। पर तभी तक, जब तक वे जीवित रहते हैं और बहैसियत कोठी के मालिक, अपनी मिल्कियत की अपने तरीक़े से देखभाल करते रह सकते हैं। देहान्त होने पर उनकी वसीयत में आश्चर्यजनक कुछ नहीं है। सभी नौकर-चाकरों को वे रुपया-पैसा या तनिक-मनिक ज़मीन दे जाते हैं। पर ऐसा कोई प्रबन्धन नहीं करते कि वे स्वतंत्र रहकर काम करते रह सकें या आर्थिक रूप से सुरक्षित हो सकें। पिछवाड़े का गुलज़ार जीवन, किशोरचन्द्र के जाने के साथ उजड़ जाता है। नए मालिक के आते ही, पिछवाड़े में रहते बाशिन्दे, अनाथ होकर, एक वीरान ज़िन्दगी जीने पर मजबूर हो जाते हैं। मानो किशोरचन्द्र उर्फ़ मालिक अपने होने-भर से कोठी को गुलज़ार किए थे, बाक़ी के बीसियों प्राणी सिफ़र से ज़्यादा कुछ नहीं थे।

पिता के रहमोकरम वाला तर्क जब किशोरचन्द्र उर्फ़ मालिक उर्फ़ जज शुक्ला ने अपनों पर लागू किया था तो पारिवारिक जीवन की ख़ुशियों की धज्जियाँ उड़ गई थीं। इसलिए भी क्योंकि तब उनका टकराव, क़तार से बाहर चल रहे, अपने अति भावुक वंशज (सुधीर) से हुआ था। उससे पार पाने और उसके साथ ख़ुद को बचाए रखने के लिए, उनके पास पर्याप्त संवेदना नहीं थी।

इस तरह इन दो कथाओं में कहानी घूमती तो उसी केन्द्रीय किरदार के इर्द-गिर्द है पर कही जाती है एकदम अलग किरदारों की मार्फ़त। पहली, उच्च वर्ग के इन्साफ़पसन्द और नेक पूर्वज के बहाने कही जाती है। पर कथन के दौरान, नक़ाब पलट जाता है और नेक उपकारक की छवि में अन्तर्निहित, तानाशाह की तस्वीर उजागर हो जाती है। दूसरी में कहानी, निचले वर्ग के परिवारों के माध्यम से कही

जाती है, पर नेक उपकारक को आदर्श पुरुष बने रहने दिया जाता है। परकाया प्रवेश द्वारा उन किरदारों की रोज़मर्रा की ज़िन्दगी की तस्वीर, जब यथार्थपरक रूप में खिंचती है तो लाज़िमी तौर पर, उनकी अपार सहनशीलता ही नहीं; उपकार मानने की प्रवृत्ति भी उजागर होती है। संयुक्त परिवार के सामन्तवादी कर्ता से उनका वैसा विरोध-प्रतिरोध नहीं है, जैसा उनके अपने वंशज सुधीर का रहा था। और जिसके कारण अन्ततः उसका जीवन नष्ट हुआ था।

अचला बंसल की कहानी, 'कैरम की गोटियाँ' सुधीर की कहानी का उपसंहार है। जब मैंने उपन्यास 'वंशज' का अन्त किया तो बहुत आश्वस्त महसूस नहीं किया। यह ख़याल बराबर तंग करता रहा कि आगे चलकर यह और इस जैसी अन्य कहानियाँ क्या राह पकड़ेंगी, वह तो मैंने लिखा ही नहीं। अचला की कहानी मेरे उपन्यास छपने के लगभग बीस साल बाद लिखी गई। जब पढ़ी तो समझ में आया कि यही उसकी भयानक व त्रासद पर अवश्यम्भावी निष्पत्ति थी। हर तरह से सही सिद्ध होनेवाले प्रतिद्वन्द्वी पिता की मृत्यु पर, उनकी वसीयत में सब जायदाद अपने नाम छोड़ी गई पाकर, पुत्र सुधीर उसे न जज़्ब कर पाया, न बर्दाश्त। जिस रुपए-पैसे को पाने और अपनी वायवीय योजनाओं में लगाने के लिए, पिता से आए दिन तकरार में हारता रहा था; उसे अचानक अपने अधिकार में पाकर उसका पहले से बिगड़ा मानसिक सन्तुलन और दरकना ही था। सुधीर घर से अर्धविक्षिप्त अवस्था में भागा था पर ज़ाहिर है लौटकर उसे आना ही था और पूरी तरह विक्षिप्त भी, एक-न-एक दिन, होना ही था। उन दिनों की कहानी कही है अचला बंसल ने एक अनाम पिता-पुत्र के माध्यम से। और वहाँ टकराहट पति-पत्नी के बीच समा जाती है, जिसका द्रष्टा पुत्र है। यह कहानी यूँ ही पुश्त-दर-पुश्त चलनी ही थी क्योंकि वह किसी एक पिता-पुत्र की कहानी नहीं थी। हर संयुक्त परिवार में लीक से हटकर चलनेवाले हर उस सदस्य की कहानी थी, जिसकी नियति, अर्धविक्षिप्त इरादों में डूबे रहकर, परिवार के उदार और प्रभुत्वशाली कर्ता से असंवाद की स्थिति में जीना था। यह कहानी पुरानी पीढ़ी के संयुक्त परिवार के मिट जाने पर नए शक्ति-केन्द्रों के बीच असंवाद और विषम टकराहट के रूप में अभिव्यक्त होने लगी। वही अचला बंसल ने किया। 'कैरम की गोटियाँ' में टकराहट पति-पत्नी के बीच सिमट जाना एकदम वाजिब है। अन्ततः 'वंशज' में भी वह उन्हीं के बीच जा सिमटी थी और तभी वह अपनी दुखद परिणति पर पहुँची थी। अपने मर्म में इस कहानी का कभी अन्त नहीं हो सकता। आभिजात्य से स्खलित अनायक की एकमात्र परिणति, यही पुनरावृत्तिपूर्ण अन्तहीनता है।

—मृदुला गर्ग

अनुक्रम

बेगाने घर में

मंजुल भगत

चबूतरे पर चढ़कर देखा, मलिक एक अँगुली होंठों पर रखकर चुपचाप पोथी बाँच रहे हैं। चारों तरफ़ कैसी तो चुप्पी छाई है। पर चबूतरे पर तमाम चाँदनी छिटकी है। पीले गुलाब बड़े-बड़े सितारे-से बेल में गुँथे हैं। पर मालिक को उस सबसे कोई सरोकार नहीं।

मालिक का जीवन तो जैसे बड़े हॉल की दीवाल-घड़ी की भाँति एक ही ठौर पर टिकटिका रहा है। गनपत जिसे जीना कह सके, वैसा कुछ भी तो मालिक के साथ नहीं घट रहा। ''एक वह पिछवाड़ा है, इसी कोठी का कि पाँव धरते ही रेलवाई का यारड याद आ जाएगा। जिधर ताको, बस उधर ही कोई ना कोई इंजन भकाभक धुआँ छोड़ रहा है।''

पीली कोठी का पिछवाड़ा

बन्नो इमली के पेड़ों के नीचे कटारे बीनती फिर रही थी। बीच-बीच में सतर्क निगाहों से गेट की तरफ़ देख लेती, कहीं मालिक की टमटम उसके अब्बा समेत बेवक़्त ही न नमूदार हो पड़े। चकमक दोपहरी में कोठी के अन्दर तक जानेवाली लम्बी, गलियारानुमा सड़क के दोनों किनारे फूलों से लदे-फँदे थे। दूसरी तरफ़ मालिक की ख़ास बग़ीची पड़ती थी—बेल, अमरूद, नीबू, आम और जामुन के पेड़ों से भरी-पूरी। बग़ीची के मुहाने पर पीले गुलाब की लतर से मेहराब बनी थी। और, उससे सटा चौड़ा, उजला चबूतरा था। पक्के चबूतरे के एक कोने में मिट्टी का चौक खुदा था, जहाँ नागचम्पा का ख़ूब बड़ा पेड़ खड़ा था। उसकी लचकदार टहनियों ने अपने घुमावों में क़ुदरती झूले-से डाल लिये थे। इसी पेड़ के नीचे छूनी बैठी गिट्टे खेल रही थी।

बन्नो की छूनी से कुट्टी चल रही है। उसका जी हो रहा था कि एक दौड़ में जाकर नागचम्पा की गोद में जा बैठे और अपनी टाँगें झुला-झुलाकर छूनी का खेल बिगाड़ दे। "बड़ी आई घसियारे की बेटी कहीं की, कहियो कभी मेरे अब्बा से कि चचा जान हमें भी टमटम की सैर करा दो ज़रा। घोड़ी से ही दुलत्ती ना झड़वा दी तो मैं भी कोचवान की बेटी नहीं!" बन्नो बुड़बुड़ाती हुई बाँस से कटारे गिराने लगी।

इतने में कोठी के बाएँ पिछवाड़े से छूनी की छोटी बहन छुटकी दौड़ी चली आई। "छूनी! ओ छूनी री! कहाँ मर गई? चल, अम्मा बुला रई है, रोटी खा चलके!"

माँ का सन्देश देती छुटकी को बन्नो ने पुकार लिया :

"ओ छुटकी, ले देख, कैसे तीखे-तुर्श कटारे बीने हैं मैंने! आधे तू ले ले।"

छुटकी तो ऐसे दौड़ी आई जैसे पुचकार सुनकर कोई पिल्ला दौड़ पड़े।

बन्नो ने छूनी को सुनाकर ऊँची आवाज़ में कहा :

"और देख, उस छूनी की बच्ची, चटोरी, टुच्ची को एक भी चखने को ना दीजो, समझी?"

छुटकी कटारे समेट कोठी के पिछवाड़े की तरफ़ पलट ली, सोचा–मरने दो छूनी को, सामने पड़ते ही सारे कटारे लूट लेगी।

''छुटकी किधर चल दी? चल आ, चूड़ियाँ खेलें। देख, कित्ती सारी इकट्ठी कर लीं मैंने। ये लहरवाँ, ये मीनेवाली, ये बुँदकियोंवाली। जीत ले जाए जिसे कोई भी हुनर हो।'' बन्नो ने फिर ऊँची आवाज़ में कहा। छूनी से अब और न रहा गया। वह मुँह फुलाए इमली के पेड़ों के नीचे आ गई।

''मरी! किसकी चूड़ियाँ फूट गईं जो बटोर लाई?'' उसने बन्नो को समझौते का न्योता दिया।

''कमबख़्त! राह से चुनकर बटोरी हैं। और तुझे उस रोज़ रतनी ख़ाला ने समझाया नहीं था कि चूड़ी फूट गई, टूट गई कहने से बदसगुनी होती है? चूड़ी मौल गई, बिसम गई कहा कर।'' बन्नो ने ज़रा बुज़ुर्गाना अन्दाज़ में कहा और रंगीन काँच की चूड़ियों का टूटा अम्बार मिट्टी पर पसार दिया।

छूनी की आँखों में लोभ चमकने लगा।

''जा री छुटकी, मेरी मौली चूड़ियों की पोटली यहीं उठा ला और मेरी रोटी भी।'' उसने छुटकी को दौड़ा दिया।

दोपहर-भर टूटी चूड़ियों की चौपड़ होती रही। दोनों को ज़्यादा से ज़्यादा टूट जीत लेने का इन्तज़ार था, क्योंकि तब ही तो दीये की लौ पर चूड़ियों के टुकड़े रखकर नरम करके मोड़े जाएँगे और एक में एक पिरोकर रंग-बिरंगा हार बनाया जाएगा। जीत की निशानी वाला हार।

छूनी की बड़ी बहन बड़की ने तो आकर हद ही कर दी। एकदम से छूनी का कान उमेठकर खड़ा कर दिया।

''मालिक के आने का टैम हो गया और ये दोनों अब तलक यहाँ पसरी हैं। मालिक ने कोठी तेरे नाम लिख दी है क्या, जो सारी ज़मीन घेरकर बैठी है? चल अपने पिछवाड़े में चल के मर। बापू ने कित्ती बार कह दिया है कि इस टैम नौकर-चाकर का कोई बाल-बच्चा कोठी के आगे चक्कर मारता न मिले!''

इतने में मालिक का बावर्ची और ख़ास ख़ादिम गनपत भी पहुँच गया और मुस्तैदी से बच्चों को भगाने लगा।

''चलो, चलो, भगो पिछवाड़े में। ये रतनी की रेज़गारी, जब देखो तब याँ-वाँ बिखरी पड़ी रहेगी। क्यों री बड़की, सँभाल के नईं रख सकती तेरी अम्मा अपनी खरीज को? आने दे जगेसर को। आज सबको पिटवाऊँगा। भगवान ऐसी सुस्त औरत किसी को भी न दे। दिन-भर पड़ी ऊँघेगी और लौंडी-लारे मुर्ग़ियों की तरह इधर-उधर कुड़कुड़ाते फिरेंगे। इससे तो मैं कुँवारा भला। चल री बन्नो, तू भी घुस अपने दड़बे में, नहीं तो आज इमली के पत्तों पर दंड पिलवाऊँगा। समझी?''

गनपत ने बच्चों को पिछवाड़े की तरफ़ हाँक दिया और बढ़कर गेट खोल आया। गेट के बाहर फकीरा भिश्ती मशक के पानी से छिड़काव कर रहा था।

"क्यों रे फकीरा, कोठी के भीतर छिड़काव ले आएगा तो घाटे में पड़ जाएगा क्या? ऐसे बचा-बचाकर छिड़क रहा है जैसे पानी दाम लेकर मोल लाया हो!"

गनपत ने फकीरा से टोकाटाकी की तो वह बस, मुस्कराकर मशक अन्दर ले आया और फूलों की लम्बी क़तार वाली सड़क पर छिड़काव करने लगा। चबूतरा तो पहले से ही धुला था। छत्रो मालिक के आने से पहले ही धो गई थी। गनपत ने वहाँ आरामकुर्सियाँ और तिपाइयाँ खींच दीं। मालिक शाम का चाय-नाश्ता वहीं करते थे।

कोठी के पिछवाड़े नौकरों के लिए आठ कोठरियाँ बनी हुई थीं। साथ-साथ सटी हुईं। नहानी और पाख़ाना सार्वजनिक था। छोटे बच्चों के लिए औरतों ने दो-दो ईंट रखकर खुड्डियाँ बना ली थीं, जिन पर हर समय कोई न कोई बच्चा आसीन रहता। इस समय भी वहाँ रहमतुल्ला कोचवान का छोटा लौंडा, नन्हे, बैठा 'अम्मी हो गई घोदे।' का नारा बुलन्द कर रहा था। नूरी तसले में राख़ लिये आई और नन्हे को खुड्डी पर से हटा नल के नीचे कर, तसला-भर राख़ मैले पर उलट दी। तभी कोठी की मेहतरानी छत्रो का आगमन हुआ। मालिक की उसे सख़्त हिदायत थी कि नौकरों का पाख़ाना भी क़तई साफ़ रखा जाए।

छत्रो ने चार खुड्डियाँ भरी देखीं तो बरस पड़ी, "येल्लो! मुफ़्त का खिला-खिलाकर इन पिल्लों को मुताओ और हगाओ दिन-भर। अपनी मेहनत-मजूरी की ख़ाने को खुला छोड़ दें तो ससुरे, तीन दिनाँ में एक बेर भी न फिरें।"

छत्रो की झुग्गी, कोठी की हद से बाहर, दाईं तरफ़ लकड़ी की टाल के क़रीब थी। मेहतर सरकारी दफ़्तर में लगा था। बच्चे होना राम जी को मंज़ूर न हुआ था। बस, ख़ाली ठुड्डू दो जन थे।

"बड़ी बी को आ जाने दे ज़रा। वही निपटेंगी तुझसे।" नूरी ने अपनी सास का डर दिखाते हुए कहा।

"अरे, बड़ी बी क्या तोप हैं? कि दोनाली बन्दूक़ हैं? जो हम डरा करेंगे उनसे? और इन लाड़लों को गुलकन्द ज़रा कमती खिलाया करो।" छत्रो और बड़ी बी की पुरानी लड़ाई थी। पार साल जब वह आई हुई थीं तो कुछ नोक-झोंक दोनों में हो गई थी, जिसकी बदौलत दोनों ने एक-दूसरे को बहुत हसीन ख़िताब बख़्श रखे थे।

'चबूतरे की मालकिन' का ख़िताब बड़ी बी ने छत्रो को उस रोज़ बख़्शा था जिस दिन बन्नो और नन्हे कोठी के चबूतरे पर ढेरों मूँगफली के छिलके और चूसी हुई गँड़ेरियाँ बखेरने के उपलक्ष्य में छत्रो से झिड़की खाकर रोते हुए अहाते में पहुँचे थे।

बड़ी बी अपना बुर्क़ा कन्धों पर डाल चबूतरे तक चली आई थीं।

"क्यों री निगोड़ी, बंजर, ठूँठ! तुझे दूसरों की औलाद इस क़दर मनहूस लगे है? क्यों टर्रा रही थी इन पर?"

"क़ायदे से बात करो, बड़ी बी! उधर मालिक के पलटने का टैम हो रहा हैगा और इधर तुम्हारे लाड़लों ने पूरे चबूतरे पर मूँगफली और गँड़ेरियाँ बोकर रख दी हैंगी।"

"तो, मालिक के लौटने के वक़्त से पहले ही तो तेरा 'टैम' बाँध रखा है। कूड़ा ही ना हो, तो भंगी लगा रखने का फ़ायदा?"

"अच्छा? मैं तुम्हारी लगाई भंगन हूँ? वाह री मेरी बेगम-महल की बेगम! और कितने ख़िदमतगार लगा रखे हैं तुमने? दो टके की औकात! और देखो तो, कैसा साही फ़रमान दे रही हैंगी!"

"चुप! बड़ी आई चबूतरे की मालकिन! अपनी खाल में रह, नहीं तो खिंचवा के भूसा भरवा दूँगी।"

वो तो गनीमत हुई कि झाड़ू नचाती चबूतरे की मालकिन और पीक के साथ 'मुई, मरदूद, मुर्दार!' उगलती बेगम-महल की बेगम की इस ताजपोशी के वक़्त गनपत वहाँ पहुँच गया था और सुलह करवा दी थी।

बतौर यादगारे-जंग, बड़ी बी छत्रो को यों ही याद फ़रमाया करतीं।

"वो नहीं आई आज, चबूतरे की मालकिन साहिबा? खुड्डियाँ तो सड़ी पड़ी हैं।"

छत्रो भी बड़ी बी की इज़्ज़त-अफ़ज़ाई में कहती :

"वो ना दीखीं आज, बेगम-महल की बेगम? दस्त लगे हैं क्या?"

नौकरों की कोठरियों के पीछे मालिक यानी श्री किशोरचन्द्र की छोटी-सी खेती थी। बनफुलवा वहाँ हरा धनिया, पोदीना, मूली, गाजर, टमाटर, आलू, प्याज़ बोकर रखता।

पैदावार का कोई भी हिस्सा बाज़ार में बिकने जाना वर्जित था। मालिक की रोज़ की सलाद-चटनी बन-पिसकर बाक़ी फ़सल मालिक के दोस्त डॉ. मनोहर सिंह के घर, छोटी कोठी के किराएदारों और अहाते के नौकरों के यहाँ पहुँचा दी जाती।

पन्द्रह दिन में एक बार मालिक के अन्य मेल-मुलाक़ातियों के यहाँ भी, जिनसे उनका मिलन क्लब तक ही सीमित हो गया, एक डाली चली जाती।

बनफुलवा ज़्यादातर अपनी खेती आगेवाली फुलवारी या फलों के बग़ीचे में ही कर पाता। वह कीड़े की तरह फूल-पत्तियों से चिपका हुआ था।

बनफुलवा की घाघरा-चोली वाली ठेठ देहातन पत्नी चम्पी शाम ढले बापू की खोज में कभी मनवा को दौड़ाती, कभी बिटौना को। वह अकसर ही बनफुलवा के

बिना लौटते, जिससे चम्पी रोने-रोने को हो आती। इस वक़्त भी वह चीख़-पुकार मचा रही थी :

"अरे, आग लगे इस बाग़बानी पे। रोज़े भोर का गवा रात माँ लौटत है। रोटी-टुक्कड़ की भी सुध नाँही। अपनी अउलाद से भी पियारा भवा ई बग़ीचा। हुआँ मचिया पे पड़े अमरूदन पे ते तोता उड़ात रहे होइंगे। ना टैम से खावत हई, ना सोवत हई। बस, झाड़-झंकार निहारे ते ही मन न अघात उनका तो।"

कोठी के भीतर का झाड़ू-खटका चम्पी ही कर आती है।

गनपत मालिक के हाथ से ब्रीफ़केस और फाइल लेकर अन्दर चला आया, चाय-नाश्ते की तैयारी करने। जब से मालकिन गुज़री हैं, गनपत ही मालिक की देख-रेख करता आया है, एक नेक बीवी की तरह। किताब की तरह मालिक का चेहरा पढ़ लेता है। मालिक भरी जवानी में ही मालकिन को खो बैठे थे। मालकिन ने पाँच बार सन्तान को जन्म दिया था। पर सबके सब पालने में से ही उठ गए थे। बस, सोते-सोते अचानक साँस लेना बन्द कर देते। सवेरे एक नन्ही-मुन्नी लाश ही मिलती।

नौकरों-चाकरों ने पालना बदलवाया। नए बच्चे को नौकरों के बच्चों की पुरानी उतरन तक पहनाकर नज़र बचाई। बोरी में लपेटकर पाँच बार आँगन में घसीटा, जिससे होनी की नज़र लाड़ला समझकर बच्चे पर न पड़े। डॉक्टर साहब ने विलायत तक से दवा मँगवाई, पर तक़दीर नहीं पलटी। मालकिन के दिल पर सनाका रह गया। पाँचवें बच्चे की लाश गोद में लिये-लिये उन्होंने प्राण छोड़ दिए।

तभी से गनपत ने कुँवारे रहने की क़सम खा ली। कहता :

"क्या करना है ससुर, घर बसा के। मेरठ शहर के ऐसे नामी-गिरामी वकील, किशोरचन्द्र, मेरे मालिक! और क्या मिला उन्हें घर बसाकर, पाँच सन्तानों का दुख!"

गनपत के ब्याह के बहुतेरे ख़त आए गाँव से। फिर उसे कहने-सुननेवाले ही परलोक सिधार गए और गनपत रह गया निपट अकेला, जिसके आगे न कोई टोक और पीछे न कोई परछाईं।

मालिक भीतर चले गए तो रहमतुल्ला कोचवान ने रोज़ की तरह जगेसर घसियारे को हिदायक दी :

"घोड़ी खोल ले बे, और नीम-तले बाँध दे। टमटम मैं अन्दर करूँगा। तुझसे खरोंच खा जाएगी।"

"आज घोड़ी की वो बढ़िया खरहरी करूँगा कि खाल चमक उट्ठेगी। तुम भी ज़रा अपनी टमटम चमका लेना, नहीं तो दलिद्दर लगेगी घोड़ी के आगे। पन्द्रह रोज़

से गाड़ी के पालिस का हाथ तो मारा ना हैगा और कह रये हो कि मेरे से खरोंच खा जाएगी।'' जगेसर ने जवाब दिया।

घोड़ी को जगेसर और रहमतुल्ला, दोनों सच्चे दिल से चाहते हैं। रहमतुल्ला ने उसका 'बीवी जान' नाम रखा था।

जगेसर ने घोड़ी गाड़ी से अलग की और उसका साज उतारने लगा। फिर उसका कन्धा सहलाता उसे नीम-तले बाँध आया। दो-चार धौल-धप्प घोड़ी के पुट्ठों पर दिए और लाड़ से बोला :

''आज तेरी वो मालिश करूँगा और खर्रा फिराऊँगा कि तेरी खाल गोरे साहब के बूट जैसी चमकारा मारेगी।''

कुछ देर घोड़ी से बतियाकर ही वह कोठरियों की तरफ़ हुआ और जाते ही अपनी बेटियों से घिर गया। अँधेरा पड़ गया था।

जगेसर की साँवली छवि वाली पत्नी रतनी, जो कोठी के अन्दर बर्तन-चौका किया करती थी, चूल्हा फूँक रही थी। उसके साँवले, तीखे नयन-नक़्श पर दहकती आग की लाली रह-रहकर चमक जाती। हलका-सा पसीना मुख पर ऐसे बिछा था जैसे अबरक बिखरी हो।

गनपत को वक़्त-बेवक़्त अहाते से रतनी को बर्तन मलने बुला ले जाना पड़ता। कभी खाना जल्दी हो जाता, कभी मेहमानों के आने पर फ़ालतू बर्तन निकल आते, जो रसोई में भिन्नाते उसे ज़रा न सुहाते। मालिक से निबटकर गनपत रतनी को टोकने पहुँच गया।

''रतनी, आज मालिक जल्दी खाएँगे। तू जल्दी आकर बर्तन माँज दीजो।''

''अच्छा। अपनी रोटी करके आ जाऊँगी।'' रतनी ने जवाब दे दिया, तब भी उसके मुख की ओर बरबस ताकता गनपत पाँच मिनट और वहाँ ठिठका रह गया।

'ये राम जी को भी कुछ ख़बर नहीं दीन-दुनिया की। किसी-किसी को रूप देकर बस, सो रहते होंगे। और यहाँ ससुर, दुनिया वाले आफ़त में पड़ जाते हैं।' उसने मन ही मन सोचा।

नीम-तले

इतवार की रात को काम से निबटकर गनपत दरी-खेस समेत अपनी बाण की खाट लेकर नीम-तले आ गया। सोचा, आज रात वहीं पड़ रहेगा—वहाँ अहाते में कौन उसकी औरत बैठी है हिसाब माँगने को। गनपत ने एक सस्ती सिगरेट सुलगा ली और खाट पर बैठकर कश खींचने लगा। रहमतुल्ला एक खस्ताहाल मोढ़े पर पहले से ही रौनक़-अफरोज़ था। पेचवान की सटक रईसाना अन्दाज़ में मुँह में अटकी थी। चिलम में आज ख़मीरी तम्बाकू भरी थी। नूरी ने सुबह उसके कान में कुछ ऐसी ख़बर फुसफुसा दी थी कि ख़ुशी के मारे उसकी मुट्ठी खुल गई थी।

जगेसर अपनी सादा गुड़गुड़ी लिये आया और बोरी डालकर बैठ गया। बनफुलवा मिट्‌टी की सोंधी सुगन्ध का मोह नहीं छोड़ सका था। वह धरती पर ही पसरा था। हथेली की कुप्पी में मोरनी छाप बीड़ी खुँसी थी। गनपत को देखकर उसके पास रखी पोटली थमाते हुए कहा :

"ई लेव हरा धनिया। कल की चटनी ख़ातिर तोड़ लाए। तनिक मसल के देखो तो कइसा खसबोई देत है।" बनफुलवा हथेली पर हरे धनिए की पत्तियाँ मसल के दिखाने लगा।

"भाई जान, दुनिया की हर बेहतर चीज़ मसलने से ख़ुशबू देती है, जैसे तेरी खेती का अदरक-धनिया और गनपत की मसालेदानी का ज़ीरा और..."

"और?" गनपत ने पूछा।

"अब और क्या कहूँ? तू तो अभी कुँवारा है।"

"बक भी चुक!"

"...और सीने में भिंची औरत?"

"अरे, धुत्त!" सभी झेंप गए।

"निपटाए आए इतवारी खाना? डागदर साब की मोटरवा गई का?" बनफुलवा ने बात पलटते हुए कहा।

"हाँ आँ... भाई, गई। आज मालिक और डॉक्टर साब के बीच वो चुहलबाज़ी नहीं हुई। जाने क्यों दोनों सुस्त-सुस्त रहे।" गनपत ने बतलाया।

"भइया, सुस्त न रहिएँ तो अऊर का करिहें? भरी जवानी माँ दोनों रँडुआ भए, कहाँ तलक गप्पबाजी ते जी बहिलावें।" बनफुलवा ने हामी भरी।

"अरे, मालिक की दूसरी सादी करा देओ।"

जगेसर ने सुझाया तो रहमतुल्ला ने उसकी टाँग खींची :

"अमाँ यार, बस, रहने दे शादी की ख़ुशहाली को। ख़ुद तो एकदम जोरू का ग़ुलाम है और बोल ऐसे रहा है जैसे वो इसे रोज़ मीठे गुलगुले पकाकर खिलाती होगी।"

"अरे, बस, रहने दो रहमत भाई। गनपती, तुझे पता है? आज फिर बेगम पुल के ओरे-धोरे घोड़ी बिदक गई। अब हम पूछें, कि भला रोज़ पुलिया के नुक्कड़ पे ही इनकी घोड़ी काहे बिदके है? जनो घोड़ी बिदकाकर इसारा ही देते होंगे किसी को।" जगेसर ने भी बदला ले लिया।

"क्यों बे? कोई रहती-खाती तो नहीं उस तरफ़?" गनपत ने ज़ायका लिया।

"अबे चुप! खाट खड़ी कर दूँगा तेरी तो, जो ज़ियादह बोला। और फिर, ख़ूबसूरत चीज़ को देख लेने-भर में क्या है? बनफुलवा नहीं बाग़ के फूल देखकर ख़ुश हो लेता?" रहमतुल्ला ने कहा।

"कौन है बे?" गनपत बाज़ नहीं आया तो बनफुलवा ने टोक दिया।

"अरे, वाह रे गनपतवा, कोचवान साब की तो चोखी-भली घर माँ बैठी हुई। रहती-खाती तो तेरी हुईगी रे, कहूँ!"

"जाओ भी। मैं उन बातों में नहीं हूँ। देखते नहीं, किस मालिक की सोहबत में हूँ। मालिक नहीं रह रहे इत्ते बरस से? बस किलब होइयाए, नहीं तो कनून की पंचसेरी पोथियाँ लेकर लैबरेरी में बैठ गए। भोर हुई तो वर्जिस से जिसम की सुस्ती उतार दी।"

"...अऊर बोले-चाले को जी चाहा तो डागदर सा'ब की कोठी तलक टहल आए। ना किसी के तीन में ना पाँच में।" जगेसर ने हामी भरी।

"हाँ...आँ भइया, हम-तुम नेक हीयाँ बैठि के बतिया तो लेत हैं, अऊर, भीतर अहाता माँ तो एकै नाँही, तीन-तीन लुगाई का चक-चक चक्की चलत हई। चिंगड़-बिंगड़, अऊलाद नियारी च्यों-प्यों करत फिरत हई।" बनफुलवा ने जम्हाई लेते हुए जोड़ा।

"रहमत भाई की और सुनाऊँ तुम्हें? नरसों, मालिक तो डागदर सा'ब को लेकर किलब उतर गए। हम टमटम के पैताने बैठे खैनी मसल रहे थे। तो, इत्ते में इन्होंने घोड़ी दौड़ा दी। और हम कुछ कहें, उससे पहले ही हम समेत टमटम ले जाके खड़ी कर दी कठवालों के कूचे में। हमारे तो पिरान निकल गए। नीचे क़व्वाली हो रई थी और ऊपर छज्ना में, जाने कैसी-कैसी सुर्खी-पौडर वाली आके लटक गईं। हमने जो रिसाय के उनकी तईं ताका, तो एक ने तो पिच्च से हमारे ऊपर पीक थूक दई। हम इनके हाथ-पैर जोड़ें, कि चलो अब, दूसरे दिन अपनी बास्साई दिखाना, पर यह तो खट्टे-मीठे के स्वाद में ऐसे भूले थे कि क्या कहें!" जगेसर मज़े लेकर बोला।

"क्या बोल थे बे, क़व्वाली के?" गनपत ने रहमतुल्ला से टहोका मारकर पूछा।

"अबे, हुक्के का पानी पिला दूँगा, ज़ियादह बोला तो!" रहमतुल्ला ने बनावटी नाराज़गी दिखलाई, तो गनपत ज़रा गुज़ारिश के लहज़े में बोला :

"सुना दे यार, ज़रा हम भी तो सुनें!"

कोचवान साहब पेचवान की सटक मुँह से निकाल रंग में आने लगे।

"लो, तो सुनो, गन्ना सा'ब, हम तुम्हें तरन्नुम में सुनाते हैं :

ये मेरठ वाले क़यामत की नज़र रखते हैं,
काली ज़ुल्फ़ों पे तिरछी टोपी करते हैं।"

"अबे, ताल तो दो! क्या बेदाल-बूदम-सा देख रहा है?"

"ये बेदाल-सी क्या कही तुमने? इसके कुछ माने-वाने भी हैं कि वैसे ही फिकरा पका लिया?" गनपत ने पूछा।

"बेदाल-बूदम। बूदम के बीच का दाल हर्फ़ उड़ा दें, तो बना बूम। समझे ना? और बूम माने तू, यानी के उल्लू।"

कोचवान ने समझाया।

"धत् तेरी की। दाल-फाल तो हमारी समझ में ना पड़ी, पर ख़ैर, तुमने इस गनपती को उल्लू तो कह ही दिया।" जगेसर ने ताली पीटकर ठहाका लगाया। फिर बोला, "और वो भी तो सुना दो रहमत भाई, वो जो खुल्ले में ही आन कर नचनिया ठुमकने लगी थी। क्या बोल थे गीत के? हाँ, हाथ में दोना, दोने में कलाकन्द, सइयाँ कहाँ गए थे?"

'कलाकन्द' शब्द पर ज़ोर देकर जो जगेसर ने अपनी गरदन को जुम्बिश दी, तो सभी ताली पीट गए।

"आगे तो सुना।" गनपत ने कहा।

"अब अगाड़ी की ये रहीस जानें। अपनी तो इत्ते में ही हवा खिसक ली थी।"

अबकी बार कोचवान साहब पेचवान की सटक फेंककर खड़े हो गए और एक पाँव का ठुमका लगाकर तान खींच मारी :

हाथ में डिब्बा, डिब्बे में साड़ी बन्द...सइयाँ कहाँ गए थे...

अब तो सबने एक साथ मिलकर आख़िरी बोल उठा दिए :

अरे, हाय-हाय, सइयाँ कहाँ गए थे, अरे, सइयाँ...

शोर सुनकर अन्दर से नन्हे रोता हुआ भागा चला आया और रहमतुल्ला की टाँगों से लिपटने लगा।

"अब्बा, हम भी यहाँ बैठकर क़व्वाली गाएँगे...अम्मी तो मारती हैं।"

"लो! बाप ने मारी मेढकी और बेटा तीरन्दाज़! एक सुर तेरे अब्बा ने उठाया था और एक अब तू उठा!" गनपत ने मज़ाक किया।

"बस, हुइ गवा राग-रंग?" कहकर बनफुलवा उठने को हुआ, तभी उसे मनवा की पुकार भी सुनाई पड़ गई।

"बापू...ओ बापू!"

"रे मनवा, बापू को गोहराय लेव।" चम्पी ने पीछे से आवाज़ दी।

"अब गोहराय तो रहत हई। अऊर का ढोल बजाई?" मनवा ने जवाब दिया तो बनफुलवा फुर्ती से भीतर को भग लिया।

"स्साला! जोरू का ग़ुलाम!" सबने ताना दिया।

"जाई, घोड़ी ख़ातिर चना भिजा आई।" जगेसर उठ गया। पलटकर आया तो केवल गनपत को ही चारपाई पर बैठा पाया।

"हम कहें, कै बज लिया होगा?...अब तलक मालिक जगे बैठे हैं...लैबरेरी की बत्ती अब तलक जली है।" उसने बताया।

गनपत उठ गया और लाइब्रेरी की तरफ़ हो लिया।

चबूतरे पर चढ़कर देखा, मलिक एक अँगुली होंठों पर रखकर चुपचाप पोथी बाँच रहे हैं। चारों तरफ़ कैसी तो चुप्पी छाई है। पर चबूतरे पर तमाम चाँदनी छिटकी है। पीले गुलाब बड़े-बड़े सितारे-से बेल में गुँथे हैं। पर मालिक को उस सबसे कोई सरोकार नहीं।

मालिक का जीवन तो जैसे बड़े हॉल की दीवाल-घड़ी की भाँति एक ही ठौर पर टिकटिका रहा है। गनपत जिसे जीना कह सके, वैसा कुछ भी तो मालिक के साथ नहीं घट रहा। "एक वह पिछवाड़ा है, इसी कोठी का कि पाँव धरते ही रेलवाई का यारड याद आ जाएगा। जिधर ताको, बस उधर ही कोई ना कोई इंजन भकाभक धुआँ छोड़ रहा है।"

इसके बाद गनपत से नीम-तले नहीं पड़ा गया। वह खाट उठाकर कोठी के पिछले आँगन में चला गया। पिछले आँगन में गनपत ने खाट लगा दी। आँगन और मालिक के सोने के कमरे और बड़े हॉल के बीच मालकिन के जनाना कमरे पड़ते थे, जो बन्द पड़े रहते। गनपत ही महीने-दो महीने में उन्हें खोलकर हवा लगा देता। जाले-धूल उड़ा देता। भगवान जी की मूर्तियों के सम्मुख जोत भी जला देता। कमरे अब भी करीने से सजे थे।

मालिक तो भीतर पाँव धरते ही डरते थे। अब इन कमरों को खोलकर मालिक की ओर से मालकिन का सुमरन कर लेना भी गनपत के कर्तव्यों में से एक बन गया था।

बस, छत तक जानेवाला ज़ीना ही ऐसा है जो धूल-जालों से अटा, चूना-झड़ा खड़ा है। उस पर चढ़कर छत तक जाने की जब उसे ही कभी हिम्मत नहीं पड़ी तो भला अहाते की औरतें वहाँ बुहारने काहे को जाएँगी।

करवा चौथ के रोज़ जब मालकिन उपवास किए रहतीं, तब अँधियारा घिरते ही नौकर-चाकर छत पर चढ़कर चन्द्रमा का उजास ढूँढ़ने लग जाते। मालिक दस बार बाहर से कहलवाते कि "चाँद दिखलाई नहीं पड़ रहा तो बादलों की वजह से। यहाँ अख़बार में छपा है, सात पैंतालीस पर चाँद निकल चुका होगा। खा लें अब।"

मालकिन अर्घ्य देने छत पर ही चढ़ा करतीं। सिर से पाँव तक गहनों में लदी मालकिन छत पर अर्घ्य देती राजरानी जैसी लगतीं। लम्बी-गर्वीली गरदन पर नाज़ से टिका सिर, कैसा तो रुआब टपकता था, बस उतने-भर से।

पर मालकिन की हँसी में ममता थी, बोली में पूजा और आँखों में लज्जा। डॉक्टर साहब तक के सामने पड़ती लजाती थीं।

बोलतीं तो कैसे शान्त, ठहरे-से शब्द झरते। वाणी में जैसे मन्दिर की घंटियाँ टनटना उठतीं।

तड़के आँख खुली तो गनपत ने देखा, आँगन के हरसिंगार ने टोकरा-भर नाज़ुक फूल सहन में छितरा दिए हैं।

मन कसमसा गया। कैसी उमंग से मालकिन ख़ुद ही उन्हें चुना करतीं। उन दिनों की रौनक़ ही न्यारी थी। सुनयारा, मनिहारा, जोतिस-बिदबान—सभी कोठी के चक्कर मारते रहते।

बहुत उदास सुबह हुई थी। पर सवेरा कुछ सरकते ही कोठी में नौकरों की आवाजाही शुरू हो गई।

चम्पी-रतनी ने अपनी खनक-ठनक शुरू कर दी थी।

बल्कि बनफुलवा तो एक टोकरा लादे हाज़िर हो गया। सिर से टोकरा उतार भूमि पर टेकता बोला :

"ई लेव, मालिक ख़ातिर सर्बत बनाओ बेलन का। बाक़ी चाहे बाँटो चाहे फेंको। हम बग़ीचा की पैदावार लाई दीन्हे।"

बनफुलवा ने 'बेल' का गेंद-सा एक फल ज़मीन पर पटककर तोड़ा :

"ई देखो, गुड़ की भेली जैसा धरा है फल। ओ...रतनी, चिम्मच तो पकड़ा तनिक।"

रतनी ने चम्मच पकड़ा दिया। बनफुलवा ने फल का गुदगुदा, पीला गूदा खुरचकर, चम्मच गनपत की ओर बढ़ा दिया, "चाखो।"

गनपत चखते ही बोल उठा, "बिलकुल बताशा है रे! आज दोपहर के ख़ाने के साथ मालिक को इसी का रस दूँगा। रख जा यहीं।"

बनफुलवा टोकरा देकर चला गया। चम्पी और रतनी ललचाई-सी बेलों को तकने लगीं, तो गनपत ने दरियादिली से कह दिया :

"अरी, पिरान मत दो। ले जाओ दो-दो उठाके। और दो नूरी बेगम को भी दे दो।"

उस रोज़ अहाते के बच्चों के मुख से बेल का गाढ़ा-पीला रस ही चिपका रहा। नन्हे और छुटकी तो पूरे के पूरे ही बेल के रस में सन-पुत गए थे। गनपत का मन भी अहातेवालों में बहला-बहका रहा।

बड़ी बी

रहमतुल्ला की बीवी का अहाते के अन्दर पर्दा नहीं था, पर कोठी से बाहर वह पूरे तौर से पर्दानशीन थी। सारी कोठी का तो उसे जुगराफिया भी नहीं मालूम था।

रमज़ान के दिनों में बड़ी बी भी आ गई थीं।

बड़ी बी बाण की खाट डाले, उस पर निगहबानी के अन्दाज़ में डटी रहतीं और अपने बरख़ुरदार के अलावा हर किसी मर्द को आगाह किए रहतीं कि ज़नाना ड्योढ़ी में ज़रा खँखार के घुसा करें ताकि बहू-बेटियाँ पर्दे में चली जाएँ। गनपत बावर्ची पर

तो उन्हें शको-शुबहा बना ही रहता : "मुआ, बिने खूँटे का बैल है, छड़े जैसा घूमता रहता है, सब तरफ़।"

गनपत भी उनकी रोक-टोक पर ख़ूब बड़बड़ाता, "दाँत के नाम पर बुढ़िया का मुँह काली गुफा है। गए दिनों की चाबी गिलौरियाँ याद कर-करके, फक-फक ख़ाली मुँह चलाया करती है और हमें टोका करती है।

"बड़ा तो नूर बरस रहा है इनकी बहू-बेगम के मुखड़े पर। देखते ही तो उगालदान और सुरमेदानी याद आ जाती है। मिचमिची आँखों में सुरमे की सलाइयाँ चलाती रहेगी। मुँह पीक से लिबलिबा हुआ रहेगा। गाल पिचककर फूटा तसला हुए पड़े हैं। और इस रूप के लिए खँखरवा-खँखरवा के गले में फाँस-सी गड़वा दी है। अरे, इतनी इज़्ज़त तो मैं अपनी अम्मा की भी नहीं करता जित्ती नूरी बेगम की करता हूँ।"

एक दिन ऐसी ही बक-झक चल रही थी। गनपत आया था रतनी को बुलाने।

"अरे, क्यों पर्दा कराती हो बड़ी बी? नाक तो तुम्हारी बहू की साढ़े तीन इंची की ऐसे धरी है कि मिर्चा फोड़ता तोता याद आ जाए।" गनपत बड़ी बी को चिढ़ा ही रहा था कि नज़र रतनी पर जो पड़ी तो मानो भरी बदली में बिजली-सी कौंध गई। माथे से लेकर चुटिया तलक सिन्दूर से अटी माँग। नाक में नथनी झुलाती वह पाँव की बिछिया दबाकर कस रही थी। लाल बुँदकियों वाला नया जम्पर और काली छींट की साड़ी। गनपत के मन पर राम जाने क्यों आरी-सी चल गई। पर तभी उसे कुछ ग़ुस्सा भी आ गया। अब, राम जाने, अपने पर या रतनी पर।

"अरे, चल री रतनी! वहाँ हमारी रसोई भिन्ना रही है और तू यहाँ बैठकर टिकुली-हँसली लगाए है। वहाँ जगेसर बेचारा घोड़ी ख़ातिर घास काटता फिर रहा होगा और तू बैठ के उसकी कमाई लुटा। बर्तन घिस चल के और यह सिंगार-पिटारा ताक में रख उठाके। अच्छा ही हुआ जो मैं कुँवारा ही रह गया!"

"तो अब भी क्या बिगड़ गया, देवर जी? ले आओ ना कोई छमिया तुम भी। छम-छम करती आँगन में डोलेगी और काम-काज में हमारा हाथ भी बँटाएगी।" रतनी ने चितवन साधकर जो जवाब दिया तो गनपत को पसीना आ गया।

वह मन ही मन भुनभुनाया :

"जो मेरी औरत यों आँख-मटक्का करती फिरती तो चूल्हे की लकड़ी से ख़बर लेता।"

बड़ी बी ने हिकारत की नज़र रतनी पर डाली और जड़ दिया :

"इस औरत का वश चले तो मुर्दार, शौहर को बाज़ार में बेचकर कौड़ियाँ बना लाए!"

फिर बड़ी बी ने अन्दर झाँका। नूरी ओढ़नी-चिलमन के अन्दर महफ़ूज़ थी और मन लगाकर सेवइयाँ तोड़ रही थी। छोटी हाज़िरी लगाकर गनपत मालिक के आगे ट्रे रखकर बोला :

''हज़ूर, वो आज ईद है। रहमतुल्ला के बाल-बच्चों में ईदी बँटेगी। इफ़्तारी तो मैंने दे दी थी।''

''हाँ, हाँ। यह लो...पचास हैं। बाक़ी के बच्चों को भी देना, नहीं तो उन्हें अच्छा नहीं लगेगा।''

''जी, ईद के मेले पर जाना चाहते हैं सब लोग। आप कहें तो टमटम ले जाएँ हम लोग।''

''ले जाना! पर, तीन बार में जाना। घोड़ी के ऊपर एक साथ बोझ मत डालना।''

''जी, बहुत अच्छा!''

''तिउहार आय गवा, पर ई मनई के तो कछु खबेरई नाँही परत!''

दीवाली से पहले चम्पी ने बनफुलवा को झींकना शुरू किया।

''अरी, ओ...बड़की। मेरी बाँकड़ी लगी साड़ी अभी से मटक ली? सींग उग आए हैं न? ऐसी ख़बर लूँगी कि सब चौकड़ी भूल जाएगी।''

सजी-बनी रतनी बड़की पर चीख़ पड़ी तो अहाते में घुसता गनपत फिर से खँखारना भूल गया। रतनी को घुड़कने लगा :

''अरी, बस री। ज़रा-सी बच्ची को फाड़ ख़ाने को पड़ रही है। आने दे जगेसर को। पूछूँगा, बच्चियों पर यह कसायन काहे छोड़ रक्खी है। चल कड़ाही दे माँज के, रबड़ी चढ़ाऊँगा!''

''अय मियाँ, ज़रा खँखारकर...''

बड़ी बी का मुँह इतनी देर से टोकने को खुला ही रह गया था। उनके टोकने से पहले ही गनपत पलट लिया।

''तेरा बैल का मुँह हो। जब देखो, मुस्टंडा ज़नाने में यों घुसा चला आता है, जैसे गन्ने के खेत में हाथी। तुम चटोरियों को माल लाके चटा जाता है, इसी से तो सिर चढ़ा रखा है उसे! हमें तो उसकी डेगची का पसन्द भी नहीं आता।''

''एक ज़माना था, जब मेरा शेर-बच्चा शोरबे के प्याले में लुक्मा तर-बतर करके ज़ुबाँ तक लाता था। रकाबी में कबाबों की जोड़ी अलग से रहती थी। तुम लोगों में रहकर तो अब यह भी बालाई-सालन से लगाकर निवाला सटकने लगा।'' बड़ी बी कुछ देर कुड़कुड़ाती रहीं।

दीवाली के लिए गनपत ने दो गधों की लदान-भर दीये ख़रीदे। सारा अहाता हफ़्ता-भर रूअड़ की बत्तियाँ बँटता रहा, जब जाकर सब दीयों के लिए पूरी पड़ीं। तीन कनस्तरी तेल खप गया। रहमतुल्ला और गनपत ने मिलकर चबूतरे की ख़ास आराइश की।

गनपत बोला :

"कोठी तो ऐसे जगमगा गई है, भाई, मानो अभी मुँह खोलकर बोल पड़ेगी।"

छाबड़ी भर-भरकर कई घान पूरियों के उतारे। खीर का बड़ा भगोना चढ़ाया था, पर अहाते के बच्चों में कम-सी ही पड़ गई।

बनफुलवा ने बच्चों को टोका :

"खीर कमती नाँही पड़ेगी? हुआँ साब लोग तो चिमचा में धर के ज़ुबान से छुलाइहैं। अउर ई ससुर, भरा कटोरा मुँह से अस लगा देत हैं, जनो बग़ीचा माँ टूब से पानी देत हों।"

"अच्छा, देवर जी, तुम तो मालिक के एतना मुँह लगे हो, कहते क्यों नहीं उनसे कि अब टमटम छोड़कर एक ठो मोटर रख छोड़ें।" खीर चाटती रतनी ने गनपत से कहा।

"अरे, डॉक्टर साब भी तकाजा करते हैं। पर मालिक को पिटरौल की बास सुहावे तब ना।"

"अरे, हमहू मोटरवा ना सुहाती। टमटम का नियारा ठाट हई।" चम्पी बोल उठी।

"अरे, हाँ, हाँ! तू ही तो नव्वाब लग्गी है सहर माँ। इसी से तो मालिक टमटम राखे हैं, तोहार ख़ातिर।" गनपत ने चम्पी की नक़ल उतारते हुए कहा।

ईद हो या दीवाली, अहाते की कोई भी कोठरी उससे अछूती नहीं रह पाती। 'बस, मालिक का त्योहार इतने से ही मन जाता। वह ख़ुद तो उस रोज़ कुछ भी नया नहीं करते।' गनपत सोचता।

ज़नाना वार्ड

"अरी, रतनी, अबकी तो बड़ी बी गाँव पलटने का नाम ही ना लेतीं! यहीं से जनाज़ा उठवावेंगी क्या?" गनपत ने ख़ासा तंग आकर पूछा।

"जावेगी। जाप्पे पीछे।"

"अँय! नूरी का जाप्पा?"

"हाँ।"

"राम-राम। तू भी तो घोर आलसन हुई जा रही है। तुझे भी छूत लग गई क्या?" गनपत ने छेड़ा।

रतनी आँचल का छोर दाँत-तले दाबकर हँस दी। झाड़ू निकालती चम्पी बोल पड़ी :

"अरे, चुपाय! गनपतवा, चुपाय! तोहार लाज-सरम नाँही। बाक़ी रतनी ते सच्चो ही जादे किल्लत ना होई। ओका हाल ठीक नाँही।"

"क्या?"

कुछ ही रोज़ बाद गाँव से जगेसर की बेवा बुआ आ धमकीं।

आँगन में सोटा फटकार के बोली :

"रतनी, तू चौका-बर्तन ख़ातिर चौका में न घुसी। ऊ सब हम करी।"

"येल्लो।" गनपत कहता ही रह गया। रतनी ने चुपचाप आँचल माथे तक खिसकाया और कोठरी की राह ली।

कुछ दिन तो गनपत ने बुआ को और बुआ ने उसे सह लिया। फिर एक दिन गनपत नीम-तले की बैठक में जगेसर के सामने बड़बड़ाता सुना गया :

"पूरी लंका-झाड़ है जगेसर, तेरी बुआ। बड़ी बी की सोहबत में रहकर वो भी परदे वाली हो गई है। मेरे अहाते में घुसते ही बुआ के बदन पर काँटे उग आते हैं।"

अन्दर, कोठी के भीतर, गनपत अपनी कुढ़न चम्पी पर उतारता सुनाई दिया :

"जादे नख़रा से काम ना चली, चम्पी। ज़रा दम मार के, डटके पोचारा करे का होई।"

"अरे, हट रे, ऊतनी के। उसके पिछाड़ी काहे लगा है? वो नाँही कर सकत डटके पोचारा। ओ का पाँव भारी है।" जगेसर की बुआ बोली।

"लो पड़ गईं पूरियाँ। यह भी गई काम से। अहाता तो हम जाने, जनाना वारड बन गया। क्यों री चम्पी, तेरे गाँव से कोई बुढ़िया-खूसट ना आने की?"

"नासपिट्टा, मुँहफट!" बुआ ने कोसा।

"काहे बुआ! तुम्हारी बहुरिया लौंडियों की फ़सल तैयार करके बड़ी भारी कमाई काढ़ रही है क्या? बेफजूल ही कोठी में काम का नुसकान हो रहा है।" गनपत ने चिढ़कर कहा।

"हम करत नाँही हैं, तोहार कोठी का काम?" बुआ ने तमककर पूछा।

कुछ रोज़ बाद ही गाँव से चम्पी की अम्मा भी आ गई। गनपत ने देखा तो बनफुलवा से बोला :

"लो, जित्ते काले, मेरे बाप के साले! अम्मा की रंगत तो चम्पी से भी गहरी है। काली...कुट-कुटिया, दियासलाई-सी सास है तेरी! पर बोले कम है। घुन्नी होगी।"

बड़ी बी का पड़ोस तो आबाद हो गया। पर, गनपत अपनी सन्दूक़ची और दरी-खेस ले जाकर रसोई में पटक आया, बोला :

''ससुर, तीन-तीन लंका-झाड़ बुढ़ियों से कौन निपटेगा, सन के-से बाल खोले, तीनों हमारी जान को आए रहेंगी। अरे, बड़ी बी, तुम्हारे ही आने पर इन सबके छूत लग गई। अच्छी-भली काम पे आती रही थीं दोनों।''

पर चम्पी काम पर डटी रही। गनपत कुढ़ता रहा।

''क्या पोचारा फिरा रही है, जैसे मक्खी उड़ा रही हो। तू भी अम्मा को ही भेज देना काम पे। एक हमारी मालकिन का ही नसीब फूटा रहा। वहाँ देखो तो, दो टके की लुगाइयाँ दनादन बच्चे जन रही हैं।''

मृत मालकिन की बात सुनकर जगेसर की बुआ बर्तन मलती हाथ रोक लेती और कलेजे पर रखकर उत्सुक विस्मय से पूछती :

''काहे रे गनपतवा! तोहार मालकिन काहे ते चल बसीं भरी जवानी माँ? अउर बचवा काहे पिरान छाँड़ि देत रहे?''

''अरे, छोड़ो बुआ, काम से लगो अपने! और वो रतनी भी अगर साल के साल हरी होती रही तो फिर राम जाने, जगेसर की कच्ची गिरस्थी को कौन खेहे?''

''तोर नज़र पे धूल परे। मुँह माँ कीट परे। काहे कोसत है हमरी बहुरिया के?''

बुआ पटक-पटककर बर्तन मलने लगतीं और गनपत को बहुत पुराना फिर से याद आ जाता। मालकिन की उल्लसित-आलोड़ित वह बाँहें याद आ जातीं जो सुबह-संवेरे पालने में लाल ढूँढ़तीं, दुलार से पहुँचतीं और फिर सहमकर वहीं पाषाण हो जातीं। फिर वही बाँहें मृत बच्चे को उठाकर कलेजे में भींच लेतीं और छाती में घुटते रुदन पर लाचार, बेबस-सी लरजती रह जातीं। पाँच बार गनपत ने वे मनहूस सवेरे देखे थे। कोई भी पालनों में इन मौतों का राज़ न समझ सका था।

सबसे पहले अहाते में चम्पी की अम्मा ने काँसे की थाली बजाई। ठन्-ठना-ठन्!

गनपत आधी रात में नींद से हड़बड़ाकर उठा और अहाते की ओर भाग लिया।

''क्या हुआ?''

''अरे, हमार बिटवा आए गवा!'' चम्पी की अम्मा ने विभोर होकर कहा।

''धत् तेरे की! हमने सोचा, तूने कोठी में कोई ससुर चोर बढ़ता देख लिया।'' गनपत ने कहा।

''ले, गुड़ खा!''

गुड़ खाता गनपत अपने मन का चोर पकड़ रहा था। सच, उसने सोचा था कि रतनी के ही लड़का-बाला हो गया है। वह बनफुलवा से जाकर धौल-धप्प करने

लगा। तभी नज़र के सामने रतनी पड़ गई। कुछ दिनों से दिखलाई ही नहीं दी थी। पूरी ग़ुब्बारा हो गई थी।

"तू यहाँ गादा-हरामी कर रही है? उधर मालिक कह रहे हैं कि बर्तन वाली बाहर से लगा लो। बोल, क्या जवाब दूँ?" गनपत ने रतनी से यों ही कहा।

"और बीस-एक रोज़ रुक जाओ, देवर जी! जवाब मैं ख़ुद ही आनकर दे दूँगी।" रतनी ने कज़रारी आँखों की कोर को फड़काकर कहा।

'स्साली! जैसे बिल्लार का जुठारा दूध! न रखा जाए, न फेंका जाए।' गनपत ने कुढ़कर सोचा। पर इतने रोज़ बाद रतनी का सामने पड़ जाना आँखों पर ठंडे जल का छींटा-सा मार गया। कोठी में चम्पी के हिस्से का काम बड़की ने सँभाला।

इसके बाद नूरी की कोठरी के आगे हिजड़े नाचने लगे। गनपत मालिक की नाश्ते की ट्रे सजाकर ले जा रहा था, कि इतने में तबले पर थाप-सी मोटी तालियाँ बजने लगीं।

"अरे, ग़ज़ब! इन हिजड़ों को सबसे अव्वल ख़बर पड़ जाती है। जाने इस बार कौन-सी होगी?"

गनपत के हाथ से नाश्ते की ट्रे गिरते-गिरते बची थी। वह कुछ ऐसी हड़बोंग में पड़ गया जैसे ख़ुद ही लड़कपन में बाप बन गया हो।

मालिक के सामने खड़ा-खड़ा टोस्ट पर मक्खन लगाने लगा, तो छुरी फिसलकर ज़मीन पर जा पड़ी। 'जाने कौन-सी है?' उसने कुछ उत्सुकता से सोचा। इस बार टोस्ट ही फ़र्श पर छूट गया।

"क्या बात है, गनपत? बहुत थक गए हो? कोई तकलीफ़ तो नहीं? शाम को जाकर डॉक्टर साहब की कोठी पर जाँच करवा आना।" मालिक ने कहा।

"जी नहीं, साब, मैं तो ठीक हूँ। वो...ज़रा...अहाते में ही कुछ तकलीफ़ हो गई है। ...जगेसर के घर में। वो बिचारा बहुत घबराया है...मुझे बुला गया है, साब।" गनपत ने झूठ बोला।

"जाओ, जाओ, देख आओ जाकर।"

"जी।"

गनपत तेज़ी से अहाते में पहुँचा।

"अरे, क्या हुल्लड़ मचा रखा है? मालिक अभी कचहरी भी नहीं..."

"अरे, गन्ना साब! तुम एक बार और चचा बन गए। अपने नन्हे की पीठ पर भाई आ गया है।" रहमतुल्ला मूँछों पर ताव देता बोला। फिर कोचवान साहब ने सिर पर से चिकन की मलमली टोपी उतार फेंकी। ताक पर से उठाकर कपड़े में लिपटी कारचोबी की टोपी निकाली और सिर पर ज़रा तिरछी करके रख ली। ज़च्चा-बच्चा दूसरी कोठरी में आबाद थे। सो, कोचवान साहब, गनपत के देखते-

देखते ही अपने सारे कपड़े बदल गए। साफ़–धुला नीम आस्तीन जामा सन्दूक़ में से निकल आया। उस पर जामदानी का एक पुराना अँगरखा। फिर गाढ़े का, पर नया चुस्त पायजामा।

"इतना इन्तज़ाम पहले से ही कर रखा था क्या?" गनपत ने हैरत से पूछा।

"हाँ, भाई जान। पीली कोठी की नौकरी से पहले एक लुटे हुए नव्वाब के यहाँ नौकरी की थी। उसके पास हमारी चार महीनों की तनख़्वाह जमा हो गई। तो, जब हम अड़ ही गए, कि हमारी जमा लाओ, तो उस फक्कड़ नवाब ने पहले दो महीनों की तनख़्वाह में ये टोपी पकड़ा दी। और अगले दो महीनों की तनख़्वाह में यह अँगरखा थमा दिया।"

"फिर?"

"अब, फिर तो तुम यह गाढ़े का पायजामा देख ही रहे हो। हमने उसकी नौकरी छोड़ दी।"

"अरे, यार! दो महीने और टिके रह जाते तो एक ढंग का पजामा तो हो जाता तुम्हारे पास!" गनपत ने हँसते हुए कहा। फिर जोड़ा :

"इसी ठाट में मालिक को कचहरी छोड़ने जाओगे?"

"क्यों नहीं? रोज़–रोज़ हम लौंडे के बाप बनते हैं? अरे, रोज़–रोज़ हमारे दर पे हिजड़े...।"

सब हिजड़ों ने आकर गनपत समेत रहमतुल्ला को घेर लिया।

"परे हट बे, नहीं तो दूँगा एक थोबड़े पै।" गनपत जितना ही उनसे बचने की कोशिश करता, वे उतना ही उससे लिपटने लगे।

"अरे, गुले–बकावली, ज़रा इधर आन के तो अपनी छल्ले–सी कमर लचका दे! देख, ये मरद बहादुर कब से तरस रहे हैं!" ताली पीटता एक पहाड़–सा हिजड़ा एक छरहरी, लचकदार कमर वाली से बोला। वह करिश्मा फिरकी की–सी फुर्ती से जो गनपत की जानिब बढ़ा, तो गनपत की तो साँस ही नली में अटककर रह गई। बड़ी कठिनाई से वह उस चक्कर में से निकला और धाड़ से रतनी से जा टकराया।

"अरी, रतनी! राम क़सम, तू तो चौथी लौंडिया को हज़म करके ही बैठ गई।" वह बोला।

"और जो, देवर जी, मेरे घर इस बार लौंडिया ना हुई तो? बोलो, सोना वारोगे मेरी गोद पर से, जो लौंडा हो गया तो?" रतनी ने अँगुली को ठोड़ी के गुदने के पास टिकाकर मुस्कराकर पूछा।

'कहीं अगर सचमुच ही लौंडा हो गया तो ससुरी नख़रे के मारे काम ही ना छोड़ दे।' गनपत सोच गया। बोला :

"मालिक ने तो कह दी है कि जो अहातेवालियों से कोठी का काम ना निबटे तो कोठरियाँ किसी दूसरे के नाम कर देंगे।"

"हाँ-हाँ! तू ही तो मालिक का ख़ास हरकारा लगा है? तुझे सब ख़बर है मालिक के मन की। सौरी में एक कनस्तरी निखालिस घी की भेज दीजो। फिर देख, क्या गिलहरी-सी दौड़ी आऊँगी काम पे।"

"अरी जा, लौंडियों की अम्मा ना खाया करतीं निखालिस घी।"

पर अगले रोज़ गनपत ने थोड़ा-सा असली घी बड़की के हाथ भेज ही दिया।

एक रोज़ गनपत कढ़ी के पतीले में कलछुल चलाता कुछ सोच रहा था कि इतने में जगेसर की बुआ ने आकर चौखट पर धम्म-से नारियल फोड़ दिया। गनपत का हाथ वहीं थम गया। एक बार ऐसे ही बूढ़ी रामदेई ने कोठी की चौखट से नारियल तोड़ा था। पर, तब तो मालकिन की गोद में छोटे मालिक आ गए थे। रंग कितना गोरा बुर्राक था जैसे दूध का उफनता फेन!

गनपत का गला 'छोटे मालिक, छोटे मालिक' पुकारते-पुकारते उनतालीस दिनों में ही कैसा सूख गया था! चालीसवें रोज़ से पीली कोठी में कोई 'छोटे मालिक' कहलानेवाला न रहा। एक बार और भी यही कहानी भाग्य ने दोहराई थी। मालिक का दूसरा पुत्र भी न रहा था। "अरे, मोहर्रम की अउलाद, आज-भर तो ख़ुश हो ले! हमार घर भी बिटवा आय गवा।"

जगेसर की बुआ ने गद्गद होकर कहा :

"हई? लौंडा? रतनी के?"

"तुम तो अस बिदकत हो, जनों हिजड़ा का घर माँ बिटवा भवा! अब आज बासन-धुलाई ना हुई। हमका जच्चा ख़ातिर गोंद-पंजीरी करे का है।"

"जाओ बुआ, जाओ! जच्चा-बच्चा देखो जाके!" गनपत ने ख़ुश होकर कह दिया।

दोपहर के ख़ाने के समय गनपत मालिक के सामने हाथ जोड़कर खड़ा हो गया।

"क्या बात है गनपत?" मालिक ने पूछा।

"हुज़ूर, आज मालकिन के कमरों की सफ़ाई करनी है। बड़े वाले सन्दूक़ में ढेरों कपड़े पड़े-पड़े ख़राब जा रहे हैं। आप कहें तो उनमें से जो मामूली हैं, उन्हें निकालकर अहाते में बाँट दूँ?"

मालिक चौंके। मुँह का कौर चबाकर धीरे से पूछा :

"कौन-से कपड़े?

"सरकार, छोटे-छोटे कपड़े। कोरे भी हैं।"

मालिक के गले में शायद कौर फँसने लगा। पता नहीं, शायद मिर्च की झाल लग गई थी या क्या, आँखों में कुछ गीलापन-सा आ गया। बोले :

"वह कपड़े अब तक रखे हैं? क्या होगा रखकर? सब ले जाकर बाँट दो। रहमतुल्ला बतला रहा था कि अहाते में चार-पाँच नए बच्चे हुए हैं?"

"जी, आज वाले को मिलाकर तीन हुए हैं।"

"ठीक है। सब छोटे कपड़े बाँट दो।"

"जी, मालिक, वे तो ढेरों हैं।"

"तो बाक़ी के अनाथ आश्रम में दे आओ।"

गनपत चुपचाप खाना खिलाता रहा। सन्दूक़ में से उसने कुछ छोटे कपड़े छाँट लिये। जो बहुत अच्छे थे, उन्हें धूप दिखलाकर वापस सन्दूक़ में रख दिया। सोचने लगा, यह डॉक्टर साहब इतने दोस्त बनते हैं मालिक के, बस, इतनी-सी नेक सलाह नहीं दे सकते कि वह दूसरा ब्याह कर लें। 'साच्छात लक्ष्मी' माँ रही पहले वाली, यह तो सोलहो आने सच है, पर जब रहीं ही नहीं तो क्या करें? डॉक्टर साहब के घर में चलो बाल-बच्चे तो हैं, पर यहाँ? बस, भुतहा महल खड़ा है।

गनपत कपड़े लेकर अहाते में पहुँचा तो वहाँ ढोलक बज रही थी।

'देवर जी, जइयो, रसगुल्ला लेकर अइयो।
मेरा मन रसगुल्ला माँगे रे।'

अहाते की औरतें गा रही थीं और बड़की, छूनी, बन्नो, छुटकी-सबकी सब नाच रही थीं।

गनपत ज़रा-सा झाँककर रतनी की बग़ल में सोए लौंडे को देख रहा था कि रतनी ने चोरी पकड़ ली। एक आँख मींचकर पूछ लिया, "कितना सोना वारना लाए हो? क्यों, छैला बाबू?"

कुछ रोज़ तो अहाते के तीनों छोटे बच्चे-नूरी का छोटे वाला, रतनी का छोटे वाला और चम्पी का छोटे वाला कहलाते रहे, फिर अपने आप ही छुटकी का भाई छुटका, बन्नो का छुट्टन और मनवा का भाई छोटे कहलाने लगे। चम्पी की अम्मा तो गाँव लौट गई। बेटी के घर आख़िर कितना ठहरती!

एक रोज़ हुचक-हुचक हिचकियाँ लेती जगेसर की बुआ छुटके को गोद में उठाए कोठी में घुसी और बोली :

"गनपतवा! ग़ज़ब हुइ गवा!"

"काहे बुआ! बड़ी हिचकियाँ आ रही हैं? गाँव में कोई याद कर रहा है, दीखे!" गनपत ने आशा से कहा।

"अरे, गाम वाले सब मुरदा भये! कोई ना सुमरे हमका!"

"तो तुम ही क्यों ज़िन्दी बनी रह गईं, हमारी छाती पे मूँग दले ख़ातिर! गाँव नहीं जाओगी?" गनपत ने पूछा।

"अरे, जाऊँगी ससुर, और दस दिनाँ माँ। मेरी बात तो सुन ले, दाढ़ी-जार।"

"सुना, बुआ।"

"छोटी कोठी की किरायदारन रही ना? कृस्तान मास्टरनी?"

"हाँ।"

"ओ अहाता के सगरे बचवा पकड़ लीन्हे।"

''क्या?''

''परचा लुटाती सनीमा की गाड़ी आय रही। भीतर से बाजा बजता रहा। बचवा पिछाड़ी दौड़के परचा लूटन लागे। बस, हुल्लड़ सुनके दौड़ी आई और सबन का कान-फ़ान उमेठी के कोठी माँ लेई गई।''

''फिर?''

''बोली, हीयाँ बैठि के रोज़े पढ़ाई होवेगी। हम पढ़ावेंगे। बाद को सबै हमरे इसकूल माँ भरती हो जाना। मुफ्त दाखला दिलवावे है। नाँही तो मालिक ते कहके सबन को अहाता माँ से खदड़वावे है!''

''तो अच्छा है। पढ़-लिख लेंगे बच्चे।''

''और काम-धाम ना सीखी? पढ़-लिखकर कछु कम के ना रहिए।''

''कोचवान साब नहीं पढ़ लेते? तोता-मैना के रिसाले से लेकर मजहब तक की किताब पढ़ लेते हैं। हम भी चिट्ठी-पत्री बाँच लेते हैं। हम क्या बिगड़ गए?''

''तुम पढ़े बूढ़ा होकर। ई अबहिन ते जो पढ़ी तो बस लाट हो जाई।''

''छोड़! ये बता, तेरा टिकट कब कटा लाऊँ।''

''हम का तोहार बाप का खात हईं?''

''चल बुआ, तुझे आज लाला के बाज़ार का खोमचा खिला लाऊँ।''

''सच?''

''हाँ, दोपहरी में चलेंगे।''

''काहे पे बैठि के?''

''मेरी पद्‌दी चढ़ के!''

''अच्छा भइया, पाँव ते ही चले चलेंगे।'' बुआ ने मन मसोसकर कहा।

आख़िर बुआ के नाम किसी भूले-बिसरे रिश्तेदार का ख़त आ ही गया। वह सारे अहाते में कहती फिरीं :

''हुआँ हमका टेरत है हमार बचवा। अब कित्तक दिनाँ पड़ि रहि हीयाँ? हमका जावे का होई।''

गनपत झटपट बुआ को गाड़ी पर सवार करा आया। फिर अपना सन्दूक़ची-बिस्तर लाकर वापस कोठरी में जँचाने लगा। फ़ौरन बड़ी बी ने टोका :

''अरे, वहीं पड़ा रहता ना?''

'हम क्या भूत हैं, जो इकले वहाँ पर पड़े रहेंगे?' सबसे बड़ी जान को आफ़त यह बड़ी बी ही डटी रह गईं—गनपत ने कुढ़कर सोचा। फिर पूछ ही लिया :

''और कब तक रहोगी, बड़ी बी?''

“अब तो नौचन्दी की क़ुल्फ़ी खाकर ही जाऊँगी।”

गनपत ने हज़ार बार समझाया कि “बड़ी बी, जब कहो तब क़ुल्फ़ी ही क़ुल्फ़ी लाकर खिला दूँ। नौचन्दी की क्या ख़ाक क़ुल्फ़ी है!”

पर बड़ी बी को जाने कौन-से साल की नौचन्दी की क़ुल्फ़ी याद रह गई थी।

“अरे, दाँत होते तो तिल-गुड़ की गज़क की एक पट्टी भी खाती। तिल-बुग्गा तो ज़रूर ही खाती। अब तो मरी क़ुल्फ़ी भी पिघला के खानी पड़ेगी। और हाँ, हमें एक मेरठ की कैंची भी ख़रीदकर ले जानी है। सबसे खरा माल तो नौचन्दी में ही आकर भरेगा। यूँ, शहर में कहीं से भी कैंची ख़रीद लो। यूँ का क्या है!”

बड़ी बी कैंची और क़ुल्फ़ी के लिए नौचन्दी तक रुकी रहीं।

नौचन्दी

“ऐसा करो रहमत भाई, कि एक खेप में तो तुम समूची बड़ी बी को ही टमटम में भरके नौचन्दी पे ले जाओ। उन्हें क़ुल्फ़ी और कैंची दिला के वापस लिये आना। इधर मैं दूसरी खेप के लिए अहाते के औरतों-बच्चों को तैयार करके रखता हूँ।” गनपत ने सुझाया। रहमतुल्ला हँसने लगा।

जगेसर ने पूछा, “काहे कोचवान सा'ब! अपने एक खीसा में मूँगफली और दूसरे में पिस्ता भर लीन्हें की नाँही? हमेस की भाँति, मेल-मुलाक़ाती मिले पर पिस्ता वाला खीसे में से मुट्ठी काढ़कर खोल देना। नाँही तो अपन मूँगफली चाबते चलते ही चलेंगे, मेरा-भर में। हो...हो...हो...”

“अरे, हट! हमारी दोनों जेबों में मेवा भरा है।”

“अरे, तुमने तो कोचवान जी, क्या ग़ज़ब की लहर दे डाली अपने बालों में? हमारा केस तो देसी घास-सा उगा है, साला।” जगेसर ने ज़रा उदासी से कहा। और वह घोड़ी को रंग-बिरंगे दानों और कौड़ियों की झालरों से सजाने लगा। बोला :

“अरे, हमारी 'बीबी जान' तो, यह देखो, दुलहिन बन के जा रही है, मेले में।”

रहमतुल्ला ने भी प्यार से घोड़ी की पीठ थपथपा दी।

“मालिक को कहाँ छोड़ आए रहमत?” गनपत ने पूछा।

“वही, मुल्ला की दौड़ मस्जिद तक। डॉक्टर साहब को लेकर क्लब। वही मालिक को अपनी मोटर से यहाँ छोड़ जाएँगे।”

“ले, अपना लाव-लश्कर भी आ लिया।” गनपत ने ज़नाना सवारियों और बच्चों को भीतर से आते देखकर कहा। सबसे आगे नन्हे ही दौड़ा चला आ रहा था। सिर पर कमख़्वाब की टोपी। बदन पर धूप-छाँव वाले पीले रेशम की अचकन। पर,

नीचे से नंग-धड़ंग, क्योंकि उसकी पजामी बड़ी बी ने तहाकर अपनी थैली में रख ली थी। बोलीं :

"निगोड़ा अभी से गीली कर देगा।"

"नूरी बेगम से और कुछ हो न हो, कुनबे के सुरमा बड़े जी से हालती है। लौंडे का सुरमा तो कान तक खिंचा है। सुरमेदानी साथ भी रख ली या नहीं?" गनपत ने नूरी से पूछा, जवाब मिला बड़ी बी से :

"तुम्हें समझदारी से क़तई लगाव नहीं है, मियाँ? भला औरतों से मज़ाक किया जाता है?"

नूरी का नया लौंडा कुर्ते की ज़री की चुभन से बिलख रहा था। वह उसे छाती में भींचे ले रही थी।

"मुझे दे इसे! घोट ही देगी क्या? घोड़ी की रास तो मैं बाएँ हाथ से ही थाम लूँ।" रहमतुल्ला ने छुट्टन को ले लिया।

बन्नो अपनी रेशमी सुत्थन से झाड़ू लगाती चली आ रही थी। सवा दो गज़ी फ़िरोज़ी नाड़ा नेफ़े में से अलग लटक रहा था।

"अरे, इसकी सुत्थन इतनी लम्बी काहे सिला दी?" गनपत ने पूछा।

"ईद वाली तो है।" नूरी ने कहा।

"चलो, इस साल बड़ी की उतरन लग रही है, अगले साल छोटी से झपटी हुई लगेगी।" गनपत ने कहा।

"बस, तुम खड़े नुक्स निकाला करो। चलो, हटो, अगली खेप में आना।" बड़ी बी कुड़कुड़ाईं।

"आ जाऊँगा अगली खेप में। पर अगर नौचन्दी के गुंडे तुम्हें उठा ले गए, तो फिर मुझे याद न करना। और यह बुर्क़े का पल्ला तो गिरा लो।" गनपत ने जवाब दिया।

"मुआ-मुर्दार! बड़ी-बूढ़ियों को भी नहीं छोड़ता। कमर हमारी कमान हो चली पर ऐसा बेहया ना देखा।"

रतनी भी बच्चों समेत पहुँच गई। उसकी साड़ी का किनारा तो दूर से ही चमकारा मार रहा था।

"ला, छुटका मुझे पकड़ा दे!" गनपत ने रतनी से बच्चा ले लिया और कोचवान के साथ जाकर ऊँची सीट पर बैठ गया। छुटकी बाप के साथ टमटम के पायताने जा बैठी। चम्पी वग़ैरह दूसरी खेप के लिए रुक गए। गनपत ने कोठी की रखवाली के लिए छत्रो और जमादार को बुला लिया था। उसकी उन्हें सख़्त हिदायत थी कि चाहे मालिक लौट आएँ, वे दोनों तब तक अपने घर न जाएँ जब तक गनपत न लौट आए।

"अरी, बेगम-महल की बेगम, मेरे लिए क्या लाओगी मेले से?" छत्रो ने चलते-चलते बड़ी बी को हाँक लगाई।

"लाऊँगी, मालकिन, बम्बई की झाड़ू लाऊँगी तेरे लिए।" बड़ी बी नन्हे को गोदी में सँभाले बोलीं।

"ले चलो, रहमत भाई, ज़रा दुलकी की चाल में।" गनपत ने मज़े में आकर कहा। घोड़ी दुलकने लगी।

"छुट्टन तो हवा खाके सो गया।" रहमतुल्ला ने लाड़ से लौंडे को ताककर कहा।

"रतनी वाला भी ऊँघने लगा। तुम्हें पता है, बाहर के शहर से सेठों के कितने ख़ेमे गड़े हैं इस बार?"

"कोई बतला रहा था, आठ तम्बू गड़े हैं साहूकारों के। और चार-एक अपने शहर के हुक्मरानों के हैं।"

"अम्बाले से ननकू पहलवान आया है इस बार नौचन्दी में?"

"उसका अखाड़ा तो सबसे अव्वल गड़ा था। दो दंगल तो हो भी लिये।"

"रहने दो भाई, दुलकी की चाल में। मज़े की चाल है। सुना है, आगरे की गुलाब जान भी नाचेगी...आधी रात बाद...पर्देदार तम्बू में? भारी टिकट रहेगा शायद?"

"बाज़ार में सुना तो मैंने भी था। यों ऐन वक़्त पे ज़ुकाम हो जाए तो अल्लाह जाने!"

"इन औरतों को निबटाकर हम-तुम चले चलेंगे ज़रा। देखें कैसे नाचती है।" गनपत ने कहा।

"सुना है, दरबार-हाल का पूरा चबूतरा बैठे ही बैठे घूम जाती है।"

"अच्छा? बैठे ही बैठे!"

"हाँ। एक पाँव की घूँघर बजाके!"

"सच? तुम तो रहमत भाई, बाज़ार में सब सुन आते होगे। ना...ना...कोई हरज थोड़े है। तभी तो पूछ रहा हूँ। अच्छा, रहमत भाई, लाल घाघरा पहने रहती होगी?"

"उहूँ! सब्ज़!"

"ज़री वाला?"

"पूरा जालदार।"

"अरे भाई रहमत! सरपट दौड़ा दे ज़रा बीबी जान को!"

"ले चल, बीबी जान, दिखा दे अपनी चाल! हाँ, ज़रा बचाके मेरी जान! शाबाश! मेरे बाग़ की गुलदुम!"

इशारों में बात समझनेवाली घोड़ी को जो एड़ लगी तो वह हवा से बातें करने लगी। पायताने पर बैठा जगेसर छुटकी को थामे उछलने लगा। फिर लगा, ज़ोर-ज़ोर से चिल्लाने।

रहमतुल्ला ने चाल धीमी करने को रास खींची। बीबी जान को अपनी रफ़्तार यों तोड़ना पसन्द न आया। वह ज़ोर से हिनहिनाकर बिदकी। फिर, ख़िदमतगार के हाथ की लाज रखकर धीमी पड़ गई।

"करवा दी न पैर-घिस्सू चाल इस घसियारे ने!" गनपत ने अधीरता से कहा।

नौचन्दी पहुँचने तक जगेसर चिल्लाता ही रहा :

"मार ही दोगे क्या सालों घोड़ी को? ऐसी जवानी चढ़ी है, तो दौड़ काहे नाँही लगाते सड़क पे?"

नौचन्दी ग्राउंड पर पहुँचते-पहुँचते रहमतुल्ला घोड़ी को शाही चाल में ले आया था, रईसाना अन्दाज़ में धीमे-धीमे। टमटम थमते ही मालूम पड़ा कि अन्दर बड़ी बी भी तब से ही चीख़ रही थीं। घोड़ी की बिजली की चाल होते ही उनका हाज़मा भी बिगड़ गया था।

"ज़रूर इस साँड़, गनपते ने एड़ लगवाई होगी! हमारी तो सारी पसलियाँ ही उलझकर रह गईं। कमबख़्त-बदबख़्त, घर पर ही क्यों ना रह गया?"

"अरे, चलो, बड़ी बी, नख़रा छोड़ो। बड़ी नाज़ों की पली हो। हमें भी पता है, बड़े मियाँ तो तुम्हें कभी फूलों की छड़ी भी न छुलाते थे।" गनपत ने जले पर नमक छिड़का।

"अय, तो अपने मियाँ ने दो हाथ छोड़ ही दिए, गाहे-बगाहे, तो हम क्या बेजान चीज़ हो गए, जो झुनझुने की तरह बजा दिया हमें!"

"अम्मी, नन्हे की पजामी किधर गई?" रहमतुल्ला ने याद कराया।

"पहनाऊँ हूँ, मुत्ती तो करा ले पैले इसे। पजामी कहीं भागी जा रही है?" बड़ी बी झींकीं।

रहमतुल्ला ने बच्चे को नूरी को पकड़ा दिया और दूसरी खेप ले आने को चला गया। सब आ गए तो ऐसे ही, बकते-झींकते उनका जुलूस नौचन्दी की जगर-मगर के बीच इससे टकराता, उससे उलझता चलता चला।

बड़ी बी तमाम नौचन्दी में सदर की कैंची खोजती फिरीं।

"अरे, ले लेंगे कैंची भी। तुम्हें किसी की जेब कतरनी है, जो ऐसी जल्दी मची है?" गनपत ने आजिज़ी से कहा। पर, कैंची ले ली गई।

बड़ी बी की क़ुल्फ़ी भी ख़ासी महँगी पड़ी। नाम उनका, और खाई पूरे क़बीले ने। जिसमें बच्चों ने तो बहाई ज़ियादा और खाई कम।

नूरी बेगम की नाक का नग निकलकर गिर पड़ा। कुछ देर उसे भी टटोलना पड़ा। बन्नो की सुत्थन का पायँचा डेरे के कीले में फँस गया। वह फटकर ही छूटा। आधा घंटे तक वह अलग बिसूरती रही। उसे पिंजरे समेत तोता दिलवाया, तब जाकर उसका पिनपिनाना थमा।

गुदड़ी बाज़ार की रेवड़ी-गज़क की मशहूर दुकान भी लग चुकी थी, सो बाक़ी के बच्चे तिलबुग्गे के लिए मचल गए।

"रहमत भाई, याद है न? अपन अलहदा से आएँगे।" गनपत ने परेशान होकर कहा।

दो रोज़ पीछे, गनपत और रहमतुल्ला नौचन्दी को मर्दाना बानगी से देखने निकले।

"पैदल ही चले चलेंगे।" गनपत ने अपने तेल-चुपड़े बालों में बुलबुले बैठाते हुए कहा। रहमतुल्ला ने कलफ़ लगे चिकन के कुर्ते के ऊपरले दो बटन खुले रहने दिए। फिर गिरेबान को मोड़ दिया, तिकोना-सा। कुर्ते की चुन्नट डली बाँहों को परखने लगा।

"चुन्नट तो सेवइयों-सी तोड़कर रख दी है अपने रामा धोबी ने।"

फिर गुलाब के इत्र की फुलेल को कान के पीछे रख, रहमतुल्ला कलाई पर लाल रेशमी रूमाल बाँधने लगा।

गनपत मालिक की उतरन में मिली पतलून पर पेटी कसने लगा।

"अबे, पेटी क्या कस रहा है? पतलून तो तेरी गुम्बद पे पहले ही गड़ी पड़ी है। छिलके की तरह छीलकर तो उतारनी पड़ेगी और तू सोच रहा होगा, कहीं खिसक ना ले?" रहमतुल्ला ने चुटकी ली।

इतने में बनफुलवा और जगेसर भी आ गए। गनपत ने उन्हें भी चलने के लिए कहा तो रहमतुल्ला बोल पड़ा :

"अरे, ये क्या जाएँगे, जोरू के ग़ुलाम। इनकी औरतें, अकेले जाने देंगी? कल रात का क़िस्सा सुनाऊँ क्या तुम्हें?"

"अच्छा? कल रात कोई क़िस्सा हो गया क्या?" गनपत ने उत्सुकता दिखाई।

"अरे, आधी रात में ये बनफुलवा बाहर लम्बी तान के सोया था और अन्दर इसकी औरत कंगन पर कंगन रखकर खनका रही थी। पर इस बौड़म पर कोई असर नहीं। उधर जगेसर ने सोचा कि इसके वाली ही इशारा दे रही होगी। तो ये साहब उठकर अन्दर को तीर हो लिये।"

"अरे, चुप! कोचवान भाई, तुम भी कमाल कर देते हो!"

जगेसर जितना झेंप गया, उतना ही गनपत भी गुलाबी पड़ गया। बनफुलवा 'हो-हो' करके हँसने लगा।

हँसी सुनकर बड़ी बी भी पहुँच गईं। अपने बेटे का ठाट-बाट देखा, तो सदका उतारने लगीं। पर गनपत को लेकर टोक दिया :

"तुम्हारी भी कोई हद है, मियाँ? बिने बरात के नौशा बने रहते हो हरदम!"

"भीतर जाओ, बड़ी बी! नाहक मर्दों के बीच में न पड़ा करो! रहमते, जल्दी कर ले भाई, कहीं लोग मिज़ाज ही न उखाड़ के रख दें।" गनपत ने फिर चलने की जल्दी मचा दी।

दरबार हॉल का तम्बू गुलाब जान की प्रतीक्षा में दम साधे था। रहमतुल्ला और गनपत सवा दो रुपए वाली सीट पर जमकर बैठ गए। साज़िन्दे साज़ों को कसते-ठोंकते रहे। एक मुद्दत के बाद गुलाब जान मंच पर तशरीफ़ लाई। तान छेड़ी गई :

उसने घूम के जो मारा नज़्ज़ारा हमें..।

गुलाब जान थिरकने लगीं। बैठकर चक्कर लेती गुलाब जान ने इस ज़ोर से एक गुलाब की कली शैदाइयों की तरफ़ उछाली कि वह गनपत की ही गोद में आन गिरी। वह पसीना-पसीना हो गया। पड़ोसी भी उछल पड़े। रहमतुल्ला ने गनपत को कोहनी से धचका मारकर छेड़ा, "क्यों मियाँ, आज तो सवा दो रुपए में जन्नत लूट ली!"

तम्बू से बाहर निकले तो गनपत गाज-मारा-सा चलने लगा।

"क्यों मियाँ, अभी से बहकने लगे? अभी तुमने देखा ही क्या है! चलो, तुम्हें नौचन्दी दिखलाने का सेहरा हमारे सर ही सही।"

"इससे पहले भी आया हूँ, भाई! पर तुम्हारे साथ इकले और बात है। ऐसा नाच तो कभी देखा नहीं।"

"अरे, अब वो नाचने वालियाँ कहाँ रहीं?"

"क्यों भाई? उन्हें अब क्या हो गया?"

"अरे, अब वो आशिक़ ही नहीं रहे, वो क़द्रदान ही नहीं रहे।"

"कैसा दान, भाई?"

"तुम नहीं समझोगे, यार! तुम्हारी अकल के क़रीब तो बस पीकदान और क़लमदान ही है।"

'क़लमदान' सुनकर अचानक गनपत को मालिक की याद हो आई। उसकी अन्तरात्मा उसे कचोटने लगी।

"यार रहमत, आज मालिक के बाएँ कन्धे में दर्द उठ आया था। मैं ज़रा मालिश करके सुला तो आया, पर जो ज़ादे ज़ोर का हो गया तो किससे कहवेंगे भला?"

"अरे, यार, तू तो हेरवा-सा करने लगे है। चल, तुझे बब्बूजी और लल्लूजी की बदा-बदी की क़व्वालियाँ सुनवा के लाऊँ।"

"बदा-बदी की क़व्वाली?"

"हाँ, शर्त बद-बद के सुनने जाते हैं लोग कि देखें किसकी टोली जीतेगी।"

दोनों यार क़व्वालों के ख़ेमे में अलमस्त हो गए।

वहाँ से निकले तो रहमतुल्ला बोला :

"यार, ख़ूब याद आया, वो ज़रा चल, उस तरफ़ चले चलें-दुकानों की तरफ़। खुदा जाने कौन-सी दुकान ठीक रहेगी दस्तबन्द के लिए?"

"दवाई का नाम क्या है?" गनपत ने पूछा।

"दवाई?"

"कह नहीं रहे हो कि दस्तबन्द के लिए चाहिए?"

"हा...हा...हा! अरे, ख़ुदा बचाए तुझसे। यार...दस्तबन्द औरतों की कलाई का ज़ेवर होता है। दुनिया में हर औरत दस्तबन्द माँगती है, कोई पहले, तो कोई ज़रा देर से।"

"ले लो, भाई, जैसे भी बन्द हों। नहीं तो नूरी तुम्हें घर में नहीं घुसने देगी। उन दोनों को तो जोरू का ग़ुलाम बता के आए हो, और ख़ुद घूस देके निकले हो! मैं तो कुँवारा ही भला!"

चाँदी के गहनों की दुकान पर दुकानदार हाथ में उठा-उठाकर तरह-तरह के आकर्षक ज़ेवर दिखलाने लगा। एक तो नाच-रंग का प्रभाव, उस पर क़व्वालियों के असरदार बोलों की गूँज, तिस पर यह ढेर ज़नाना ज़ेवरात का। गनपत को जाने क्या हुआ कि, जो भी ज़ेवर सामने झूलता दिखलाई दे, उसी के पीछे से रतनी के उठे-उठे, गेहुँआ नयन-नक़्श झाँकने लगे। कभी सिंगार-पट्टी के नीचे से उसकी दो आम की फाँक-सी लम्बी आँखें कोरों को फड़का दें। कभी माँग के टीके की झालर के नीचे उसका माथा दमक जाए। दुकानदार तिमंज़िले बुन्दों को जब गनपत की आँख के सामने झुलाने लगा तो उसने हाथ बढ़ा के उन्हें थाम लिया :

"कितने के हैं?" उसने दबी आवाज़ में पूछ लिया।

"हैं? किसके लिए, दोस्त?" रहमतुल्ला चकराया।

"अरे, वो हमारी शर्त बद गई थी एक रोज़ रतनी से ही। हमने कह दिया कि तेरे चौथी भी लौंडिया ही होगी। बस, वह ज़िद पर चढ़ गई कि जो लौंडा हो गया तो? बस, शर्त लग गई। चलो, निबटा दें इस काम को भी, नहीं तो जिनगी-भर हमें बानिया पुकारेगी।" गनपत ने बात बनाई और बुन्दे ख़रीद डाले।

रात बहुत हो गई थी। दोनों दोस्त लौटकर चुपचाप अपनी-अपनी जगह पर पड़ गए।

अगले दिन रतनी अलसाई-सी उठी अँगड़ाई तोड़ ही रही थी कि गनपत ने डिबिया उसके सामने ला पटकी। जगेसर और बच्चे सब वहीं थे।

"ले रतनी! तेरे आख़िर लौंडा हो ही गया। हमने भी तुझसे शर्त बदी थी, सो ला दिए। ठोस चाँदी के हैं।"

बड़की ने झट से उठाकर डिबिया खोल डाली। लाल-लाल मोतियों की लटकन वाले बुन्दे देखकर किलकारी मारकर चिहुँक उठी, "हाय, अम्मा री! कैसे सलोने हैं!" रतनी सोचती रह गई कि शर्त-वर्त तो कोई ऐसी बदी नहीं थी। फिर, उसने मुसकराकर कानों में से पुरानी बाली उतार फेंकी और नए बुन्दे पहन लिये। दाएँ कान का बुन्दा झल-झल करके झमकने लगा। बायाँ कान तो सिर के पल्ले में छिप

गया। 'बाप रे, इसी को कहते हैं–दुनिया में ठगाई। राम जी को भी जाने क्या पड़ी थी, जो इस औरत के मुखड़े पर इत्ता सारा खट्टा-मीठा रस उँड़ेल दिया।' गनपत ने मन ही मन सोचा।

टाल की आग

अहाते के बच्चे छोटी कोठी के बरामदे में बैठे पढ़ रहे थे। रोज़ी ने उन्हें कुछ ही रोज़ में ऐसा साध लिया था कि अब उन्हें किताबों की तस्वीरें ही नहीं, उनके हरूफ़ भी समझ आने लगे थे। रोज़ी का पति, टॉमस, अन्दर आराम कर रहा था। दोनों मिशनरी स्कूल में पढ़ाकर आ चुके थे। पहले तो बच्चों को क़ाबू करने के लिए पति-पत्नी दोनों की ज़रूरत पड़ जाती थी, पर अब नकेल डल चुकी थी और रोज़ी उन्हें अकेले ही भुगत लेती। जिस रोज़ बच्चे अधिक योग्य साबित होते, उस रोज़ उन्हें घर के बने केक के टुकड़े भी नसीब हो जाते।

दोपहर का समय था। गनपत नीम-तले पड़ा ऊँघ रहा था। अचानक शोर उठ गया।

"अरे, दौड़ियो रे! ओ बनफुलवा! अरे, ओ रे गनपतवा!" छत्रो हाँक पर हाँक लगाने लगी।

गनपत उछल के उठ पड़ा। अहाते के बच्चे और मास्टर जोड़ा भी बाहर निकल आए।

"क्या हुआ?" गनपत चिल्लाया।

"अरे, कोठी की बग़ल में, टाल में आग लग गई! बुझाए ना बुझती!" छत्रो चीख़ी।

"अरे, चलो! सब चल के हाथ लगाओ! कहीं कोठी की भीत ही गरमाकर न ढह जाए।" गनपत ने अहाते की औरतों को बाहर निकाला।

"और कहीं जो इधर को आ गई तो कहीं मालिक के कागज़-पत्तर और पोथी-घर भी न जल के ख़ाक हो जाएँ!" छत्रो ने घबराकर कहा।

गनपत भीतर दौड़ा। रसोई के कपाट खोले तो देखा, टाल से सटी खुली खिड़की में से आग की ललचाई लपट भीतर लपक आई है। पर उसके दायरे में डसने लायक़ जब कुछ नहीं मिला तो वापस लौट गई। गनपत ने झपककर खिड़की बन्द कर दी। बाल्टी भर-भर पानी दीवार-किवाड़ पर उलीचने लगा।

"अरे, अँगना वाली भीत पे पानी डालो!" छत्रो बाहर से ही चिल्लाई। चम्पी, रतनी, बच्चे और यहाँ तक कि बुर्क़ा ओढ़े नूरी भी भगोने-पतीले भर-भरकर दीवारों पर पानी डालने लगे। ये दीवारें टाल से सटी थीं और वाक़ई गरमा गई थीं। भीत गीली रहेगी तो आग से नुक़सान नहीं पहुँचेगा। बस, यही बात उन सबके दिलों में घर कर गई थी।

अग्नि-शमन दस्तों की दहशतज़दा-सी टन्-टन् भी सुनाई पड़ी। टाल में सूखे लक्कड़, बल्लम के ढेर लदे थे। अग्नि को इतना ढेर-सा कलेवा शायद ही कभी

मिला हो। वह लप्-लप् करती सब ओर अपनी जिह्वा फिरा रही थी। धू-धू, धक्-धक्-भयंकर लपटें आकाश छू रही थीं।

"हे राम! ई तो हमार पेड़न के भी चाट जाई।"

बनफुलवा टाल का दृश्य जो देखकर आया, तो उसके तो प्राण ही सूख गए। वह पिछवाड़े की खेती में बनी हौदी से पानी भर-भर सब तरफ़ बखेरने लगा। जहाँ तक गीला रहे वहीं तक भला। ट्यूब लगाकर पेड़ों को लथपथ कर छोड़ा।

गनपत ने मालकिन के कमरे खोल डाले। छोटे कमरे टाल से सटे थे। स्टोर की खिड़की पकड़ी गई थी।

"अरी, रतनी! चम्पी! इधर आओ।" वह चीख़ा।

दोनों औरतें अन्दर भागी आईं। लौ कुछ कमज़ोर थी सो चार बाल्टियों में ही शान्त पड़ गई। स्टोर में रखे बक्सों में, रुपए-धेले से आँको तो क़ीमती कुछ भी नहीं। यह गनपत जानता था। क्योंकि मालकिन का दामी कपड़ा और भारी गहना ख़ुद मालिक अपने हाथ से डॉक्टर साहब की बहुओं में बाँट आए थे। एक सन्दूक़ में पाँच मृत मुन्ने-मुन्नियों के नन्हे-नन्हे जो कपड़े रखे हैं, बस, उन्हीं से जगती आस गनपत के मन में मरती नहीं थी। जाने कब मालिक फिर से ब्याह...

एक सन्दूक़ में मालकिन की तस्वीरें थीं, जो मालिक ने दीवारों पर से उतरवा दी थीं। उन्हें सहन नहीं होती थीं। एक में बड़े पलंग का बिस्तर, चादरें, मेज़पोश वग़ैरह थे। कितनों पर तो मालकिन के हाथ के बेल-बूटे कढ़े थे। मालिक ने उन्हें अपने लिए फिर कभी बिछाने न दिया।

एक और भी सन्दूक़ था, जिसमें मालकिन की ढेरों काँच की चूड़ियाँ, पाँव की बिछिया, चुटीले, रूमान और श्रृंगार की चीज़ें बन्द थीं। उन्हें गनपत बाँट नहीं पाया था। गनपत ने भगवान जी की मूरत के आगे सिर नवाया। उसे लगा, मालिक की ओर से मालकिन को याद कर लेना भी उसी का कर्तव्य बन गया है। कुछ ऐसे नाजुक मिज़ाज आदमी बनाए हैं राम जी ने कि लगता है, गनपत अगर उन्हें एक बार इन कमरों में ले भी आया तो वे चरमराकर बिखर जाएँगे। गनपत ने भगवान जी के आगे जोत जला दी और कमरे खुले रहने दिए।

शाम तक जाकर टाल की आग मन्दी पड़ी। सब कुछ झुलसकर कोयले की खदान बन गया था। टाल वाला तो सकते में आ गया था। हज़ारों का नुक़सान पड़ा था उसे। रोज़ी और टॉमस उसे दिलासा दे रहे थे। दोनों तब से वहीं पर मदद कर रहे थे।

मालिक लौटे तो गनपत और बनफुलवा के चेहरों पर हवाइयाँ उड़ रही थीं। आग का हाल बतलाते-बतलाते दोनों ही भरभराकर रो दिए।

"ख़ैर हो गई मालिक! कोठी बच गई हुज़ूर! बराबर में तो चिताएँ जल उठी थीं। जो वही हाल यहाँ भी हो जाता, मालिक, तो क्या होता?" गनपत बोला।

उन्हें इतना सहमा-घबराया देख श्री किशोरचन्द्र भी कुछ सकपका गए। एक चक्कर टाल का लगा आए। टाल-मालिक को ढाढ़स बँधाया। लौटकर देखा, बनफुलवा और गनपत अब भी चबूतरे पर खड़े रहमतुल्ला और जगेसर से सब हाल कह रहे थे और आँसू भी पोंछते जा रहे थे। मालिक ने जाकर दोनों का कन्धा थपथपा दिया। कहा, "बहुत घबरा गए हो। अन्दर जाकर कुछ खा-पी लो और आराम करो! सब ठीक है।"

रहमतुल्ला और जगेसर, दोनों को अहाते में ले गए। वहाँ की औरतें नए सिरे से शुरू हो गईं। किसी तरह सबको सहला-बहलाकर हादसे के धक्के से बाहर किया। बड़ी बी का तो बोल ही न फूटा। बस, टुकुर-टुकुर ताका कीं।

पहली बार, अहातेवालों को इस सत्य की पैनी, तीव्र प्रतीति हुई कि उनका सम्पूर्ण जीवन, जीवन का अर्थ, ज़मीं-आसमाँ, समस्त संसार—यही पीली कोठी है। इसके बाहर सब अनजाना है, बेगाना है। मालिक ही उनकी धरती की नींव और आकाश की छत्रच्छाया हैं। मालिक उजड़े, तो वे सब भी राह की धूल हैं। मालिक बसे-बने रहें तो वे सब भी हरे-भरे हैं।

चबूतरे पर शाम

चबूतरे पर छिड़काव हो चुका था। वह तर-बतर था।

पीले गुलाब छोटे-छोटे चाँद बनकर लतर पर टँके थे। नागचम्पा की शाखें भी गुलज़ार थीं। गनपत ने बेंत की आरामकुर्सियाँ, तिपाइयाँ और गोल मेज़ बाहर खींच दिए थे। डॉक्टर साहब आने ही वाले थे। रात का खाना भी मालिक के साथ था। गनपत ने आज बड़े उत्साह से सब काम किया था। चबूतरा धुलवाने पर छत्रो के साथ फकीरे को भी लगा दिया था। वह मशक से पानी डालता जाता और छत्रो सींक की झाड़ू से पटापट पानी सूँतती जाती। चबूतरे का पत्थर चमक उठा था। उसके साथ ही शाम भी धुली-धुली-सी लगने लगी थी। आकाश नीला-उजला-सा था। सामने बग़ीचे की हरियाली आँखों को ठंडक-सी दे रही थी।

इतने में डॉक्टर साहब की गाड़ी का हॉर्न भी सुनाई दे गया। मालिक ख़ुद ही निकल आए और डॉक्टर साहब को चबूतरे पर लिवा ले गए। हाथ मिलाते ही दोनों मित्रों में बातचीत शुरू हो गई थी। गनपत को सब कुछ बहुत अच्छा लग रहा था। मालिक की तबीयत कितनी ठहरी हुई और ख़ुश नज़र आ रही थी।

बस, ऐसे में ही तो गनपत मालिक की ओर से कुछ निश्चिन्त हो पाता है। मालिक को हमउम्र मिल जाता है तो गनपत ज़रा देर चैन की साँस ले लेता है। कान देकर उनके लतीफ़े भी सुना करता। कौन जाने कब डॉक्टर साहब मालिक को वह नेक सलाह दे बैठें?

गनपत चाय की ट्रे रखने गया तो दोनों दोस्तों की बातों का रुख़ 'बिगड़े केसों' की ओर हो गया था। डॉक्टर साहब के पास आज चार केस बिगड़कर पहुँचे थे,

जिससे वह कुछ भिन्नाए-से लगे। गनपत जानता है कि शहर के नामी-क़ाबिल डॉक्टर मनोहर सिंह के हाथ में कितनी शफ़ा है। यह जानते हुए भी कुछ लोग मरीज़ को पहले किसी घोड़ा-डॉक्टर के पास ले जाते हैं। जब लेने के देने पड़ जाते हैं और मरीज़ को यमराज की पुकार साफ़ सुनाई देने लगती है तो भागेंगे अपने डॉक्टर साहब के पास।

आज मालिक भी अपना 'बिगड़ा केस' ले बैठे। कचहरी में बड़ी सूझ-बूझ से उन्हें एक बिगड़ा केस सँभालना पड़ा था। गनपत सोचने लगा—बाप रे बाप! कैसी भयंकर ज़िम्मेदारी का काम है इन दोनों का। ज़रा-सी चूक हुई नहीं कि एक का बिगड़ा केस अर्थी पर जा पड़े और दूसरे का फाँसी के तख़्ते पर लटक जाए। अब भूल-चूक तो हो ही सकती है। गनपत से तो सैकड़ों दफ़े भाजी में दो-दो बार नमक छूट गया, या फिर बिलकुल ही डालना भूल गया।

चाय के बर्तन वापस समेट के जाने लगा, तब तक दोनों डॉक्टरी और वकालत पर चुटकुले-से सुनाने लगे थे। उन दोनों की हँसी भीतर ख़ाने के कमरे तक पहुँच जाती तो गनपत दुगुनी उमंग से प्लेटें लगाने लगता।

आठ बजे दोनों ने खाना माँग लिया। गनपत ने डोंगों में सब कुछ सजाकर मेज़ पर रख दिया। दोनों परम सन्तोष से धीरे-धीरे ख़ाने लगे। इस समय बहुत धीरे-से कम-कम बतियाते रहे।

गनपत जानता था, खाते समय मालिक लोग ज़ियादा चुहलबाज़ी और हँसी-मज़ाक नहीं करते थे, जिससे निवाला फँसकर कहीं हुतू न आ जाए। यही तो पढ़े-लिखों की बात है। अहातेवाले तो बस मुँह में कौर दिए-दिए ही बोलने-हँसने का जोश दिखला देंगे। फिर ऐसे ज़ोर का हुतू लगेगा कि आँख बाहर को आ लेंगी। ये लोग तो खाते समय कोई भी ऐसी बात नहीं छेड़ते जिससे जोश आ जाए।

गनपत ने बड़ी बी की ज़िद भी पूरी कर दी थी। प्लेट में सजाकर चार ख़मीरी रोटियाँ भी मेज़ पर रख दी थीं। मालिक ने पूछा :

"यह क्या है, भई?"

"जी, ख़मीरी आटे की, डोली की रोटियाँ हैं। बड़ी बी ने पकाई हैं।"

"कौन बड़ी बी?"

"जी, रहमतुल्ला की माँ आई हुई हैं।"

"ओह, अच्छा-अच्छा!"

दोनों दोस्तों ने एक-एक ख़मीरी रोटी उठा ली। चखी और तारीफ़ भी की। खाना चाहे कितना भी लज़ीज़ बना हो, दोनों खाते उतना ही नपा-तुला। मूँग की दाल हो तब भी ढाई फुलके और कोफ़्ता-करी हो तब भी ढाई। गनपत ने सोचा, अहातेवालों की तरह नहीं कि तर माल मिल गया तो जड़ों तक सब उँगलियाँ तरी

में डूबी रहीं। डकार पर डकार आती रही और रोटी पर रोटी रख-रखकर तोड़ते रहे, जैसे कल तो ख़ाने को मिलेगा ही नहीं।

और दिन तो कॉफ़ी हॉल में मँगा लेते थे, अकेले हुए तो फिर लाइब्रेरी में ही मँगा ली, पर आज मालिक बोले :

"बहुत ख़ुशगवार शाम है। चलिए, मनोहरसिंह जी, चबूतरे पर ही चलकर बैठते हैं। गनपत, कॉफ़ी वहीं ले आओ!"

गनपत काफ़ी बनाकर ट्रे बाहर ले गया तो मालिक बोले :

"गनपत, ज़रा हमारी लाइब्रेरी का लैंप यहाँ रखकर जला दो!"

डोर तो थी ही गज़ों-गज़ लम्बी। सो गनपत ने लैंप लाकर जला दिया।

कैसी प्यारी रात पड़ी थी, जैसे किसी महाराजा ने थालों मोती लुटा दिए हों। गगन जगमग-जगमग कर रहा था।

मालिक उठे और लाइब्रेरी से जाकर एक छोटी-सी किताब उठा ली। हलकी-फुलकी-सी नन्ही किताब। उसमें से कुछ पढ़कर डॉक्टर साहब को सुनाने लगे। अंग्रेज़ी के शब्द थे, पर क्या शब्द थे, मानो मालिक के कंठ से कोई झरना फूट पड़ा हो। डॉक्टर साहब झूम-से उठे। फिर उन्होंने भी मुँहज़बानी कुछ याद-सा करते हुए सुनाया। शब्द वहीं अंग्रेज़ी के पर जैसे कोई नदी कल-कल, छल-छल बहने लगे।

"बहुत ख़ूब!" धीरे-से मालिक ने दाद दी।

जैसे अपने आपसे ही कुछ कहा हो। मालिक फिर उस छोटी-सी जादुई किताब में से पढ़कर सुनाने लगे। रहमतुल्ला कल के लिए हुक्म सुनने चबूतरे की तरफ़ आने लगा तो गनपत ने उसे इशारे से वहीं रोक दिया। उसे लगा, यह वक़्त बहुत क़ीमती है। इस समय का तिलिस्म टूटना नहीं चाहिए।

उस छोटी-सी किताब पर तो गनपत को मोह हो आया। कैसा विभोर कर दिया मालिक को। डॉक्टर साहब का जी भी तो भरमा लिया। क़ानूनी पोथियाँ बाँचते वक़्त तो मालिक बहुत गम्भीर रहा करते।

आदत के ख़िलाफ़ दोनों दोस्त बारह बजे तक चबूतरे पर जमे रहे। बड़े हॉल का घंटा जब बारह बार चोट कर गया, तब डॉक्टर साहब एकदम से खड़े हो गए। बोले :

"अब चलेंगे। तुम भी आराम करो, किशोरचन्द्र! थके होगे! गुड नाइट!"

फिर मोटर में बैठकर आवाज़ दी :

"भई, कल क्लब नहीं जाएँगे।"

"अच्छा! गुड नाइट!" मालिक ने कहा।

गनपत कोठी बन्द करके नीम-तले जाकर पड़ गया। नहीं, मालिक आज उसे उतने अकेले नहीं लगे। गनपत उस रात ख़ूब गहरी नींद सोया। न कोई

सपना आया न जाग पड़ी। इतने इत्मीनान से सोया जैसे संसार का वही सबसे निश्चिन्त व्यक्ति हो।

सवेरे दतौन-हाजत से निबटकर गनपत सुबह की चाय लिये मालिक के शयन-कक्ष में पहुँचा। पलंग पर मसहरी अच्छी तरह खुँसी थी। तीनों तरफ़ से तो तनी ही थी, बस एक खूँट पर ज़रा ढीली थी। रात में उठे होंगे, तो ठीक से खोंस नहीं पाए। यही सोचा गनपत ने। रात देर तक जागे थे, इसी से अभी तक पलक झँपी है। मसहरी के भीतर मालिक का प्रशान्त, दयामय चेहरा देवतुल्य लग रहा था। भोला, सुन्दर चेहरा। बच्चे के मुख जैसा निष्कलुष और कपटहीन।

गनपत ने ठिठककर मालिक को देखा, फिर आगे बढ़कर ट्रे मेज़ पर रखने लगा। पाँव गलीचे पर पड़े तकिए में धँस गया। अरे, यह नीचे जा पड़ा? ऐसे तो मालिक नींद में कभी हड़बड़ाए नहीं। बड़े सलीक़े से, साफ़-सुथरे ढंग से सोने वालों में से हैं। पायताने की मसहरी का जो कोना उढ़का रह गया, वहीं से तकिया नीचे जा पड़ा। पर पायताने तक तो तकिया कभी...?

बिजली की-सी गति से गनपत ने मसहरी का सिरा उघाड़कर मालिक का तन छुआ। वह बर्फ़ की गार-सा जमा था।

"नहीं, मालिक! नहीं...!"

गनपत ने मालिक की नब्ज़ टटोली, कोई हरकत नहीं।

जल्दी से सीने पर कान दाबकर सुनना चाहा, कुछ सुनाई नहीं पड़ा। पलक उलटकर देखी, फिर बेसाख़्ता चीख़ता हुआ अहाते की ओर भागा।

"रहमत! रहमत भाई...टमटम दौड़ा के ले जाओ, डॉक्टर साहब की कोठी पर। मालिक हिलते-डुलते नहीं। जल्दी करो भाई, हमें बहुत डर लग रहा है।"

गनपत ने फिर तेल मलकर मालिक के तलवे सहलाए।

जब तक डॉक्टर साहब पहुँचे, भीड़ जमा हो चुकी थी। गनपत मालिक के पाँव मलता हिचकियाँ बाँधकर रो पड़ा था।

डॉक्टर साहब ने देखते ही अपने दिल पर हाथ रख लिया। फिर फुर्ती से जाँच करने लगे। कुछ ही देर बाद वह सीधे होकर बैठ गए, चुपचाप।

कई जोड़ी आँखें याचना-सी करती उनके मुख पर जा टिकीं।

"सवेरे चार बजे के आसपास हार्ट-फेल हुआ होगा। इन्होंने कभी मुझसे कुछ कहा ही नहीं...कोई शिकायत नहीं की।"

लगा, डॉक्टर साहब जैसे इस वक़्त भी मालिक से ही बोल रहे हों।

बड़ी बी ने बुर्क़े का पल्ला हटाया और पहली बार पीली कोठी के मालिक का मुँह देखा।

"अल्लाह इन्हें जन्नत बख़्शे! इनकी रूह को चैनो-अमन दे!" वह धीरे-से बुदबुदाईं।

शाम तक मालिक के खोए-छिपे नाते-रिश्तेदारों का एक कुनबा आकर जमा हो गया।

सबके साथ जाकर गनपत मालिक को चिता पर लिटा आया था।

"रहमत भाई, यह मौत ही ससुरी दुनिया में सबसे बड़ी ठगिनी है। कैसे विश्वासघातिन की भाँति मालिक को चुपके से उठा ले गई। और हम पड़े सोते रहे।"

"जैसे मुजरिम अपनी सज़ा को सुनकर सह जाता है, वैसे ही मालिक की मौत को सह जाओ, गनपत!" रहमतुल्ला ने कहा।

ईसाई मास्टर जोड़े ने गनपत को ढाढ़स बँधाया :

"रोओ मत, गनपत! तुम्हारे मालिक का मिशन इस दुनिया में ख़त्म हो गया तो वह उस पाक-परवरदिगार के पास चले गए हैं। नेक आदमियों की वहाँ भी ज़रूरत पड़ती है, भाई!"

लाइब्रेरी की बड़ी मेज़ पर वह छोटी-सी जादुई किताब खुली हुई औंधी रखी थी। गनपत ने धीरे-से उठाकर वह डॉक्टर साहब को थमा दी। उनकी नज़र एक बार खुले हुए पन्ने पर गई। फिर उन्होंने लतर से एक पीला गुलाब तोड़कर किताब के बीच दबा दिया और किताब अपने कोट की जेब में रख ली।

गनपत ने सुना, मालिक की एक रिश्तेदार औरत ने डॉक्टर साहब से पूछा :

"वह मनहूस आदमी कौन है, जो कोठी के कोने-कोने में रोता फिर रहा है?"

डॉक्टर साहब ने तल्खी से जवाब दिया :

"वह मनहूस आदमी किशोरचन्द्र का बीस बरस पुराना नौकर है, बस, और कुछ नहीं।"

बड़े हॉल में साफ़-सफ़ाई करते समय गनपत ने रहमतुल्ला के साथ मिलकर बड़ी दरी बिछाते हुए कहा :

"भाई, लगता है कि सवेरा हो गया! कैसी मनहूसियत-सी छाई है!"

"हाँ, भाई! मक़बरों में सवेरा नहीं हुआ करता!"

"कोठी तो, रहमत, मानो विधवा हो गई है।" गनपत बोला।

"बड़ी बी सुबह का चिराग़ तो तुम थीं, और चले गए मालिक?" गनपत ने आधे मन से उलाहना दे दिया।

"हाँ, बेटा, क़ब्र में पाँव लटकाकर तो बैठी हूँ। जब उसका फ़रमान आ जाएगा, उठ जाऊँगी।" बड़ी बी ने दुपट्टे से आँसू पोंछते हुए कहा।

गनपत बड़ी बी के घुटनों में सिर देकर रो पड़ा। बड़ी बी का हाथ धीरे-से उसका माथा सहलाने लगा।

छत्रो अहाता साफ़ करने आई, तो झाड़ू पटककर वहीं बैठ गई, बोली :

"अब तो बड़ी बी, तुम यहीं रह जाओ, कोचवान जी के धोरे! वहाँ गाम में का धरा है?"

"कहीं भी रह जाऊँगी, छत्रो, जहाँ सींग समाएँगे।"

"हम तो रोज़ राम जी से अढ़ाई हाथ जोड़ के मालिक की राज़ी-ख़ुशी माँगते रहे। एक आदमी के न रहने से कित्ते लोग फ़ालतू हो गए, बेटा!" छत्रो ने गनपत से कहा।

"भाई रहमत, कोठी के भीतर तो सब तरफ़ जैसे गिद्ध चक्कर काटते फिर रहे हैं!" गनपत ने कहा।

"हाँ भाई, कुछ रोज़ यों ही पर फड़फड़ाकर तसल्ली से बैठ जाएँगे।" रहमत ने जवाब दिया।

बेगाने घर में

डॉक्टर साहब एक वकील को लेकर आए थे, मालिक का वसीयतनामा पढ़वाने। सब नौकरों को भी वहीं मौजूद रहना था। मालिक ने उन्हें भी वसीयत में याद किया था।

अहातेवालों ने सुना, वह रिश्ते में मालिक के भतीजे लगते हैं, जो अब नए मालिक की हैसियत से कोठी में रह जाएँगे। नए मालिक की घरवाली वही थी, जिसने गनपत के मनहूस रोने-धोने का मालिक की मौत से रिश्ता जानना चाहा था।

नए मालिक के चार सपूत थे, जिनमें से दो बड़े वाले ग़मी में आए हुए थे और अपनी मिल्कियत को कई दिनों से ठोंकते-बजाते फिर रहे थे।

छोटी कोठी स्कूल के नाम कर दी गई थी। ईसाई मास्टर जोड़े को जीते-जी उसमें रहने की इजाज़त थी।

पीछे की छोटी-सी खेती, ज़मीन समेत, बनफुलवा के नाम लिखी निकली। नौकरों की सब कोठरियाँ दो-दो के हिसाब से उन्हें बख़्श दी गई थीं। रहमतुल्ला और जगेसर के नाम दो-दो हज़ार की नक़दी थी। गनपत के नाम पाँच हज़ार। भला कोई कह सकता था कि मालिक की नज़र कभी भी फकीरा भिश्ती या छत्रो मेहतरानी पर पड़ी होगी? उन दोनों के नाम पाँच-पाँच सौ की नक़दी लिखी थी।

पीली कोठी, सामान समेत, नए मालिक की थी।

"घोड़ी?" जगेसर बेवक़ूफ़ की तरह बीच ही में बोल पड़ा। उसे उत्तर नहीं मिला।

"सा'ब लैबरेरी?" गनपत से भी न रहा गया।

"लाइब्रेरी की सभी पुस्तकें कचहरी के संग्रहालय में भेज दी जाएँगी।" वकील साहब ने फ़रमाया।

बीस हज़ार की नक़दी अन्धे बच्चों के अनाथ आश्रम के नाम थी।

वसीयत पढ़े जाने के पश्चात् नए मालिक ने उठकर एलान किया कि सभी नौकर-चाकर, अपनी-अपनी पुरानी नौकरियों पर तैनात रह सकते हैं, बशर्ते कि वह तमीज़ से, ढंग से काम करते रहें।

अगले दिन रतनी और चम्पा ने कोठी का काम छोड़ दिया। इस पर नई मालकिन ने उन्हें वह खरी-खोटी सुनाई और एहसान-फ़रामोश से लेकर बेईमान, चोट्टियों तक के ख़िताब ऐसी बुलन्द आवाज़ में बख़्शे कि बात मर्दों तक जा पहुँची। नए मालिक ने दम दिया कि जगेसर और बनफुलवा भी बर्ख़ास्त किए जाते हैं।

बनफुलवा अपनी पानी की ट्यूब और कुदाली उठाकर पीछे की खेती की ओर चल दिया, बोला :

"जब बरगद का पेड़ ही धरती निगल गई तब का ताप अऊर का छईंया।"

इस पर उससे ट्यूब और कुदाली ज़ब्त कर ली गई कि वे चीज़ें उसके बाप की नहीं हैं।

जब तक लाइब्रेरी बनी रही तब तक गनपत भी कोठी के अन्दर झाड़न-झटका करता रहा।

रसोई तो नई मालकिन ने सँभाल ली थी।

"बड़ी चतुर-सयानी है नई मालकिन, किफ़ायत-बरकत के ओछे से ओछे नुस्खे जानती है।" गनपत ने अहातेवालों से कहा था।

जिस रोज़ लाइब्रेरी टमटम पर लदकर चली गई, उस रोज़ गनपत भी अपनी ज़बानी अर्ज़ी दे आया। जो गालियाँ अहाते में भी वर्जित थीं, वही पीली कोठी के बड़े हॉल में बैठकर नए मालिक ने गनपत को सुना दीं।

गनपत अहाते में लौटकर अपनी सन्दूक़ची-बिस्तर ठीक करने लगा। "अब इस बेगाने घर में नहीं रहेंगे। गाँव चले जाएँगे हम।"

"अरे, गाँव में कौन बैठा है? कोठरी तो तुम्हारी अपनी है ही, कहीं और काम पकड़ लो, रह तो जाओ यहीं।" रतनी ने समझाया।

"अरे, हम क्या भाँड़ हैं जो जगह-जगह पर गाते-बजाते फिरेंगे?"

"वहाँ बीमारी-हारी में कौन टोकेगा भला?"

रतनी की पलकें भीग आई थीं, पर गनपत को गाँव जाने से वह भी नहीं रोक पाई।

अहाते में फिर बासी सवेरे उगा करते। रेंगती हुई दोपहरें बीततीं। ठहरी हुई-सी शामें और ऊबी हुई रातें। अहातेवाले मानो अपनी गृहस्थी को लेकर अनाथ हो गए हों।

बनफुलवा अपनी खेती की उपज को बाज़ार में बेचकर गुज़र-बसर करने लगा, पर बग़ीचे की तरफ़ पलटकर नहीं देखा। कोठी वालों ने कोई नया माली रख लिया था। कभी-कभार वह आकर बनफुलवा के पास अपना रोना रो जाता।

जगेसर और रहमतुल्ला घोड़ी के नेह के मारे नए मालिक से बिंधे रह गए।

कोचवान साहब रोज़ अहाते में बैठकर, उन गली-कूचों का बयान दिया करते, जहाँ नए मालिक लोग अपने टुटपुँजिया रिश्तेदारों से मिलने जाया करते।

"जाने कहाँ-कहाँ, खुदा के पिछवाड़े, काठ-कबाड़ में इनके भाई-बन्द फँसे पड़े हैं। हम तो गए नहीं कभी ऐसी रपटन-भरी गलियों में। और बीबी जान को ताज़ादम भी नहीं होने देते। अरे भाई, जानदार जिनावर है, कोई कोयला झोंका इंजन थोड़े है, जो भूखे-प्यासे दौड़ाए लिये जा रहे हो।"

जगेसर भी आह भरकर कहता :

"हाँ भाई! घोड़ी तो रोवे है! मैंने तो देखा है, उसकी आँखों में पानी-सा चमकता।"

"याद है जगेसर, उस साल जब घोड़ी यकदम से 'मस्त' हो उठी थी? खूँटा तुड़ाकर कैसी हिनहिनाकर दौड़ पड़ी थी? पहचानी भी नहीं जा रही थी। ना दाएँ देखे ना बाएँ, बस दुलत्तियाँ झाड़ती, भागती जाए। तुम-हम कैसा दौड़े थे उसके पीछे! मालिक चबूतरे पर बैठे थे। अचानक घोड़ी चबूतरे पर दोनों पाँव टेककर हिनहिना उठी। मालिक ने कुर्सी पर बैठे-बैठे वहीं से पुचकार दिया। और घोड़ी ने पाँव उतार लिये और दूसरा रुख़ कर लिया। जिनावर भी मालिक को जाने है, जगेसर!"

"हाँ भाई! नहीं तो उस मौक़े पर तो घोड़ी तुम्हें-हमें भी झाड़े दे रही थी। औरतों ने तो बच्चे घरों में लुको लिये थे। कोई घंटा-भर तो दौड़ा लिया होगा घोड़ी ने?"

"हाँ, मालिक ने तो फ़ौरन उसे फ़ौज के लपटन सा'ब के आले नस्ल के घोड़े के पास भिजवा दिया था। हम-तुम ही ले गए थे थाम के?" रहमतुल्ला ने याद करते हुए कहा।

"अब इन नए मालिकों को समझा तो लो ये बातें! इन्हें तो घोड़ों और गधों में भी फ़रक़ नज़र ना आने का!" जगेसर बोला।

"और बनकर बैठ गए हैं पीली कोठी के मालिक। खुदा अपने गधों को हलवा खिलाए तो कोई क्या करे!" रहमतुल्ला ने जोड़ा।

गनपत का पता दिया ख़त आया था गाँव से।

रहमतुल्ला कभी-कभी गनपत को ख़त लिख दिया करता था। उसका जवाब आने पर अहाते में ज़ोर से पढ़कर सुना दिया करता था।

रतनी ने मालिक के दिए रुपयों में से जब बड़की का ब्याह किया, तब बहुत-बहुत लिखवाया गनपत को, कि वह ज़रूर आ जाए। पर गनपत नहीं आया।

मालिक को साल गुज़रते न गुज़रते बड़ी बी का इन्तकाल हो गया। रहमतुल्ला ने गनपत को लिख दिया था कि मरने से पहले वाले दिनों में बड़ी बी उसे बेहद याद किया करती थीं। कहतीं, ''मुस्टंडा, निगोड़ा जाने कहाँ-कहाँ की ख़ाक फाँक रहा होगा।''

दो बरस बाद, अचानक शाम को डॉक्टर साहब को पीली कोठी के भीतर जाते देख अहातेवाले हैरान रह गए। ड्राइवर से पता चला कि नए मालिक का छोटा लड़का बीमार हो गया था। जब केस बिगड़ गया तो वे लोग डॉक्टर साहब को हाथ-पाँव जोड़कर ले आए हैं।

डॉक्टर साहब बाहर आए तो अहाते के नौकरों ने घेर लिया।

उन्हें लगा, मानो अपने मालिक का ही एक अंश उनके समीप आ गया हो।

डॉक्टर साहब सोच रहे थे कि कोई भी कोठी दो ही बरस में अपनी पहचान के निशान इस तरह खो दे सकती है, यह नामुमकिन ही था, पर, फिर भी हुआ ऐसा ही था। फूलों की लम्बी क़तार वाली सड़क पर अब फ़क़त लाल बजरी बिछी थी। नागचम्पा का बस ठूँठ-भर बाक़ी बचा था। बनफुलवा ने बतलाया कि नया माली कहता था कि उसकी लकड़ी दूसरे बेकार पेड़ों के साथ-साथ टाल वाले को बेच दी गई थी। बेकार पेड़ों में नीम भी था।

लाइब्रेरी को स्टोर बना डालना भी इन्हीं नए लोगों के वश की बात थी। ऐन कोठी के सामने ही तो पड़ती थी। बनफुलवा लगातार बोले चला जा रहा था :

''सा'ब, नया माली तो रोवे है। बोलत रहा कि नए मालिक कहत हँई कि बग़ीचा ख़ातिर पौध अऊर बीज मुफ़त लाओ, दूसरी कोठी ते। इसी से तो उसे दूसरी कोठिन माँ काम करन देत हँई। कहत हँई, खाद-खातिर रुपया ना मिली। घोड़ी का लीद से बनाय लेव। कहत हँई, कुदाली-फावड़ा टूटे-फूटे पर अपन पईसा से मोल करो। कहत हँई, ऐन ख़ाने का टैम मति आन धमको। अपन रोटी साथे बाँध के लाओ।

''सा'ब, अस बनिया-बक्काल मालिक ते हमरी खाल बच गई। भला हुइ गवा जो हम वो आफ़त मैं ना परे। देखो तो, सगरा बग़ीचा सूखा पड़ा हई।''

डॉक्टर साहब ने उसे चुप करने को कह दिया :

''चलो, बनफूल, तुम्हारी खेती देख आएँ।''

बनफुलवा जी उठा।

खेती की तरफ़ जाते हुए देखा, किशोरचन्द्र की घोड़ी-गाड़ी की अब भी वही शान बनी है। दोनों चकमक चमक रही हैं। बनफुलवा की छोटी-सी खेती में, जो अब उसके जीवन-निर्वाह का एकमात्र साधन थी, साग-सब्ज़ी की क्यारियों से हटकर, एक ओर थोड़ी-सी ज़मीन बचाकर पीले गुलाब की लतर् उगाई गई थी– मेहराबदार लतर। कुछ और भी मालिक के मनपसन्द फूल लगाए गए थे। बनफुलवा ने बतलाया, इन फूलों को न तोड़ने की सख़्त हिदायत दे रखी थी उसने। ये फूल कमाऊ-बिकाऊ नहीं थे। बस, किसी की यादगार थे, जो एक ग़रीब अपनी कारीगरी से महकाए हुए था।

डॉक्टर मनोहरसिंह को लगा कि पीली कोठी में अगर किशोरचन्द्र कहीं भी जी रहे हैं तो इस माली के बग़ीचे में या फिर अहाते या अस्तबल में।

उन्हें लगा कि यही हैं किशोरचन्द्र के असली वारिस, ये रहमतुल्ला कोचवान, जगेसर घसियारा, बनफुलवा माली और वह...वह तो जाने कहाँ भटक रहा होगा... गनपत बावर्ची।

वंशज

मृदुला गर्ग

सुधीर और सविता शयनकक्ष के एकान्त में मिलते रहे, पति-पत्नी का व्यापार निभाते रहे। केवल कर्तव्य समझकर नहीं, प्रकृति के नियमों से अभिभूत होकर भी। शरीर की अपनी माँगें होती हैं और अपने नियम। दिन में बिगाड़े गए रुपयों का ज़िक्र सविता रात के सन्नाटे में सुधीर से नहीं करती। मानसिक धरातल पर दुनिया से हो रहे अपने संघर्ष का वृत्तान्त सुधीर, अँधेरा घिर आने पर, सविता के सामने नहीं उघाड़ता। दिन में अपने-अपने क्षेत्र में, वे एक-दूसरे से जूझते और सूरज छिपने पर, हथियार डालकर, रात-भर के लिए सन्धि कर लेते। पर जैसे-जैसे दिन बीतते गए, सन्धि का समय घटता गया। चन्द पहरों से लेकर चन्द घंटे और फिर घंटों से हटकर चन्द मिनट। कभी-कभी एक-दूसरे की बाँहों से अलग होने से पहले ही, वे अगले दिन की मुठभेड़ की योजना बनाने लगते।

1

''ज़ोर आज़माइश करेगी?'' सुधीर ने रेवा से पूछा।

''वो क्या होता है?'' रेवा ने मासूमियत से पूछा।

''यह देख, मेरे हाथ में रस्सी है, इसका एक सिरा तू पकड़ ले, एक मैं। ख़ूब ज़ोर लगाकर खींचना। जो अपनी तरफ़ खींच लेगा वो जीतेगा। ठीक?''

''मैं जीती तो क्या मिलेगा?''

''इनाम भी देना होगा? अच्छा...अ...अ...,'' सुधीर ने अपनी दस वर्षीय समझ-बूझ का इस्तेमाल करते हुए देर तक सोचा, फिर शैतानी से बोला, ''जो जीतेगा, वो हारनेवाले को एक घूँसा मारेगा।''

''नहीं, मैं नहीं, तुम्हारा बड़ा ज़ोर का लगता है,'' रेवा एकदम बिफर गई।

''अच्छा चल, तू जीती तो दस मार लियो, मैं जीता तो एक।''

''नहीं, मैं नहीं।''

''डरपोक,'' सुधीर ने चिढ़ाकर कहा।

''नहीं, मैं डरपोक नहीं हूँ।''

''हई! डरपोक। कमज़ोर। सींख-सलाई,'' सुधीर ने फिर चिढ़ाया।

''तुम होगे सींख-सलाई,'' रेवा ने पलटकर कहा तो सुधीर बोला, ''तुझे खेलना है तो खेल, नहीं तो मैं चला बाहर।''

''खेलना है। खेलना है,'' चिल्लाकर रेवा ने फ़ौरन उसे रोक लिया। सुधीर चला गया तो और उससे खेलना नहीं मिल पाएगा।

''तब ले पकड़ रस्सी,'' उसने रस्सी का सिरा उसे पकड़ा दिया।

वह अपनी पूरी ताक़त के साथ रस्सी का सिरा थामे रही पर रस्साकशी का जो नतीजा हो सकता था, वही हुआ। पल-भर में दस वर्ष के हृष्ट-पुष्ट सुधीर ने छह वर्ष की नाजुक रेवा को रस्सी समेत पास खींच लिया। वह सीधा आकर उसकी छाती से टकरा गई।

''अब मारूँ घूँसा?'' सुधीर ने हँसते-हँसते एक हाथ की मुट्ठी तानकर कहा।

उसका ख़याल था, यह सुनते ही वह सरपट वहाँ से भाग खड़ी होगी। और वह देर तक उसका पीछा करके, बार-बार मारने की धमकी देकर उसे ख़ूब छकाएगा। सचमुच मारने का इरादा उसका क़तई नहीं था। वह पहले करके देख चुका था। रेवा जैसे नाज़ुक इनसान को मारकर रुलाने में तनिक मज़ा नहीं था। घूँसेबाज़ी का मज़ा था अपने हम-उम्र, हम-ताक़तवरों के साथ। हाँ, रेवा को छकाने में मज़ा ज़रूर आता था। आज भी बहुत मिन्नत करवाने के बाद, बड़प्पन के साथ वह उसे माफ़ कर देता और ख़ुद अपनी नज़र में बड़ा बन जाता। पर आज रेवा ने उसे इसका मौक़ा ही नहीं दिया। कमज़ोर इनसान की भावात्मक ताक़त के साथ वह सहसा दोनों हाथ फैलाकर चील की तरह उस पर झपट पड़ी, और उसके बदल पर घूँसे-पर-घूँसा जमाती हुई, चीख़-पुकार मचाने लगी, "हाँ, मारो-मारो! डाकू कहीं के। रस्सी से सब मेरे हाथ छील दिए। डाकू-डाकू! मारो और मारो!"

फिर यूँ ही चीख़ती-चिल्लाती वह ज़ोर से रो दी।

हक्का-बक्का सुधीर उसे देखता रह गया।

"अरे, तू पागल है क्या? मैंने क्या कहा तुझे?" आख़िर उसके मुँह से निकला।

वह उसी तरह रोती गई और रोते-रोते कुछ कहने का प्रयास करती गई :

"डाकू...ऊँ...ऊँ...ऊँ...लड़ा...का...आँ...आँ...आँ..."

"अरे चुप हो न। बुद्धू कहीं की," सुधीर ने हलके-से डाँटते हुए कहा।

उसे उस पर हँसी भी आ रही थी और ग़ुस्सा भी। उसके कहे का उस पर कुछ असर नहीं हुआ। वह उसी सुर में रोती चली गई।

"क्या हुआ तेरे हाथ को? अच्छा-भला तो है। चुप कर," सुधीर ने ज़रा ऊँची आवाज़ में कहा तो वह और ज़ोर से चिल्लाने लगी।

"क्या हुआ?" सहसा वज्रपात की तरह डैडी का स्वर सुनाई दिया। डैडी यानी कानपुर सेशंस कोर्ट के महामान्य जज शुक्ला साहब। सुधीर वहाँ से खिसक जाने का इरादा कर रहा था कि वे अपना तहक़ीक़ाती सवाल दुहराते वहीं आ पहुँचे।

"क्या हुआ? सुधीर ने कुछ कहा?" वज्र ने दूसरी चोट की।

"सुधीर बो...ओ...ओ...ओ...ला...घूँ...ऊँ...सा...बो...ओ...ला...आ...आ...," रेवा रोते-रोते बतलाने का प्रयत्न करने लगी तो उसके रुँधे कंठ से निकल रहे शब्दों में जज साहब ने केवल सुधीर का नाम पहचाना। शेष अपनी कुशाग्र बुद्धि से समझ लिया। रेवा की बात ख़त्म भी न हो पाई थी कि एक झपेट में उन्होंने सुधीर का कान पकड़ लिया और उसे अन्दर घसीट ले चले।

"बदतमीज़! लड़की पर हाथ उठाता है," कठोर स्वर में उन्होंने कहा।

बात सुधीर से कही गई थी पर घिग्घी रेवा की बँध गई। वह डैडी के मुँह से ऐसी आवाज़ सुनने की अभ्यस्त नहीं थी। रिरियाती-रिरियाती वह भी उनके पीछे हो ली।

''डैडी...डै...डी...ई...ई...सुधी...ई...ई...र...र...'' आँसू घोंटकर वह पूरी स्थिति समझाने की कोशिश करने लगी। पर जितना वक़्त वह चाहती थी उतना जज साहब को घरेलू अदालत के पास नहीं था। अपने पढ़ने के कमरे में दरवाज़े पर आकर उन्होंने मुड़कर उससे कहा, ''तुम बाहर रहो,'' और सुधीर को अन्दर ले जाकर दरवाज़ा बन्द कर लिया।

उसका रिरियाना एकदम से रुक गया। बुत बनी जहाँ-की-तहाँ खड़ी रह गई और अन्दर क्या हो रहा है, जानने की कोशिश में कान भीतर लगाए रही। पर भीतर से कोई आवाज़ बाहर नहीं आई। उसे लगा डैडी सुधीर को लेकर बन्द दरवाज़े के पीछे छिपी किसी गुफ़ा में ग़ायब हो गए हैं। वैसे ही जैसे आया की कहानियों में दैत्य लोग हो जाया करते हैं। पर डैडी तो दैत्य नहीं हैं। वो तो किसी राजा की तरह हैं, सुन्दर और प्यारे। रेवा को कितना प्यार करते हैं। जब बोलते हैं तो दुलराकर। हमेशा पूछते हैं, 'किस चीज़ को मन कर रहा है तुम्हारा?' वैसे ही जैसे आया की कहानियों में राजा अपनी सबसे छोटी, सबसे प्यारी राजकुमारी से पूछा करते हैं।

पता नहीं सुधीर के आते ही उनका वह प्यारा-प्यारा, राजा का मुँह बिगड़ने क्यों लगता है? मारते-पीटते तो उसे भी नहीं, उसने कभी नहीं देखा, पर तब वो मास्टर जी से दिखने लगते हैं। उसके नहीं, बड़ी लड़कियों को पढ़ानेवाले मास्टरजी। उसे डर लगता है, कहीं उसके देखते-देखते डैडी राजा से दैत्य न बन जाएँ। और आज जैसे वह डरावना वक़्त आ ही गया था। उसका मन कर रहा था, बन्द दरवाज़े पर ज़ोर-ज़ोर से हाथ मारकर उसे खुलवा ले और यह देखकर मन को ढाढ़स दे ले कि उसके पीछे डैडी का कमरा ही है, किसी दैत्य की गुफ़ा नहीं। पर मारे दहशत के कुछ किए नहीं बनता था। अपने वश में कुछ न पाकर, आख़िर वह, वहीं ज़मीन पर बैठकर, दोबारा रोने में जुट गई।

तभी दरवाज़ा खुला और सुधीर बाहर आ गया। उसका चेहरा तना हुआ था, हाथों की मुट्ठियाँ बँधी हुई पर आँखों में आँसुओं की छाप तक नहीं थी। वह सीधा रेवा के पास आया और तीखे स्वर में बोला, ''रेवा की बच्ची, फिर जो कभी तुझे साथ खिलाया।''

रोती हुई रेवा उठकर एकदम उससे लिपट गई, ''डैडी ने मारा?'' रुँधे कंठ से उसने पूछा।

''चल हट,'' सुधीर ने उसे धक्का देकर हिकारत से कहा, ''रोंदू कहीं की।''

उसकी फटकार सुनकर वह अपनी पूरी ताक़त लगाकर आँसू पी गई और बोली, ''मैं नहीं रोती। अब खिलाओगे न?''

''कब्बी नहीं।''

''मैं डैडी से बोलूँगी, डैडी गन्दे, भैया अच्छे।''

"हट। जो मर्ज़ी में आए कर।"

"खिलाओगे, भैया, खिलाओगे न? खिलाओगे न?" रेवा चिरौरी करती गई और अन्त में सुधीर का ग़ुस्सा उतर गया। रेवा को लेकर उसका ग़ुस्सा ज़्यादा देर नहीं टिकता। वह जानता है, वह छोटी है, कमज़ोर है और उससे प्यार करती है। डैडी की बात और है।

रेवा को बाहर खड़े रहने को कहकर, जज साहब ने कमरे का दरवाज़ा बन्द कर लिया था और फिर सुधीर को मेज़ पर झुकाकर कहा था, "मुझे मारपीट करने से नफ़रत है पर मैं एक बार तुम्हें बतला देना चाहता हूँ कि इस घर में सिर्फ़ शरीफ़ आदमी रह सकते हैं। फिर कभी तुम्हारी हिम्मत किसी लड़की पर हाथ उठाने की नहीं होनी चाहिए।"

कहकर उन्होंने बेंत की पतली छड़ी से उसकी पीठ पर पाँच वार किए थे और फिर कहा था, "जाओ, पर भूलना मत।"

सुधीर नहीं भूला था। उनकी दी शिक्षा को नहीं, उनकी आवाज़ की उदासीन स्थिरता को। अगर शुक्ला साहब ग़ुस्से में पागल होकर चीख़े-चिल्लाए होते, और फिर आपे से बाहर होकर, उसे मारते तो सुधीर उन्हें कुछ देर बाद माफ़ कर देता। तब ग़लत काम करते पकड़ा गया वह और ग़लत की सज़ा देते जज साहब, एक ज़मीन पर खड़े होते। एक-दूसरे को माफ़ कर देना, सहजता की तरफ़ जानेवाला अगला क़दम होता। पर यह? काष्ठ समान तना चेहरा, यांत्रिक अनुशासन से दबंग आवाज़ और प्रहार करते उदासीन हाथ, इन्हें वह क्रूर सियासत की निशानी मान बरसों माफ़ नहीं कर सका। इसीलिए पिटते हुए वह रोया-चिल्लाया नहीं, अपने बेक़ुसूर होने का इसरार भी नहीं किया, बस जाते-जाते एक तीखी नफ़रत-भरी नज़र जज साहब पर ज़रूर डाली, जो अरसे तक उन्हें सालती रही।

जहाँ तक जज साहब का सवाल था, मारना-पीटना सचमुच उनकी प्रकृति के विरुद्ध था। पर अपनी पसन्द-नापसन्द को बीच में डालकर वे लड़के के पालन-पोषण में ग़लत क़दम नहीं उठाना चाहते थे। उन्होंने वही किया था, जो उनकी जगह कोई सुशिक्षित उच्चपदस्थ अंग्रेज़ अफ़सर करता। शुक्ला साहब अंग्रेज़ी अनुशासन के क़ायल थे। उन्नीस सौ बयालीस का ज़माना था। स्वराज्य की बू सब तरफ़ ज़ोरों से फैली थी और अंग्रेज़ों के जाते ही, हर प्रकार की शालीनता नष्ट हो जाने का डर, अकेले उनके मन में नहीं, सभी ऊँचे अफ़सरों के दिलों में समाया हुआ था। स्वराज्य को वे ग़लत नहीं समझते थे। न्याय की दृष्टि से वह बिलकुल सुसंगत था। पर अपने जीवन-मूल्यों के नष्ट होने के डर से वे बौखलाए हुए ज़रूर थे; इतने कि और दिनों से ज़्यादा लगन के साथ, उन पर अमल कर रहे थे। लिहाज़ा सुधीर को दंड देते समय

उन्होंने अपनी निजी भावनाओं को दख़ल नहीं देने दिया था। पर उसके चले जाने के बाद उन्हीं की रौ में बहकर वे एकदम आकुल हो उठे।

रेवा के जन्म के चार वर्ष बाद, रेवा और सुधीर की माँ की मृत्यु हो जाने के बाद से, उनके लालन-पालन की तमाम ज़िम्मेवारी उन्हीं पर आ पड़ी है। रेवा को लेकर उन्हें कभी विशेष चिन्ता का सामना नहीं करना पड़ा। पर सुधीर के लिए वे कभी-कभी अत्यन्त व्याकुल हो उठते हैं। आज उस पर हाथ उठाने के बाद उन्हें लगा, वह निरंकुश हो एकदम ग़लत रास्ते पर जा पड़ा है। किसी भी क्षेत्र में अपनी हार वे बर्दाश्त नहीं कर पाते। देर तक चहलक़दमी करते यही सोचते रहे कि सुधीर को सही-सीधे रास्ते पर लाने के लिए क्या-क्या क़दम उन्हें ख़ुद उठाने पड़ेंगे?

कुछ देर बाद रेवा उनके पास आई और सीधा उनकी तरफ़ देखकर दृढ़ता से बोली, ''डैडी, सुधीर ने हमें नहीं मारा।''

सुनकर, आह्लादित हो, शुक्ला साहब ने उसे उठाकर गोदी में बिठला लिया और उसके सिर पर हाथ फेरते-फेरते, गद्गद स्वर में बोले, ''दैट्स ए गुड गर्ल!''

कितनी भोली और प्यारी लड़की है, उन्होंने सोचा, मार खाकर भी सुधीर को बचाने आई है। शिकायत करने की अपनी भूल का प्रतिकार करने। इसे कहते हैं शख़्सियत। काश, सुधीर भी यह गुण सीख सके। आख़िर उनका वंश चलना तो सुधीर से है न। उनके अपने परिष्कृत व्यक्तित्व की स्मृति सुधीर के व्यक्तित्व से रहेगी, रेवा से नहीं। अपनी और अपने मान्य अंग्रेज़ों की तमाम पुरानी पीढ़ियों की न्यायप्रियता पर उनका गहरा विश्वास था। पुत्र को जीवन में कुछ बनाना होता है, जबकि पुत्री को पराए घर का धन समझकर, पाल-पोसकर, सुपात्र के हवाले कर देना होता है, बस।

अगले दिन सुधीर अपने छमाही इम्तिहान की रिपोर्ट लेकर घर पहुँचा तो शुक्ला साहब को एक धक्का और लगा। गणित में नम्बर कुल सौ में चवालीस। अब तक वे उसे काफ़ी मेधावी समझते आए थे। यह अचानक क्या हो गया? किसी चीज़ को अपवाद समझकर छोड़ देने की आदत उन्होंने अपने पेशे में सीखी न थी। एक बार फिर सुधीर के पालन-पोषण के क्षेत्र में सफल होने की अक्षमता उन्हें कचोट गई। उससे निजात पाने के लिए वे हाथ-पैर मारने लगे। तभी एक दिन, उनके दोस्त झा साहब कानपुर शहर के सबसे खुर्राट मास्टर श्रीवास्तव की ख़बर उन्हें दे गए। बस, वे इसी तिनके को सहारा मान, थामकर बैठ गए।

झा साहब डिस्ट्रिक्ट में हेल्थ-ऑफ़िसर का ऊँचा ओहदा सँभाले हुए थे। और मास्टर श्रीवास्तव उनके मातहत लोअर डिवीज़न क्लर्क थे। आँकड़े लिखते-लिखते

और उनका जोड़-गुणा करते-करते उन्हें गणित का ख़ासा ज्ञान हो गया था। उसका इस्तेमाल वह शाम को स्कूल के लड़कों को गणित पढ़ाकर करते थे और इस तरह मास्टर की पदवी प्राप्त कर गए थे। झा साहब का कहना था, वह निहायत तहज़ीब-तमीज़ वाला, काम में मुस्तैद बाबू है, जिसने आँकड़ों के जोड़ में आज तक ग़लती नहीं की। फिर झा साहब के मातहत काम करने की वजह से उसमें डिसिप्लिन के प्रति वह लगाव भी है, जिसके अमल में ख़ुद झा साहब किसी अंग्रेज़ अफसर से कम नहीं हैं। शुक्ला साहब को ऐसे ही इनसान की तलाश थी। जो थोड़ी-बहुत कसर उन्होंने उनमें देखी, वह समझा-बुझाकर दूर कर दी।

"लड़की क्या बनेगी, इसका दारोमदार काफ़ी हद तक उस आदमी पर होता है, जो उसका संरक्षक हो। वह चाहे उसे देवी बना ले, चाहे चुड़ैल," उन्होंने कहा, "पर लड़के को अपना ख़याल ख़ुद रखना पड़ता है, अपने पर डिसिप्लिन रखना सीखना होता है। इसलिए मैं चाहता हूँ कि आप सुधीर को सख़्ती और डिसिप्लिन के साथ पढ़ाएँ।"

"बजा फ़रमाया आपने," मास्टर श्रीवास्तव ने दुबली-पतनी देह पर लुटिया की तरह टिके गंजे सिर को झुकाकर कहा।

"मैं चाहता हूँ, सुधीर मैथमेटिक्स में माहिर हो जाए, जिससे आगे चलकर कैरियर बनाने में कोई दिक़्क़त पेश न आए। आप जानते ही हैं, मैथमेटिक्स का ज्ञान कितना ज़रूरी होता है।"

"जी, जज साहब, बख़ूबी जानता हूँ," श्रीवास्तव ने फिर तमीज़ के साथ सिर झुका दिया।

"और मैथमेटिक्स जितनी आसानी से आदमी बचपन में सीख सकता है, बड़ी उम्र में नहीं।"

"जी साहब, दुरुस्त फ़रमाया आपने।"

मास्टरजी ने तीसरी बार सिर झुकाकर हामी भरी तो जज साहब कुछ चिढ़ गए। बोले, "आप मुझे बात पूरी करने दीजिए, बार-बार टोकिए मत।"

मास्टर श्रीवास्तव बिना एक लफ़्ज़ बोले, टुकुर-टुकुर, उनकी तरफ़ ताकते रहे।

जज साहब को वे पसन्द आ गए। जो आदमी हुक्म की फ़ौरन तामील करता है, वह जानता है, डिसिप्लिन क्या होता है।

"ठीक है," उन्होंने कहा, "कल से पढ़ाना शुरू कर दीजिए।"

"जी," मास्टर श्रीवास्तव ने विनम्रता से कहा, "एक अर्ज़ थी।"

"कहिए?"

"ऐसा है कि अगर मुझे पढ़ाने के मामले में पूरी आज़ादी दे दी जाए तो लड़का कहीं-से-कहीं निकाल दूँगा। पर साब, बहुत से माँ-बाप, बीच-बीच में, आप जानते हैं न साब, बीच-बीच में वे टोकते रहें तो पढ़ाई करवाना कितना मुश्किल हो जाता

है,'' मास्टरजी ने हिचकिचाते हुए अपनी बात पूरी की। वह क़यास नहीं लगा पा रहे थे कि ऊँट किस करवट बैठेगा।

''मैं ख़ुद उसके ख़िलाफ़ हूँ। आप बिलकुल आज़ाद हैं,'' जज साहब ने गम्भीर स्वर में कहा तो उन्होंने राहत महसूस की।

''अच्छा...'' जज साहब ने बर्ख़ास्त करनेवाली आवाज़ में कहा। और वे हाथ जोड़कर नमस्ते करने के साथ-साथ खीसें निपोरते हुए बाहर निकल आए।

कमरे से बाहर निकलते ही उसके चेहरे पर आकस्मिक परिवर्तन आ गया। होंठों पर सन्तुष्ट मुस्कराहट के फैलने के साथ आँखों में क्षुब्ध क्रूरता झलक उठी।

''हुँ:, कुत्ते की दुम।''

उसने कहा और पिच्च से सड़क पर थूक दिया, ''साला बड़ा अपने को अंग्रेज़ की औलाद समझ रहा था। बार-बार टोकिए मत मुझे, बात पूरी कर लेने दीजिए। हुँ:, सुन ली तेरी पूरी बात। अब देखना बच्चू, कौन बड़ा है, तू या मैं।''

आँखें तरेरकर बुड़बुड़ाता श्रीवास्तव अपने घर की तरफ़ चल दिया।

मास्टर श्रीवास्तव के व्यक्तित्व में आकर्षक शायद कुछ नहीं था। वह दुबला और गंजा तो था ही, नाटा और काला भी था। आँखें छोटी और निस्तेज ही नहीं थीं, उनमें अक्सर कीच जमा रहता था, जिसे बाहर निकालने के लिए वह उन्हें अजीब तरह से मिचमिचाया करता था। शीशे के सामने खड़े होने पर, निस्सन्देह, ख़ुद अपनी शक्ल देखकर छिपकली की याद आती होगी। दफ़्तर में उसका व्यक्तित्व छिपकली की तरह ही बना हुआ था, जो दुम काट दी जाने पर भी, दीवार पर उसी चाल से रेंगती रहती है। पता नहीं, मास्टर श्रीवास्तव को सचमुच इस बात का ग़रूर था या नहीं कि अंग्रेज़ कलेक्टर की लात खाकर भी, उसने कभी मन मैला नहीं किया, पर यह कहानी सुनाते हुए वह भाव ऐसा ही जतलाता था। अफ़सरों की डाँट-फटकार और लात-घूँसों को मुस्करा-मुस्कराकर हासिल कर लेने की वजह से, वह उनका प्रिय बन गया था। कई बार मारपीट या गाली-गलौज करने के बाद, वे उसकी निरीहता पर दया करके उसे इनाम दे दिया करते थे, जिसे वह लाचार मुस्कराहट के साथ ग्रहण कर लिया करता था। पाँच बच्चों की अपनी गृहस्थी की माँगों को काफ़ी हद तक वह ऐसे ही पूरा करता था। यह कितनी बड़ी क़ुर्बानी थी, तभी समझा जा सकता है, जब हम जान लें कि स्वभाव से मास्टर श्रीवास्तव बहुत ही क्रोधी था। ग़ुस्से को यूँ बराबर थूक के साथ घोंट-घोंटकर पीते रहना आसान काम नहीं है। जब श्रीवास्तव, क्लर्क के साथ मास्टर बन गया तो दिल की भड़ास निकालने का आसान तरीक़ा उसके हाथ लग गया। जो उसके अफ़सर उसके साथ करते थे, और जो वह उनके साथ करने का सपना देखा करता था, मध्य-वर्ग के बच्चों को पीटकर पूरा कर लेता था।

पर आज-सा सुनहरा मौक़ा पहले कभी हाथ नहीं लगा था। अंग्रेज़ी अदालत के मान्य जज साहब के लड़के को पढ़ाने का संयोग कभी नहीं बैठा था।

मास्टर श्रीवास्तव सुधीर को जज साहब के बँगले के कोनेवाले कमरे में पढ़ाने लगे। कमरा उनकी बैठक से इतनी दूर पड़ता था कि वहाँ किसी क़िस्म की आवाज़ का पहुँचना मुश्किल, बल्कि नामुमकिन था। पढ़ाई के मामले में मास्टर जी ने कुछ नियम बना रखे थे और जहाँ तक हो सके, उनका पालन करते थे। यानी, एक ग़लती करने पर नीम की छड़ी से हथेली पर दस वार करना। दो ग़लतियाँ करने पर उँगलियों में पेंसिल फँसाकर गाँठों पर दस वार करना। तीन ग़लतियाँ करने पर मुर्ग़ा बनाकर कमर पर तख़्ती बाँध देना। चार ग़लतियाँ करने पर तख़्ती उतारकर झुकी पीठ पर दस वार करना। और चार से ऊपर ग़लतियाँ करने पर छड़ी की मार की गिनती करना ही छोड़ देना। मुश्किल यह थी कि दो-चार दिन में ही उन्होंने पाया कि पढ़ाई में सुधीर इतनी कम ग़लतियाँ करता है कि पहली सीढ़ी से आगे बढ़ने की नौबत नहीं आती। पर वे इतनी आसानी से हारनेवाले जीव नहीं थे। दिमाग़ पर तनिक ज़ोर देते ही उन्हें अनेक बहाने मिल जाते थे, जिनके भरोसे वे उस पर वार कर सकें। मसलन, लिखते समय कॉपी पर इतना ज़्यादा क्यों झुका; उनके अन्दर आने पर ख़राब मुँह क्यों बनाया; जब वे सवाल समझा रहे थे तो उनकी तरफ़ न देखकर सामने दीवार पर क्यों ताका, इत्यादि।

क़रीब एक महीना मास्टर श्रीवास्तव बेरोक-टोक सुधीर को पढ़ाते रहे। एक बात का वे ख़ास ख़याल रखते थे। जब भी मारने को छड़ी हाथ में उठाते, अपनी सफ़ाई देना न भूलते। छड़ी के हर वार के साथ कहते, ''मुझे मारना-पीटना बिलकुल पसन्द नहीं है पर क्या करूँ, जज साहब का हुक्म है।'' या कहते, ''जाने किस मिट्टी का बना लड़का है कि बाप ने ख़ुद पिटाई करने का हुक्म दिया है।''

सुधीर सुनता, मार खाता और दस वर्ष में संचित अपनी इच्छाशक्ति लगाकर रोने-चीख़ने पर क़ाबू पा जाता। शायद उसके मन के भीतर गहरे आक्रोश की जो लपट धधक उठती, वही उसे रोने-चीख़ने जैसा मामूली काम करने से रोक देती। तब मास्टर श्रीवास्तव का क्रोध सहस्त्र-गुना बढ़ जाता। उन्हें लगता इतनी मार-पीट करके भी वे वही छिपकलीनुमा फिटमारे इनसान बने हुए हैं। और सुधीर के अफ़सरी वर्ग के ग़रूर को ज़रा नहीं हिला सके हैं। उनका हाथ और कड़ा पड़ जाता, छड़ी और तेज़ी से सरसराती और मुँह से असंख्य गालियों की बौछार फूट पड़ती।

फिर एक दिन जब जज साहब कचहरी से लौटकर अपने एलसेशियन कुत्ते टाइगर को लेकर घूमने निकलनेवाले थे, उनके माली ने आकर ख़बर दी कि छोटे साहब के पढ़नेवाले कमरे की खिड़की पर लगी पीली चमेली पर पहली बार फूल

खिले हैं। यह बेल उसने दो साल पहले लगाई थी पर पता नहीं क्यों, पिछले बरस उस पर फूल नहीं आया था। उससे जितना दुख माली को हुआ था उतना ही जज साहब को। उन्होंने ख़ास कुछ कहा नहीं था, पर माली को लगा था वे उसकी देखभाल पर शक कर रहे हैं, सिर्फ़ बाक़ी बाग़ की ख़ुशहाली देखकर डाँट-फटकार नहीं रहे। इस साल चमेली की बेल ने पिछले बरस की कसर पूरी कर दी। फूलों से इतना लद गई कि पत्ता देखना मुश्किल हो गया। माली दौड़कर उन्हें बुलाने जा पहुँचा और वे भी जल्द-से-जल्द कपड़े बदलकर उसे देखने चल दिए।

उन्हें फूलों से बेहद लगाव था। हर तरह का फूल उनके बग़ीचे में मिल सकता था। पर इतनी सम्पदा के बीच से एक फूल भी किसी को तोड़ने की इजाज़त नहीं थी। कभी कोई अंग्रेज़ अफ़सर माँग बैठता तो मन मारकर माली से कुछ फूल तुड़वा लेने पड़ते। पर तब भी वे हिदायत कर देते कि एक तो उनके कचहरी चले जाने पर ही फूल तोड़े जाएँ, जिससे उन्हें वह दर्दनाक दृश्य देखना न पड़े, दूसरे ज़रूरत से ज़्यादा एक फूल भी न तोड़ा जाए। रोज़ वे बाग़ के किसी-न-किसी कोने का मुआयना करने निकला करते थे, पर जान-बूझकर इस तरफ़ नहीं आते थे। बिना फली बेल देखकर मन को कचोट न लगे। आज ख़ुशी-ख़ुशी वे वहाँ पहुँचकर उस नाज़ुक-सी बेल पर पीले फूलों के भारी लदान को देखते खड़े रह गए। फूलों के भार से झुकी पड़ रही बेल को देखकर उन्हें करुणा हो आई।

"फूल कुछ ज़्यादा नहीं खिल आए? बेल को तकलीफ़ हो रही होगी," माली से कह वे वापस खिड़की की तरफ़ मुड़े ही थे कि भीतर का दृश्य देख, ज़िन्दगी में पहली बार, फूलों को भूल, हक्के-बक्के खड़े रह गए।

देखा, सुधीर मुर्ग़ा बना खड़ा है और श्रीवास्तव नीम की पतली छड़ी धाड़-धाड़ उसकी झुकी पीठ पर पटक रहा है। साथ ही ज़हरीले नाग की तरह फुफकारकर चीख़ रहा है, "अब बोल बच्चू! साला समझता क्या है! उल्लू के पट्ठे! बुला अपने बाप-दादा को। हड्डी-पसली एक न कर दी तो मेरा नाम नहीं।"

लग रहा था वह देर से कसरत करता रहा है क्योंकि उसके पीले, अन्दर धँसे गाल, सेब के मानिन्द लाल हो उठे थे। फीकी, कीच-जमी, मिचमिचाती आँखें पिशाची चमक से चमक रही थीं। सुधीर की कोई आवाज़ उनके कानों में नहीं पड़ी। इसलिए कि वो आवाज़ कर नहीं रहा था या इसलिए कि श्रीवास्तव की चिल्ल-पों के बीच वह सुनाई नहीं दे रही थी, वे तय नहीं कर पाए। इतना वक़्त उन्होंने अपने को नहीं दिया। जो हो रहा था, उसे देखकर, क्षण-भर के लिए अपना सन्तुलन खो, वे मास्टर की तरह फुफकारकर चीख़ उठे, "श्रीवास्तव!"

श्रीवास्तव ने एक और वार करने को हाथ ऊपर उठाया था कि जज साहब की पुकार चाबुक़ समान उस पर पड़ी। हाथ जहाँ-का-तहाँ रह गया। लकवे के मरीज़ की तरह वह अपनी जगह पथराया खड़ा रह गया; इतनी ताब भी न हुई कि

घूमकर उस खिड़की की तरफ़ मुख़ातिब हो, जहाँ से आवाज़ आई थी। शुक्ला साहब बरामदा पार करके कमरे में दाखिल हो गए। श्रीवास्तव के हाथ से छड़ी नीचे गिर गई। पूरे बदन में इस क़दर कँपकँपी छूटी कि चाहने पर भी, वह काँपते हाथ नमस्कार में नहीं जोड़ सका। शुक्ला साहब तब तक अपने पर सन्तुलन पा चुके थे।

"क्या हो रहा था?" उन्होंने उस ठंडे पथरीले स्वर में पूछा, जो वे अदालत में अभियुक्त से सवाल करते वक़्त इस्तेमाल करते थे। स्वर इतना धीमा था कि मुश्किल से श्रीवास्तव के कानों में पड़ा, पर उसे वह उनकी चीख़ से भी ज़्यादा भयंकर लगा। उसने कई बार थूक घोंटा पर कह कुछ नहीं पाया।

"उससे कहिए, बाहर जाए," जज साहब ने उसी लहज़े में फिर कहा।

मार के सहसा रुक जाने से हक्का-बक्का सुधीर अब तक मुर्ग़ा बना ही खड़ा था। अब डैडी का स्वर सुन सीधा हो गया। उनकी आवाज़ के ठंडेपन से वह समझ गया कि वे बेइन्तहा नाराज़ हैं, पर हैं किससे, उससे या मास्टर से, समझ नहीं पाया। सहसा, श्रीवास्तव उसके पास आकर बोला, "जाओ बेटा, जाओ...तुम बाहर जाओ।" लगा उसका स्वर अचानक शहद की बोतल में जा गिरा है। वह समझ गया, डैडी का ग़ुस्सा उस पर नहीं मास्टर पर है। वह चुपचाप बाहर निकल आया और खिड़की के पास खड़ा हो भीतर देखने लगा। वह जानता था, आमतौर पर डैडी को, उसका ऐसे छिपकर उनकी बात सुनना, बेहद नापसन्द होता; पर न जाने क्यों, लग रहा था कि आज वे उसे किसी बात पर डाँटने-फटकारनेवाले नहीं हैं। क्या पता, अभी पास बुलाकर प्यार कर बैठें।

"जानना चाहता हूँ आप उसे किस ग़लती की सज़ा दे रहे थे," भीतर शुक्ला साहब ने पूछा।

ग़लती? मास्टर श्रीवास्तव सकपका गए। ग़लती हो तो कहें। डैसिमल के गुणा में लड़का गड़बड़ा गया था, कहने से वे सन्तुष्ट होते नहीं दिखलाई देते थे। और सच बात यह थी भी नहीं। बात यह थी कि सुबह से उनका अपना दिमाग़ भन्नाया हुआ था। आज दफ़्तर में कलेक्टर साहब दौरा करने आए थे। जब वे उसके कमरे से गुज़र रहे थे तो, न जाने कैसे, उसके मुँह से डकार निकल गई थी। वह ध्यान से कलेक्टर साहब के चमचमाते जूते देख रहा था कि आप-से-आप वह उसके मुँह से निकल गई। जानबूझकर वह ऐसा काम कभी नहीं कर सकता था। बल्कि डकार पूरी तरह बाहर आने से पहले, उसने मुँह पर हाथ रखकर उसे भीतर घोंटने की कोशिश की थी। पर कलेक्टर साहब उसके एकदम क़रीब से गुज़र रहे थे और उन्होंने वह सुन ली थी। उन्होंने आव देखा न ताव, वहीं, सबके सामने, उसी चमचमाते जूते को उठाकर उसकी पीठ पर दो लात जमाई थी और चीख़े थे, "यू सैवेज ब्लैक डॉग। हाऊ डेयर यू डू दैट बिफ़ोर मी? गेट आउट!"

वह सिर झुकाकर बाहर निकल गया था और जब तक वे मुआयना पुरा करके चले न गए थे, बाहर ही खड़ा रहा था। खड़ा-खड़ा अपनी बीवी को कोसता रहा था, जिसके कहने में आकर, सुबह उसने बासी पराँठे का नाश्ता कर लिया था। वह कमबख़्त जानती है कि उसका मेदा कमज़ोर है, गैस की बीमारी है, फिर भी ज़रा ख़याल नहीं रखती। जब देखो, बासी, सूखा पराँठा लाकर सामने रख देती है। इतना ही होकर रह जाता तो उसे ख़ास ग़म नहीं होता। मार ख़ाने का वह आदी था। असली दुख उसे इस बात का था कि कलेक्टर साहब के चले जाने पर झा साहब ने उसे बुलाया था और उसकी बदतमीज़ी पर एक लम्बा लेक्चर देकर, दस रुपया जुर्माना कर दिया था। दस रुपया! इतना जुर्माना तो किसी हिन्दुस्तानी की टाँग तोड़ने पर भी नहीं भरना पड़ता। वह बहुत रोया-गिड़गिड़ाया था, पर उन्होंने एक न सुनी थी। उसका मन गहरे विषाद से भर आया था। यही तो फ़र्क़ है अंग्रेज़ और हिन्दुस्तानी अफ़सर में। अंग्रेज़ मार ज़रूर बैठता है पर माफ़ी माँग लेने पर ख़ुश होकर इनाम भी देता है। रुपया देता है, लेता नहीं। उसे अपने पर ग़ुस्सा आया था कि उसी वक़्त बाहर खड़ा हवा खाता रहा था। साला झा की दुम! एक वह–एक यह शुक्ला!

दफ़्तर से निकलकर वह सीधा सुधीर को पढ़ाने आ गया था, घर नहीं गया था। उसे डर था, घर गया तो बीवी को मार बैठेगा। फिर वह नाराज़ होकर दो-चार बच्चों को पीट देगी और मातम मनाती हुई, दो दिन खाना नहीं पकाएगी।

''जवाब दीजिए,'' शुक्ला साहब का आदेश लात की तरह उसके कान पर लगा। डर हुआ कि कहीं गोरे साहब की तरह वे भी लात न जमा दें। वह चौंककर दो क़दम पीछे हट गया और वहीं से हाथ जोड़कर घिघियाने लगा, ''माफ़ कर दीजिए, जज साहब, माफ़ कर दीजिए। मैं कान पकड़ता हूँ।'' और सचमुच मास्टर श्रीवास्तव कान पकड़कर खड़ा हो गया। बाहर खड़ा सुधीर ज़ोर से हँस दिया।

''हाथ नीचे कीजिए। अपना तमाशा बनाने की ज़रूरत नहीं है,'' जज साहब ने सख़्त स्वर में कहा तो हाथ आप-से-आप नीचे आ गए, और बाहर सुधीर डैडी के प्रति गर्व से भर उठा।

''आगे से आप किसी बच्चे को नहीं पढ़ाएँगे। मैं और लोगों को भी आगाह कर दूँगा। फिर कभी बच्चों की ज़िन्दगी हाथ में लेने की कोशिश की तो अच्छा नहीं होगा,'' डैडी कह रहे थे।

यह सुनकर मास्टरजी झट अपने घुटनों पर गिर पड़े और विलाप कर उठे, ''ऐसा न कीजिए जज साहब, मेरी रोज़ी-रोटी मारी जाएगी। मुझसे बड़ी भूल हो गई। बच्चे पर हाथ उठ गया। कुछ ज़्यादती हो गई।''

''जिस आदमी को ग़ुस्से में भले-बुरे का ज्ञान नहीं रहता, वह कुत्ते-बिल्ली से भी बदतर है। आप जैसे आदमी को बच्चों की पढ़ाई का काम नहीं सौंपा जा सकता।''

"मैं आगे से ख़याल रखूँगा, साहब, फिर कभी ऐसी ग़लती नहीं होगी, साहब," कहते-कहते मास्टर श्रीवास्तव घुटनों के बल आगे सरकने लगे और हाथ जोड़कर मनुहार करने लगे।

"गेट अप एंड गेट आउट," जज साहब ने थूकती हिकारत के साथ कहा। पीठ पर लात सह जानेवाले मास्टर श्रीवास्तव भी उसे नहीं झेल पाए और विनती करना छोड़ बाहर निकल गए।

बाहर खड़ा सुधीर अधीर मन प्रतीक्षा करने लगा कि अब डैडी उसे आवाज़ देकर बुलाएँगे, पास बैठाएँगे, पुचकारेंगे और पूछेंगे, 'बेटा, ज़्यादा चोट तो नहीं आई?' यह जानते ही कि मास्टर की मार के पीछे डैडी का हाथ नहीं था, उसका सारा आक्रोश जाता रहा था। ज़्यादा इन्तज़ार नहीं करना पड़ा। श्रीवास्तव के बाहर जाने के कुछ ही लम्हे बाद डैडी की पुकार सुनाई दी, 'माली, सुधीर को हमारे पास भेजो।' माली के उस तक आने से पहले ही वह दौड़ता हुआ अन्दर आ गया और बिलकुल उनसे सटकर खड़े हो, आग्रह के साथ बोला, "जी, डैडी?"

शुक्ला साहब ने आँखें ऊपर उठाकर उसकी तरफ़ नहीं देखा। उन्हें उस वक़्त शर्म महसूस हो रही थी। किसी के सामने मार ख़ाने पर दुबारा उसके सामने जाने पर आदमी जिस लज्जा का अनुभव करता है, उसी का अनुभव शुक्ला साहब सुधीर के सामने कर रहे थे। मूलत: वे एकान्तप्रिय और लजीली प्रकृति के मनुष्य थे। किसी भावात्मक दृश्य की सम्भावना पैदा होते ही, वे इतने शरमा उठते थे कि दूसरे को सरासर उदासीन और सपाट नज़र आने लगते थे। सुधीर की जगह वे होते तो जल्द-से-जल्द वहाँ से हट जाना चाहते। जो कांड अभी होकर चुका था, उसकी याद तक नहीं दिलवाया जाना चाहते। सुधीर भी ऐसा ही चाहता होगा, सोच लेना, उनके लिए बहुत आसान था।

"मैंने तुम्हारे मास्टर बदल दिए हैं। अब से तुम हमारे बराबर वाले कमरे में पढ़ा करोगे," उन्होंने कोमल स्वर में कहा और फिर कुछ सख़्ती से जोड़ा, "ध्यान से पढ़ना।"

"जी," सुधीर ने कहा और कुछ और सुनने की आशा में खड़ा रहा।

"ठीक है, जाओ, खेलो," उन्होंने कहा और ख़ुद वहाँ से बाहर निकल गए।

बस। लुटा-सा सुधीर उन्हें जाते देखता रहा। न दुलार, न अफ़सोस, जैसे ख़ास कुछ हुआ ही न हो।

शुक्ला साहब की न्याय-बुद्धि कहती थी, न केवल गुरु का शिष्य के सामने अपमान नहीं करना चाहिए, बल्कि उसे यह पता नहीं लगने देना चाहिए कि उसके पीछे क्या किया गया है। श्रीवास्तव जैसे मास्टर से लड़के को पढ़वाना असम्भव अन्याय होता, यह वे मानते थे और इसी कारण उन्हें हटा भी दिया था। हटा ही नहीं दिया था, और किसी बच्चे को पढ़ाने से भी मनाही कर दी थी। पर इसका मतलब

यह नहीं था कि वे सुधीर से उसकी बुराई करने बैठ जाते। फिर वे यह भी तो नहीं जानते थे कि सुधीर ने उनकी और मास्टर श्रीवास्तव की बातचीत सुन ली है।

पता नहीं, उसी पल या आगे चलकर, सुधीर ने मास्टर श्रीवास्तव को माफ़ कर दिया। यही नहीं, वयस्क होने तक उसे उनसे सहानुभूति हो आई। बचपन की वह घटना उसे ज्यों-की-त्यों पूरी याद रह गई थी। वह जब चाहता, उसका कोई भी दृश्य अपनी आँखों के सामने ताज़ा कर लेता। जैसे-जैसे उसके अनुभव बढ़ते गए, उसे मास्टर का घिघियाता और जज साहब का उदासीन अभिजात रूप बार-बार याद आने लगा। जज साहब के झिड़कने पर जो रूप उसने मास्टर का देखा था, उसकी परिपक्व बुद्धि के लिए, वह उन्हें दयनीय बना गया। उसकी समझ में आ गया कि मास्टर श्रीवास्तव भी उसी की तरह एक निरीह और दुर्बल व्यक्तित्व का आदमी था, जो बली से पिटकर निर्बल को पीटता फिरता था। वह उस व्यवस्था का शिकार था, जिसके अधिकारी जज साहब थे या उनके तबके और व्यक्तित्व के अन्य लोग। एक जज के नाते सुधीर ने उन्हें कभी माफ़ नहीं किया। हाँ, एक साधारण पिता की तरह उन्होंने उसे दुलारा-पुचकारा होता, उस पर पड़ी अकारण मार पर क्षोभ प्रकट किया होता तो वह उन्हें कठघरे में खड़ा नहीं करता। माफ़ करने के अपने अधिकार को त्याग देता। तब वे डैडी होते, जज साहब नहीं।

सुधीर को कमरे के अन्दर छोड़कर शुक्ला साहब बाहर निकल आए और दोबारा पीली चमेली की बेल के पास जा खड़े हुए। अभी-अभी जो वहशत पैदा करनेवाला हादता हो गुज़रा था, उसने उनके दिलो-दिमाग़ को काफ़ी झिंझोड़कर रख दिया था। देर तक चमेली की ताज़ा ख़ुशबू सूँघते रहकर भी उन्हें राहत नहीं मिली। बल्कि उस पर लदे बेतरतीब फूलों के धकापेल गुच्छों को देखकर, वैसा ही वहशी एहसास बार-बार होने लगा।

"देखो," उन्होंने माली को आवाज़ लगाकर कहा, "इन फूलों का भार बहुत ज़्यादा हो गया है, इनमें से कुछ छाँट दो।"

"छाँट दूँ?" माली ने अचम्भित होकर दुहराया।

"हाँ, क़रीब चौथाई छाँट दो।"

"जी," माली ने सँभलकर पूछा, "उन फूलों को बैठक में लगा दूँ?"

"नहीं-नहीं," कहकर शुक्ला साहब दो क़दम पीछे हट गए। फूलों को तोड़कर गुलदस्ते सजाना उनके लिए उतना ही वहशी काम था, जितना इनसानों के सिर काटकर माला में पिरोकर गले में लटका लेना।

"कलेक्टर साहब के यहाँ दे आना," उन्होंने कहा, "और देखो, जब हम टेनिस खेलने क्लब चले जाएँ तब काटना।"

हुक्म देकर वे तो अपनी स्टडी में चले गए पर बात-की-बात में अनहोनी ख़बर पूरी कोठी में फैल गई। माली ने ख़ानसामा को बतलाया, ख़ानसामा ने गोविन्द बैरे को और गोविन्द ने रेवा की आया को। आया के मुँह से बाक़ी नौकरों-चाकरों को सूचना मिल गई। ख़ुद वह रेवा का हाथ थाम वहीं जा पहुँची जहाँ चमेली की बेल थी। उसने सोचा, तोड़ते वक़्त दो-चार गुच्छे वह भी हथिया लेगी। कितने टिनों से पीला गजरा पहनने को मन ललचा रहा था।

रेवा ने सुना तो अलग मचल उठी। फ़ौरन भागती हुई उनकी स्टडी में जा पहुँची और रूठे स्वर में बोली, "डैडी, आप सब-के-सब फूल कलेक्टर साहब के बँगले पर क्यों भिजवा रहे हैं? हमारी टीचर रोज़ माँगती है।"

"अच्छा, रोज माँगती हैं," शुक्ला साहब ने हँसकर कहा और उसे उठाकर गोदी में बिठा लिया। बोले, "माली से कहे देते हैं, कुछ उनके यहाँ भी दे आएगा।"

"और सुधीर भैया की इंगलिश मैडम भी माँगती रहती हैं," रेवा ने मौक़ा देखकर उसकी सिफ़ारिश कर दी।

"उन्हें भी दे आएगा," शुक्ला साहब ने उदार होकर कहा, "जाओ, माली को बुला लाओ।"

माली के आने पर उन्होंने ताकीद कर दी कि तीनों जगह बराबरी से फूल पहुँचा दे।

"हैप्पी?" उन्होंने रेवा से पूछा।

"हाँ, डैडी, हाँ," उसने चिहुँककर कहा।

"सुधीर से भी कह देना, उसकी मैडम को फूल मिल जाएँगे," उन्होंने कहा और सोच लिया कि रेवा की तरह वह भी सुनकर ख़ुश हो जाएगा।

उन्हें मालूम नहीं था कि उसे इन अंग्रेज़ी पढ़ानेवाली इंगलिश मैडम से ख़ास चिढ़ है। यह भी उन्हें पता नहीं चला कि जब रेवा ने फूल भिजवाने के बारे में उसे बतलाया तो वह उस पर काफ़ी बिगड़ा।

फूलों का बँटवारा करते-करते, उन्होंने पाया कि उनके दिल का क्षुब्ध भाव काफ़ी मिट गया है। वे अपने रोज़मर्रा के रूटीन को निभाने लायक़ स्थिर हो चुके हैं। रेवा को आया को सौंप, उन्होंने टेनिस का रैकेट उठाया और क्लब चल दिए। बैरे गोविन्द को बुलाकर यह भी कहते गए कि टाइगर को वह घुमा लाए। इस पूरे क़िस्से में उसका घूमना रह गया था।

2

अगले चार-पाँच वर्षों में पन्द्रह की उम्र तक पहुँचते-पहुँचते सुधीर उस मुकाम पर पहुँच चुका था, जहाँ वह मन में शायद ही कभी शुक्ला साहब को डैडी कहकर

पुकारता था। कुछ दिन के लिए तो उनके सामने भी उन्हें 'साहब' कहकर पुकारना शुरू कर दिया था, पर एक बार उनके परिचित टंडन साहब इस पर कटाक्ष कर बैठे थे और तब से शुक्ला साहब ने मनाही कर दी थी। वैसे घर में इतने नौकर-चाकर थे, जो उन्हें 'साहब' कहकर पुकारते थे कि सुधीर के ऐसा कहने पर उनका ख़याल नहीं गया था। पर टंडन साहब कुछ ज़्यादा मुँहफट क़िस्म के आदमी थे और उनके दोस्तों में अकेले, जो उनसे तू-तड़ाक कर लिया करते थे। वे दोनों साथ पढ़े थे और अब टंडन साहब बैरिस्टरी करते थे और शुक्ला साहब जजी। जब टंडन साहब उनकी अदालत में पैरवी करने आ रहे होते तो उनकी हालत देखते बनती थी। दिन-रात डर छाया रहता कि वे कहीं कोर्ट में उनसे तू-तड़ाक न कर बैठें। तब उन पर 'कन्टैम्प्ट ऑफ़ कोर्ट' दायर करते उन्हें शरम भी आती और बेचैनी भी होती। दायर करते ज़रूर, उसमें उन्हें शुबहा नहीं था। ख़ैर, ऐसी स्थिति अब तक आई नहीं थी। हाँ, घर-बाहर वे उन्हें परेशानी में डालते रहते थे। ऐसा एक मौक़ा वह था, जब सुधीर ने उनसे बाहर खेलने जाने की इजाज़त ली तो, वे सहसा बोल उठे–"कमाल है शुक्ला, दिमाग़ फिर गया है तेरा। इकलौते लड़के से अपने को साहब कहलाता है, शरम नहीं आती। अरे बाबूजी-पिताजी कहलाने में शरम लगती है तो सीधा-सीधा डैडी पुकार सकता है।" सुनकर शुक्ला साहब पानी-पानी हो गए थे। रात को सुधीर के लौटने पर उसे बुलाकर कह दिया था, वह उन्हें 'साहब' न पुकारे।

"फिर क्या कहूँ?" सुधीर ने जानबूझकर पूछा था।

"डैडी, और क्या, जैसे रेवा कहती है," उन्होंने झल्लाकर कहा था।

"जी, बहुत अच्छा," सुधीर ने हामी भरी थी, एक व्यंग्य-भरी मुस्कराहट के साथ।

शुक्ला साहब की समझ में नहीं आया था कि इसमें इस तरह मुस्कराने की क्या बात है, पर वे चुप रहे थे। सुधीर को लेकर ऐसी कितनी बातें थीं जो उनकी समझ में नहीं आती थीं। वे नहीं जानते थे कि उनका विश्लेषण किससे करवाएँ, लिहाज़ा चुप रह जाते थे। सुधीर ने इसके बाद उन्हें 'साहब' पुकारना तो बन्द कर दिया था, पर 'डैडी' कभी नहीं कहा था। जी, अच्छा, हाँ जी, कहकर काम चला लेता था। चूँकि टंडन या किसी दूसरे परिचित ने इस तरफ़ उनका ध्यान नहीं दिलवाया था, वे इससे अनजान बने रहे थे।

मन में सुधीर जब उनकी बात सोचता तो उन्हें जज कहकर पुकारता।

अंग्रेज़ों का पिट्ठू जज, जो उनका दंड-विधान हाथ में लेकर देश की स्वतंत्रता की राह में रोड़े अटकाता रहा था।

उन्नीस सौ बयालीस की स्वतंत्रता की लड़ाई के दौरान सुधीर की उम्र कुल नौ-दस वर्ष रही थी। कर्म और शरीर से वह उससे अछूता रह गया था पर मन से नहीं। सड़क पर निकलनेवाला हर जुलूस; जुलूस पर बरसनेवाली हर लाठी;

आज़ादी की पुकार मचाता हर सेनानी; पुलिस की गोली से आहत हर हिन्दुस्तानी; जेल में ठुँसा हर क्रान्तिकारी; दंड सुनाता हर न्यायाधिकारी; उसके मन-मस्तिष्क का अभिन्न अंग बन गया था। पहलों का पक्ष लेकर वह दूसरों से लड़ता और लड़ते-लड़ते पाता, उसके प्रतिद्वन्द्वियों ने मिलकर जो विराट रूप धारण कर लिया है, वह कानपुर सेशंस कोर्ट के जज शुक्ला साहब का है। वही उसके शत्रु हैं; वही उसके शोषक; वही उसके प्रतिद्वन्द्वी और नियति की न जाने किस क्रूर विडम्बना से वही उसके सर्वेसर्वा। देश-भर में कहीं किसी अदालत में आज़ादी के सिपाहियों के ख़िलाफ़ फ़ैसला सुनाया जाता तो उसे लगता जज और कोई नहीं, शुक्ला साहब ही हैं।

उन्नीस सौ सैंतालीस में जब हिन्दुस्तान आज़ाद हुआ तो सुधीर को लगा, उसमें जज साहब की बहुत बड़ी निजी हार हुई है। पर यह सुखद भ्रम अधिक देर नहीं टिक पाया। उसने देखा, उनकी जीवन-धारा में तनिक परिवर्तन नहीं आया है। वह वैसे ही बेरोक उसी लीक पर मज़े से चली जा रही है।

कहने को हिन्दुस्तान आज़ाद हो गया है पर बेइन्साफ़ी के काले चोगों में लिपटे, आज़ादी के पुराने दुश्मन, अब भी इन्साफ़ के सरपरस्त बने अदालती कुर्सियों पर विराजमान हैं। बेइन्साफ़ी के क़ानून को लाठियों और बन्दूक़ों से लागू करनेवाले वहशी हुक्मरान, अब नई हुकूमत के पहरेदार बने, ऊँचे ओहदों पर सजे हैं। कानपुर क्लब के दरवाज़ों से 'इंडियंस एंड डॉग्स नॉट एलाउड' का बोर्ड उखड़ गया है पर उसके भीतर, वही हिन्दुस्तानी जा रहे हैं, जिन्होंने बोर्ड लगाने में अंग्रेज़ों की मदद की थी। पहले की तरह, अब भी, ये काले साहब बग्घियों में बैठकर शान से जज साहब की कोठी पर आते हैं और ख़ानसामा के हाथ की बनी मांस-मछली का मज़ा लूटते हैं। और तो और, जिस सूरज के इर्द-गिर्द वे उपग्रहों की तरह अब तक घूमते रहे थे, वह भी, जहाँ-का-तहाँ, वैसा ही आकर्षण-केन्द्र बना हुआ है। गोरा कलेक्टर स्मिथ जब सुबह गोल्फ़ और शाम टेनिस खेलने जाता है तो, पहले की तरह, अब भी लगता है, उस चढ़ते-ढलते सूरज का रथ, अकेली उसकी सफ़ेद अरबी घोड़ी ही नहीं, ये सरकारी घोड़े भी खींच रहे हैं।

जब भी सुधीर जज साहब की शानदार बग्घी में बैठकर निकलता, उसके भीतर विद्रोह जाग उठता। नियमित तेल-मालिश से दमकती घोड़ी लिज़ा की धवल देह और सुस्त चाल देखकर, वह उसे उतनी ही बेकार समझता, जितनी शुक्ला साहब के भद्र समाज की किसी पाउडर-क्रीम से लिपी-पुती महिला को। और जज साहब थे कि उस पर जान छिड़कते थे।

मैट्रिक का तिमाही इम्तिहान देकर सुधीर घर लौट रहा था। अंग्रेज़ी का परचा बिगड़ जाने से मूड ख़राब था। ऊपर से बला की गरमी पड़ रही थी। कहने को अक्तूबर का शुरू था पर सूरज ठीक सिर पर होने से, तबीयत बेहाल हुई जा रही थी।

पूरा बदन पसीने से चिपचिपा रहा था, गला प्यास से सूख रहा था और घोड़ी थी कि अपनी जनवासी चाल चले जा रही थी। जज साहब का ख़याल था कि तेज़ चलने में लिज़ा को तकलीफ़ होती है, इसलिए हिश-हिश करके उसे उकसाने को वे बर्दाश्त नहीं करते थे। साईस को हुक्म था कि जो चाल वह अपनी मर्ज़ी से पकड़ ले, उसी से सन्तुष्ट रहे। पर इस वक़्त उसकी कोचवानी सुधीर कर रहा था और उसकी मर्ज़ी की चाल उसका बदन सुखाए दे रही थी। उसने बहुतेरा पुचकारा-दुलारा, तेज़ चलने के लिए आरजू-मिन्नत की पर कोई असर नहीं। लिज़ा के दृष्टिकोण से देखा जाए तो बात समझ में आती है। हो सकता है, उसे सुधीर की कोचवानी ही पसन्द न आ रही हो, फिर उसके लाड़-प्यार से वह ख़ुश क्योंकर होती? पर सुधीर उसका दृष्टिकोण परखने के मूड में नहीं था। तमाम माहौल से खीजकर उसने चाबुक़ निकाला और उसकी पीठ पर जमा दिया। फिर क्या था? हवा में लहराता चाबुक़ वापस खाँचे में डला भी नहीं था कि एक वहशी हुंकार के साथ लिज़ा ने आगे के दोनों पैर ऊपर उठा लिये। फिर अपनी हुंकार की वन्यता से उत्तेजित हो, पालतूपन की निशानी, बग्घी को तोड़ फेंकने के लिए ज़ोर से झटका मारा। बग्घी तो नहीं टूटी पर सुधीर चाबुक़ समेत बाहर सड़क पर जा गिरा। लिज़ा फिर एक बार ज़ोर से हिनहिनाई और उठे पैरों को ज़मीन पर पटक, बेतहाशा दौड़ चली। उसके पीछे घिसटी, बे-पेंदे की मटकी-सी लुढ़कती-पुड़कती बग्घी। और उसकी पिछली खिड़की को पकड़े दीवार पर छिपकली-सा टँगा साईस। अपनी आँखों से न देखा होता तो सुधीर कभी विश्वास न कर पाता कि, हद-से-हद दुलकी चाल चलनेवाली, लिज़ा रेस के घोड़े-सी फुर्ती भी दिखला सकती है। जिसे अब तक वह कमज़ोर और निकृष्ट समझता आया था, वह कमनीय घोड़ी एक चोट में उसे ज़मीन सुँघाकर, अपनी श्रेष्ठता का एलान कर गई थी। आख़िर थी तो जज साहब की घोड़ी!

पता नहीं, यह साईस की जज साहब के प्रति वफ़ादारी का सबूत था या अपनी नौकरी के प्रति लगाव का, पर उसने अपनी जान पर खेलकर लिज़ा को क़ाबू में कर लिया। लड़खड़ाती बग्घी की खिड़कियों के सहारे रेंगता-रेंगता, वह उसकी पीठ पर किस तरह पहुँचा, वह ख़ुद नहीं जान पाया। उसके बिगड़कर दौड़ उठने पर उसकी आँखों के सामने जज साहब का नाराज़ चेहरा कौंध गया था और तब तक उसे चुनौती देता रहा था, जब तक वह उसकी पीठ पर सवार न हो गया था। एक बार वहाँ पहुँचने पर, उसने घोड़ों के साथ बिताए अपने जीवन के तमाम अनुभवों का इस्तेमाल कर, उसे पुचकार-चुमकार कर वश में कर लिया। क़रीब-क़रीब.पूरे कानपुर शहर का चक्कर लगाने के बाद, उसने दुलकी चाल अख़्तियार कर ली। तब साईस ने उसे वापस कॉलेज की तरफ़ मोड़ लिया, जहाँ से कुछ दूरी पर उसने सुधीर को पटका था।

ज़मीन पर गिरकर सुधीर को, जहाँ-तहाँ, न जाने कितनी चोटें आईं पर बग्घी के आँखों से ओझल होते ही, वह कपड़ों की धूल झाड़कर उठ बैठा। वह नहीं चाहता था कि राह चलते लोग उसके इर्द-गिर्द भीड़ लगाएँ और इस हादसे के बारे में जानें। कुछ दूर लँगड़ाकर चलने के बाद, वह डॉक्टर की दुकान में मरहम-पट्टी करवाने घुस गया। घुटनों, कुहनियों और कमर की पट्टी करवाकर वह उसी जगह लौट आया जहाँ लिज़ा ने उसे गिराया था। उसकी समझ में नहीं आ रहा था, वह क्या करे। बग्घी, साईस और लिज़ा के बग़ैर, अकेले, जज साहब के सामने जाकर कैफ़ियत देना नामुमकिन था। और उनके लौट आने की कोई उम्मीद नहीं थी। कम-से-कम ठीक-ठाक लौट आने की नहीं थी। सामने की सूनी सड़क ताकता, वह बेसिर-पैर की योजनाएँ बनाता रहा। एक बात स्पष्ट रूप से वह जानता था। यह कि उनके न लौटने पर, वह भी घर नहीं लौटेगा। पर घर न जाकर, जाएगा कहाँ, यह नहीं जानता था। सैकड़ों तरह की सम्भावनाओं को उलटने-पलटने के बाद, जिनमें फ़ौज में भर्ती होने से लेकर ख़ुदकुशी करना तक शामिल था, उसे हल मिल गया। वह सीधा जाकर राष्ट्रीय स्वयंसेवक संघ का आजीवन सेवक बन जाएगा। विक्रम भाई की तरह। सोचकर उसे कुछ राहत मिली।

हिन्दुस्तान भले आज़ाद हो चुका हो, सुधीर की आज़ादी की लड़ाई अभी जारी थी। वह और जज साहब अब भी आमने-सामने खड़े, एक-दूसरे पर वार कर रहे थे। सुधीर जानबूझकर और जज साहब अनजाने। वे नहीं जानते सुधीर से उनकी क्या दुश्मनी थी, फिर भी अनायास शत्रु को परास्त करनेवाले, तमाम घात-प्रतिघात अपना उठते। हर हार के बाद सुधीर कमर कसकर अगली लड़ाई की तैयारी में जुट जाता। इस लड़ाई में जो भी हथियार उसके हाथ लगता, जल्दबाज़ी में उसे ही थाम बैठता कि शायद कारगर हो जाए। इसी कोशिश में उसने राष्ट्रीय स्वयंसेवक संघ की सभाओं में जाना शुरू कर दिया था। वह नहीं जानता था कि उस संस्था के उद्‌देश्य ठीक क्या थे। अखंड हिन्दू भारत की स्थापना और मुसलमानों के प्रति घृणा की बातें जब होतीं तो उसके मन को अछूता छोड़ जातीं। न उसमें सहानुभूति जगती, न उत्तेजना। हाँ, अंग्रेज़ों के विरुद्ध जो कहा जाता, उससे उसके मन की कुंठा को दिशा अवश्य मिलती। उसे लगता, वे लोग सीधा जज साहब पर प्रहार कर रहे हैं। बिना अपने कन्धे पर बन्दूक़ रखे शिकार कर लेने की सुखद अनुभूति से वह खिल उठता।

सुधीर की तरह और कितने कच्ची उम्र के नौजवान और बच्चे संघ की शाखाओं में आते थे। सुधीर सुबह चार बजे उठकर उनके संग प्रभात फेरी में जाता, दंड-बैठक लगाता, सैनिक ढंग से परेड सीखता और जोशोखरोश वाले भाषण

सुनकर भड़कता। भाषणों में आमतौर पर हिन्दू साम्राज्य का गुणगान होता। छत्रपति शिवाजी के गुणों की स्तुति से शुरू होकर, वे मुसलमानों की निन्दा पर उतरते। पाकिस्तान से आ रहे शरणार्थियों का हवाला देकर, मुस्लिम अल्पसंख्यकों के ही नहीं, मुसलमान-प्रेमियों के विरुद्ध भड़काते। घृणा की लपेट में तमाम लीडर आ जाते, महात्मा गांधी प्रमुख लक्ष्य होते। संघ के लीडर इस बात को अच्छी तरह जानते थे कि हर युवा हृदय में, पहली पीढ़ी की व्यवस्था के प्रति, घृणा और विद्रोह की चिनगारी रहती है। पर वह यह नहीं जानता कि विद्रोह ठीक किससे और कैसे करे। इस चिनगारी को हवा देकर लपट बना देना, फिर राह दिखलाकर, दावानल का भयावह रूप दे देना बहुत आसान होता है। अपने-आपमें सुधीर के लिए जाति या धर्म का विशेष महत्त्व नहीं था। जज साहब के दोस्तों में अंग्रेज़, मुसलमान या हिन्दू सब, उनके दोस्त होने के नाते, उसे अपने दुश्मन लगते थे। फिर भी संघ की मान्यताओं का उस पर असर ज़रूर पड़ा। आज़ादी के बाद, अपने मुसलमान दोस्तों के पाकिस्तान चले जाने पर, जब शुक्ला साहब शोक प्रकट करते तो उसे उनका यहाँ से भगा दिया जाना न्यायसंगत लगता।

आज़ादी मिलने के महीने भर बाद, उनका मुसलमान ख़ानसामा, रहमतुल्ला पाकिस्तान चला गया। जाते वक़्त वह बहुत रोया और जज साहब और रेवा भी विचलित हुए बग़ैर नहीं रह सके। पर संघ की मीटिंग से लौटे सुधीर को एक तरह की ख़ुशी महसूस हुई। रहमतुल्ला से उसके सम्बन्ध कभी अच्छे नहीं रहे थे। जब तक उसकी माँ ज़िन्दा थीं, घर में मांस-मछली का कड़ा निषेध रहा था। आठ साल की उम्र तक सुधीर की रुचि इतनी परिपक्व हो गई थी कि उनकी मृत्यु के बाद भी वह शुद्ध शाकाहारी बना रहा। रहमतुल्ला का आगमन उस हादसे के कुछ दिन बाद हो गया था। सुधीर को न उसका आना पसन्द आया था और न उसका बनाया खाना। मौक़े-बेमौक़े वह उसके बनाए व्यंजनों में दोष निकालता और अपनी माँ के हाथ की बनाई खीर-फिरनी की तारीफ़ करता। लाख कोशिश करने पर भी रहमतुल्ला उन्हें नहीं बना पाया था, क्योंकि उनका स्वाद ठीक क्या था, सिर्फ़ सुधीर जानता था। और उसका तआल्लुक़ चावल-दूध से नहीं, माँ के हाथ से था।

विलायत से लौटने के बाद से जज साहब को मांस-मछली से परहेज़ नहीं रहा था। पर पत्नी की भावनाओं का ख़याल करके, उनके जीवित रहते, घर पर बनवाने की ज़िद नहीं की थी। उनकी मृत्यु होते ही, स्वेच्छा से अपने पर लगाया अंकुश उन्होंने हटा दिया था। रहमतुल्ला के आते ही मांस-मछली बहुतायत से पकने लगा था। वे नहीं जानते थे कि सुधीर वह सब नहीं खाता। पता चलने पर भी, वे उसे ख़ाने के लिए बाध्य नहीं करते। जैसे अब बनती थीं, तब भी उसके लिए अलग से शाकाहारी चीज़ें मेज़ पर आती रहतीं। ख़ाने की कमी सुधीर को कभी नहीं हुई। बस

रहमतुल्ला उसे ख़ुश नहीं कर सका। फिर राष्ट्रीय स्वयंसेवक संघ की विशेष शाखा के बाद जो खीर ख़ाने को मिली, उसमें छह-सात वर्ष बाद, सहसा, उस मीठी याद का स्वाद पाकर, वह उससे और नाराज़ हो उठा।

संघ के ललकारते व्याख्यानों को सुनता तो एकबारगी सुधीर का मन हो आता कि, सब कुछ छोड़कर, अपना जीवन संघ को अर्पित कर दे। विक्रम भाई की तरह। उम्र उनकी उससे ख़ास ज़्यादा नहीं है, यही अठारह-उन्नीस होगी पर क्या विकसित भव्य शरीर है, क्या कड़कदार आवाज़, क्या बलिदान का संकल्प और क्या आत्मविश्वास। छोटी उम्र के दस-बीस लड़कों को जमा करके, अपनी रोबीली आवाज़ में ललकार कर भाषण देते हैं, तो लगता है, साक्षात् शिवाजी बोल रहे हैं। सुधीर का मन होता है, दौड़कर उनके सामने पड़ी धूल में लोट जाए, अपना सिर उनके पैरों पर रख दे और उनका अनुगामी बन सारा जीवन काट दे। फड़कती आवाज़ में वे कहते हैं, ''सिर्फ़ जिन्ना और गांधी के षड्यंत्र से पाकिस्तान नहीं बना। बना है क्योंकि हमने उसे बनने दिया। लज्जा की बात है हमारे लिए। हमें उसका प्रतिकार करना होगा। और हम करेंगे। अपने महान पूर्वज शिवाजी और महाराणा प्रताप की सौगन्ध, हम ख़ून की नदियाँ बहा देंगे। जाते-जाते अंग्रेज़ हमारे देश के जो टुकड़े कर गए हैं, उन्हें जोड़कर अखंड भारत की स्थापना करेंगे। सिन्धु और सतलुज हमारी धरती सींचेंगी। अब हम ग़ुलाम नहीं हैं। ग़ुलामी की तमाम निशानी हम मिटा देंगे। वरना ख़ुद मर मिटेंगे। हर-हर महादेव...''

सुधीर के शरीर का रोम-रोम झनझना उठता। इसे कहते हैं आदमी!

जब भी किसी काम के लिए विक्रम चन्दा इकट्ठा करता तो सुधीर औरों से दस-पाँच गुना ज़्यादा दे डालता। उतना रुपया देखकर, विक्रम अनुकम्पा से मुस्कराकर उसकी तरफ़ देख लेता तो वह निहाल हो जाता। रोज़ कुछ-न-कुछ रुपए जेब में रखकर वह संघ की मीटिंग में जाता था। अपने पास कम पड़ते तो रेवा से माँग लेता। कौन जाने कब ज़रूरत पड़ जाए। चन्दे के लिए न सही, अपने किसी निजी काम से भी तो विक्रम भाई को ज़रूरत पड़ सकती थी। उसकी मौजूदगी की इतनी जानकारी उन्हें हो गई थी कि काम आ पड़ने पर, उससे रुपए माँग लेते थे।

इतना सब होते हुए भी वह संघ का औपचारिक सदस्य बनने का निर्णय नहीं ले पाया था। शुक्ला साहब की राय जाने बग़ैर निर्णय लेने का मतलब होता, उनसे अपने को काट लेना। वही करना मुश्किल था उसके लिए। अब सड़क पर लँगड़ाते हुए, भागी हुई घोड़ी का इन्तज़ार करते, उसने तय किया, वह यह भी कर दिखाएगा। घर छोड़कर संघ का आजीवन सेवक बन जाएगा। वहाँ से एक तीखी चिट्ठी जज साहब को लिखेगा, जिसे पढ़कर वे तिलमिला उठेंगे। समझते क्या हैं अपने-

आपको? अंग्रेज़ों के तलवे चाटकर जज बन गए तो क्या हुआ, रहे तो ग़ुलाम के ग़ुलाम। वे क्या समझते थे कि सुधीर को भी ग़ुलाम बनाकर रख लेंगे? उनकी घोड़ी-बग्घी-कोठी उनको मुबारक, वह उनकी ज़रा परवाह नहीं करता। संघ के नेता उसके माता-पिता, सब कुछ हैं। शुक्ला साहब का वह मुँह भी नहीं देखना चाहता। अंग्रेज़ी शासन के पिट्ठू...

ख़त का मज़मून अभी आधा तैयार हुआ था कि सामने से बग्घी आती दिखाई दी। वह सब-कुछ भूलकर उसकी तरफ़ दौड़ गया।

"साहब के पास तो नहीं गए थे?" उसने उत्सुकता से पूछा।

"नहीं-नहीं, छोटे साहब," साईस ने कान छूकर कहा, "उन्हें पता लगेगा तो ग़ज़ब हो जाएगा।"

"उन्हें बतलाने की ज़रूरत नहीं है।"

"जी! पर वे पूछेंगे, इतनी देर कैसे हुई तो क्या कहेंगे? आपको चोटें भी तो आई लगती हैं," साईस ने उसकी पट्टियाँ देखकर कहा।

"कह देंगे, फुटबॉल खेलते चोट लग गई, पट्टी करवाने में देर हो गई।"

"ठीक है, छोटे साहब।"

"चलो अब! तुम्हीं चलाओ," कह सुधीर बग्घी में बैठ गया।

"एक बात कहूँ?" कुछ रुककर साईस बोला।

"क्या है?"

"छोटे साहब, आपने किया बहुत बुरा। घोड़ी को बिलकुल आदत नहीं है।"

"ठीक है, तुम अपना लेक्चर अपने पास रखो। मुझे क्या पता था, एकदम से बिगड़ उठेगी।"

"बड़े साहब ने कभी फूल की छड़ी से भी नहीं छुआ," साईस ने उलाहना दिया।

"तो मैंने कौन से हंटर जमा दिए? छुआ भर था।"

"बहुत नाजुक घोड़ी है। साहब कहते हैं, किसी अंग्रेज़ लड़की से कम नहीं है।"

यही सब तो खिजाता है सुधीर को।

"अच्छा-अच्छा, ठीक है," उसने तीखेपन से कहा, "अब आगे बढ़ो।"

वह क्या जानता नहीं कि चाबुक़ जज साहब की गाड़ी में रहता ज़रूर है पर सजावट के तौर पर। उसका इस्तेमाल न कभी उन्होंने ख़ुद किया है और न किसी को करने दिया है। रेवा ने एक बार उनसे लिज़ा की धीमी चाल की शिकायत की थी तो उन्होंने प्यार से समझा दिया था, "बेज़ुबान जानवर ख़ुद अपनी पसन्द-नापसन्द बतला नहीं सकता, हमें ही अक्ल लगाकर समझ लेना पड़ता है। अगर

लिज़ा तेज़ चलना चाहेगी तो चलेगी, इसमें उसे हिश-हिश करके उकसाने की क्या ज़रूरत है? न चाहने पर भी हमारे हुक्म देने पर, उसे तेज़ चलना पड़ेगा। पर यह उसकी वफ़ादारी का नाजायज़ फ़ायदा उठाना होगा। सरासर नाइंसाफ़ी।''

घर पहुँचे तो जज साहब को, दुपहर के ख़ाने के बाद सोने के अपने नियम का उल्लंघन कर, बरामदे में चहलक़दमी करते पाया। क्षण-भर को सुधीर को लगा, उनकी उद्विग्नता उसके देर से आने के कारण है। सोचकर उसका हृदय आर्द्र हो उठा, आँखों के कोर नम हो आए और बदन पर आई चोटें सान्त्वना की अपेक्षा में टीसने लगीं। पर यह मोहभ्रम अधिक देर नहीं टिका। उसने अपने को झिड़क दिया। उनकी आकुलता उसके लिए नहीं, अपने ताम-झाम, बग्घी-घोड़ी के लिए होगी।

गाड़ी के घर के अहाते के भीतर आते ही, व्यग्र जज साहब दो क़दम आगे बढ़ आए और उसके रुकने से पहले पूछ बैठे, ''क्या हुआ इतनी देर कैसे हो गई?''

''जी...वो...जी...'' गाड़ी रोककर नीचे कूदते-कूदते साईस जो हकलाया, वे सुन नहीं पाए, क्योंकि बीच में सुधीर बोल पड़ा। उसे डर था, उनके सामने पड़ते ही घबराहट में साईस सब-कुछ कह जाएगा।

''परचा ख़तम होने पर फुटबॉल की प्रैक्टिस कर रहा था, चोट लग गई। पट्टी करवाने में देर हो गई,'' उसने रटा संवाद दुहरा दिया।

अब तक वह गाड़ी से नीचे उतर आया था और उसके घुटनों-कुहनियों पर बँधी पट्टियाँ, बतौर गवाही, उनके सामने थीं। उन्होंने साईस से कहा, ''लिज़ा को अस्तबल में ले जाओ। थक गई होगी।''

उसके चले जाने पर वे सुधीर से मुख़ातिब हुए।

''जाओ, खाना खा लो, जेकब कब से इन्तज़ार कर रहा है।''

वह 'जी' कहकर जाने लगा तो उन्होंने उसे रोक लिया। वे उससे उसकी चोटों के बारे में पूछना चाहते थे पर औरतनुमा कमज़ोरी दिखलाकर नहीं। वे अच्छी तरह जानते थे कि लड़कों के लिए पुरुषार्थ सीखने को चोटें बर्दाश्त करना ज़रूरी है। सोचकर उन्होंने कहा, ''चोट खाए बग़ैर कोई फुटबॉल का अच्छा खिलाड़ी नहीं बन सकता।''

''जी,'' सुधीर ने कहा।

''शाम को डॉक्टर मित्तल से पट्टी करवा लेना।''

''जी।''

''अच्छा...'' शुक्ला साहब ने बात ख़तम करने का संकेत किया, फिर अपनी कमज़ोरी थोड़ी ज़ाहिर कर ही गए, बोले, ''मुझे डर था, एक्सीडेंट न हो गया हो।''

"जी नहीं, घोड़ी बिलकुल ठीक है," सुधीर ने व्यंग्य के साथ कहा।

जहाँ तक हो, वह उसे लिज़ा कहकर नहीं पुकारता था।

जज साहब को उसका स्वर कुछ अटपटा ज़रूर लगा पर जो कहा गया था, उसमें ग़ैर-मुनासिब कुछ नहीं था, इसलिए समझ नहीं पाए, क्या कहें। कुछ रुककर दुबारा इतना ही कहा, "खाना खा लो। जेकब इन्तज़ार कर रहा है।"

सुधीर फिर व्यंग्य से मुस्कराया और भीतर चला गया। रहमतुल्ला गया तो जेकब आ गया।

दुर्भाग्य से कानपुर शहर में शुक्ला साहब के परिचितों की संख्या काफ़ी लम्बी-चौड़ी थी। उनमें से कई ने उनकी प्रिय घोड़ी को सरपट दौड़ते देख लिया था। बात इतनी अनहोनी थी कि वे उनसे कहे बग़ैर नहीं रहे। फिर एक डाँट पड़ते ही साईस ने सब खुलासा करके बतला दिया, और पहले ने बतलाने का दोष सुधीर के सिर मढ़ दिया। उसे न केवल बेज़ुबान जानवर पर अत्याचार करने पर लेक्चर और झूठ बोलने पर भर्त्सना मिली, आगे से बग्घी चलाने की मनाही हो गई।

सुधीर को अचरज नहीं हुआ। वह अच्छी तरह जानता है, कई बार रेवा से कह भी चुका है, कि जज साहब को सबसे ज़्यादा प्यार है घोड़ी से, फिर कुत्ते से, फिर किताबों से, फिर फूलों से और फिर रेवा से हो तो हो। उसके अपने ख़याल से, फूलों के बाद नम्बर उन मुल्ज़िमों का आता है, जिन्हें मुक़दमे के बाद, वे बाइज़्ज़त छोड़ देते हैं।

कभी-कभी रेवा तक मानने को तैयार हो जाती है कि डैडी सबसे ज़्यादा प्यार घोड़ी लिज़ा से ही करते हैं। उस दिन बनारस से बेणी महाराज की प्रसिद्ध कत्थक-पार्टी कानपुर नृत्य करने आई तो बिलकुल यक़ीन आ गया उसे। उसे कत्थक देखने का बहुत शौक है। उसने तय किया, सुधीर को साथ लेकर देखने ज़रूर जाएगी। सर्दी के दिन थे। दिसम्बर का महीना। और नृत्य टाउन हॉल में, शाम, साढ़े सात बजे होनेवाला था।

उसने सुधीर से कहा तो वह बोला, "लौटने में देर हो जाएगी, ठंड बहुत है।"

"तो क्या हुआ?" रेवा बोली, "हमें कौन-सा पैदल जाना है। ठाठ से बग्घी में जाएँगे और आएँगे।"

"रही शर्त," सुधीर ने कहा, "साहब कभी नहीं जाने देंगे।"

रेवा हँस दी, बोली, "जाना ख़ुद नहीं चाहते और नाम डैडी का लगा रहे हो।"

"रही शर्त," सुधीर ने फिर कहा।

"मान गए तो क्या दोगे?"

''न माने तो मैं एक घूँसा तुझे मारूँगा और मान गए तो तू मुझे,'' सुधीर ने शुरू किया तो रेवा रूठकर बोली, ''क्या बच्चों की-सी बात करते हो? साड़ी लाकर देनी है तो ठीक, वरना गोली मारो शर्त को।''

''चल, वही सही। तू जीत ही नहीं सकती।''

रेवा डैडी से बात करने स्टडी में गई तो सुधीर कान लगाकर सुनता रहा। रेवा ने नृत्य देखने जाने की बात कह दी। शुक्ला साहब ने ग़ौर से सुनी। एकदम इनकार नहीं किया। कुछ सोचकर बोले, ''सुधीर साथ रहेगा तो जाने में हर्ज नहीं है, पर जाओगे कैसे?''

''जी, बग्घी ले जाएँगे और उसी में लौट आएँगे।''

''बग्घी? पर उतनी देर वह खड़ी कहाँ रहेगी?''

''जी, बाहर गाड़ियाँ खड़ी करने के लिए जगह है, वहीं।''

''ठंड बहुत है,'' उन्होंने कहा।

''हम लोग अच्छी तरह कोट वग़ैरह पहनकर जाएँगे, डैडी,'' रेवा उनकी परेशानी हलकी करने के ख़याल से बोली, तो वे बात काटकर बोले, ''वह ठीक है। मैं लिज़ा के लिए सोच रहा था।''

''लिज़ा के लिए?''

''हाँ, वह ठंड खा जाएगी।''

कुछ देर तक रेवा की समझ में नहीं आया, क्या कहे, फिर सँभलकर बोली, ''साईस आग जला सकता है।''

''हूँ...'' कहकर शुक्ला साहब सोच में डूब गए।

रेवा ने बात को सहजता से लेने का प्रयत्न करते हुए कहा, ''जी, उसे बिलकुल ठंड नहीं लगेगी।''

जज साहब ने कुछ देर और सोचा, फिर बोले, ''वह महसूस करेगी।''

''कौन?'' रेवा चौंकी।

''लिज़ा।''

''क्या महसूस करेगी?'' बात कुछ ज़्यादा ही गहरी हो चली थी।

''इस तरह रात को बाहर खड़े रहना। वह बहुत सेंसिटिव है,'' सहानुभूति के साथ उन्होंने कहा।

इस तर्क को काटने की दलील रेवा के पास नहीं थी। वह चुप हो गई।

''कोई और इन्तज़ाम हो सकता तो...'' ठहरकर उन्होंने कहा।

''कोई बात नहीं, हम नहीं जाएँगे,'' रेवा ने कहा। उसका स्वर रूठा हुआ था।

''तुम्हारा बहुत मन है। आई एम सॉरी। पर हो नहीं सकता,'' उसकी इच्छा पूरी न करने का उन्हें सचमुच दुख था।

"आप फ़िक्र मत कीजिए, डैडी," रेवा ने स्वर को सहज बनाते हुए कहा, "इट्स ऑल राइट।"

दूसरे के 'सॉरी' कहने पर उसे यही कहना सिखलाया गया था।

मुँह लटकाए रेवा बाहर निकली तो उसे देखते ही सुधीर ठठाकर हँस पड़ा। और तब तक हँसता रहा, जब तक उसकी खिसियानी हँसी रोने में न बदल गई।

3

"सुधीर," रेवा ने परेशान स्वर में कहा, "नौ बजे मेरा परचा है और साईस अभी तक नहीं आया। साढ़े आठ बजने को हैं, तुम मुझे छोड़ आओ न।" जनवरी का शुरू था। रेवा के छमाही इम्तहान चल रहे थे।

"मैं?" सुधीर ने भँवें ऊपर चढ़ाकर कहा, "जानती नहीं, बेज़ुबान जानवर पर ज़ुल्म करने के अपराध में जज साहब की कचहरी ने मुझे बग्घी-निकाला दिया हुआ है। मैं कैसे छोड़ आऊँ?"

"फिर मैं क्या करूँ?" रेवा की आँखों में आँसू आ गए।

"एक बार साहब से पूछ आ," सुधीर ने दया करके कहा, "नहीं तो चल, मैं तुझे पैदल छोड़ आता हूँ। या रिक्शा मँगा लेते हैं।"

"डैडी," अपनी परेशानी में रेवा कुछ ज़्यादा तेज़ स्वर में बोल पड़ी, "साईस अभी तक नहीं आया। नौ बजे मुझे स्कूल पहुँचना है, इम्तहान है।"

"ओह, हाँ," चौंककर उन्होंने कहा, "आज वह नहीं आएगा। उसका बच्चा बीमार है।"

"तब मैं स्कूल कैसे जाऊँगी?" रेवा ने तल्ख़ी के साथ आँसू घोंटते हुए कहा, "मेरा इम्तहान जो है।"

"तुम्हारी ज़रूरत का यह मतलब नहीं कि वह अपने बीमार बच्चे को छोड़कर आए," उन्होंने ठंडे स्वर में कहा तो रेवा रोना-बिसूरना भूल उनकी तरफ़ ताकती रह गई। सुधीर का नाम नहीं ले पाई।

"पर तुम्हें जाना भी ज़रूर है," उन्होंने ख़ुद कहा, "आओ मेरे साथ।"

वह उनके पीछे-पीछे चल दी। वे उसे सीधा बग्घी पर ले गए और बोले, "बैठो।"

वह चुपचाप बग्घी के एक कोने में, उनके लिए गाड़ी चलाने की जगह छोड़कर, बैठ गई।

उसने देखा है, साईस के रहने पर भी, वे ख़ुद आगे की सीट पर बैठकर गाड़ी चलाते हैं। साईस पीछे खड़ा रहता है। उसे छोड़ने जाने पर ही वह, सामने बने ऊँचे बक्से पर बैठकर, घोड़ी हाँकता है।

तभी उसने सुना, डैडी कह रहे हैं, ''जाओ!''

हकबकाकर उसने देखा, वे नीचे खड़े-खड़े उसे जाने का हुक्म दे रहे हैं। किसी और का वहाँ अता-पता नहीं है। वह विश्वास नहीं कर पाई कि डैडी उसी से गाड़ी ले जाने को कह रहे हैं। इससे पहले कि वह कोई सवाल करती, उसने दुबारा सुना, ''जाओ।''

अगले क्षण, मय रेवा, बग्घी सड़क पर दौड़ती नज़र आई। या कहना चाहिए 'चलती,' क्योंकि एक दिन को छोड़कर, उनकी प्रिय घोड़ी कभी दौड़ी नहीं थी।

अन्दर बरामदे में सुधीर पूरा कारनामा देख रहा था। वह तय नहीं कर पाया कि पहले हुक्म कौन बजा लाया, घोड़ी लिज़ा या बेटी रेवा। जो हो, हुक्म की तामील हुई और फ़ौरन। देर तक सुधीर यही सोचता रहा, आदमी की आवाज़ में वह कौन-सी चीज़ होती है, जो लोगों को उसकी बात मानने पर मजबूर कर देती है।

तब से रेवा ख़ुद बग्घी चलाकर स्कूल जाने लगी है। नौजवान लड़की का बग्घी चलाना कानपुर शहर के लिए अनहोनी बात है। पर अंग्रेज़ परिवारों या उनके शुभचिन्तकों के लिए नहीं। जज साहब को आम शहर की परवाह नहीं है। महीना बीतते-बीतते, वे उसके गाड़ी चलाने के क़ायदे से इतने ख़ुश हो चुके थे कि स्कूल के अलावा भी ले जाने की इजाज़त दे देते थे।

जनवरी ख़तम होने को थी। उनकी कोठी के पास के पिक्चर हॉल 'रीगल' में 'क्वीन क्रिस्टिना' पिक्चर लगी। रेवा की ज़िद पर सुधीर उसके साथ वहाँ गया। हॉल पास था और पिक्चर साढ़े आठ बजे से पहले ख़तम हो जाती थी, इसलिए शुक्ला साहब ने बग्घी ले जाने पर आपत्ति नहीं की। हॉल के अन्दर जाते हुए रेवा बराबर पिक्चर की अपूर्व नायिका 'ग्रेटा गार्बो' के बारे में उत्साह से बोलती गई। ओठों पर मुस्कराहट लिये सुधीर सुनता रहा। भला लग रहा था उसका साथ। उसके उत्साह से उसका मन उत्साहित हो चला था। अन्दर पहुँचकर अपनी सीट पर बैठते हुए, वह चिल्ला उठी, ''अरे, टॉमी यहाँ कैसे आ गया?''

सुधीर ने मुड़कर देखा, उनकी सीटों के बराबर के गलियारे में मज़े से टॉमी बैठा है। बेसाख़्ता उसकी हँसी निकल गई।

''वाह, क्या मज़े में बैठा है,'' उसने कहा।

''पर यहाँ आया कैसे?''

''लगता है, गाड़ी के पीछे भागता-भागता आ गया है। एक बात है, कुत्ता है अपनी मर्ज़ी का मालिक। टाइगर की तरह नहीं कि पुकारा तो चले आए दुम हिलाते, वरना बैठे हैं कुन्द से।''

''अभी छह महीने का है न। ट्रेन होने में वक़्त लगेगा,'' रेवा ने कहा।

“हाँ, जितने दिन मज़े कर सकता है, कर ले। फिर तो जज साहब की छाया बनकर घूमना है बेचारे को।”

तभी पीछे से आवाज़ आई, “कुत्ते को बाहर निकालिए!”

“छोड़ो वह सब,” रेवा ने घबराई नज़र आसपास डालकर कहा, “इसे बाहर निकालो।”

पीछे से आ रही आवाज़ें और बुलन्द होने लगीं, “कुत्ते को बाहर निकालिए। अजीब लोग हैं, कुत्ते को पिक्चर हॉल में लिये चले आ रहे हैं। बाहर निकालिए कुत्ते को, बाहर निकालिए!”

पिक्चर हॉल में कुत्ते का आना अनहोनी बात थी, इसलिए लोगों का शोर मचाना वाजिब था। यह दूसरी बात है कि कुत्ता बिलकुल चुपचाप बैठा था। वह रोज़ वहाँ दिखलाई देता रहा होता तो वे उसकी तरफ़ आँख उठाकर भी नहीं देखते। सुधीर आराम से बैठा रहा। रेवा उठी और काफ़ी देर तक ‘टॉमी-टॉमी’ की पुकार मचाती रही। पर सुधीर और टॉमी एक धातु के बने थे। दोनों पर कोई असर नहीं हुआ। वह पुच-पुच करती सीट से उठकर हॉल के दरवाज़े तक गई, फिर ग़ुस्से से ‘टॉमी-टॉमी’ करती दरवाज़े के बाहर चली गई। पर टॉमी टस-से-मस नहीं हुआ। आख़िर वह पुकार-पुकारकर थक गई तो सीट पर लौट आई। पीछे बैठे दर्शक उसे भगाने के लिए हुश-हुश कर रहे थे। आगे बैठे लोग उन्हें शोर न करने की ताकीद देकर शोर को दुगुना किए दे रहे थे। तमाम चिल्ल-पों में पिक्चर देखना नामुमकिन-सा हो गया था। कोई चुप था तो टॉमी और सुधीर। सुधीर सामने स्क्रीन पर हो रहे व्यापार को देख रहा था और टॉमी शायद सुधीर को।

इस बीच मैनेजर वहाँ आ पहुँचा। किसी ने जाकर उससे शिकायत कर दी थी।

“क्या बात है?” उसने आकर रोबीली आवाज़ में पूछा।

“अजी साहब, ये लोग कुत्ता अन्दर ले आए हैं,” कई आवाज़ों ने एक साथ कहा।

मैनेजर को देखकर रेवा सीट से उठकर खड़ी हो गई।

“कृपया कुत्ते को बाहर ले जाइए,” उसे खड़ा देख मैनेजर ने उससे कहा।

“मैं कितनी देर से कोशिश कर रही हूँ, वह जाता ही नहीं,” रेवा ने लाचारी से कहा।

“उन साहब से कहिए, जनाब, उनसे, जो गुमसुम बैठे हैं,” वही आवाज़ें फिर आईं।

“आप कुत्ते को बाहर क्यों नहीं ले जाते?” मैनेजर ने सख़्त स्वर में सुधीर से कहा।

“कुत्ता मेरा नहीं है,” सुधीर ने शान्ति से उत्तर दिया, “मैं क्यों बाहर ले जाऊँ?”

“इनका है। इनका है। इनके साथ अन्दर आया है,” लोग चिल्लाए।

''अन्दर तो मेरे साथ आप लोग भी आए हैं, तो क्या मेरे कहने से बाहर चले जाएँगे,'' सुधीर ने कहा तो लोग तमतमाकर चुप हो गए।

''देखिए, यह हमारे 'रूल्स' के ख़िलाफ़ है,'' मैनेजर ने ग़ुस्से से कहा।

''साहब, कुत्ता मेरा नहीं, मेरे बाप का है,'' सुधीर बोला, ''मेरे कहने से बाहर जाने से रहा। चाहें तो आप कोशिश कर देखिए।''

वहाँ बैठे तमाम लोगों की नज़रें मैनेजर की तरफ़ घूम गईं। इतने लोगों को अपनी तरफ़ देखता पा, उसने हिचकिचाते हुए, हाथ टॉमी की गर्दन पर बँधे पट्टे की तरफ़ बढ़ाया ज़रूर, पर एलसेशियन कुत्ते की एक ही गुर्राहट में सहमकर पीछे हटा लिया।

''मुझे 'एक्शन' लेना पड़ेगा,'' उसने बचकाने ढंग से कहा।

''देखिए,'' सुधीर मुस्कराकर बोला, ''कुत्ता चुपचाप बैठा पिक्चर देख रहा है, किसी को डिस्टर्ब नहीं कर रहा। पर आप हैं कि बराबर बोले जा रहे हैं। अगर आप भी इसकी तरह ख़ामोश हो जाएँ तो हम आराम से पिक्चर देख सकते हैं।''

तिलमिलाकर मैनेजर ने उसकी ओर देखा, पर आसपास बैठे लोग एकबारगी हँस दिए।

''अब जाइए न,'' सुधीर ने पुचकारकर कहा।

पास बैठे दर्शक और ठठाकर हँस पड़े। मैनेजर की शक्ल, उन्हें सामने हो रही पिक्चर से ज़्यादा दिलचस्प लगने लगी थी। मैनेजर अपने को बेवकूफ़ महसूस करने लगा। एक बार इधर-उधर देखकर चुपचाप वहाँ से हट गया।

बाक़ी पिक्चर उन्होंने आराम से देखी। टॉमी, पता नहीं, किस मूड में था। तमाम पिक्चर के दौरान एक बार भौंका तक नहीं। क़िस्मत से उसमें कोई कुत्ता नहीं दिखा, वरना शायद उसका आत्मबल टूट जाता। पिक्चर ख़त्म होने पर सुधीर-रेवा, उसे साथ ले, बाहर निकले, तो रेवा का हँसी के मारे बुरा हाल था।

''देखा सुधीर, मैनेजर का चेहरा देखा,'' वह बार-बार कहे जा रही थी। ''एकदम कार्टून बन गया था, कार्टून! क्या बात कही तुमने! मज़ा आ गया।''

''बिना बात क्यों हँसे जा रही है,'' सुधीर ने टोका, ''मैंने बिलकुल सीधी-सादी, सच बात कही थी। टॉमी सचमुच क़तई शोर नहीं कर रहा था। पर हम लोगों को 'रूल्स' की लकीर जो पीटनी होती है। हम सोचना कहाँ चाहते हैं? तू नहीं जानती, यह 'नियम-नियम' की रट कितनी ख़तरनाक होती है। हर नियम एक को ऊँचा बनाता है, दूसरे को नीचा...''

''ख़ैर,'' रेवा उसकी बात पर ध्यान दिए बग़ैर, फिर खिलखिला दी, ''आया ख़ूब मज़ा। क्यों टॉमी, कैसी लगी पिक्चर?''

घर पहुँचने तक रेवा उसी झोंक में थी। भीतर घुसते ही सारा क़िस्सा शुक्ला साहब से बयान करने लगी।

"डैडी, डैडी," चहककर बोली, "पता है, आज कितना मज़ा आया?"

शुक्ला साहब ने किताब से नज़र उठाकर उसकी तरफ़ देखा। बारह बरस का मासूम चेहरा, चुलबुलेपन की दमक से दिलकश लग रहा था। अनायास वे मुस्करा दिए, बोले, "क्यों, पिक्चर बहुत पसन्द आई?"

"अच्छी थी, डैडी, पर मज़े की बात और है। बतलाऊँ?" कहते-कहते वह हँसी से दुहरी हो गई।

दुलार और अनुग्रह से उन्होंने उसकी तरफ़ देखा और सोचा, कितनी हँसमुख है यह बच्ची, और उतनी ही भोली और कोमल। लगता है, इसे दुनिया से बचाकर, अपने स्नेह की छाँव में ढाँक-ढाँपकर, रखना होगा। जीवन की लपेट सह नहीं पाएगी। आकर्षक भी तो कम नहीं है, बिलकुल अंग्रेज़ लगती है। वही गोरा रंग, भूरी आँखें, तीखी नाक। देह में वही अभिजात गरिमा की गठन। आँखों में परिष्कृत व्यक्तित्व की चमक। लगेगी क्यों नहीं? वे स्वयं किस अंग्रेज़ से कम हैं। खिला गोरा रंग, नीली-भूरी आँखें, चौड़ा ललाट। पढ़ने-लिखने के शौकीन, व्यवस्था और कलात्मकता के प्रेमी।

उन्होंने किताब नीचे रख दी। साग्रह बोले, "हाँ-हाँ, बतलाओ।"

"पता है, डैडी, टॉमी हमारे पीछे-पीछे पिक्चर-हॉल पहुँच गया था।"

"टॉमी?" शुक्ला साहब के माथे पर हलकी शिकन उभर आई।

"हाँ डैडी, बग्घी के पीछे भागता चला आया होगा। लिज़ा चलती भी तो इतना धीरे है। हमें पता भी नहीं चला और वह अन्दर पहुँच गया।"

"अन्दर? तब..." उनके माथे की शिकन गहरी हो चली।

"सब लोग चिल्लाने लगे, 'बाहर निकालो, कुत्ते को बाहर निकालो।' मैंने कितनी कोशिश की पर वह टस-से-मस नहीं हुआ।"

"तुमने कोशिश की? सुधीर क्या कर रहा था?" उनका स्वर एकदम सख़्त पड़ गया।

"वही तो बतला रही हूँ। सुधीर ने ही तो काम बनवाया। इसे तो बड़े होकर डिप्लोमैट बनना चाहिए, डिप्लोमैट। शोर बढ़ा तो मैनेजर आ पहुँचा। आकर बोला, कुत्ते को बाहर निकालिए, वरना मुझे 'एक्शन' लेना पड़ेगा," कहते-कहते रेवा खिलखिलाकर हँस दी, फिर अपने पर क़ाबू पाकर, आगे बतलाने लगी, "तब पता है, सुधीर ने क्या कहा? बोला, 'जनाब, यह कुत्ता चुपचाप बैठा है, किसी को डिस्टर्ब नहीं कर रहा, पर आप हैं कि बराबर बोले जा रहे हैं। अगर आप भी इसकी तरह ख़ामोश हो जाएँ तो हम आराम से पिक्चर देख सकते हैं।' बस डैडी, लोग इतना हँसे, इतना हँसे कि क्या बतलाऊँ! मैनेजर की शक्ल देखने क़ाबिल थी। लोग उसे देखकर जो हँसे..." बतलाते-बतलाते रेवा हँस दी पर शुक्ला साहब नहीं हँसे।

सख़्त ठंडी आवाज़ में बोले, "मैं इसे हद दर्जे की बदतमीज़ी समझता हूँ।"

"पर डैडी, टॉमी सचमुच चुपचाप बैठा था," हतप्रभ रेवा सफ़ाई देने लगी।

"फिर भी, हर जगह के अपने 'रूल्स' होते हैं। और 'रूल्स' इसलिए बनाए जाते हैं कि उनका पालन हो। सुधीर को यह मालूम होना चाहिए।"

"पर डैडी...," रेवा रुआँसी हो गई।

जज साहब उसे छोड़ सुधीर से मुख़ातिब हुए, बोले, "अब यह पिक्चर-विक्चर देखना छोड़ो। अच्छी डिवीज़न लाना चाहते हो तो मेहनत करनी होगी।"

कहकर वे उठ खड़े हुए और स्टडी की तरफ़ जाते-जाते बोले, "गोबिन्द और जेकब इन्तज़ार कर रहे हैं। जाओ, खाना खा लो।"

"जज साला हमेशा जज रहेगा," उनके जाते ही कटु स्वर में सुधीर ने कहा।

"सु...धी...र," रेवा ने बाधा दी। उसे लगा जैसे भगवान को गाली दी गई हो।

"हुँ:" हिकारत से हुँकारकर सुधीर ख़ाने के कमरे में चला गया। रेवा ने देखा, एक क्षण में उसका व्यक्तित्व उलट-पुलट हो गया है। पिक्चर-हॉल में मैनेजर से बात करते वक़्त, जो शरीर आत्मविश्वास से सीधा तना था, अब कन्धों से नीचे झुककर ढिल-ढिल कर रहा है। चेहरे की मुस्कराहट मिट गई है। अस्वाभाविक लालिमा छाई हुई है। कुंठित आक्रोश की लपलपाहट का स्पर्श पा आँखों की सहज तरलता उड़ गई है। अब वहाँ चिनगारियाँ उठ रही हैं।

रेवा को रोना आ गया। पता नहीं डैडी के सामने आते ही सुधीर को क्या हो जाता है। रेवा के साथ रहता है तो कितना ख़ुश और संयत दिखता है; कितने मज़े करते हैं वे लोग। पर डैडी के आते ही सब गड़बड़ा जाता है। क्यों? डैडी तो इतने अच्छे हैं। रेवा की हर बात मानते हैं। जिस चीज़ की इच्छा होती है, फ़ौरन दिलवा देते हैं। आज ही को लो। सुधीर पिक्चर जाने को तैयार नहीं हो रहा था, पर जैसे ही उसने डैडी से कहा, वह पिक्चर देखना चाहती है, उन्होंने सुधीर से उसे ले जाने को कह दिया। अब सुधीर से ही कह रहे हैं, पिक्चर-विक्चर देखना छोड़ो। कुछ समझ में नहीं आता। इतना वह ज़रूर समझती है कि डैडी उसे बेहद प्यार करते हैं। उसके स्कूल में जितनी लड़कियाँ हैं, सब उससे रश्क करती हैं। उन लोगों के डैडी उनसे बात तक नहीं करते। अपने सैर-सपाटे या काम-धाम में रहते हैं। पर उसके डैडी उससे घंटों बातें करते हैं। जो ख़ुद पढ़ते हैं, उसे पढ़कर सुनाते हैं, समझाते हैं और उसकी राय भी माँगते हैं। यह बात और है कि उसकी राय उनसे कभी भिन्न नहीं होती।

अच्छा है उसकी ममी नहीं है, वरना डैडी अपनी सब बात उन्हीं से कहते। पर सुधीर, पता नहीं, क्या-क्या सोचता रहता है। डैडी की बतलाई किताबें कभी पढ़ता

नहीं, ऊपर से उनकी खिल्ली उड़ाता है, ख़ासकर अंग्रेज़ी किताबों की। वही तो डैडी पढ़ते हैं। किताबों का ही नहीं, उनके दोस्तों का भी मखौल उड़ाता है, ख़ासकर अंग्रेज़ दोस्तों का। उसे लगता है, दोस्तों का नहीं वह ख़ुद डैडी का मज़ाक उड़ा रहा है। आज तो खुल्लमखुल्ला उड़ा रहा था।

कभी-कभी उसे लगता है, डैडी भी सुधीर से और तरह बात करते हैं। पर वे कहते जो हैं, सुधीर लड़का है; लड़के पर अनुशासन रखना पड़ता है।

रेवा ने एक लम्बी साँस भरी। सारा मज़ा ख़राब हो गया। बेकार डैडी को क़िस्सा सुनाने बैठी। अब सुधीर हँसने-बोलने से रहा। ऊपर से न ख़ुद सोएगा, न उसे सोने देगा। उसके कमरे में बैठा कुछ-न-कुछ कटाक्ष करता रहेगा। क्या हो जाता है सुधीर को और डैडी को, कुछ समझ में नहीं आता?

कमरे में पहुँचकर शुक्ला साहब ने तिपाई पर रखी किताब 'वॉर एंड पीस' उठा ली और आरामकुर्सी पर बैठकर पढ़ने लगे। स्थान खोजना नहीं पड़ा। कल रात पढ़ चुकने के बाद, आख़िरी पन्ने पर पुस्तक संकेतिका रख छोड़ी थी। सोने से पहले कुछ देर पढ़ना उनका प्रतिदिन का नियम है। वैसे ही जैसे अदालत जाना, घूमने जाना, टेनिस खेलना, खाना या सोना। उनका हर काम नियमित समय पर होता है। नौकरों-चाकरों को भी ज़्यादा देर तक रोके रखना उन्हें खलता है। वे भी इनसान हैं। हर इनसान के प्रति न्यायोचित व्यवहार, यही उनका धर्म है। जब वे लोगों को समय की पाबन्दी के ख़िलाफ़, अव्यवस्थित तरीक़े से काम करते देखते हैं, तो उनके शरीर में चींटियाँ काटने लगती हैं। लगता है, समय का कुछ अंश नष्ट होने के साथ-साथ उनके अपने जीवन का भी अंश नष्ट होता जा रहा है। उनका बस चले तो पूरा कानपुर शहर, घंटी बजने पर, एक साथ उठे, एक साथ खाए, एक साथ घूमे-फिरे और एक साथ सो जाए। चलो, पूरा शहर न सही, एक घर के भीतर तो एक समय लागू होना चाहिए। क्यों सुधीर यह समझ नहीं पाता? वक़्त की पाबन्दी ही नहीं, न जाने कितने नियम हैं, जो वह तोड़ता रहता है। वैसे वह मेधावी लड़का है, उन्हें उस पर गर्व है। सिनेमा के मैनेजर से उसने बिलकुल ठीक बात कही थी, तर्कसंगत। पर कुत्ते के हॉल के अन्दर जाने को इतने हलकेपन से लेना, सरासर हिमाकत थी। सोचकर उनका बदन सिकुड़ आया।

पता नहीं, चाह कर भी वे सुधीर को क्यों नहीं समझ पाते। वह उन्हें कठघरे में खड़े उन तमाम अभियुक्तों की एक साथ याद दिला देता है, जो तोड़-फोड़ करके आते हैं, और सीखचों में बन्द ऐसे दिखलाई देते हैं, जैसे भीतर समा न रहे हों। उन्हें लगता है, सुधीर पर लगाम लगाना उनका धर्म है। ज़्यादा लाड़-प्यार से लड़के किस तरह बिगड़ जाते हैं, रोज़ देखने में आता है।

कल अदालत से लौटते हुए, उनका एक घंटा ऐसे ही बर्बाद हुआ था। देर तक बग्घी रोके रखनी पड़ी थी, क्योंकि सामने से संघियों का जुलूस निकल रहा था। पूरे जुलूस के निकल जाने पर ही, उन्होंने लिज़ा को आगे बढ़ाया था। इतने ढेर आवारा लड़कों को देखकर उसके बिदकने की पूरी सम्भावना थी। पास वाले कह रहे थे सब कॉलेज के लड़के हैं। बदतमीज़, बेकार, आवारा। देखते-देखते उन्हें हर लड़के में सुधीर नज़र आने लगा था। उनका ख़ून खौल आया था। घर पहुँचते ही उन्होंने उसे बुलाकर ठीक से लिखने-पढ़ने की ताकीद कर दी थी। काफ़ी लम्बा लेक्चर दे डाला था। उसे अपनी ज़िम्मेवारी ख़ुद समझनी चाहिए, अनुशासन से काम लेना चाहिए वरना ज़िन्दगी में कुछ नहीं कर सकेगा। सहसा, उनकी आँखों के सामने सुधीर का कुम्हलाता, और फिर तमतमाता चेहरा घूम गया। फिर वर्मा के चेहरे में बदल गया। उन्होंने किताब बन्द कर दी।

वर्मा उसका बचपन का दोस्त था। स्कूल से लेकर एम.ए. तक उन्होंने साथ पढ़ाई की थी। उसके बाद उनके बीच दरार आनी शुरू हो गई थी। वर्मा बन गया था क्रान्तिकारी; शुक्ला साहब ब्रिटिश राज्य के अंगरक्षक। एक स्वाधीनता संग्राम का क़ैदी, दूसरा फ़ैसला सुनानेवाला जज। वर्मा के केस में सज़ा सुनाने जैसी रोमांचकारी घटना शुक्ला साहब के साथ नहीं घटी। पर जब-जब, जहाँ-जहाँ उसको सज़ा सुनाई गई, उन्हें लगा था, उन्होंने सुनाई है और सुनाना न्यायोचित है। पर कहीं कुछ था जो उन्हें कचोटता रहा था। वर्मा व्यवस्था का विद्रोही था। शुक्ला साहब के अनुसार उसे कभी सफलता नहीं मिलनी चाहिए थी, पर मिली। भारत स्वाधीन हो गया। हाँ, स्वाधीनता मिलने से चार साल पहले ही, जेल में रक्त-स्राव होने के कारण, वर्मा की मौत हो गई थी। उसकी मौत पर उन्हें दुख हुआ था; उसके बूढ़े माँ-बाप से हमदर्दी। उन्होंने जी-जान से, धन देकर उनकी सहायता की थी, अब तक कर रहे थे। पर न्याय का मापदंड अटल रहा था। उनके विचार में वर्मा की मृत्यु सर्वथा न्यायोचित थी।

पर जब चार साल बाद, आज़ादी मिलने पर, वही दंडित, दुर्दान्त अव्यवस्था सहसा अर्चना की वस्तु बन गई तो शुक्ला साहब के मस्तिष्क में भूकम्प आ गया। जल्दी ही, सँभलकर, उन्होंने नई व्यवस्था के न्याय के मापदंड को उतनी ही सुदृढ़ता से थाम लिया। उनकी ज़िन्दगी पुरानी लीक पर चलती गई।

पर सुधीर को देखते ही वर्मा की याद ताज़ा हो जाती है। लगता है, माचिस की तीली दिखलाने-भर की देर है, बारूद भक से जल उठेगा। नहीं, वे सुधीर को क्रान्तिकारी नहीं बनने देंगे। वह भी आज का क्रान्तिकारी, जिसका न कोई लक्ष्य है, न कोई आदर्श। वर्मा, कम-से-कम, एक व्यवस्था को तोड़कर दूसरी व्यवस्था लाने के लिए तो लड़ रहा था। पर ये लोग? आख़िर ये किसलिए लड़ रहे हैं? अखंड भारत! हुँ! सैनिक ट्रेनिंग दे रहे हैं। निकम्मे। आवारा। अपने-आपको शिवाजी का

अवतार मानने लगे हैं। क्या है इनकी सिंहगढ़-विजय? किसी निहत्थे मुसलमान का गला दबा देना, बस। अभी अगस्त में हुए दंगे संघियों ने कराए थे, कौन नहीं जानता? मुसलमानों को मारकर विश्वविजय करने निकले हैं। यहाँ कम हुए तो बंगाल में शुरू, वहाँ कम हुए तो यहाँ शुरू। उनके कितने मुसलमान दोस्त थे, सब कानपुर से रुख़सत हो गए। 'सर रहमत' उन्होंने प्यार से याद किया। क्या आला दर्जे का इनसान था। जितना बढ़िया वकील, उतना ही उम्दा शायर। ऊपर से अंग्रेज़ी साहित्य का संवेदी रसिक। वे दोनों घंटों बैठकर साहित्य चर्चा किया करते थे। वाहवाही भी होती थी और नोक-झोंक भी। शेक्सपियर की अनगिनत सॉनेट उसे याद थीं, शुक्ला साहब से भी ज़्यादा। बेचारा दंगे में हलाल हो गया। कमबख़्त ये संघी! देश को तबाह करके छोड़ेंगे। नौजवानों को उलटी-सीधी शिक्षा देकर, आवारा और क्रूर बना देंगे। कौन नौजवान है जो इनके प्रकोप से बचा है? कौन? तो क्या सुधीर भी? अगर सुधीर भी संघ का सदस्य हुआ तो? उनके शरीर के रोंगटे खड़े हो गए। हद हो गई। अब तक उन्होंने उससे कभी पूछा क्यों नहीं?

"सु...धी...र," उन्होंने ज़ोर से आवाज़ लगाई।

जज साहब की पुकार ख़ाने के कमरे तक पहुँची। रेवा ने सुनी और चौंककर सुधीर की तरफ़ देखा। सुधीर ने सुनी, माथे पर शिकन उभरी, मुँह का कौर निगला, पर उठा नहीं। आराम से दूसरा कौर मुँह में डाला।

"तुम्हें डैडी आवाज़ दे रहे हैं," रेवा से बिना कहे रहा नहीं गया।

"मुझे?" सुधीर ने भँवें ऊपर चढ़ाकर कहा, "अरे नहीं, टॉमी को दे रहे होंगे।"

"सु...धी...र," आवाज़ फिर आई।

"जाओ न," रेवा ने कहा।

सुधीर ने धीरे-धीरे मुँह का कौर ख़त्म किया, पानी पीया, फिर लापरवाही दिखलाता, उठ खड़ा हुआ।

"वाक़ई मुझे बुला रहे हैं," उसने कहा, "कहीं बिजली न गिर पड़े।"

शुक्ला साहब के कमरे में पहुँचकर, दरवाज़े की चौखट पर खड़े रहकर, उसने पूछा, "आपनें मुझे बुलाया?"

"हाँ,"

जज साहब कुर्सी पर घूम गए और अपनी आँखें उसके चेहरे पर गड़ा दीं।

"तुम संघ में जाते हो?" उन्होंने कड़ककर पूछा।

सुनकर सुधीर जैसे छत से गिरा। यह अचानक रात के नौ बजे संघ कैसे सूझ गया? सपना देखकर जगे हैं या सचमुच उसे वहाँ आते-जाते देख चुके हैं।

"जी," उसने धीमे से कहा। वह इतना हकबका गया था कि अनजाने मुँह से सच निकल गया।

"क्या?"

"जी हाँ।"

"तुम मानते हो, तुम संघी हो," जज साहब ने अपने अदालती स्वर में पूछा।

"जी हाँ।"

"फ़ौरन इस्तीफ़ा दे दो।"

"जी?"

"कल से तुम संघ में नहीं जाओगे।"

"पर क्यों?"

"क्यों पूछते हो? जानते नहीं वह गन्दी नाली में गिरने जैसा है? पढ़-लिखकर इनसानों का गला घोंटते फिरोगे?"

"पर मैंने किसी का गला नहीं घोंटा।"

"उससे कोई मतलब नहीं है। तुम संघबाज़ी नहीं करोगे, बस," जज साहब ने कड़कदार आवाज़ में फ़ैसला सुनाया।

इससे पहले सुधीर चाह रहा था, संघ के बारे में उन्हें अपना दृष्टिकोण समझाकर बतलाए, उसके बारे में उनकी ग़लतफ़हमियाँ दूर करे। वह कहना चाहता था, संघ वह नहीं है, जो वे समझते हैं। वह हमें सेवा करना, बलिदान करना, अहम् से ऊपर उठना सिखाता है। कितने दिन हम ग़ुलाम रहे, पहले मुग़लों के, फिर अंग्रेज़ों के। आख़िर क्यों? क्या हम ग़ुलामों के विशेष संस्कार लेकर पैदा हुए हैं? नहीं। संघ हमें बतलाता है, हम क्या हैं, क्या थे और क्या बन गए। क्यों हमारा राष्ट्रीय स्वाभिमान जाग्रत् नहीं हुआ? हमारी लड़ाइयाँ जो भी रहीं, आपस में रहीं, मामूली बातों को लेकर। देश के लिए हम कब लड़े? हममें कमी है अभिमान की। दम्भ की नहीं, स्वाभिमान की। स्वाभिमान भी अपने को लेकर नहीं, देश को लेकर। संघ हमें यह स्वाभिमान देता है। हमारी किसी से लड़ाई नहीं है। मेरा दोस्त हिन्दू भी हो सकता है, मुसलमान और क्रिश्चियन भी, पर मैं उनका ग़ुलाम नहीं हूँ। मैं किसी का ग़ुलाम नहीं हूँ। न समाज का, न विदेशी सत्ता का। मैं स्वतंत्र हूँ, डैडी, मुझ पर विश्वास कीजिए। मैं स्वतंत्र रहकर ही प्रगति कर सकता हूँ। मैं प्रगति करूँगा। एक दिन देश का बच्चा-बच्चा मुझे जानेगा। आप मुझे समझने की कोशिश कीजिए।

इतनी बात वह सोच गया पर मुँह से कह नहीं पाया। अपने मन की बात खोलकर उसने कभी किसी से नहीं कही, जज साहब से बिलकुल नहीं। फिर भी सोचते-सोचते उसका मन भर आया था और शायद अगले क्षण वह कह जाता। पर तभी उसने सुना, अन्तिम निर्णय की तरह जज साहब हुक्म सुना रहे हैं—उससे कोई मतलब नहीं है। तुम संघबाज़ी नहीं करोगे—बस। अनायास उसके मुँह से निकला, "तो क्या करूँ? अंग्रेज़ों के जूते चाटूँ?"

"गेट आउट! बदतमीज़! बेशऊर!" शुक्ला साहब को उसका वाक्य तमाचे-सा लगा। क्षण-भर के लिए वे सन्तुलन खो बैठे। पर उन्होंने अपने को सँभाल लिया और सर्द आवाज़ में बोले, "जब तुम शान्ति से बात करने लायक़ हो, तब आना।"

सुधीर बाहर निकल आया।

ख़ाने के कमरे में पहुँचा तो रेवा ने घबराई आवाज़ में पूछा, "क्या हुआ?"

"कुछ नहीं," सुधीर ने कन्धे झटक दिए, "साहबपना दिखला रहे थे और कुछ नहीं।"

सुधीर चला गया तो शुक्ला साहब को लगा, फिर सब कुछ गड़बड़ा गया। वे उसे पास बिठलाकर समझाना चाहते थे, त्याग-बलिदान की बात ठीक है, पर संघ जो हिंसा सिखाता है, चोरी-छिपे वार करना सिखाता है, वह ग़लत है। शक्ति का दुरुपयोग मत करो। तुम देश का कल्याण करना चाहते हो, ज़रूर करो। पर निरपराध पर अत्याचार करके नहीं। जातीय बड़प्पन का रोग कितना भयानक है, नहीं जानते? हिटलर और मुसोलिनी ने यही किया था? तुम वही नरक दुबारा लाना चाहते हो? मुझे समझने की कोशिश करो। मैं तुम्हारा भला चाहता हूँ। तुम्हारी प्रगति, उज्ज्वल भविष्य।

क्यों नहीं कह पाए? जैसे ही वह उनके सामने आता है, वे उसे कठघरे में क्यों खड़ा कर देते हैं? देखने में सुधीर अपनी माँ की तरह है। फिर यह विस्फोटक तत्त्व उसमें कहाँ से आया? वह तो बहुत ही धीर और लज्जालु औरत थी।

शुक्ला साहब उसमें और अपने में ज़मीन-आसमान का अन्तर समझते थे, फिर भी उसके प्रति उनका व्यवहार हमेशा, न्यायोचित ही नहीं, सदय भी रहा था। न्याय-शास्त्र पढ़ने जब वे कैम्ब्रिज गए तो उनकी पत्नी गर्भवती थी। किसी भी साँवली, साधारण रूप-रंग वाली गाँव की लड़की की तरह, उसके मन में भी विलायत-यात्रा को लेकर वे सब डर समाए हुए थे, जिनसे हिन्दुस्तानी पत्नियाँ आक्रान्त रहती थीं। जब इतने काले साहब वहाँ से गोरी मेमें ब्याह लाए तो शुक्ला साहब, जो रंग-रूप में किसी अंग्रेज़ से कम नहीं, क्यों नहीं? पर उनके सामने, एक बार भी, उसने अपने मन की शंका ज़ाहिर नहीं की। तीन साल बाद जब वे बैरिस्टर बनकर लौटे, तब भी कुछ नहीं पूछा।

तीन साल बाद जब शुक्ला साहब ने दुबारा अपनी पत्नी, और पहली बार, ढाई साल के लड़के सुधीर को देखा, तो बोरियत के सिवाय कुछ महसूस नहीं किया। कैम्ब्रिज में रहते, अनेक अंग्रेज़ लड़कियों के सम्पर्क में आए थे और कई की तरफ़ आकृष्ट भी हुए थे। पर प्रकृति ने उन्हें इतना संकोची बनाया था कि किसी से जल्दी घनिष्ठ होना कठिन था। वे उन आकर्षणों के प्रज्वलित होने से बचे रहे। एक लड़की

के क़रीब वे ज़रूर आए थे, अपनी लैंडलेडी की लड़की रूथ के। पर उन्हें समीप लाया था उन दोनों का संकोची स्वभाव और साहित्य-प्रेम। रूथ के साथ इधर-उधर घूमकर और किताबों की चर्चा करके, वे उस मुकाम पर तो पहुँच गए, जहाँ पत्नी का ख़याल आते ही, उसकी फीकी, साँवली और अनपढ़ छाया पर रूथ की गोरी, नाज़ुक और प्रतिभाशाली तस्वीर हावी हो जाती। पर उस ठौर पर नहीं पहुँचे, जहाँ तस्वीर छाया का अस्तित्व मिटा देती। भावना के स्तर पर वे रूमानी ढंग से रूथ को प्यार करते रहे, पर आदान-प्रदान की ठोस धरती पर उतरकर, न उससे कभी कुछ कहा, न पूछा। उससे कुछ न माँगकर वे कोई बलिदान कर रहे हैं, उन्हें इसका ख़याल तक नहीं आया। उनके लज्जालु स्वभाव और पत्नी के प्रति कर्तव्य-भावना ने उन्हें सहज रोके रखा।

वापस आने पर जब पत्नी के नाते-रिश्तेदारों से लेकर सभी परिचित, बार-बार, अचरज दिखलाते हुए कहने लगे कि उनका विलायत से मेम ब्याह कर न लाना कितने गर्व की बात है, तो उन्हें भी अपने पर गर्व हो आया। वे समझ गए, अगर वे रूथ से विवाह कर उसे हिन्दुस्तान ले आए होते तो उनके समाज या पत्नी को ज़रा आश्चर्य न होता। कुछ दिन हो-हल्ला होता भी तो जल्दी उन्हें माफ़ कर दिया जाता। ऐसी हालत में, उनके मन में इस धारणा का बैठ जाना कि पत्नी के लिए, रूथ का त्याग कर, उन्होंने बलिदान दिया है, मुनासिब था। अपनी न्याय-बुद्धि पर हुआ यह गर्व जीवन-भर उनका साथ देता रहा। न्यायोचित कर्म करना धीरे-धीरे उनका व्रत बन गया। अपनी पत्नी और सुधीर के प्रति उनका व्यवहार इसी न्याय-दृष्टि से जन्मा था। जब भी उनके मन में ख़याल आता कि उनकी पत्नी सुधीर की माँ न होकर रूथ होती तो, वह साँवला, साधारण न होकर, गोरा और सुन्दर होता, वे उसे अपनी उच्च मानसिकता के विरुद्ध मानकर त्याग देते। जिस तरह उन्होंने हीन लगनेवाली, काली और बेपढ़ी पत्नी से समझौता कर लिया था, सुधीर के रूप-रंग से भी कर लिया। उसके प्रति उनके जो कर्तव्य थे, उन्हें हमेशा पूरा करते रहे। क़ीमती-से-क़ीमती खिलौने। कपड़े। नौकर। बढ़िया-से-बढ़िया स्कूल और खेलकूद की सुविधाएँ। पत्नी की मृत्यु के बाद उन्होंने बच्चों की ख़ातिर दूसरा विवाह नहीं किया। रूथ को छोड़ देने की भीष्म परीक्षा के बारे में कोई जानता नहीं था, इसलिए उसके लिए पूरी बधाई उन्हें नहीं मिल पाई थी, पर इस कठिन त्याग को सबने देखा और सराहा था, और अब तक सराह रहे थे।

रेवा की तस्वीर उनके सामने आती तो त्याग उन्हें त्याग-सा नहीं लगता था। पत्नी की मृत्यु के बाद वह पूरी तरह उनकी देख-रेख में आ गई थी। उसके पैदा होते ही उन्होंने उसमें अपना प्रतिरूप देखा था। गोरे-चिट्टे रंग और शक्ल-सूरत में वह हू-ब-हू शुक्ला साहब की तरह थी। जैसे-जैसे वह बड़ी होती गई, आचार-विचार से भी वे उसे अपने साँचे में ढालने में जुट गए। आशातीत सफलता मिली

उन्हें। फिर उसका सुशील स्वभाव उनके समर्थ व्यक्तित्व को अनुकम्पा के लिए पुकार उठता था। शायद जीवन में पहली बार शुक्ला साहब वाक़ई प्यार कर बैठे, अपने इस प्रतिरूप से। इतना प्यार कि कभी-कभी वह उनकी न्याय-बुद्धि पर भी हावी हो जाता।

जान-बूझकर उन्होंने सुधीर के प्रति कभी अन्याय नहीं किया। पर जब भी रेवा से लड़ाई की भनक उनके कानों में पड़ी, वे उससे रेवा का बचाव करने दौड़ पड़े। बिना तहक़ीक़ात उसे दोषी ठहरा उठे। यह जानने की उन्होंने कोशिश नहीं की कि वह उससे बचाव चाहती भी है या नहीं। वे हर आक्रामक स्थिति से उसकी रक्षा करना चाहते थे।

काफ़ी देर तक शुक्ला साहब सुधीर की गुत्थी सुलझाने का असफल प्रयास करते रहे। एक माता-पिता की सन्तान होकर, एक ही घर में रहते हुए, रेवा और सुधीर एक-दूसरे के इतने विपरीत कैसे हो गए? एक के साथ बैठकर लगता है, ठंडी ख़ुशबूदार हवा के हलके झोंके बदन को सहला रहे हैं। दूसरे के पास आते ही गर्द-ग़ुबार वाला अन्धड़ चल निकलता है। क्यों? कुछ देर परेशान रहने के बाद उन्होंने एक लम्बी साँस खींचकर दुबारा 'वॉर एंड पीस' उठा ली और पढ़ने लगे। सुधीर को लेकर जब भी उनके मन में इस तरह के संशय उठते हैं, वे इसी तरह किताब का सहारा लेते हैं। एक बार 'वॉर एंड पीस' खोल लेने पर, प्रकृतिस्थ होने में, उन्हें इतनी देर ज़रूर लगी कि पहले के दो-तीन सफ़े दुबारा पढ़ने पड़े, पर उसके बाद सुधीर का कोई ख़याल नहीं रहा।

4

अगले दिन शाम साढ़े पाँच बजे शुक्ला साहब कोर्ट से लौटे तो देखा बैठक में रेवा वॉर एंड पीस पढ़ने में तल्लीन है। उसे समझने के प्रयत्न में, वह माथे पर शिकन डाले इतनी तन्मयता से पढ़ रही थी कि उनके पैरों की आहट भी नहीं सुनी।

"क्या कर रही हो?" स्नेह-गद्‌गद स्वर में उन्होंने पूछा।

"डैडी?" चौंककर उसने सिर उठाया, कहा, "पढ़ रही हूँ।"

"क्या? वॉर एंड पीस?" शुक्ला साहब किंचित् मुस्कराए।

"हाँ डैडी।"

"कैसी लग रही है?"

"अच्छी है," उसने दुविधा के साथ कहा।

"अच्छी?" वे उसके पास बैठ गए।

"देखो," उन्होंने कहा, "किताब के लिए अच्छी-बुरी शब्द का प्रयोग अर्थहीन होता है।"

"जी?" रेवा ने अचकचाकर कहा।

"मैं समझाता हूँ तुम्हें।"

तभी गोविन्द चाय लेकर आ गया। रेवा ने दो प्यालों में डाल दी और चाय पीते-पीते शुक्ला साहब उसे किताबों के बारे में समझाने लगे।

"किताब को सिर्फ़ अच्छी कहकर छोड़ देना उसका अपमान करना है," उन्होंने कहा, "पढ़ते हम इसलिए हैं क्योंकि हम समझना चाहते हैं, उसमें सार की क्या बात है। बिना समझे भी हम कह सकते हैं किताब अच्छी है, पर तब उसका कोई मतलब नहीं रह जाता।"

रेवा समझ गई कि डैडी जान गए हैं, उसे वॉर एंड पीस ख़ास समझ में नहीं आई।

"बहुत मुश्किल किताब है," उसने कहा।

"हाँ रेवा, दो-चार बार पढ़ने पर समझ में आएगी। यह एक महान दर्शन-ग्रन्थ है। गीता या बाइबिल की तरह। ज़िन्दगी के जितने आयाम हैं, सब पर बारीकी, गहराई और आस्था के साथ विचार किया गया है। अभी तुम्हारी उम्र इसे पढ़ने के लिए छोटी है। अभी तुम पढ़ो...," कुछ सोचकर उन्होंने कहा, "ऐमा। जेन ऑस्टन की ऐमा। पढ़कर मुझे बतलाओ उसमें तुम्हें क्या ख़ासियत लगी।"

रेवा सोच में पड़ गई। चाय की एक-दो चुस्कियाँ लेकर उन्होंने ख़ुद उसकी विशेषता बतला डाली, बोले, "वह अपनी तरह का पहला उपन्यास है। इसमें विलेन कोई नहीं है। ऐमा ही हिरोइन है और ऐमा ही विलेन।"

"ये न पढ़ूँ?" रेवा ने 'वॉर एंड पीस' दिखलाकर कुछ निराश स्वर में कहा।

"नहीं-नहीं, पढ़ लो," उसके स्वर की निराशा से द्रवित हो, उन्होंने कहा, "अच्छा, यह बतलाओ, तुम्हें इसमें क्या अच्छा लगा?"

'नताशा," रेवा ने बेहिचक कहा।

"ओह," शुक्ला साहब अनुग्रह से मुस्कराए, "यही तो इस किताब की महानता है," उन्होंने कहा, "इसमें जिस बारीकी से एक कमसिन लड़की के भोले प्यार के बारे में लिखा गया है, उसी गहराई से जंग की ख़ौफ़नाक और बेमतलब बरबादी और वजूहात पर भी ग़ौर किया गया है। हर इनसान अपनी पसन्द से, अपने लायक़ चीज़, इसमें ढूँढ़ लेता है।"

चाय की चुस्कियाँ लेते-लेते शुक्ला साहब देर तक उसे 'वॉर एंड पीस' के बारे में समझाते रहे। रेवा ध्यान से सुनती रही। इस बीच सुधीर दरवाज़े के अन्दर झाँक गया। उसे कुछ रुपए लेकर अपने दोस्त के पास पहुँचना था। वह देर से इन्तज़ार कर रहा था कि रेवा बैठक से उठे तो उससे पैसे माँगे। पर वह थी कि उठने का नाम नहीं ले रही थी। दरवाज़े की ओट में खड़े रहकर उसने इशारे से रेवा को बाहर बुलाया। रेवा ने उसे देखा और किताब की आड़ करके उसे भीतर आने का इशारा किया।

सुधीर ने शुक्ला साहब और किताब की तरफ़ उँगली घुमाकर हाथ जोड़े और दुबारा उसे बाहर आने का इशारा किया। रेवा अन्यमनस्क हो चली। वह दो भागों में बँट गई थी। समझ नहीं रही थी कि डैडी की बातें ध्यान लगाकर सुनती जाए या बाहर जाने की तिकड़म लगाए। घड़ी देखी तो पाया साढ़े छह बजने को आए थे।

एक बार गोविन्द भी भीतर झाँक चुका था और शुक्ला साहब को बातों में मशगूल पाकर चुपचाप लौट गया था। अब वह दूसरी केतली के ताज़ा गरम चाय लेकर आ पहुँचा।

बात ख़त्म करके शुक्ला साहब ने प्याला दुबारा भरने के लिए उसकी तरफ़ बढ़ा दिया। बातचीत में अन्तराल हुआ तो केतली उठाकर, चाय डालते-डालते वह बोली, ''डैडी, लखनऊ से मुजद्दिद नियाज़ी की ग़ज़लें आनेवाली हैं, रेडियो चला लूँ?''

रेडियो चलता रहता है तो सुधीर भी उनके साथ आ बैठता है।

''हाँ-हाँ,'' शुक्ला साहब ने कहा, ''तुम्हें मुजद्दिद नियाज़ी पसन्द है?''

''हाँ डैडी, उसकी आवाज़ में मिठास है और बहाव भी।''

''बिलकुल ठीक,'' शुक्ला साहब ने उत्साह से समर्थन किया।

असल में यही बात कुछ दिन पहले उन्होंने रेवा से कही थी। रेवा ने रेडियो चला दिया और सुधीर को अन्दर आने के लिए इशारा किया। इससे पहले, वह तय कर पाता, भीतर आए या नहीं, रेडियो बोल उठा और कुछ ऐसा कि वह चौंककर उसके पास आ खड़ा हुआ। वही नहीं, शुक्ला साहब भी।

''बड़े दुख के साथ हम आपको सूचित करते हैं हमारे बापू अब इस संसार में नहीं हैं। ईश्वर उनकी आत्मा को शान्ति प्रदान करे।''

रेडियो के पास खड़े तीनों प्राणियों ने एक-दूसरे को देखा और आँखों-ही-आँखों में कहा, नहीं, यह नहीं हो सकता।

रेडियो पर महात्मा गांधी (बापू) की प्रिय रामधुन बजने लगी।

रघुपति राघव राजा राम, पतित पावन सीता राम...

तीनों, चेतन और अचेतन के बीच किसी बिन्दु पर टिके, रामधुन सुनते रहे।

रामधुन ख़त्म हुई और रेडियो पर विचलित स्वर फिर बोल उठा :

''बड़े दुख के साथ हम आपको सूचित करते हैं कि हमारे बापू अब इस संसार में नहीं हैं। ईश्वर उनकी आत्मा को शान्ति प्रदान करे।''

तीनों ने फिर एक-दूसरे को देखा। क्या जो नहीं हो सकता था, वही हो गया है, अब उनकी आँखों ने कहा।

फिर भजन के शब्द सुनाई दिए, गांधीजी के प्रिय भजन के।

वैष्णव जन तो तेणे कहिए, जे पीर पराई जाणे रे...

"एक भला इनसान दुनिया से उठ गया," शुक्ला साहब ने गम्भीर स्वर में कहा और उनकी आँखों के कोर भीग गए। सुधीर समझ नहीं रहा था कि इस समाचार को सुनकर, उसे ख़ुशी क्यों नहीं हो रही। उसने आँखें झुका लीं और अपने भीतर देखने की कोशिश करने लगा। रेवा ने करुण दृष्टि से एक बार डैडी को देखा, एक बार सुधीर को। एक की गीली आँखें, दूसरे की झुकी हुईं। उसकी अपनी आँखों से पानी बाहर बह निकला।

शुक्ला साहब अब तक सँभल चुके थे। उनके क़ानूनी दिमाग़ ने काम करना शुरू कर दिया था। बार-बार रेडियो कह रहा था–हमारे बापू अब इस संसार में नहीं हैं–पर इस आकस्मिक न होने का कारण नहीं बतला रहा था। स्थिति सामान्य नहीं है, असामान्य के अनुभवी उनके मस्तिष्क ने कहा। हत्या, चीत्कार-सा उनके पारखी मन में बजा, हत्या! उन्होंने ओठ भींच लिये और गहरे सोच में डूब गए। सामने मेज़ पर पड़ी, वॉर एंड पीस उठाकर, वे उसके पन्ने पलटने लगे। पढ़ना सम्भव नहीं था, मनःस्थिति नहीं थी और न वातावरण। भजनों के अन्तराल में रेडियो अपनी सूचना दुहराए जा रहा था। हर बार सूचना के आरम्भ होने पर जज साहब की शिराएँ तन जातीं, आँखें सिकुड़कर छोटी और पैनी हो आतीं। वे अनुभवी शिकारी की तरह बयान के शब्दों में हलकी-सी लड़खड़ाहट पर टूट पड़ने के लिए बदन को खींच रखते। सूचना के शब्द वही रहते, स्वर वही रहता, लड़खड़ाहट वही रहती और बिला गवाह, अन्तःप्रज्ञा द्वारा साज़िश को पकड़, उनका अन्तःकरण चीख़ उठता, हत्या!

कैसे? सुधीर और रेवा भी जानने को अधीर थे। बार-बार सुनने पर शब्द अर्थहीन हो जाते हैं। हथौड़े की नियमित समानान्तर चोट के समान, सूचना के वे शब्द उन्हें मसलकर उस बिन्दु पर छोड़ जाते, जहाँ वे बेसब्री से अगली सूचना का इन्तज़ार करते। सूचना दी जाती और एक बार फिर, वे उसी यंत्रणा से बिंध जाते। कैसे? कैसे? प्रश्न उन्हें झिंझोड़ रहा था, कचोट रहा था, मसल रहा था। तभी शायद जज साहब का चीख़ता अन्तःकरण उनके अचेतन मन को छू गया। हत्या! कमरे की हवा की सरसराहट में सिसकता-फुफकारता शब्द तैरने लगा। अजीब यंत्रणा-पाश में बँधे, वे तीनों प्राणी बैठे रहे और सहते रहे। क़रीब दो घंटे बीत गए और तब एक जानी-पहचानी आवाज़ रेडियो पर गूँज उठी–प्रधानमंत्री पंडित जवाहरलाल नेहरू की :

"प्यारे भाइयो और बहनो,

किस तरह मैं कुछ कहूँ और क्या कहूँ? एक अँधेरा-सा छा गया है। मेरा और देश के करोड़ों वासियों का दिल टूट गया है। हमारे प्यारे बापू, देश के, राष्ट्र के पिता का देहान्त हो गया है। एक पागल आदमी के हाथ से यह बात हुई है और हमारी जो बड़ी-बड़ी उम्मीदें थीं, वह एकदम से ख़त्म हो गई हैं और हम निराश से हो गए हैं...।"

एक पागल आदमी के हाथ से यह बात हुई है...एक पागल...एक पागल...।

पंडित नेहरू बोलते जा रहे थे पर कमरे में एक शब्द इतने ज़ोर से चीख़ रहा था कि वह उनके अगले शब्दों को डुबोए दे रहा था। एक पागल!

शुक्ला साहब ने सुना, उनके मन में घटित हत्या-कांड, खुलेआम, घोषित हो चुका था। तलाश थी अभियोगी की। उनकी आँखों का गीलापन कब का दूर हो चुका था। अब वे उस आग से जल उठीं, जो हत्या के अभियुक्त से साक्षात्कार होने पर, उनके मन-मस्तिष्क को झुलसाकर रख देती थी। आग के ताप को झेलने के लिए, सिकुड़कर छोटी और पैनी हो आईं अपनी आँखों को घुमाकर, उन्होंने सुधीर पर टिका दिया। उसे लगा वे कह रही हैं, और वह पागल तुम हो। घबराकर उसने हाथों से अपनी आँखें ढाँप लीं। पर कान सुनने को मजबूर रहे।

रेडियो पर पंडित नेहरू कह रहे थे :

"एक पागल आदमी ने हाथ उठाया, यह एक पागल था। लेकिन हम जानते हैं कि पिछले ज़माने में, पिछले दिनों में कितना ज़हर फैला, क्या-क्या ज़हर कहा गया, किस तरह से लोगों को ग़लत बातें करने की उत्तेजना दी गई और आख़िर उसका यह फल निकला। अब तो अपने रास्ते से हमें हटना है और उस ज़हर का सामना करना है, उसको क़ाबू में लाना है। लेकिन अपने रास्ते पर चलकर, ग़लत रास्ते पर चलकर नहीं..."

हाँ, सुधीर सोच रहा था, 'मैंने ही वह ज़हर सुना था, मैंने ही वह ज़हर उगला था। साहब ठीक सोचते हैं, मैं ही वह पागल हूँ। मैं, और कोई नहीं।'

पंडित नेहरू अगले दिन की शवयात्रा के विषय में बोल रहे थे पर सुधीर उन शब्दों को नहीं सुन रहा था। उसे लग रहा था, समय उस पल थम गया था जब जज साहब ने अपनी लपलपाती आँखें उस पर जमाकर बिना कहे कहा था, और वह पागल तुम हो। उसने चाहा, कानों में उँगली डालकर बाहर भाग जाए पर भाग न सका। उसने उठने की कोशिश में बदन हिलाया था कि जज साहब की आँखें फिर उसकी तरफ़ घूम गईं। मंत्र-बिद्ध वह वापस कुर्सी पर ढह गया। उसकी यातना का अन्त नहीं था। रेडियो अपने अभियोग दुहराता जा रहा था, आवाज़ बदल गई थी। अब उप-प्रधानमंत्री सरदार पटेल बोल रहे थे :

"अभी आपने मेरे प्यारे भाई जवाहरलाल का पैग़ाम सुना। मेरा दिल दर्द से भरा हुआ है। कहूँ क्या न कहूँ? ज़बान चलती नहीं। आज का अवसर भारत के लिए बड़े दुख का और शोक और शर्म का है। आज चार बजे मैं उनके पास गया था। और एक घंटे मैंने उनसे बातचीत की। वह घड़ी निकालकर मुझसे कहने लगे 'मेरा प्रार्थना का समय हो गया है, अब मुझे जाने दीजिए'। भगवान के मन्दिर की ओर अपने हमेशा के समय पर चलने निकल पड़े। तब मैं वहाँ से अपने मकान पर आ रहा था। मकान पर पहुँचा नहीं था कि रास्ते में मेरे पास एक भाई आया। उसने कहा कि एक

हिन्दू नौजवान ने, महात्माजी को प्रार्थना की जगह पर जाते हुए, उन पर पिस्तौल से तीन गोलियाँ चलाईं। वह वहाँ गिर पड़े और उनको उठाकर घर में ले जाया गया है। मैं वहाँ पहुँच गया। उनका चेहरा देखा। वही चेहरा था जो हमेशा शान्त रहता है। उनके दिल के माफ़ी और दया के भाव उनके चेहरे से प्रकट हो रहे थे। चन्द दिनों से उनका दिल खट्टा हो गया था...''

सुधीर के अपने मन में अपने लिए माफ़ी और दया नहीं थी। कोई कुछ कहता रहे वह वही शब्द बार-बार सुन रहा था, 'तू हत्यारा है! पागल हत्यारा! हिन्दू हत्यारा! हत्यारा!'

उससे और बर्दाश्त नहीं हुआ। हाथों से सिर थामे, लड़खड़ाते क़दमों से वह उठा, रेडियो तक पहुँचा और तेज़ झटके से उसका स्विच मरोड़कर बन्द कर दिया, जैसे गांधीजी के हत्यारे का गला घोंट रहा हो।

कमरे में सन्नाटा छा गया। शुक्ला साहब चौंककर उठ खड़े हुए। और कोई दिन होता तो वे इस गुस्ताख़ी के लिए सुधीर को अवश्य डाँटते। पर अब वे और उत्तेजना झेलने लायक़ नहीं बचे थे। दो घंटे तक तनाव के झटके खाकर वे थक चुके थे। एकान्त और शान्ति चाहते थे। गम्भीर स्वर में उन्होंने कहा, ''आज का दिन याद रखना, तीस जनवरी,'' और कमरे से बाहर चल दिए। जाते-जाते उन्होंने रुककर इतना और कहा, ''हम खाना नहीं खाएँगे,'' और अपनी स्टडी की तरफ़ मुड़ गए।

अपनी दिनचर्या बदलकर वे उस दयावान पुरुष को श्रद्धांजलि अर्पित कर रहे थे, जिसकी नृशंस हत्या की ख़बर उन्होंने अभी-अभी सुनी थी। स्टडी में पहुँचकर उन्होंने गीता का अंग्रेज़ी अनुवाद उठा लिया और कुर्सी पर बैठकर उसे पढ़ने लगे। शुक्ला साहब गांधीजी के भक्तों में से नहीं थे। सच कहा जाए तो उन्हें गांधीजी की नीतियों ने कभी प्रभावित नहीं किया था। लँगोटी लगाना, तीसरे दर्जे में सफ़र करना, सत्याग्रह की दुहाई देकर डंडों की मार सहना, इन सबमें उन्हें कायरता की बू आती थी। अंग्रेज़ी सत्ता से टक्कर लेने का यह भिखाराना अन्दाज़ उनके स्वाभिमान को ठेस पहुँचाता था। गांधीजी की आर्थिक योजनाओं से भी वे सहमत नहीं थे। इस प्रगतिशील युग में स्वाधीनता के नाम पर मिलों का बनाया कपड़ा जलाना उन्हें बचपना मालूम पड़ता था। फिर भी एक बात के वे क़ायल थे। और जो हो, गांधीजी ढोंगी नहीं थे। जो भी उनकी मान्यताएँ थीं उन्हें वे जीवन-भर निर्भीक और अनन्य पाबन्दी के साथ निभाते रहे थे। उनके विचार में, धुन का इस क़दर पक्का होना इनसान को महात्मा बना देने के लिए काफ़ी था।

इस दृष्टि से वे गांधीजी के प्रशंसक थे और उनकी मृत्यु से दुखी। फिर जज होने के नाते, हर हत्या के शिकार से सहानुभूति होना, उनके लिए सहज स्वाभाविक

था। बेचारा, भोला-भाला, दयावान बूढ़ा! हर भले इनसान का यही अन्त होता है, उन्होंने सोचा और एक लम्बी साँस खींचकर गीता में डूब गए।

कुर्सी पर पड़ी रेवा रोती रही। तो वह सौम्य आनन्दमय मुख अब संसार में नहीं रहा। कुछ दिन पहले वह डैडी के साथ दिल्ली गई थी तो उसकी ज़िद पर उन्होंने उसे गांधीजी के दर्शन करने भेज दिया था। अपार भीड़ के पीछे पंक्ति बाँधकर चलते-चलते, उसने देखा था, खाट पर लेटा नन्हा कृश शरीर और सौम्य-आनन्दमय साँवला मुख। उसे उस मुख में अपूर्व सौन्दर्य नज़र आया था। हृदय आर्द्र हो उठा था और पुलकित भी। उसके पास खड़े आदमी ने कहा था, सारनाथ की बुद्ध-प्रतिमा से लग रहे हैं बापू। रेवा को उन्हें देखकर सहसा अपनी माँ का ख़याल आ गया था। उस माँ का जिसका उसने केवल नाम सुना था, होश रहते देखा न था। जिसके बारे में कभी सोचा न था। उस वक़्त, न जाने क्यों, उसे माँ नाम की उस छाया की याद हो आई थी और याद करके रोना आ गया था। बाद में डैडी ने बतलाया था देश में हो रहे साम्प्रदायिक दंगों के विरुद्ध गांधीजी ने चार दिन से उपवास रखा हुआ था।

शुक्ला साहब के कमरे से बाहर चले जाने पर भी सुधीर ने आँखें ऊपर नहीं उठाईं। वैसा ही लड़खड़ाता-सा आकर सोफ़े पर गिर पड़ा। झुकी आँखों को दुबारा उसने हाथों से ढाँप लिया और ज़ोर से रो दिया।

"सु..धी...र!" त्रस्त स्वर में रेवा ने पुकारा, "प्लीज़ सुधीर!" आज से पहले उसने सुधीर को रोते नहीं देखा था। उसे ख़ुद रोना आ रहा है, वह दूसरी बात है, पर सुधीर का रोना? आख़िर वह रो क्यों रहा है? वह तो महात्मा गांधी का भक्त कभी नहीं रहा। बल्कि बात-बात पर उन्हें पाखंडी और कायर बतलाता था। पाकिस्तान बनने से पहले और बाद में हिन्दुओं की जो दुर्दशा हुई थी, उसके लिए उन्हें ज़िम्मेवार ठहराता था। दिल्ली से वापस लौटने पर जब उसने हर्ष, व्यथा और उत्साह के साथ गांधीजी के दर्शन और उनके उपवास के बारे में बतलाया था तो वह बिगड़कर बोला था, 'हुँह! अब व्रत कर रहे हैं। जब सैकड़ों हिन्दू भून डाले गए तब कहाँ थे?' रेवा चुप रह गई थी। फिर अब वह इस हृदय-विदारक ढंग से क्यों रो रहा है?

सुधीर के हृदय की गहराइयों में छिपी गांधीजी के प्रति श्रद्धा के बारे में रेवा क्या, कोई नहीं जानता था। संघ में उनकी कायरता, स्त्रैणता और मुसलमान-प्रेम के बारे में बीभत्स, उत्तेजित भाषण सुनकर, और संघी पत्रिकाओं में निकले भद्दे व्यंग्य-चित्र देखने के बाद, वह ज़ुबान से उन्हें कायर और पाखंडी ज़रूर कहने लगा था पर मन-ही-मन पूजता रहा था। वैसे भी साधु-सन्तों को देखकर उसका मन उनके पीछे दौड़ जाया करता था। पर गांधीजी का व्यक्तित्व उसके सम्पूर्ण अस्तित्व को हिलाकर रख देता था। ऐसा इनसान जो पूरे संसार से अपने को काटकर रखे और साथ ही, उसके उद्धार में रत रहे, उससे बड़ा कौन हो सकता है?

एक दिन मैं भी ऐसा ही बनूँगा, वह स्वप्न-लोक में विचरकर सोचता। लोग मेरी पूजा करेंगे और मैं उनकी स्तुति या निन्दा की परवाह तक नहीं करूँगा। स्वयं अपने में परिपूर्ण। ऐसा वैरागी, जिसका प्रभुत्व सारा संसार माने। आज गांधीजी की हत्या क्या हुई, उसे लगा, उसके अहम् और भविष्य को भी गोली मार दी गई है। वह फूट-फूटकर रोता रहा।

"सु...धी...र भाई! ऐ-जी, सु...धी...र! भाई जी! सुधीर भा...ई!" बाहर से तीन-चार कंठों की मिली-जुली पुकार सुनाई दी।

सुधीर ने झटके-से सिर उठाकर पुकार सुनी और कमीज़ की बाँह से रगड़कर आँखें पोंछ डालीं।

"सु...धी...र जी! भा...आ...ई जी!" आवाज़ें फ़िर उभरीं।

सुधीर झपटकर उठा और कमरे से बाहर जा पहुँचा। वह आवाज़ें पहचान गया था।

बरामदे में पहुँचकर उसने देखा, नीचे आँगन में पाँच-छह युवकों का झुंड खड़ा है। सन्ध्या के धुँधलके में उनके चेहरे स्पष्ट नज़र नहीं आ रहे थे, पर वह अच्छी तरह जानता था, वे कौन हैं।

"ख़बर सुनी?" दो-तीन आवाज़ों ने एक साथ पूछा।

"हाँ," सुधीर ने अस्फुट स्वर में कहा।

"फिर घर में क्यों घुसे बैठे हो?" एक आवाज़ आई।

"चलो, तुम भी चलो हमारे साथ," दूसरा स्वर आया।

"कब से पुकार रहे हैं, अब निकला है," तीसरी आवाज़ रोबीली थी। उसने डपटकर कहा।

"हाँ, चल, जल्दी कर," चौथा स्वर उभरा।

"कहाँ?" सुधीर ने पूछा।

"मिठाई बाँटने और कहाँ?" रोबीली आवाज़ ने कहा, "कितनी जगह हम बाँट भी आए।"

तीन-चार मोहल्लों के संघी हमदर्दों में मिठाई बाँटने के बाद जब विक्रम सुधीर की कॉलोनी की तरफ़ निकला, तभी उसे ख़याल आया कि तमाम मिठाई का ख़र्च सुधीर के माथे डाला जा सकता है।

"जल्दी कर," दूसरे स्वर ने कहा।

"हाँ सुधीर भाई, जल्दी करो, शुभ काम में देर क्या," एक और आवाज़ आई।

"साथ लेकर आए हैं," रोबीली आवाज़ ने फिर कहा।

"साथ लाए हो?" सुधीर ने पूछा।

''हाँ, यह रही,'' टोकरी उठाए दो हाथ ऊपर उठे थे कि गोली चलाने की तेज़ी के साथ सुधीर ने लात मारकर टोकरी ऊपर उछाल दी। झटका खाकर वह बाहर फाटक के पास जा गिरी। उसके भीतर से लड्डू निकलकर इधर-उधर लुढ़कने लगे।

''हैं...हैं...क्या करता है?'' रोबीली आवाज़ और तेज़ हुई कि सुधीर का ज़ोरदार घूँसा बोलनेवाले की कनपटी पर जा पड़ा।

फिर सुधीर उन नौजवानों के बीच था और दोनों हाथों की मुट्ठियाँ बाँधे जहाँ-तहाँ वार करके चीख़ रहा था...

''निकलो यहाँ से, बदज़ात। आ गए लाश पर गिद्धों की तरह मँडराने। निकलो। निकलो यहाँ से। वरना हड्डी-पसली एक कर दूँगा।''

युवकों का दल इस अप्रत्याशित कांड को देखकर क्षण-भर के लिए भौचक रह गया पर जल्दी सँभल भी गया। दस हाथों के इकट्ठे हमले ने सुधीर को बरामदे की दीवार से ले जा टकराया। उसे वहीं दबोचे रख, वे उस पर लात-घूँसों के साथ गालियों की बौछार करने लगे।

''देशद्रोही! नामर्द! कायर! चूड़ियाँ पहनकर बैठ! टसुए बहा रहा है! हम थूकते हैं तुझ पर, नपुंसक!''

''मारो-मारो साले को! यह भी उसी बुढ़ऊ का चेला है! मारो! निकालो भुरकुस साले का!''

सुधीर ने अपने हाथ उनके शिकंजे से छुड़ाकर उन पर जवाबी वार करना चाहा पर छुड़ा न सका। पिटते-पिटते उनकी गालियों का जवाब देना चाहा पर क्रोध, अपमान और व्यथा से फँसा उसका गला, घर्र-घर्र के सिवाय कुछ न कर सका। तभी तमाम गाली-गलौज को पाले की मार-सी गलाती, एक सर्द आवाज़ बरस उठी।

''गेट आउट!'' और शुक्ला साहब बरामदे में खड़े थे।

''डैडी,'' रेवा कुछ कहने के लिए आगे दौड़ी।

''भीतर जाओ,'' उन्होंने उसकी तरफ़ बिना देखे हुक्म दिया। वह भीतर चली गई।

''गेट आउट, ऑल ऑफ यू,'' उन्होंने अपनी ठंडी-कठोर आवाज़ में कहा।

नौजवानों ने सकपकाकर उनकी तरफ़ देखा और सुधीर को छोड़ एक तरफ़ हट गए। सिर्फ़ रोबीली आवाज़ वाला विक्रम उसे थामे डटा रहा।

''हिन्दी में बोलिए,'' उसने चिल्लाकर कहा।

बाक़ी युवकों ने उसका अनुसरण नहीं किया। वे चुपचाप खड़े रहे।

''समझता क्या है अपने-आपको, अंग्रेज़ी टट्टू,'' वह फिर गरजा। और अचरज के साथ उसने पाया कि उसके साथी अब भी चुप हैं।

धीरे-धीरे उनके बीच खुसुर-फुसुर शुरू हुई—चलो-चलो, चलो यहाँ से। केस में फँसा देंगे। चलो-चलो, जल्दी करो। चुप करके चलो। और नौजवान एक-एक करके परछाइयों की तरह वहाँ से खिसकने लगे :

"गेट आउट," जज साहब ने फिर कहा।

रोबीली आवाज़ के मालिक ने पाया, वह वहाँ अकेला है। तब तक सुधीर भी उसकी जकड़ से अपने को छुड़ा चुका था। जैसे ही वह मुक्का तानकर आगे बढ़ा, वह दो क़दम पीछे हट गया।

"नामर्द! कायर!" वह चीख़ा ज़रूर पर उसके सामने टिका न रहा।

"साले भाग गए! कायर कहीं के," जाते-जाते वह बड़बड़ाया और गेट के पार हो गया।

उसके बाक़ी साथी जज साहब के पास-पड़ोस में रहनेवाले थे, इसलिए उनसे ख़ौफ़ खाना उनकी बचपन की आदत थी। फिर अपने को जज के सामने पाकर वे हत्या की असलियत से घबरा उठे थे।

"सुधीर, भीतर चलो," उनके चले जाने पर उसी सर्द स्वर में जज साहब ने सुधीर से कहा, "रिस्पैक्ट द डैड।"

वे और वहाँ नहीं ठहरे, अपने पढ़नेवाले कमरे की तरफ़ मुड़ गए।

यंत्रचालित-सा सुधीर भी। कमरे में पहुँचकर उन्होंने कुर्सी पर बैठकर दुबारा गीता उठा ली और गहरी अवहेलना से मुस्कराकर बोले, "संघी होंगे।"

उनके बर्फ़ीले स्वर का स्पर्श पा, सुधीर का जलता मन भभक उठा। अब तक जिन्हें दिलोजान से वह धिक्कार रहा था, जिनकी पीठ पर घूँसे क्या, लात मारने में भी वह नहीं हिचकिचाया था; उन्हीं के लिए जज साहब के मुँह से हिकारत का ताना सुन, वह ऐसे बेचैन हो उठा जैसे तेज़ ज्वर से प्रताड़ित आदमी बर्फ़ की सिल्ली पर लेटकर हो जाता है। नौजवानों के घूँसों के वार से उसका शरीर पीड़ित था, गांधीजी की हत्या की ख़बर से उसका मन व्यथित था। उसकी समझ में नहीं आ रहा था, किस तरह उनका प्रतिकार करे। अब उसे रास्ता सूझ गया। अपना सारा आक्रोश शुक्ला साहब के सिर पर उँड़ेलकर, वह अपना झुलसता व्यक्तित्व शीतल करने लगा। मन-ही-मन तोप की तरह गरजता-दहाड़ता, वह, ऊपर से चुप रहकर, उनके कमरे से बाहर निकल आया। पर उस रात देर तक रेवा को उसका व्याख्यान सुनना पड़ा।

"देखा, इन अंग्रेज़ के पिट्ठू को? संघियों को दोष दे रहे हैं। और ख़ुद धर्मराज बने बैठे हैं। गीता पढ़ रहे हैं। चार साल पहले तक जिसे जेल में ठूँस रहे थे, कड़ी-से-कड़ी सज़ा सुनाने के दाँव-पेच लगा रहे थे; उसी के लिए किस भलमनसाहत से फ़रमा रहे हैं, रिस्पैक्ट द डैड। जैसे इनका बाप मर गया हो। गोरे कलेक्टरों को शराब पिला-पिलाकर जज क्या बन गए, साहबों के कान काटने

लगे। रिस्पैक्ट द डैड। ज़िन्दा आदमी की क़दर करो चाहे नहीं, मरे हुओं के लिए ओठों पर उँगली रखकर बैठ जाओ तो हो गई साहबी सभ्यता। पाखंडी कहीं के! ख़ुदगर्ज़! ट्रेटर!''

सुधीर समझ नहीं रहा था, ट्रेटर कौन है? शुक्ला साहब, वह स्वयं या संघ के नेता। आत्म-ग्लानि से बचने का सबसे सहज उपाय था, उसका बोझ शुक्ला साहब के कन्धों पर डाल देना। आज फिर उनकी जीत हुई थी। उनकी एक डाँट में अपने को देशप्रेमी कहनेवाला नवयुवक-दल ग़ुब्बारे में सुई चुभ जाने जैसा पिचककर रह गया था। जो काम सुधीर की उद्दंड लातें और गुस्ताख़ गालियाँ नहीं कर पाई थीं, उनकी सपाट सर्द आवाज़ ने कर डाला था।

नहीं, उनकी जीत सुधीर बर्दाश्त नहीं कर सकता। वह ग़लत थी। शुक्ला साहब ग़लत थे। वे ढोंगी थे। पाखंडी थे। देशद्रोही थे। अत्याचारी थे। सत्ता वे थे, अधिकारी वे थे, हत्यारे वे थे, अन्यायी वे थे, जज वे थे और नियति के न जाने किस क्रूर मज़ाक से, सुधीर के सर्वेसर्वा वे थे।

रात-भर सुधीर भटकता रहा, रोता-कलपता रहा, बौराता रहा, उन्हें दुत्कारता रहा। सुबह होने पर, हारे हुए सैनिक की तरह, संघ से अलग हो गया। न जाने क्यों, जिस दिशा में वह क़दम उठाता है, रास्ता स्वयं पलटकर उसे पटकनी दे देता है। वह हार जाता है ख़ुद अपने चुनाव से। और जज साहब जीत जाते हैं, तटस्थता से, उसी बिन्दु पर खड़े-खड़े, बिना एक क़दम उठाए, महज़ अपनी राय जतलाकर।

5

''फिर एक दिन वह आया जब सुधीर ने कॉलेज से लौटने पर देखा, जज साहब के पास बाहर बैठक में चोटीधारी पंडित बैठा है। दोनों मनोयोग से सलाह-मशवरा कर रहे हैं। साहब और पंडित! क्या अनहोनी बात है!

यह आश्चर्यजनक ख़बर रेवा को सुनाने के इरादे से वह 'रेवा-रेवा' पुकारता भीतर घुसा।

''क्या है?'' रेवा ने पूछा।

''इधर आ। एक अचरज की बात बतलाऊँ। कान इधर ला।''

''क्या है?''

''साहब के पास पंडित बैठा है,'' सुधीर ने एक-एक शब्द पर ज़ोर देकर कहा।

''तो?'' रेवा मुस्करा दी।

''अंग्रेज़ भी पंडितों को मानते हैं?'' उसने भँवें ऊपर चढ़ाकर, जूते खोलते-खोलते कहा।

''तुम भी, सुधीर। डैडी क्या अंग्रेज़ हैं?''

"नहीं हैं?" कृत्रिम आश्चर्य से उसकी भँवें और ऊपर चढ़ गईं।

"तुम तो यूँ ही उनके पीछे पड़े रहते हो।"

"अच्छा चल छोड़। तुझे पता है पंडित आया क्यों?"

"तारीख़ निकलवा रहे होंगे," रेवा ने आँखें नीची करके कहा।

"कैसी तारीख़?"

"कौन-सी दुनिया में रहते हो तुम?"

"अच्छा-अच्छा, ज़्यादा बड़प्पन मत छाँट। किसकी तारीख़ निकलवा रहे हैं, वह बतला।"

"तारीख़ किसकी निकलवाई जाती है?" रेवा ने उलटे प्रश्न किया।

"मुझे क्या पता? रुक-रुक, तेरा ब्याह तो नहीं हो रहा?"

"और क्या।"

"हैं! तेरा ब्याह हो रहा है! किससे?"

"उस दिन वे लोग आए नहीं थे?"

"कौन लोग?"

"वही मिस्टर पांडे वग़ैरह। तुम यहीं पर तो थे। मिले नहीं थे?"

"कौन पांडे? सन्दीप?"

"हाँ।"

"हाँ-हाँ, आए तो थे!"

"बस फिर।"

"सन्दीप को तो मैं जानता हूँ।"

"सच? तुम्हारे दोस्त हैं?" रेवा ने उत्सुकता से पूछा।

"दोस्त तो नहीं, कॉलेज में एक साल सीनियर था मुझसे। अभी इंजीनियरिंग पास की है। केमिकल में।"

"कैसे हैं?" रेवा ने धीमे से पूछा।

"ठीक है...अच्छा है," सुधीर गहरे सोच में डूब गया।

"ओहो, तो तेरी शादी सन्दीप से तय हो रही है।" काफ़ी देर तक चुप रहकर उसने कहा।

"डैडी कह रहे थे बहुत लायक़ हैं।"

"हूँ।"

"तुम जानते हो उन्हें, कितना अच्छा हुआ। है न?"

"वह सब छोड़। यह बतला तुझे पसन्द है?" सुधीर को सहसा अपना दायित्व सूझ गया।

"हाँ।"

"वाक़ई?"

"हाँ।"

"इसलिए नहीं कि साहब कहते हैं, वह लायक़ हैं?"

सुधीर ने मन-ही-मन तय कर लिया कि रेवा ने ज़रा आभास दिया कि उसे सन्दीप पसन्द नहीं है, महज़ जज साहब के कहने पर वह उससे विवाह कर रही है, तो वह यह शादी नहीं होने देगा। सीधा जाकर साहब से कह देगा, यह शादी नहीं हो सकती। फिर वे चाहे जो कहें-करें, सुधीर परवाह नहीं करेगा। ख़ुद जाकर रिश्ता तोड़ आएगा। अपने दायित्व को साहस से निभाने की गरिमा से उसकी छाती चौड़ी हो गई।

"हाँ-हाँ, पसन्द हैं। कितनी जिरह करते हो तुम," रेवा ने कहा।

उसके उत्तर ने उसे शौर्य की हवाई ऊँचाइयों से ठोस धरातल पर ला पटका।

"तब ठीक है," उसने कहा।

कुछ ठहरकर बोला, "सबसे अच्छी बात यह है कि वह यहीं कानपुर में रहता है।"

"नहीं," रेवा ने कहा, "नौकरी दिल्ली में लगी है, 'ब्लांडन एंड को' में।"

"ओह," सुधीर ने बात के तथ्य को समझा और एकाएक मुरझा गया।

इसका मतलब विवाह के बाद रेवा कानपुर छोड़ दिल्ली चली जाएगी। इस कोठी में वह अकेला रह जाएगा। वह और जज साहब। अकेले होने से भी भयंकर एकाकीपन। कैसे रह पाएगा वह?

अब तक जब भी उसकी मानसिकता उनसे जूझी है, जब भी मुक़ाबले में चकरघिन्नी खा, वह टूटकर गिरा है; किसी की उपस्थिति ने उसे सँभाल लिया है। इस कोठी में जज साहब के अलावा रेवा भी रहती थी। पर रेवा के न रहने पर? रात के ख़ौफ़नाक अकेलेपन में रेवा उसके साथ जगी है, चुप रहकर उसके प्रलापों को सुना है। सन्ध्या के धूमिल एकाकीपन में वह उसके साथ घूमी है, हँसी है, बोली है, और चुपचाप बैठी है। वह थी तो सुधीर के चारों ओर आत्मीयता की चारदीवारी खड़ी रहती थी। समय साहचर्य से बँधा रहता है। वह नहीं रहेगी तो इस कोठी के भीतर, समय और स्थान दोनों, अन्तरिक्ष की तरह फैल जाएँगे। एक कोने से लेकर दूसरे अनदेखे छोर तक, तारकोल की उस नई बनी सूनी-सपाट सड़क-सा सन्नाटा छा जाएगा, जिस पर कोई यातायात नहीं जाता। मशीन की मानिन्द, एक घर और उसमें फिट न हो सकनेवाले कलपुर्ज़े, वह और जज साहब। कैसे जुड़े रह सकेंगे वे?

वह जल्दी-जल्दी जूते के खुले तस्मे दुबारा बाँधने लगा।

"अब कहाँ चले?" रेवा ने पूछा।

"फुटबॉल खेलने।"

"यही जूते पहनकर। फुटबॉल वाले जूते नहीं पहनोगे?"

"नहीं पहनूँगा तो?"

"कुछ खाओगे नहीं?"

"भूख नहीं है।"

"डैडी पूछेंगे तो?"

"वे क्यों पूछेंगे? उन्हें फ़ुर्सत कहाँ है? बाहर पंडित बैठा है। वाह, क्या बात है! साहब लोग भी तारीख़ निकलवाने लगे!"

"तब क्या हुआ? जाने कब से क़ायदा बना हुआ है।"

"ओह क़ायदा," सुधीर ने ओठ बिचकाकर कहा, "और जज साहब क़ायदे को जीवन की अमूल्य उपलब्धि मानते हैं।"

तभी बाहर से जज साहब की आवाज़ गूँजी, "सु...धीर...!"

"लो," सुधीर ने कहा, "शैतान का नाम लिया नहीं कि..."

"सु...धी...र," रेवा ने आदतन टोक दिया। उसके मुँह से ऐसी बातें सुनने की वह आदी हो चुकी है, फिर भी टोक देती है।

सुधीर जज साहब के पास चला आया। देखा, पंडित जा चुका है और वे अनमने-से सामने ताक रहे हैं।

"तुम सन्दीप पांडे को जानते हो?" उसके बाहर आने पर उन्होंने पूछा।

"जी।"

"तुम्हारे कॉलेज में था?"

"जी।"

"रेवा का रिश्ता उससे तय हो गया है।"

"जी।"

"ब्लांडन एंड को में काफ़ी अच्छी नौकरी मिल गई। असिस्टेंट इंजीनियर की। पाँच सौ स्टार्ट है।"

"जी।"

"दस नवम्बर तारीख़ निकलती है।"

"किसकी?"

"शादी की," कह शुक्ला साहब ने एक लम्बी साँस छोड़ी।

सुधीर ने आश्चर्य के साथ देखा, उनकी आँखों में आँसू हैं। सहसा उसका अपना गला फँस गया।

"उसके तो सिर्फ़ दो महीने हैं," उसने कहा।

"हाँ, लड़का अच्छा है। ख़ानदान भी। मुझे पसन्द है..." शुक्ला साहब ने मेज़ पर पेंसिल घुमाते-घुमाते रुँधे कंठ से कहा।

"जी-हाँ, अच्छा लड़का है," सुधीर ने कोमल स्वर में कहा, "मुझे विश्वास है, रेवा ख़ुश रहेगी।"

अपने दुख से दुखी शुक्ला साहब की भीगी आँखें देखकर, अपनी तरह उनका टूटा स्वर सुनकर, उस क्षण, सुधीर को उनसे सहानुभूति हो आई। उसकी तरह वे भी अकेले हैं।

''उम्मीद तो यही करता हूँ,'' शुक्ला साहब ने कहा। उन्हें उसके स्वर का माधुर्य भला लगा।

उन्होंने फिर एक लम्बी साँस भरी और चुप हो गए।

कुछ देर चुप्पी रही। शुक्ला साहब और सुधीर, दोनों कहने को कुछ ढूँढ़ते रहे। वे ऐसा कुछ कहना चाहते थे जिससे संवेदना से पैदा हुआ यह नवजात साहचर्य बना रह सके। दोनों अधैर्य के साथ अपने भीतर कहने लायक़ शब्द खोजते रहे पर ढूँढ़ न पाए। ज्यों-ज्यों चुप्पी खिंचती गई, तनाव बढ़ता गया। वे उन लोगों में से नहीं थे, जिनकी चुप्पी मैत्रीपूर्ण होती है। आख़िर शुक्ला साहब ने मेज़ पर पड़ी किताब, परसुएशन उठा ली और उसके पन्ने पलटते-पलटते, अपना पुराना घिसा-पिटा वाक्य दुहरा दिया।

''तुम्हारी पढ़ाई कैसी चल रही है?''

''ठीक है,'' सुधीर ने उनके प्रयत्न को सही अर्थ में लेकर, सहज उत्तर दे दिया।

''सन्दीप फर्स्ट डिवीज़न में पास हुआ है,'' शुक्ला साहब ने कहा। तब भी उसने बुरा नहीं माना।

बिना व्यंग्य किए कहा, ''होनहार लड़का है।''

''हाँ। मेहनती और समझदार है।''

''और सबसे बड़ी बात यह है कि रेवा को पसन्द है।''

''जहाँ तक रेवा का सवाल है, उसने चुनाव की ज़िम्मेवारी हम पर छोड़ दी थी,'' शुक्ला साहब के स्वर में गर्व छलक आया।

सुधीर की सहानुभूति बर्फ़ का स्पर्श पा जम गई। मुँह सिकोड़कर उसने कहा, ''ओह!''

''उससे हमारी ज़िम्मेवारी और बढ़ जाती है,'' शुक्ला साहब कहते गए।

''उसमें क्या है? पंडितजी जो हैं। उन पर भरोसा करके ज़िम्मेवारी खिसकाई जा सकती है,'' सुधीर ने व्यंग्य किया।

''पंडितजी क्या कर सकते हैं?''

''क्या कहा उन्होंने? संजोग बनता है या नहीं?''

''संजोग? वह बनाना अपने हाथ में होता है,'' शुक्ला साहब ने तिरस्कारपूर्ण स्वर में कहा, ''इनसान को अपने पर भरोसा हो तो हाथ की लकीरें अपने-आप बदल जाती हैं।''

''तब पंडितजी महाराज यहाँ क्या करने आए थे?''

"शादी की तारीख़ निकालने। सन्दीप के माँ-बाप चाहते हैं कि विवाह मुहूर्त निकलवाकर हो। ठीक है, जो क़ायदा इतने दिनों से चला आ रहा है, हमें उसे मानकर चलना चाहिए।"

"क़ायदा!" सुधीर ने मन-ही-मन कहा, "पाखंडी!"

ऊपर से बोला, "ठीक है। जब सब काम क़ायदे से चल रहा है तो परेशान होने की क्या ज़रूरत है! मैं जाऊँ?"

"हाँ," उन्होंने उदासीन भाव से कहा।

उसका वहाँ और टिके रहना उन्हें सुकून नहीं पहुँचा रहा था।

उसके चले जाने पर वे परसुएशन हाथ में लिये देर तक उसके पन्ने पलटते रहे। ऐमा से शुरू करके, उनके कहने पर, रेवा ने एक-एक करके जेन ऑस्टन की सब किताबें पढ़ डाली थीं। परसुएशन अभी ख़त्म कर चुकी थी। उस पर रेवा से उनकी काफ़ी लम्बी बातचीत हुई थी। ऐमा पढ़कर दूसरी किताब प्राइड एंड प्रेजुडिस शुरू करने से पहले उसने पूछा था, "क्या इसमें भी ऐमा की तरह हिरोइन ही विलेन है?"

ऐमा की विशिष्टता की इस सूक्ष्म पकड़ पर शुक्ला साहब ख़ुश हो गए थे। समझाकर बोले थे, "नहीं, ठीक उस तरह नहीं। पर जेन ऑस्टन के सभी उपन्यासों में विलेन सिर्फ़ एक कैरेक्टर नहीं, कई कैरेक्टर्स की बदगुमानियाँ होती हैं। 'प्राइड एंड प्रेजुडिस' में घमंड और ज़िद, 'सेंस एंड सेंसिबिलिटी' में भावुकता और 'परसुएशन' में दूसरे की राय से समझौता कर लेना।"

याद करके उन्होंने किताब रख दी और रेवा को आवाज़ लगाई।

उसके आने पर वे भाव-विह्वल से उठ खड़े हुए। आर्द्र-कंठ से बोले, "आओ, बैठो।"

रेवा उनके पास सोफ़े पर बैठ गई।

कुछ देर दोनों चुप रहे। पर उनकी चुप्पी में तनाव नहीं था, एक अव्यक्त विषाद था। दोनों जानते थे कुछ महीनों बाद उन्हें अलग हो जाना है। साथ में अनकहा हर्ष भी था। दोनों इस बात से ख़ुश थे कि रेवा की शादी सन्दीप से हो रही है।

"दस नवम्बर तारीख़ निकली है," काफ़ी देर बाद अवरुद्ध-कंठ से शुक्ला साहब ने कहा।

रेवा ने कुछ नहीं कहा, नज़रें झुका लीं। उनमें उस विषाद और हर्ष के मिले-जुले भाव को अभिव्यक्ति मिल गई थी। शुक्ला साहब उठ खड़े हुए। अलमारी से जेन ऑस्टन की हाल में ख़रीदी किताबों का सेट लेकर रेवा के पास आए और बोले, "ये मैं तुम्हारे लिए लाया हूँ। बाद में भी पढ़ती रहना।"

"अच्छा डैडी," कहकर रेवा ने मेज़ पर रखी किताबों पर हाथ रख दिया।

"मैं चाहता था," शुक्ला साहब ने उसके सिर पर हाथ रखकर कहा, "तुम आगे पढ़ो। मैट्रिक में तुम्हारी फ़र्स्ट डिवीज़न आई है, तुम्हें आगे ज़रूर पढ़ना चाहिए। तुम भी पढ़ना चाहती थी न?"

"जी डैडी।"

"पर तुम जानती हो," उन्होंने टूटे स्वर में कहा, "बिना औरत के इस घर में तुम्हारा अकेले रहना...मेरे ऊपर कितनी बड़ी ज़िम्मेवारी है। सन्दीप जैसा लड़का मिल गया तो मैंने सोचा, रुके नहीं रहना चाहिए। उन्होंने मुझे यक़ीन दिलाया है कि दिल्ली में तुम्हारे पढ़ने को वे नहीं रोकेंगे।"

"जी डैडी।"

"तुम बी. ए. ज़रूर करना।"

"अच्छा डैडी।"

"तुम समझती हो न, जल्दी शादी करना ज़रूरी था वरना मैं तुम्हें और पढ़ाता।" शुक्ला साहब जैसे उसके सामने अपराधी हो आए।

"आप फ़िक्र मत कीजिए, डैडी। जो आप कर रहे हैं, ठीक है," रेवा ने द्रवित स्वर में कहा।

शुक्ला साहब ने सन्तोष की साँस ली।

पता नहीं सुधीर इस तरह उनकी बात क्यों नहीं समझ सकता। उसने भी अच्छे नम्बरों से इंटर पास किया था, फ़र्स्ट डिवीज़न ज़रूर रह गई थी। फिर इंजीनियरिंग कॉलेज में दाख़िला भी मिल गया था। आजकल माइनिंग इंजीनियरिंग के थर्ड ईयर में अच्छा चल रहा है। उन्हें उससे कोई ख़ास शिकायत नहीं है, सिवाय इसके कि वे चाहते थे, वो माइनिंग नहीं मेकैनिकल इंजीनियरिंग ले। उसके लिए ख़ुद कानपुर में स्कोप था। पर वह बिना उनसे कुछ कहे माइनिंग के लिए एप्लिकेशन दे आया। ख़ैर, उसका इन्तज़ाम हो जाएगा। कानपुर में उनकी इतनी जान-पहचान है, कहीं-न-कहीं उसे खपाया जा सकेगा। पर इसका वे क्या करें? यह जो रेवा के चले जाने पर, उसके साथ अकेले इस कोठी में रहने का ख़याल, उन्हें परेशानी में डाले दे रहा है। अगर वे कमज़ोर आदमी होते तो कहते, परेशानी नहीं ख़ौफ़। अकेलेपन से भी भयंकर एकाकीपन का ख़ौफ़। रेवा नहीं रहेगी तो कोर्ट से उनका घर लौटना बेमानी हो जाएगा। वह नहीं रहेगी तो किताबें पढ़ने का रस आधा रह जाएगा। वह नहीं रहेगी तो उनके जीवन के न जाने कितने घंटे सूने हो जाएँगे। पर उसे भेजना उनका धर्म है और उसे झेलने के लिए, उन्हें यह सूनापन सहना पड़ेगा।

दस नवम्बर आई। उसके साथ, न जाने कब-कब के, भूले-बिसरे नाते-रिश्तेदार। सुधीर-रेवा के मामा-मामी, ममेरे भाई-बहन, शुक्ला साहब के चचेरे-ममेरे-मौसेरे

और न जाने किस रिश्ते से लगनेवाले भाई-बहन और उनके बच्चे। सहसा, वह अनुशासित, टुकड़ों में विभक्त, और अकेले स्वामित्व से संचालित घर, शोरगुल और अस्त-व्यस्तता से भर उठा। अच्छा लगा सुधीर को। भीड़ से घिरकर वह कम अकेला हो आया। बर्दाश्त कर लिया शुक्ला साहब ने। कुछ दिनों की बात थी। ध्यान भी नहीं दिया रेवा ने। वह सन्दीप के सपनों में खोई थी। फिर दस नवम्बर बीत गई। ग्यारह आई और चली गई। साथ में रेवा भी। एक-दो दिन ठहरकर, नाते-रिश्तेदार भी अपने-अपने घर चले गए। बिला शादी के ठेलपेल के, किसी रिश्तेदार का जज साहब के संग देर तक रहना कष्टप्रद था, दोनों के लिए। मामा-मामी भी ज़्यादा नहीं टिके। सुधीर के आग्रह पर सप्ताह-भर रह ज़रूर गए पर शुक्ला साहब की नज़रों से दूर-दूर। जैसे ही उनके दोस्तों के आने पर जेकब ने मुर्ग़ा बनाने की बात चलाई, मामी ने बोरिया-बिस्तर समेट लिया।

सुधीर अपने मामा-मामी से बहुत कम मिला था। बचपन में दो-चार बार, फिर नहीं। शुक्ला साहब बच्चों को उनके पास गाँव भेजने के पक्ष में नहीं थे। माँ ही वह सूत्र थीं, जो जज साहब और पोंगापन्थी मामा-मामी को कभी-कभार पास ले आती थीं। उनकी मृत्यु के बाद, वह सम्बन्ध क़रीब-क़रीब ख़त्म हो गया था। न वे कभी कानपुर आते थे और न सुधीर-रेवा उनके पास जाते थे। बड़े होने पर भी सुधीर ने उनसे मिलने की कोशिश नहीं की थी। बचपन से अजनबी हुए रिश्तेदारों के पास एकदम से जाना कठिन मालूम पड़ा था। फिर भी वे उसके माँ के भाई-भाभी थे। यह ख़याल करके, अब मिलने पर, उसे उनसे स्नेह हो गया था। या यह कहना चाहिए कि माँ के नाते वह उनसे स्नेह रखना चाहने लगा था। स्नेह दिखलाने में मामी भी पीछे नहीं थीं, पर उसमें इतना दम नहीं था कि मांस-मुर्गे के पकने को सहन कर जाए।

अब रह गए जज साहब और सुधीर। कोठी के बाहर या उसके बारह कमरों के भीतर, अलग-अलग जीवन जीते, जज साहब और सुधीर। शुक्ला साहब कचहरी, क्लब, साहित्य और दोस्त-अहबाब लेकर व्यस्त रहने लगे। सुधीर, कॉलेज से लौटकर, अकेले कमरे में, किसी-न-किसी को गाली देकर समय बिताने लगा। जज साहब को इस बात का दुख था कि उनके सम्भ्रान्त मित्रों के पुत्र, सुधीर के दोस्तों में नहीं थे। वैसे दोस्त ही उसके कम थे पर जो थे, वे कुलीन नहीं, ग़रीब घरानों के थे। इसलिए नहीं कि वह उन्हें जीने का बेहतर रास्ता सिखा सकता था या वे उसे इसलिए कि जज साहब की बदौलत सुधीर से पैसा मिल सकता था, जो आड़े वक़्त उनके काम आता था। कम-से-कम, वह यही सोचकर उनकी मदद करता था कि आड़े वक़्त उनके काम आ रहा है। यह बात दूसरी थी कि कपड़े बनवाने से लेकर कोठे पर जाने तक को, वे लोग, आड़े वक़्त का जामा पहनाकर, उसके सामने पेश करते थे। दोस्त उसके ऐसे भी थे जो उसकी तरह, जिस दुनिया

में रह रहे थे, उससे नाख़ुश तो थे पर यह नहीं जानते थे कि उसे बदलकर दूसरी दुनिया की स्थापना कैसे करें।

जब तक रेवा थी, इस मामले को लेकर उसे कोई ख़ास तकलीफ़ नहीं हुई थी। जब भी वह अपने जेबख़र्च या फ़ीस के पैसे किसी दोस्त के हवाले कर घर लौटता, रेवा से कहकर अपने कर्तव्य से छुट्टी पा जाता। डैडी से और पैसे माँग लेने की ज़िम्मेवारी उसकी होती। रुपए-पैसे के मामले में शुक्ला साहब तंग हाथ नहीं थे, इसलिए रेवा को इस काम में कठिनाई नहीं होती थी। वह अपने लिए किसी भी शौकीन चीज़ की फ़रमाइश करके, उनसे पैसे ले लेती और सुधीर के हवाले कर देती। एकाध बार अपनी कक्षा की किसी लड़की की ख़स्ता हालत का बयान करके भी, उसने उनसे रुपए लेने की कोशिश की थी। पर तब उन्होंने साफ़ इनकार कर दिया था। समझाकर कहा था, "मैं रुपए देकर किसी की मदद करने के सख़्त ख़िलाफ़ हूँ। इससे उनकी स्वाभिमान की भावना मर जाती है और धीरे-धीरे भीख माँगने की आदत पड़ जाती है। वैसे ही हिन्दुस्तान में कम भिखारी नहीं हैं। अगर उसकी माली हालत सचमुच ख़राब है तो मैं उसके भाई या बाप या और किसी रिश्तेदार को काम दिलवाने की कोशिश कर सकता हूँ।"

उसके बाद रेवा ने ऐसी कोई बात नहीं उठाई थी। मन-ही-मन, सुधीर के दान देने के शौक़ को भी अपने तक रखने का निश्चय कर लिया था। सुधीर को उसके लिए मना करने की गुंजाइश नहीं थी। डैडी की बात सुनते ही वह इस क़दर आग-बबूला हो उठा था कि रेवा चुप रह गई थी।

जब से रेवा की शादी हुई है, सुधीर दिक़्क़त महसूस करने लगा है। अपने ख़र्चों को बढ़ा-चढ़ाकर बतलाकर शुक्ला साहब से पैसे माँगने में उसे लगता है, वह अपने से धोखा कर रहा है। और सीधे-सीधे उन्हें चुनौती देकर, ज़रूरतमन्दों के लिए पैसा लेने की हिम्मत वह नहीं जुटा पाया है। आमतौर पर अपने जेबख़र्च के पैसों पर भरोसा करना पड़ता है। कभी-कभी दोस्त पर किसी ख़ास परिस्थिति का दबाव पड़ने पर, वह घर की कोई बेचने लायक़ चीज़ प्रार्थी के हाथों रख देने से नहीं हिचकिचाता। शुक्ला साहब रहते हैं अपनी दुनिया में। घर की चीज़ों की फ़ेहरिस्त तो रखते नहीं।

यूँ अपनी-अपनी ज़िन्दगी जीते, शुक्ला साहब और सुधीर, न चाहने पर, एक-दूसरे के सामने आने का कष्ट आसानी से टाल सकते थे। ज़्यादातर यही वे करते थे। पर बहुत दिनों से चले आ रहे नियम के अन्तर्गत, सुबह और रात, ख़ाने की मेज़ पर उनका सामना हो जाता था।

यही क्षण सुधीर के लिए सबसे दुखदायी होते थे। लम्बे कष्टदायक मौन को तोड़ने के लिए, रोज़-रोज़ के इस्तेमाल से घिसे सिक्कों-समान फेंके गए शब्द। हर शब्द के साथ बढ़ता तनाव। व्यंग्य, कटाक्ष। फिर अपने कहे पर खेद। लगाम खिंचे

घोड़े की तरह, सँभल-सँभलकर पाँव रखना। फिर तनाव, विवाद, व्यंग्य, कटाक्ष। फिर मौन या प्रलाप। किसी तीसरे की अनुपस्थिति में अन्दर-ही-अन्दर घटता-बढ़ता क्षोभ। एक बार फिर वही घिसे सिक्कों-से फेंके गए वाक्य।

"तुम्हारी पढ़ाई कैसी चल रही है?"

"ठीक है।"

"इम्तहान के कितने दिन हैं?"

"...महीने।"

"फ़र्स्ट क्लास आ जाएगी?"

"भगवान जाने!"

"क्यों, तुम्हारी तैयारी ठीक नहीं है?"

"तैयारी तो ठीक है पर भविष्य पर अधिकार नहीं है।"

"आदमी को अपने पर भरोसा रखना चाहिए।"

"कर्म करो, फल की परवाह मत करो, गीता में लिखा है।"

"नॉन्सेंस! यह असफलताओं पर पर्दा डालने का तरीक़ा है।"

"जी।"

"यह सिर्फ़ तुम्हारा इन्फ़ीरियोरिटी कॉम्प्लेक्स है। अपनी तरफ़ से तैयारी पूरी हो तो सफलता क्यों नहीं मिलेगी?"

"जी।"

"अख़बार देखा? यू.पी. सरकार का काम हिन्दी में होगा।"

"जी।"

"क्या बेकार बात है। अभी हिन्दी सीखते हमें कम-से-कम बीस साल लगेंगे।"

"वे भी कम होंगे। आख़िर अंग्रेज़ी हम दो सौ साल में भी नहीं सीख सके।"

"कौन नहीं सीख सके?"

"हम।"

"नॉन्सेंस। सब पढ़े-लिखे लोग अंग्रेज़ी जानते हैं।"

"जी-हाँ, पर वैसे ही जैसे सब अनपढ़ लोग हिन्दी जानते हैं।"

"तुम हमेशा संघियों की बात दुहराते हो।"

"मुझे जब न हिन्दी आती है, न अंग्रेज़ी, तो मेरी बात का महत्त्व ही क्या है?"

"क्यों नहीं आती? यह तुम्हारा अपना दोष है। सीखते क्यों नहीं? मेहनत करने से डरते क्यों हो?"

"सीखने से क्या सब कुछ आ जाता है?"

"बिलकुल। सन्दीप को देखो, जो ज़ुबान बोलता है, लगता है वही उसकी अपनी ज़ुबान है।"

"सन्दीप! उसकी बात और है!"

"क्यों? तुममें इतना इन्फ़ीरियोरिटी कॉम्प्लेक्स क्यों है? काम करने की लगन होनी चाहिए। इनसान सब कुछ कर सकता है।"

"जी।"

"मुझे देखो। पिछले दो साल में मैंने कितनी हिन्दी सीख ली है, महज़ हिन्दी की न्यूज़ सुनकर और किताबें पढ़कर।"

"जी।"

"तुम टेनिस क्यों नहीं खेलते?"

"मालूम नहीं। कभी सीखा नहीं।"

"मेरे साथ कानपुर क्लब चलो, मेम्बर बनवा दूँगा। फिर खेल सकते हो।"

"जी नहीं, शुक्रिया। मैं उस क्लब का सदस्य नहीं बनना चाहता।"

"क्यों? कानपुर का सबसे अच्छा क्लब है। शहर के सब बड़े लोग मेम्बर हैं।"

"जी, इसीलिए।"

"क्या मतलब? तुम्हें इज़्ज़तदार लोगों से मिलने-जुलने में तकलीफ़ क्यों महसूस होती है?"

"इज़्ज़तदार? सूट पहनकर अंग्रेज़ियत दिखलाने से क्या आदमी इज़्ज़तदार हो जाता है?"

"मेरी समझ में नहीं आता तुम पर यह अंग्रेज़ों का भूत क्यों सवार रहता है? यहाँ के एम.एल.ए. ख़ुद क्लब के मेम्बर हैं।"

"जानता हूँ।"

"फिर?"

"बस, मैं नहीं बनना चाहता।"

"यह महज़ तुम्हारा इन्फ़ीरियोरिटी कॉम्प्लेक्स है। जब तक अच्छी सोसाइटी से तआल्लुक़ नहीं रखोगे, तहज़ीब आएगी कैसे?"

"जी।"

"मेरी समझ में नहीं आता, तुम अपने को सुधारना क्यों नहीं चाहते?"

"आप नहीं समझ सकते।"

"ठीक है। बदतमीज़ आदमी से बहस नहीं करनी चाहिए।"

"जी।"

"खाना ख़ाने ठीक वक़्त पर आया करो। मैंने गोविन्द को घर भेज दिया है।"

"जी।"

"आज फिर तुम देर से आए?"

"मुझे खाना नहीं खाना।"

"इसका मतलब यह नहीं कि तुम देर से आओ।"

"जी।"

जज साहब और सुधीर के बीच का हर वार्तालाप 'जी' पर आकर ख़त्म हो जाता था। सहमति-सूचक डेढ़ अक्षर के इस शब्द के पीछे असहमति के जो असंख्य नारे कुलबुलाया करते थे, वे जज साहब को सुनाई नहीं देते थे। फिर भी उनसे उद्वेलित वातावरण की अशान्ति उन्हें छू जाया करती थी। वे सोचते रह जाते थे, कहाँ क्या ग़लत है? उनकी समझ में नहीं आता था, सुधीर के भीतर इतनी गहरी हीन भावना क्यों पनप रही है। वे चाहते थे, चोट-पर-चोट करके, उसे धकियाकर बाहर निकाल दें। उसके इन्फ़ीरियोरिटी कॉम्प्लेक्स को लताड़ने का कोई भी मौक़ा वे हाथ से नहीं जाने देते थे। भला वे कैसे जान सकते थे कि जितना वे उस आरोप को दुहराते हैं, उतना ही उसका प्रकोप बढ़ता चला जाता है।

अकेले सुधीर के साथ घर में रहने में उनकी परेशानी बढ़ती जा रही थी। सुधीर क्या महसूस करता है, वे नहीं जानते थे। पर वे समर्थ थे। अपनी समस्या का निदान वे भले ही न ढूँढ़ पाए हों, साल बीतने तक हल ज़रूर निकाल लिया।

6

"तुम्हारे इम्तहान ख़त्म हो गए?" शुक्ला साहब ने पूछा।

"जी हाँ," सुधीर ने कहा।

"लखनऊ में शर्मा साहब के यहाँ रिश्ते की बात चल रही है। कल लड़की देखने जाना है। चार बजे। तैयार रहना।"

"जी, मैं?"

"हाँ, और कौन?"

"क्या मतलब? तुम्हारी शादी है। मैं चाहता हूँ, तुम ख़ुद लड़की देखकर पसन्द कर लो।"

"ओह, मेरी शादी है?"

"क्या मतलब?"

उसने यह कहने से अपने को रोक लिया कि मैंने समझा, आपकी है।

शुक्ला साहब कहते गए, "शर्मा साहब वैसे करते बिज़नेस हैं। तुम जानते हो हमें व्यापारियों से तअल्लुक रखना ख़ास पसन्द नहीं है। पर शर्मा साहब आम बिज़नेसमैन की तरह नहीं हैं। झा साहब ने बतलाया है, वे उन्हें काफ़ी अरसे से जानते हैं। लड़की को उन्होंने पढ़ाया-लिखाया है, ग्रेजुएट है। मैंने पहली बात उनसे यही कही थी कि लड़की पढ़ी-लिखी होनी चाहिए।"

"जी।"

"उनकी तरफ़ से बात तय है, पर मैंने कहा कि जब तक लड़का लड़की को देखकर पसन्द नहीं कर लेता, मैं शादी पक्की नहीं करना चाहता।"

"फिर यह भी तो हो सकता है कि मैं उन्हें पसन्द न आऊँ।"

"क्यों?" शुक्ला साहब ने अचरज से उसकी तरफ़ देखा, "शर्मा साहब हमारे ख़ानदान और हमारे बारे में अच्छी तरह जानते हैं। साल-भर बाद इंजीनियरिंग पूरी होते ही तुम्हारी नौकरी लग जाएगी। इंजीनियर्स के लिए कितना स्कोप है, शर्मा साहब जानते हैं। शादी नौकरी लगने पर ही होगी।"

"जी, पर जहाँ पसन्द का सवाल होता है, यह सब बातें...।"

"नॉन्सेंस!" शुक्ला साहब ने बात काट दी, "तुम्हें अपने पर भरोसा होना चाहिए।"

"जी।"

"ठीक वक़्त पर तैयार हो जाना।"

"जी।"

ठीक चार बजे वे दोनों शर्मा साहब के यहाँ पहुँच गए।

"आइए, आइए। अहोभाग्य-अहोभाग्य," शर्मा साहब ने खीसें निपोरकर उनका स्वागत किया, "रास्ते में तकलीफ़ तो नहीं हुई? इस गरमी में इतनी दूर आने का कष्ट किया। क्षमा चाहता हूँ," उन्होंने ऐसे कहा जैसे मौसम का सर्द-गरम होना उन्हीं की ज़िम्मेवारी हो।

इस स्वागत-भाषण को सुनकर सुधीर के पास कहने को जो थोड़ा-बहुत था, वह भी नहीं रहा।

जज साहब ने औपचारिक उत्तर दिया, "तकलीफ़ तो हम आपको दे रहे हैं।"

"वाह, साहब, आपके मुक़ाबले हम क्या चीज़ हैं। ही-ही...हमारा तो सौभाग्य है कि आपने हमारी तरफ़ देखा। हमें तो सेवा का अवसर मिला है। क्या लीजिएगा... बादाम का शर्बत मँगवाऊँ या चाय...या ही-ही...आप तो साहब लोग हैं...कुछ और...ही-ही..."

"ज़्यादा ज़हमत मत उठाइए। चाय ले लेंगे।"

"अजी ज़हमत कैसी? हमारा सौभाग्य है—रामदीन, शर्बत ले आ—और बीवीजी से चाय वग़ैरह के लिए कह दे..."

चाय और शर्बत के साथ 'वग़ैरह' के आ जाने से बीच में पड़ी गोलाकार मेज़ ठसाठस अट गई।

जज साहब ने चाय के प्याले के साथ एक बिस्कुट उठा लिया।

"अजी, यह लीजिए न...कचौड़ी...सविता ने अपने हाथ से बनाई है—ख़स्ता है," शर्मा साहब ने सानुरोध कहा।

''शुक्रिया, मैं चाय के साथ और कुछ नहीं लेता,'' शुक्ला साहब के उत्तर में मनुहार की गुंजाइश नहीं थी।

''ही–ही, आप साहब लोग जो ठहरे, ही–ही, आप तो लीजिए,'' शर्मा साहब सुधीर से मुख़ातिब हुए। उसके 'धन्यवाद' कहते ही, ख़स्ता कचौड़ी से लेकर असली घी के बने मोतीचूर के लड्डू तक, उसकी प्लेट में लाद दिए।

'और लीजिए न,' 'यह तो आपने चखा ही नहीं,' 'सविता ने ख़ुद बनाया है' की पुनरावृत्ति के बीच, सब चीज़ों का स्वाद उसके मुँह के बेस्वाद ज़ायके से जाकर मिलता रहा। अजीब तमाशा है! ख़ामख़्वाह यहाँ लाकर बिठला दिया है। जब सब बात बुड्ढों ने पहले ही आपस में तय कर रखी है तो यहाँ लाकर उसकी नुमाइश करने का फ़ायदा। महज़ पेट में ठूँसने के लिए? और ख़ुद साहब चाय के साथ बस बिस्कुट खाते हैं!

''अगर एतराज़ न हो तो लड़की को भी बुलवा लीजिए,'' चाय से फ़ारिग़ होकर शुक्ला साहब ने कहा।

''नहीं जी, एतराज़ कैसा? अभी लीजिए। आजकल के लड़कों को...ही–ही...हम बूढ़ों पर विश्वास नहीं होता। सब ख़ुद देखना चाहते हैं...ही–ही...''

शर्मा साहब ने भीतर प्रस्थान किया।

ही–ही! क्या इनसान हैं! हर बात में ही–ही! पैर नहीं छू लिये, ग़नीमत समझो।

तभी हाथ में पान की तश्तरी लिये माँ के साथ सविता भीतर आई। तश्तरी मेज़ पर रख, हाथ जोड़ उसने सामने की तरफ़ नमस्कार कर दिया, और तीनों पुरुषों से अलग, दूर पड़ी कुर्सी पर बैठ गई। माँ ने साथ नहीं छोड़ा, वहीं बग़ल में बैठ गई।

सुधीर ने एक उड़ती नज़र उस पर डाली और हलके सन्तोष का अनुभव किया। उसे देखकर, पहली बार, उसने स्पष्टता के साथ जाना कि रेवा (या शुक्ला साहब) की तरह गोरी ख़ूबसूरत लड़की से विवाह करने का अरमान, बहुत दिनों से उसके दिल में रहा है।

''तुमने किस विषय में बी. ए. किया है?'' शुक्ला साहब ने पूछा।

''इतिहास में।''

''बहुत अच्छा है।''

''ही–ही, लड़की की पढ़ने की बहुत इच्छा थी, ही–ही...'' शर्मा साहब ने सफ़ाई दी।

''बहुत अच्छा है,'' जज साहब ने कहा, ''मैं हमेशा से लड़कियों की पढ़ाई का हिमायती रहा हूँ। मेरी लड़की बी. ए. कर रही है।''

शुक्ला साहब इसी भ्रम में थे। रेवा ने उन्हें नहीं बतलाया था कि विवाह करके दिल्ली पहुँचने के बाद उसने पढ़ाई के बारे में सोचा ही नहीं। शादी के बाद दो बार कानपुर आ चुकी है। दस–दस दिन के लिए। सन्दीप इससे ज़्यादा उसे छोड़ता नहीं

था। शुक्ला साहब ने यह सोचकर अधिक ठहरने के लिए ज़िद नहीं की कि उसकी पढ़ाई में हर्ज होगा। रेवा ने उनकी ग़लतफ़हमी को बढ़ावा दिया। सन्दीप से कहीं वे ईर्ष्या करते हैं, यह वह अपनी सहज-बुद्धि से समझ गई थी। उसका नाम न लेना बेहतर था। दो महीने पहले आई तो गर्भवती हो चुकी थी, वह भी डैडी को उसने नहीं बतलाया। ऐसी हालत में बी.ए. करने का प्रश्न ही नहीं उठता था। उसने दाख़िला तक नहीं लिया था। उनसे कह दिया था प्राइवेट इम्तहान के लिए तैयारी कर रही है।

शुक्ला साहब को रेवा की याद हो आई। उन्होंने एक नज़र सविता को देखा, उतना तो नहीं पर कुछ अभिजात सौन्दर्य इसके मुख पर भी है। रेवा की जगह पर यह अटपटी नहीं लगेगी। बी.ए. है, पढ़ने-लिखने में दिलचस्पी है, वे इसे अपनी पसन्द की किताबें पढ़ने को देंगे। जब से रेवा गई है, साहित्य के बारे में किसी को समझाया नहीं, अब इसे समझाएँगे।

"जी हाँ, वह तो, आपके ऊँचे ख़यालों को कौन नहीं जानता..." शर्मा साहब ने कहा तो उन्होंने सुना तक नहीं, अपने विचारों में खोए रहे।

सुधीर ने ज़रूर सुना। हुँह, ख़ुशामदी पिट्ठू कहीं का, उसने सोचा और नज़र सविता की तरफ़ घुमा ली। हलके आश्चर्य के साथ उसने देखा, वह एकटक उसी की तरफ़ देख रही है। उसे अपनी तरफ़ देखता पाकर भी आँखें झुकाई नहीं, बल्कि धीमे-धीमे मुस्कराने लगी। सहसा, सुधीर को सब कुछ भला लगने लगा। उस आत्मीय मुस्कराहट ने उसे विश्वास दिला दिया कि वह सविता को अच्छा लगा है। अच्छा लगा है, दिखलाने में वह आम लड़कियों की तरह लजा भी नहीं रही। आज तक किसी लड़की ने उसकी तरफ़ इतने आत्मीय स्नेह से नहीं देखा। रेवा को छोड़कर। आज यह देख रही है। पढ़ी-लिखी लड़की है। आज़ाद ख़याल भी होगी। वह उसके हृदय की तह में छिपी आकांक्षाओं को समझ लेगी। उसके क़दम-से-क़दम मिलाकर चल पाएगी। उसे संवेदना-स्नेह-साहचर्य दे सकेगी। वह स्नेह, जो उसे रेवा के सिवाय किसी से नहीं मिला। और वह साहचर्य, जो उससे भी नहीं मिला। रेवा के लिए वह प्रथम कभी नहीं रहा। पहले शुक्ला साहब प्रथम थे, अब सन्दीप है। वह दूसरे से तीसरे स्थान पर जा पहुँचा है। इसके लिए वह प्रथम होगा। इसके आ जाने पर वह अकेला नहीं रह जाएगा। क़ायदे-क़ानून की पाखंडी दुनिया के बारे में, जो कुछ वह इसे समझाएगा, यह समझेगी। जो उसकी इच्छाएँ होंगी, उन्हीं के अनुरूप अपने को ढालेगी। हिन्दुस्तानी पत्नी पति का कितना आदर करती है, क्या वह जानता नहीं। उसका पूरा संसार वह होता है। रेवा को देखो, जज साहब तक को पति से निचले पद पर ला बिठलाया। वह चाहेगा तो इसके साथ मिलकर अपनी एक अलग दुनिया बसा सकेगा...धोखे, दिखावे और ग़ुलामी से परे एक दुनिया।

"आपको किन चीज़ों में दिलचस्पी है?" थूक घोंटकर उसने सविता से पूछ डाला।

"खाना बहुत बढ़िया बनाती है।"

"बुनाई-कढ़ाई-सिलाई, घर के सब कामों में ही-ही...सर्वगुण सम्पन्न है।"

एक उत्तर माँ ने दिया, एक पिता ने।

"ज़रूर," शुक्ला साहब ने कहा और ऐसी नज़रों से सुधीर को देखा जैसे उसने ज़बर्दस्त बदतमीज़ी कर डाली हो।

सविता ने नज़र बचाकर उसकी तरफ़ देखा और शैतानी से मुस्करा दी। मानो कह रही हो, मुझे दिलचस्पी आपमें है। छोड़ो, सुधीर ने सोचा, ये सब प्रश्नोत्तर बाद में होते रहेंगे।

"लड़कियों को दिलचस्पी अपने पति और घरबार में होती है। होनी भी चाहिए। हमारी बहनें यह अच्छी तरह जानती हैं," अब तक चुप बैठे सविता के बड़े भाई अतुलदेव ने कहा। देर से उसकी तोलती नज़रें सुधीर अपने चेहरे पर महसूस कर रहा था। जब भी वह नज़रें उठाकर चुपचाप बैठे इस युवक को देखता, उसे लगता, एक नज़र में उसने उसके मन की हर कमज़ोरी भाँप ली है। उसके दिलो-दिमाग़ की हरकतों पर खिंचा पर्दा फाड़कर पीछे बिखरे बेतरतीब इरादे परख लिये हैं। इस आदमी से नज़रें मिलाना उसे परेशानी में डाल रहा था। उसके बात कहने पर, एक बार उसकी तरफ़ देखना पड़ा, पर सुधीर ने फ़ौरन दृष्टि वहाँ से हटाकर नीचे ज़मीन पर केन्द्रित कर ली।

सविता को अंग्रेज़ी के हलके रोमानी उपन्यास पढ़ने का शौक़ था। उनके नायकों का सौन्दर्य कुछ विशेष प्रकार का होता था। पौरुष से परिपूर्ण। बलिष्ठ देह-यष्टि और तीखे नाक-नक़्श। लेखक या लेखिकाएँ अधिकतर उन्हें 'डार्क' की उपाधि दिए रहते थे। यद्यपि अंग्रेज़ी में उसका अर्थ गाढ़े रंग के बाल और आँखों से होता था, पर पढ़कर जो मूर्ति उसके मन में बनती थी, वह किसी साँवले रंग वाले लौह-पुरुष की होती थी। सुधीर को देखकर उन नायकों की याद ताज़ा हो आई। उसकी सानुपात और कठोर काया पर वह एकबारगी मोहित हो उठी। और फिर शुक्ला साहब के साहबी हाव-भाव! सुधीर बड़े घर का इकलौता लड़का है, इसका पता उसे अतुलदेव से चल चुका था। उसे डर था, उतनी जायदाद का वारिस कोई पिलपिला और चिकना-चुपड़ा छोकरा निकलेगा। समृद्ध ख़ानदानी घरबार की ख़ातिर, तर्क-बुद्धि लगाकर उसके उत्तराधिकारी से विवाह स्वीकार कर लेना...और तर्क-बुद्धि का उसमें अभाव नहीं था—और बात है। और मन का सन्तुष्ट होना और बात। उसे लगा, यह उसके भाग्य की सबलता है कि और सब होने के साथ-साथ, सुधीर उसके रोमानी ख़यालों का मर्द भी निकला। समर्थ सबल पौरुष का निर्दोष प्रतिरूप, अगली मुलाक़ात शयनकक्ष के एकान्त में ही सही, उसने शैतानी के साथ मुस्कराकर सोचा।

सुधीर ने शादी के लिए हामी ही नहीं भरी; साल-भर तक आनेवाले नए सहचर के लिए बेसब्री से इन्तज़ार ही नहीं किया; होनेवाली प्रियतमा की रुचि का आभास पाकर एक कठोर बलिदान भी दे डाला। माइनिंग इंजीनियरिंग पास करके नौकरी की खोज और विवाह की तैयारी एक साथ शुरू हुई। सुधीर का इरादा कानपुर में रहने का नहीं था, माइनिंग इंजीनियर के लिए वहाँ कोई जगह भी नहीं थी। उसने देश-भर की कोयलों की खदानों का ब्योरा मँगाकर, धनबाद-रानीगंज, ढेर सारी अर्ज़ियाँ भेज दीं। शुक्ला साहब का इरादा उसे कानपुर में रखने का था। अब जाकर उसके साथ अकेले रहने की सज़ा ख़त्म होनेवाली थी। कानपुर में किसी खदान या खदान के दफ़्तर के न होने से, कोई फ़र्क़ नहीं पड़ता था। ट्रेनिंग के बाद मैनेजर की जगह किसी भी इंडस्ट्री में मिल सकती थी। उन्होंने अपने प्रतिष्ठित परिचितों से कहकर कानपुर की नामी-गिरामी टेक्सटाइल मिलों में उसकी सिफ़ारिश कर दी। सुधीर की लियाक़त से पहले, उनका रसूख रंग लाया। हैरिस टेक्साइटल मिल में ट्रेनी ऑफ़िसर की जगह सुधीर को पेश कर दी गई। स्वीकारने का उसके लिए प्रश्न नहीं उठता था। वह मना करने के लिए अपने को तैयार कर रहा था कि सविता का बड़ा भाई अतुलदेव कानपुर आ निकला। व्यापार के काम से आया था, शुक्ला साहब का हाल-चाल पूछने आ पहुँचा। आया तीन बजे के क़रीब, जब शुक्ला-साहब वहाँ थे नहीं। सुधीर से ही गपशप होने लगी। बातचीत के दौरान ज़िक्र आया तो धनबाद-रानीगंज का नाम सुन सकते में आ गया, ''राम-राम,'' दाँतों तले ज़बान दबाकर बोला, ''वहाँ कहाँ मारे-मारे फिरोगे? सविता बेचारी तो इसी ख़याल में है कि कानपुर में रहना होगा। धनबाद-रानीगंज, इन दूर-दराज़ शहरों का नाम सुनकर उसकी रूह फ़ना हो जाएगी। सबसे छोटी लाड़ली लड़की है, माँ-बाप से दूर दाल-भात के प्रदेशों में रही तो सूखकर काँटा हो जाएगी। अरे, उससे बड़ी दोनों बहनें लखनऊ में ही ब्याही हैं।''

सुधीर ने सुना और बिना कुछ कहे, होनेवाली महबूबा के लिए, क़ुर्बानी देने को तैयार हो गया। शुक्ला साहब के 'एप्रोच' का भार सहकर, वह हैरिस टेक्सटाइल मिल में लग गया।

इसके बाद विवाह में कोई अड़चन नहीं आई। सविता से उसकी अगली मुलाक़ात शयनकक्ष के प्रणयी एकान्त में हुई। अनेक युवक-युवतियों की तरह, एक छिछली मुलाक़ात के बाद, साल बीतने पर जब वे मिले तो शारीरिक आकर्षण में बँधे हुए थे। जिस आकर्षण ने सहज, प्रथम दृष्टि में, उन्हें बाँध लिया था, वह किसी भी स्त्री-पुरुष के बीच पैदा हो सकता था। कोई भी स्त्री...बस युवती; कैसा भी पुरुष...बस युवक।

अपने सख़्त और सबल हाथों में लेकर सुधीर ने सविता के हाथ दबा दिए तो उसकी कोमल उँगलियाँ ही नहीं, पूरी देह पारे-सी काँप गई। चिन्तन और चेष्टा से

परे, सविता ने आँखें मूँद अपने शरीर को ढीला छोड़ दिया। सुधीर के हाथ काँप गए पर उनकी पकड़ ढीली नहीं हुई। एक बार फिर उसकी उँगलियों को मसलकर, अपने किसी अदृश्य के मानी थाप पर थिरक रही अपनी उँगलियों को फैलाया और गदगदी हथेलियों में, उसका आरक्त पर आश्वस्त मुख थाम लिया। देर तक वह उस मासूम स्पर्श से दिल बहलाता रहा। इस उपहार-स्वरूप मिले सहचर को सामने रख निहारता रहा। सविता ने आँखें खोल दीं; कसमसाकर गाल उसकी उँगलियों पर सहला दिए और अचानक बोल उठी, "अरे, आपकी सगाई की अँगूठी कहाँ है?"

सुधीर ने कुछ कहा नहीं, बल्कि अपनी हथेली उसके अधरों पर रख उसे चुप करा दिया। हथेली हटी तब ओठों ने उसकी जगह ले ली। सविता के लिए अनेक उपन्यासों के उग्र नायक सजीव हो आए। सुधीर के भीतर का अधूरा पड़ा व्यक्ति, भागीदार पाकर, अपने सहज और पूर्ण अन्त पर पहुँच गया।

प्रथम मिलन की उदात्त हिलोरों से रोमांचित सविता, उस रात, अपने प्रश्न पर नहीं लौटी, पर उसे भूली नहीं। अगली रात उसने अपना प्रश्न ज्यों-का-त्यों दुहरा दिया। कुछ रूठने के अन्दाज़ में आगे बोली, "आप अपनी सगाई की अँगूठी पहनते क्यों नहीं?"

"अरे छोड़ो," कहकर सुधीर ने उसके सवालिया चेहरे पर अपने होंठ फिरा दिए।

पर सवाल पुँछा नहीं। होंठों के हटते ही फिर मुखर हो उठा, "बतलाइए न, कहाँ है अँगूठी? लाइए, मैं पहना दूँ।"

"बाद में बतलाऊँगा," सुधीर ने कहा।

"खो गई क्या?" सविता बेताब हो चली थी।

"खो गई हो तो?" सुधीर ने किंचित् मुस्कराकर कहा।

उसने सोचा, सविता कहेगी, वह अँगूठी हमारे मिलन की निशानी थी, खो गई होगी तो दुख होगा मुझे। औरतें भी कितनी भोली होती हैं। तब वह उसे समझाएगा, हमारे मिलन के अनगिनत निशान, उम्र-भर के लिए, मेरे हृदय में छप गए हैं। अँगूठी तो बहुत छोटी चीज़ है। एकदम नगण्य। हमारे प्यार के सामने वह क्या है? पहनी तो, न पहनी तो। तुम्हारे-मेरे होने में कोई फ़र्क़ नहीं आता न।

पर सविता ने यह नहीं कहा।

मोहग्रस्त भय और दम्भ के साथ बोली, "हीरे की थी।"

"तो?" सुधीर की भँवें तन गईं।

"पता है कितनी क़ीमती है?"

"पता है।"

"खो गई होगी तो पूरे हज़ार रुपए का नुक़सान हो जाएगा।"

"खोई नहीं," सुधीर ने सपाट स्वर में कहा।

"ओह," सविता हँस पड़ी। लाड़-भरा उलाहना देने के रोमानी स्वर में बोली, "क्यों मुझे बना रहे थे? नाहक परेशान कर डाला," कहते-कहते उसने अदा के साथ अपने होंठ यूँ गोल किए जैसे चुम्बन आमंत्रित कर रही हो। पर सुधीर पर वांछित प्रतिक्रिया नहीं हुई।

"इसमें परेशानी की क्या बात है?" उसने कहा, "अँगूठी खोई नहीं, गिरवी रखी है।"

"गिरवी? क्यों?" सविता चौंकी। उसके होंठ ऐसे कस गए कि लगा, वे खुलना जानते ही नहीं।

"कॉलेज के एक साथी को रुपयों की ज़रूरत थी। इंजीनियरिंग की फ़ाइनल परीक्षा की फ़ीस के लिए पैसे नहीं थे। उसके घरवालों की हालत उस वक़्त पैसे भेजने की नहीं थी। गाँव में रहते हैं, इस साल तमाम फ़सल बर्बाद हो गई। मेरे पैसे भी ख़र्च हो चुके थे, इसलिए अँगूठी गिरवी रख दी।"

"और रुपए उसे दे दिए?" सविता ने इतने गहरे आश्चर्य के साथ कहा कि शब्द फुफकार उठे।

"हाँ," सुधीर ने शान्ति से कहा।

"वह उसे छुड़वा सकेगा?"

"वह क्या छुड़वाएगा? उसके पास उतने पैसे होते तो मेरे पास क्यों आता?"

"मतलब, अँगूठी छुड़वाने के लिए रुपए आप देंगे?"

"तो, और कौन देगा?"

"आप क्या ऐसे ही रुपए लुटाते फिरते हैं?" सविता के मुँह से बेसाख़्ता निकल गया।

"रुपए मैं क्यों लुटाऊँगा?" सुधीर भड़ककर बोला, "किसी को ज़रूरत होती है तो दे देता हूँ, वरना लुटाने लायक़ जायदाद मेरे पास नहीं, जज साहब के पास है," कहकर सुधीर उसके पास टिका नहीं। तल्ख़ी से सिर झटककर दूसरे बिस्तर पर जा लेटा।

सविता चुप हो गई। पर सो नहीं पाई। सारी रात उसकी आँखों के सामने हीरे की अँगूठी नाचती रही। उसे लगा, वह एक आलीशान इमारत की नींव बालू की सतह पर रख बैठी है। अगर उसके नीचे कंकरीट डालकर उसे मज़बूत नहीं बनाया गया तो तामीर होते ही, वह भरभराकर गिर जाएगी।

7

अगली सुबह, सविता ख़ुद शुक्ला साहब का नाश्ता लेकर उनकी स्टडी में पहुँची तो वे द्रवित हो कुर्सी से उठ खड़े हुए।

"अरे, तुमने क्यों तकलीफ़ की? गोविन्द ले आता," उनके मुँह से निकला।

सविता ने मुस्कराकर साड़ी के पल्ले से ढका सिर झुका लिया और ट्रे मेज़ पर रख दी। ख़ुद पास खड़ी रही। उसकी भंगिमा कह रही थी, इसमें मुझे कोई तकलीफ़ नहीं हैं।

"बैठो, बैठो न," शुक्ला साहब ने कहा, फिर बोले, "तुमने नाश्ता कर लिया?"

"अभी करूँगी," सविता ने बैठते हुए कहा।

"जाओ-जाओ, तब जाकर करो," वे परेशान मधुर स्वर में बोले, "कितनी देर हो गई!"

उनके घर में दिन और रात का खाना मेज़ पर बैठकर आमने-सामने किया जाता है, पर सुबह-शाम का नाश्ता-चाय गोविन्द अलग-अलग कमरों में पहुँचा आया करता है।

"आप लंच पर कितने बजे आएँगे?" उठकर सविता ने पूछा।

"एक बजे।"

"आज खाना मैं बना रही हूँ," सविता ने लजाकर कहा।

"तुम? क्यों? जेकब को क्या हुआ?" शुक्ला साहब परेशान हो आए।

"गुडमॉर्निंग, डैडी," कहती रेवा वहाँ आ पहुँची।

"ओह, आप यहाँ हैं, भाभी?" सविता को देखकर वह ख़ुश नहीं हुई पर आवाज़ में ख़ुशमिज़ाजी लाने की कोशिश ज़रूर की।

"गुडमॉर्निंग," शुक्ला साहब ने कहा। फिर बोले, "सविता कह रही है, आज लंच वह बनाएगी, क्यों?"

"मामीजी कहती हैं, रस्म होती है," रेवा ने चौंककर सफ़ाई दी।

"रस्म? हमने तो कभी नहीं सुनी।"

"होती तो है, डैडी," रेवा ने कहा, "मैंने भी बनाया था।"

"अच्छा," उन्होंने चिन्तित स्वर में कहा, "तब एकाध चीज़ बना लेना। पूरा खाना बनाने की ज़रूरत नहीं है। रेवा, अपनी मामी से कह देना।"

रेवा की शादी की तरह, सुधीर की शादी पर भी, भूले-बिसरे रिश्तेदार कानपुर आ पहुँचे थे। मामी ने आते ही भीतर का काम अपने हाथ में ले लिया था। छुआछूत के मारे जेकब के हाथ का खाना खा नहीं सकती थीं, लिहाज़ा ख़ुद रसोई की ज़िम्मेवारी सँभाली हुई थी।

"कह दूँगी," रेवा ने कहा। उसे लगा डैडी सविता पर ज़रूरत से ज़्यादा सदय हो रहे हैं।

तब तक रेवा को ढूँढ़ती मामी वहीं आ पहुँची। "अरे रेवा, तेरा मुन्ना कब से रो रहा है," कहती वे भीतर घुसीं और नई बहू को मुँह उघाड़े वहाँ खड़ी देख स्तम्भित रह गईं।

कुछ देर बाद उनके होशोहवास लौटे तो कर्कश स्वर में बोल उठीं, ''तुम वहाँ क्या कर रही हो, बहू? ससुर के सामने मुँह उघाड़े आने का कौन-सा क़ायदा है?''

सुनकर शुक्ला साहब काठ हो गए।

कठोर स्वर में बोले, ''आप जानती हैं हम परदे में विश्वास नहीं करते। बहू से ऐसा कहने का कोई मतलब नहीं है।''

''नहीं करते तो ठीक है, ननदोई जी,'' मामी हतप्रभ होकर बोलीं, ''आपका घर है। मैं तो यह कहने आई थी कि हम कल जाना चाहते हैं।''

''अच्छा,'' शुक्ला साहब ने कहा, ''रेवा, साईस से कहकर इनका रिज़र्वेशन करवा देना।''

''अच्छा,'' रेवा ने कहा, ''मैं अपना भी करा लूँ?''

''अभी से?'' सविता मधुर स्वर में बोली, ''कुछ दिन और ठहरिए न।''

''नहीं,'' उसने दृढ़ स्वर में कहा, ''इन्हें दफ़्तर में छुट्टी नहीं मिली है।''

न जाने क्यों सविता के मनुहार करते ही उसने तुरन्त जाने का निश्चय कर लिया।

''तेरा मुन्ना कब से रो रहा है, रेवा,'' मामी ने बेबस ग़ुस्सा दिखलाते हुए कहा, ''चलूँ, मैं ही चलकर चुप कराऊँ।''

दनदनाती हुई वे चली थीं कि शुक्ला साहब ने रोक लिया, ''सुनिए, सविता कह रही थी, खाना पकाने की कोई रस्म होती है।''

''होती तो है,'' मामी ने मुँह फुलाकर कहा, ''आप कहें तो न कराएँ।''

''नहीं, करा लीजिए, पर बस, हाथ लगवा लीजिएगा। गरमी में ज़्यादा परेशान मत कीजिएगा।''

''ठीक है,'' कह मामी बुड़बुड़ करती मुड़ गईं।

''मैं आ रही हूँ,'' कहकर रेवा भी उनके पीछे चल दी।

जब से बी. ए. करने के बजाय उसने मुन्ने को जन्म दिया है, वह डैडी के सामने आने से कतराती है। वह जानती है, उसके बी.ए. न करने का उन्हें कितना सदमा पहुँचा है। अब सविता के आ जाने पर, उसे लगा, उसका अपना आना-जाना और कम हो जाएगा।

''यह तुम्हारा अपना घर है, सविता,'' उनके चले जाने पर शुक्ला साहब ने सविता से कहा, ''जैसे रहना चाहो रहो। किसी बात में संकोच मत करो। किसी चीज़ की ज़रूरत हो तो हमसे कहो।''

फिर कुछ रुककर बोले, ''सुधीर की मामी कल चली जाएँगी।''

'और रेवा भी,' सविता ने अपने-आपसे कहा। और ऊपर से, ''जी डैडी। यहाँ से एक किताब ले लूँ?''

''हाँ-हाँ, ले लो। जो चाहो, ले लो।''

''दोपहर को एक बजे आ जाएँगे न?''

"बिलकुल। हम रोज़ एक बजे लंच लेते हैं।"

"और चाय?" सविता ने पूछा।

"साढ़े पाँच बजे।"

"जी अच्छा," कहकर सविता भीतर चली आई।

उसके पूरे व्यवहार पर मुग्ध शुक्ला साहब ने सन्तोष की साँस भरी।

अपने कमरे में पहुँचकर सविता ने देखा, सुधीर बैठा नाश्ता कर रहा है।

"कहाँ चली गई थीं?" उसे देखकर उसने पूछा।

"डैडी ने बुलाया था," मधुर स्वर में सविता ने कहा। उसके स्वर में रात जगे रहने का कोई आभास नहीं था।

"ओह, तभी मामी इतना शोर मचा रही थीं," सुधीर ने मुस्कराकर कहा। रात नाराज़ होकर सो जाने से दोनों के बीच जो मनोमालिन्य पैदा हो गया था, वह उसे धो डालने की पूरी कोशिश कर रहा था। आख़िर कल दूसरा दिन था। उन्हें एक-दूसरे को समझने में कुछ समय लगेगा। प्यार से वह उसे अपनी तरह का बना लेगा। धीरे-धीरे।

"क्यों, क्या हुआ? मुझे तो कुछ पता नहीं लगा," मासूमियत के साथ सविता ने कहा।

"देखो, सविता," सुधीर ने समझाने के स्वर में कहा, "मामी ज़रा पोंगापन्थी हैं। परदे में कट्टर विश्वास है। मुझे ख़ुद पसन्द नहीं है, पर उनका मन रखने को, एकाध दिन कर लिया जाए तो क्या हर्ज है? कल तो वे जाने को कह ही रही हैं।"

"डैडी ने बुला लिया, नहीं तो न जाती," सविता ने कहा।

"चलो जो हो गया सो हो गया," सुधीर ने कहा, "अब बात-वात करके उन्हें ख़ुश कर लो।"

"आप फ़िक्र मत कीजिए," सविता हँस दी, "अभी मिनटों में ख़ुश हुई जाती हैं। आज खाना मैं बना रही हूँ।"

"इतना बढ़िया बनाती हो क्या?" सुधीर बोला।

"देख लेना।"

"ठीक है, तब मैं एक बजे से पहले आ जाऊँगा।"

"आ जाना, खाना एक बजे ही मिलेगा।"

सुधीर का मन हुआ कहे, जज साहब ठीक एक बजे खाते हैं, इसका मतलब यह नहीं कि कोई और उससे पहले खा नहीं सकता, पर ज़ब्त कर गया। अभी वह सब कहने का वक़्त नहीं है।

शुक्ला साहब की हिदायत की परवाह न करके सविता रसोई में जा पहुँची! मामी वहाँ पहले से विराजमान थीं। उसे देखते ही करछुल आगे करके व्यंग्य से बोलीं, "लो, हाथ लगा दो। बनाने को जज साहब ने मना किया है।"

हँसकर सविता उनके पास पटरे पर बैठ गई। बोली, "आदमियों की बात छोड़िए, मामीजी, उन लोगों को क्या मालूम? यह बतलाइए बनाऊँ क्या-क्या? करेले भरवाँ बनाऊँ या काटकर? दाल उड़द की चढ़ाऊँ न? खीर मखाने की बनाऊँ या सेंवई की?"

व्यंजनों के नाम सुनकर मामी ग़ुस्सा क़ायम न रख सकीं। नई बहू क्या और कैसे बनाएगी, यह देखने का ज़बर्दस्त कौतूहल तो था ही, रसोई करने से एक जून छुट्टी पाने की लालसा भी थी। वे बैठी-बैठी देखती रहीं और सविता के दक्ष हाथ तरह-तरह के पदार्थ बनाते रहे। बड़ियों की ताहरी, उड़द की यखनी दाल, कचौड़ी, भरवाँ करेला, खट्टा सीताफल, आलू की भाजी, मखाने की खीर। सामान इतना बढ़िया बना कि खाकर, विपरीत मनोवृत्तियों वाले उस घर के तमाम प्राणी ख़ुश हो गए। सन्दीप ने जितनी तारीफ़ इस ख़ाने की की, कभी अपनी माँ की हाथ की रसोई की भी नहीं की थी। रेवा ने रश्क के साथ मंजूर किया कि भरसक कोशिश करने पर भी, ऐसा खाना वह उम्र-भर नहीं बना सकती। मामी का तो कहना ही क्या था। आशीष दे-देकर उसका माथा ऐसे चूमा कि ससुर के सामने घूँघट उलटा देने का भी ख़याल नहीं रहा।

शुक्ला साहब ने मेज़ पर बैठते ही पूछा था, "सविता कहाँ है?"

गोविन्द के साथ मामी ख़ुद खाना परोस रही थीं, जवाब उन्होंने दिया था, "कचौड़ी उतार रही है।"

"क्यों? हमने मना किया था, उसे परेशान न करना।"

"मैंने थोड़ा बनाने को कहा। बहू को तो ख़ुद रस्म पूरी न होने का ग़म था। बोली, 'बनाना तो पूरा खाना चाहिए। उसकी अपनी सास होती तो आधी रस्म करके छोड़तीं?' मैंने कह दिया जैसा तू ठीक समझे, कर। उसने पूरी रसोई कर डाली।"

"यह सब उसी ने बनाया है?" जज साहब ने आश्चर्य से पूछा।

"और क्या?" मामी ने गर्व के साथ कहा।

"बिलकुल एक्सपर्ट कुक है," शुक्ला साहब ने कहा।

सुधीर ने एक टुकड़ा मुँह में डाला और मुस्करा उठा।

रेवा का अगले दिन दिल्ली जाने का निश्चय पक्का हो गया।

"अब तो बुला लो सविता को," शुक्ला साहब ने कहा, "काफ़ी हो गया।"

इस बार सविता आई तो आधा मुँह घूँघट से ढककर। परदा था भी और नहीं भी।

सुधीर ने सविता के गर्व से दमकते चेहरे को देखा तो ख़ुशी के साथ कहीं असन्तोष भी अनुभव कर गया। पाक-कला में निपुण, दुनियादारी में माहिर, रुपए-पैसे से चौकस–ये तो नहीं चाहता था वह? इसके अलावा और कुछ भी है इसमें या नहीं?

तब तक मेज़ पर बैठे तमाम लोग उठकर सविता को, उसके ख़ाने पर बधाई दे रहे थे। मामी उसका माथा चूमकर आशीष दे रही थीं। शुक्ला साहब और देर न करके जल्दी खा लेने की हिदायत। सुधीर क्या सोच रहा है, उस तरफ़ किसी का ध्यान नहीं था। सविता का भी नहीं।

उस रात सविता ने अँगूठी की बात दुबारा नहीं छेड़ी। किसी पौराणिक योद्धा की तरह, सूर्यास्त के बाद लड़ाई में विराम देने का निर्णय कर लिया था।

''मामी को तो तुमने ख़ुश कर लिया,'' बिस्तर पर लेटकर छत की तरफ़ देखते हुए सुधीर ने कहा। सविता पास आकर बैठ गई। गरदन बढ़ाकर उसके मुख की तरफ़ देखा और आँखें झपकाकर बोली, ''और आपको?''

''खाना तुम वाक़ई बढ़िया बनाती हो,'' सुधीर ने समझदारी से कहा।

सविता मुस्करा दी। शैतानी से उसकी तरफ़ ताककर बोली, ''बस खाना?''

सुधीर ने नज़रें छत से हटाकर एक बार उसकी तरफ़ देख लिया तो गम्भीरता बनाए नहीं रख सका।

हँसकर बोला, ''और क्या?''

साथ ही करवट उसकी तरफ़ कर ली और हाथ बढ़ा दिया। सविता ख़ुद-ब-ख़ुद उसके अंक में सिमट गई।

अगले दिन मामी चली गईं। जाते हुए अनेक आशीषों के साथ अपने गाँव खतौली आने का आग्रह कर गईं। सुधीर से बोलीं, ''अब लछमी बहू आ गई है तो अपने ननिहाल भी रह आओ एक बार। बहू तो मेमसाहब है नहीं कि गाँव में रह न पाएगी।''

''ज़रूर आएँगे,'' सुधीर ने कहा। जज साहब पर मामी का कटाक्ष उसे भला लगा था। सविता उसे समझ नहीं पाई। उनके पैर छूकर मुस्कराकर बोली, ''बुलाएँगी तो क्यों नहीं आएँगे मामीजी?''

मामी चली गईं तो सविता और मुखर हो उठी। दोपहर ख़ाने की मेज़ पर रेवा से बोली, ''रेवा बीवी, आप इतनी जल्दी क्यों जाना चाह रही हैं? घर एकदम सूना हो जाएगा। कुछ दिन और ठहर जाइए न।''

''हाँ, ठहर क्यों नहीं जाती?'' सुधीर ने भी कहा, ''तुझे जाने की क्या जल्दी पड़ी है?''

''सन्दीपजी की छुट्टी नहीं है तो वे चले जाएँ। आप तो कुछ दिन रह सकती हैं।'' सविता ने फिर कहा, ''क्यों सन्दीपजी, रह न जाएँ रेवा बीवीजी कुछ दिन और?'' डैडी के सामने रेवा या सन्दीप यह नहीं कह पाए कि दोनों साथ जाना चाहते हैं।

''हाँ-हाँ,'' सन्दीप ने कहा, ''जैसा ये चाहें।''

और रेवा ने, "अच्छा, दो-तीन दिन रुक जाऊँगी।"

तभी शुक्ला साहब बोल उठे, "हाँ रेवा, सविता का सामान वग़ैरह अलमारियों में लगवा दो। कमरे में किसी चीज़ की ज़रूरत हो तो बतला देना, सविता।"

रेवा जल-भुन गई। वह क्या सविता की चीज़-बस्त सँभालने के लिए रुक रही है? ठीक है, उसने सोचा, अभी ठहरी जाती हूँ, पर दुबारा आऊँगी नहीं। डैडी ख़ुद नहीं बुलाएँगे तो कभी नहीं।

"इस भीड़-भाड़ में तुझसे कुछ बात ही नहीं हुई," शुक्ला साहब उसकी तरफ़ मुड़कर बोले, "कुछ दिन ठहरकर जाना अभी।"

उनकी बात पूरी भी नहीं हुई थी और रेवा को सन्तोष करने का अवसर भी नहीं मिला था कि नौकरानी ने आकर कहा, "मुन्ना चुप ही नहीं हो रहा बीबीजी।"

"ओह, प्लीज़ एक्सक्यूज़ मी," कह रेवा एकदम प्लेट छोड़ उठ खड़ी हुई, "ज़रा देख आऊँ।"

"क्यों?" शुक्ला साहब के माथे पर बल पड़ गए, ग़ुस्से से नहीं, कोफ़्त से।

"वह नहीं चुप करा सकती उसे? मेरी समझ में नहीं आता खाना छोड़कर उठने की क्या बात है?" उन्होंने परेशान आवाज़ में कहा।

"उससे नहीं मान रहा डैडी। उसके पास रहने की आदत नहीं है," रेवा ने कहा और वापस कुर्सी पर बैठने का प्रयत्न नहीं किया।

उसके चले जाने पर देर तक शुक्ला साहब माथे पर शिकन डाले बैठे रहे। क्या हो गया है रेवा को? एकदम दक़ियानूसी औरत बन गई है। बच्चा ज़रा-सा रोया नहीं कि तमाम दिनचर्या उलट-पुलटकर उसके पीछे भागने लगी।

"अंग्रेज़ बच्चों को इस तरह स्पॉयल नहीं करते," उन्होंने कहा, शायद सन्दीप से।

"जी हाँ," सन्दीप हँस दिया, "पर इन औरतों को कौन समझाए," उसने ऐसे कहा जैसे रेवा और आम गँवई औरत में कोई फ़र्क़ न हो। शुक्ला साहब की कोफ़्त बढ़ गई।

"वहाँ भी ख़ुद ही देखती है बच्चे को," सन्दीप कहता गया। उसके स्वर में परेशानी नहीं, गर्व झलक रहा था। "नौकरानी तो सफ़ाई-धुलाई में ही लगी रहती है।"

शुक्ला साहब अपने में डूबे बैठे रहे। पता नहीं क्यों, जब से रेवा की शादी हुई है, वह उनके पास रहते हुए भी उनके क़रीब नहीं होती। अलग अपनी दुनिया में रहती है। औरतनुमा दुनिया में, जहाँ शुक्ला साहब का दख़ल नहीं होता। अचानक, शादी के बाद उसे विदा करने पर हुआ दुख, उन्हें याद आ गया। कैसे अपंग, अकेले हो गए थे वे। उसके लौट आने का इन्तज़ार करते। पर वह जो गई, लौटकर नहीं आई। जैसे गई थी वैसे नहीं। यही करते रहना है, उन्होंने उसकी ख़ाली कुर्सी पर

नज़र डालकर सोचा, तो उसके यहाँ टिके रहने में कोई सार नहीं है। अनमने भाव से उन्होंने उसाँस भरी और फिर सोचा, चलो, सविता तो है।

सविता ने सब कुछ ध्यान से सुना था और अन्दाज़ लगा लिया था कि रेवा के पास घर के काम के लिए यही नौकरानी-भर है। और क्या, उसने सोचा, इस घर की तरह नौकर-चाकर सब घरों में थोड़ा मिल सकते हैं? यह ऐशो-आराम, ठाट-बाट आभिजात्य वर्ग के ऊँचे ओहदे वाले साहबों के घर में ही हो सकता है। उसके पिताजी के पास व्यापार से कमाई दौलत थी, पर ऐसा रहन-सहन कहाँ? वह जज साहब के प्रति कृतज्ञ हो उठी। सच, डैडी के संरक्षण से परे, सुधीर के साथ अकेले रहना पड़े तो उसे यह उपलब्ध न हो। उसने सलाद की प्लेट उठाकर उनके आगे कर दी और आग्रह के साथ कहा, "और लीजिए न, डैडी।"

शुक्ला साहब के माथे की शिकन ढीली होती हुई पुँछ गई। प्लेट उसके हाथ से लेते हुए वे मुस्करा दिए।

दोपहर का खाना खाकर सुधीर दफ़्तर नहीं गया। अलसाया-अधलेटा कमरे में पड़ा, रेवा और सविता को बक्सों में से कपड़े-लत्ते निकाल अलमारियों में जमाते देखता रहा। पहला बक्स खुला, कशीदा किए मेज़पोश और पलंगपोश, महीन दुसूती के काम की चादरें और गिलाफ़ निकले और अलमारी में सहेज दिए गए। चादरें एक ख़ाने में, पलंगपोश दूसरे में और गिलाफ़ और मेज़पोश तीसरे ख़ाने में। फिर दूसरा बक्स खुला, उसमें से निकले छोटे-छोटे, प्यारे-प्यारे, हस्तकला के नमूने—गुड़िया के मुँह और घाघरे में बनी टीकोज़ी, बादलों-से हलके झालर लगे सफ़ेद नैपकिन, दूधिया आरकंडी का फूल-सा खिला रूमाल रखने का डिब्बा, बेल लगे रंग-बिरंगे रूमाल, सीप-मोती जड़ा नन्हा-सा बटुआ। चादर और मेज़पोशों वाला बक्स खोलकर सामान सहेजते हुए रेवा ऐसे दिख रही थी जैसे उनमें कोई दिलचस्पी न हो, कर्तव्य मानकर काम करा रही हो। पर अब इन नन्ही-नन्ही, प्यारी चीज़ों वाले बक्स के खुलते ही, वह अपना गाम्भीर्य भूल चहक उठी, "हाय, कितनी प्यारी गुड़िया है, बिलकुल इंग्लैंड की रानी-सी। और यह रूमाल रखने का डिब्बा, आपने बनाया है? डेहलिया का फूल लगता है, सच्ची।"

"हाँ, सब चीज़ें मैंने बनाई हैं। अच्छी लगीं?" सविता ने मुस्कराकर कहा।

"बहुत प्यारी हैं। काम भी कितना महीन है," रेवा एक-एक नैपकिन पर हाथ फेरती हुई बोली।

सुधीर के सामने बच्चों के खेल-सा लुभावना दृश्य खिल उठा। वह अनुग्रह से मुस्करा दिया। कितनी ख़ुशनुमा है औरतों की अपनी दुनिया।

तीसरे बक्स के खुलने की बारी आई तो रेवा और मुखर हो उठी। ऊपर से दुशाले हटकर अलमारी में जम गए तो नीचे से साड़ियाँ निकल आईं। रेवा ने उन्हें पहले देखा नहीं था। मामी के चाहने पर भी सविता के कपड़ों की नुमाइश नहीं लग

पाई थी। जज साहब ने मना कर दिया था। बस दहेज की साड़ियों का बक्स खोलकर फैलाया जा सका था। उसमें से छाँट-छाँटकर मामी और रेवा ने सब रिश्तेदारों को उनकी साड़ियाँ बाँट दी थीं। सबसे बढ़िया साड़ी ख़ुद रेवा को मिल गई थी। पर सविता की साड़ियाँ देखने की चाह मन में रह गई थी। अब वे एक-एक करके उसके सामने खुलने लगीं। सविता उन्हें उठा-उठाकर मैचिंग ब्लाउज़ और पेटीकोट के साथ जमा रही थी। हर बार रेवा उसके हाथ से साड़ी ले लेती और घुमा-फिराकर देखती। लखनऊ के चिकन के काम की और बनारसी सिल्क के नए डिज़ाइनों की कई उम्दा साड़ियाँ देखकर, वह तारीफ़-पर-तारीफ़ करने लगी। जिस साड़ी की वह कुछ ज़्यादा तारीफ़ कर देती, सविता उसे पूरी तरह खोल डालती और रेवा मुग्ध हो उसका एक-एक फूल परखती। फ़िरोज़ी रंग की बनारसी साड़ी पर शुभ्र ज़री के फूल खिले देख, वह उत्तेजित हो उठी। सोने की ज़री का काम उसने पहले देखा था, पर चाँदी की ज़री देखने का पहला मौक़ा था। दिल्ली में रहते हुए भी वह महीनों से साड़ी की दुकान पर नहीं गई थी। मुन्ने के होने से पहले या होने के बाद समय नहीं मिला था। ज़रूरत भी नहीं थी। अभी अपनी शादी की सारी साड़ियाँ नई-की-नई पड़ी थीं।

"चाँदी वाली ज़री, कितनी लाजवाब लग रही है, मैंने पहले देखी नहीं," उसने चिहुँककर कहा और साड़ी खोल डाली।

"एकदम लेटेस्ट चीज़ है," सविता ने गर्व के साथ कहा।

रेवा ने साड़ी का रुपहला पल्लू अपने कन्धे पर डाला और उसके फ़िरोज़ी रंग पर खिल रहे चाँदी के बॉर्डर को अपने गोरे मुख पर रखकर शीशे के सामने जा खड़ी हुई। क्षण-भर मोहित भाव से देखकर बोली, "सोने के काम से यह ज़्यादा दिलकश लगता है, नहीं?"

"हाँ," सविता ने कहा।

"मुझ पर फबता है न?" उसने कुछ इतराकर पूछा।

"सभी पर फबता है," सविता ने कहा।

"तुझे इतनी पसन्द है तो तू ले ले," अनायास सुधीर बोल उठा।

कमरे में एकदम सन्नाटा छा गया। न रेवा ने कुछ कहा, न सविता ने। सुधीर को कुछ अटपटा ज़रूर लगा पर वह बोलता गया, "बाप रे, इतनी ढेर साड़ियाँ पहनते-पहनते तुम लोग थक नहीं जाते? चल, रेवा यह साड़ी तू रख ले।"

सविता ने फिर भी कुछ नहीं कहा। ओठ कसे चुपचाप बैठी रही। रेवा ने एक चोर नज़र उस पर डाली और साड़ी अलग करते हुए, ज़बर्दस्ती मुस्कराकर बोली, "नहीं-नहीं, मैं क्यों ले लूँ? तुम भी, बस कमाल करते हो।" उसने जल्दी-से साड़ी की तह की और अलमारी में रख दी। सविता ने चुपचाप दूसरी साड़ी बक्स में से निकाली और बिना उसे खोले अलमारी में लगा दी। अवाक् बैठा सुधीर देखता रहा।

दोनों औरतें बिना उसकी तरफ़ देखे अपना काम करती रहीं। जल्दी-जल्दी बाक़ी के साड़ी-ब्लाउज अलमारी में टिका, रेवा बोली, "ज़रा मुन्ने को देख आऊँ, देर हो गई," और कमरे से निकल गई।

उसके बाहर जाते ही अब तक निर्वाक् बैठा सुधीर फट पड़ा, "एक साड़ी रेवा को दे देती तो क्या बिगड़ जाता?"

"उनके हिस्से की साड़ी मैं पहले दिन ही उन्हें दे चुकी हूँ," सविता ने मधुर स्वर में कहा और अलमारी बन्द करके ताला लगा दिया।

"उससे मतलब?" सुधीर ने कहा, "उसे यह पसन्द जो थी।"

"उन्हें तो सभी पसन्द थीं," सविता ने उसी मधुर स्वर में कहा, "पर अपनी साड़ियों में से ननद को देने का कोई क़ायदा नहीं है।"

"क़ायदा," सुधीर तड़पकर उठ खड़ा हुआ, "मैं क़ायदे की बात नहीं कर रहा हूँ। क़ायदा हो-न-हो, उससे क्या लेना-देना है? छोटी बहन है, उसे चीज़ पसन्द है, तो शौक़ से दी नहीं जा सकती?"

"मैंने तो मना नहीं किया," कुछ रुककर सविता ने रुआँसी आवाज़ में कहा, "वे लेना चाहें तो ज़रूर ले लें। पर देख लीजिएगा, वे ख़ुद ही नहीं लेंगी। दूसरे की शौक़ से बनाई चीज़ कोई नहीं लेगा।"

"रेवा, ओ रेवा," सुधीर ने उत्तर न देकर ज़ोर से आवाज़ लगाई। रेवा का जवाब नहीं मिला तो दरवाज़े पर जाकर और ज़ोर से चिल्लाया, "रेवा, रेवा, इधर तो आ।"

"क्या है सुधीर भैया," कहती रेवा आ पहुँची। जब से उसकी शादी हुई है, रेवा को लगने लगा है सुधीर के नाम के साथ भैया लगाना ज़रूरी है।

"कहाँ चली गई थी? अपनी साड़ी तो लेती जा," कहकर सुधीर ने साड़ी अलमारी से निकालकर उसकी बाँहों में रख दी।

"आपको पसन्द है तो ले लीजिए," सविता ने छोटी-सी आवाज़ में कहा।

धर्मसंकट में पड़ी रेवा समझ नहीं पा रही थी क्या कहे। इतने में सुधीर फिर बोल पड़ा, "क्यों, तुझे पसन्द है न?"

"पसन्द तो मुझे सभी साड़ियाँ हैं," रेवा ने बात को मज़ाक में लेते हुए कहा, "तो क्या नई दुलहिन का सारा दहेज़ मैं छीन लूँ? तुम, सुधीर भैया, एक ही हो!"

"मैं जो कह रहा हूँ तू ले ले," तमतमाकर सुधीर ने कहा।

"अच्छा ठीक है, ले लेती हूँ," स्थिति को सँभालते हुए रेवा ने कहा, "और तुम क्या आज दफ़्तर से छुट्टी मना रहे हो?"

सहसा सुधीर को लगा, इससे तो दफ़्तर जाना बेहतर होता।

"बस जा रहा हूँ," कहकर वह कमरे से बाहर निकल गया।

उसके चले जाने पर, कुछ देर, रेवा परेशान-सी चुपचाप खड़ी रही, फिर सायास हँसकर, मधुर स्वर में बोली, "सुधीर भैया को तो जो सूझ गई सो सूझ गई। मैं क्या पागल हूँ जो दूसरे की शौक़ से बनाई चीज़ हथिया लूँगी? लो, रखो भाभी, अपनी साड़ी," कहकर वह और वहाँ नहीं टिकी। जल्दी से साड़ी वापस अलमारी में रख बाहर निकल गई।

सविता समझ गई, उसने उसकी बातें बाहर से सुन ली थीं। चलो, अच्छा हुआ।

शिष्टाचार के नाते उसे कहना पड़ा था कि साड़ी रेवा ले ले पर फ़िजूल का तोहफ़ा देने के लिए उसका मन नहीं माना था। बाहर से उसकी बात न सुनी होती तो क्या पता रख ही लेती।

बाहर आकर रेवा ने एक लम्बी साँस खींची। बेकार झंझट खड़ा हुआ। सविता के ऊपर उसको कोई रोष नहीं था। रेवा को साड़ी देने में कोई तुक नहीं थी। बिना बात अपनी नई साड़ियाँ बाँटना कोई औरत पसन्द नहीं करती। यानी कोई आम औरत। आम आदमी को उससे कोई शिकायत नहीं होनी चाहिए। पर सुधीर? अजीब फक्कड़ आदमी है वह। क़ायदा-क़ानून मानता नहीं। दुनियादारी समझता नहीं। स्कूल-कॉलेज के दिनों में भी जिस-तिस दोस्त को रुपए बाँट आता था। जानती थी तो बस रेवा। खुले दिल और जेब वाले डैडी को पूरी बात बतलाने की ज़रूरत नहीं पड़ती थी। रेवा उनसे पैसे माँग लाती थी। उसकी शादी के बाद सुधीर को ज़रूर कुछ दिन तकलीफ़ रही होगी, डैडी के सामने ख़ुद जाने से कतराता जो था। पर फिर ख़ुद कमाना शुरू कर दिया था। अब सविता के आ जाने पर वह सब चल सकेगा? और न चलने पर सविता के साथ कैसे चलेगा? सहसा उसका मन गहरी आशंका से भर उठा।

8

और जो हो, सविता कमज़ोर औरत नहीं थी। शादी की अगली सुबह से उसने उस शिला की तलाश शुरू कर दी, जो उसकी समृद्ध अट्टालिका को थाम सके। पर जल्दबाज़ी करना उसके स्वभाव में नहीं था। प्रतिद्वन्द्वियों को तौलकर, अपनी ताक़त और दूसरे की कमज़ोरी का जायज़ा लेकर काम करने से, बड़ी-से-बड़ी टकराहट में भी, सफलता अपने हाथ रहती है, वह जानती थी।

जैसे ही उसकी समझ में आ गया कि उस सम्भ्रान्त घर की ऐश्वर्यमयी स्वामिनी बनने के लिए, उसे सुधीर के नहीं, जज साहब के कन्धे थामने होंगे, वह 'पिया मिलन' को व्यग्र रोमानी वधू से कर्तव्यनिष्ठा से ओत-प्रोत कुलवधू बन गई। जिन रोमानी उपन्यासों को वह शादी से पहले चाव से पढ़ती आई थी, उन्हें उठाकर ताक पर रखने में वह क्षण-भर नहीं हिचकी। उनकी जगह उसने ज़मीन-

जायदाद के काग़ज़ात और बैंक की एकाउंट-बुक सँभाल ली और उन्हीं के अध्ययन में रत हो गई। साथ ही सुधीर की गतिविधियों पर भी दृष्टि रखने लगी, जिससे मेहनत से खड़ी की गई इमारत में सेंध न लग जाए। हिसाब-किताब रखने की आदत की वजह से वह हर महीने बतला सकती थी कि सुधीर ने ठीक कितने रुपए, ऐरों-ग़ैरों को सीधा दान देकर या ऐसे उधार देकर, जिनके वापस लौटाए जाने की क़तई सम्भावना नहीं थी, मिट्टी में मिला दिए। अब तक जज साहब को सुधीर की इन कार्यवाहियों की जानकारी नहीं थी। अब सविता से उनका ब्योरा और उनके भयंकर परिणामों का लेखा-जोखा पाकर, वह इतने त्रस्त हो उठे कि ख़र्चे की हर रक़म पर नज़र रखने लगे। सुधीर की इन्हीं आदतों की वजह से, वे समझ गए, उसकी नौकरी के बावजूद, सविता का काम, उनसे पैसे लिये बग़ैर नहीं चलता। और सुधीर था कि जितना सविता या शुक्ला साहब पैसे को दाँत से पकड़ते, उतना ही लापरवाह होता जाता। उनसे जूझने का एकमात्र रास्ता उसे यही नज़र आता कि चारों ओर फैले ज़रूरतमन्दों के हाथों, अपनी कमाई और जज साहब की सम्पदा लुटा दे।

जितना सुधीर और सविता एक-दूसरे को समझने में नाकामयाब होते गए, उतना ही शुक्ला साहब और सविता एक-दूसरे के हमदर्द बनते गए। घर के कामकाज में निपुण, नियम-पालन में दक्ष, हिसाब-किताब में माहिर सविता ने उनके हृदय के उस स्थान को भरना शुरू कर दिया, जो रेवा के जाने के बाद से ख़ाली हो गया था। उसके संचालन में उनके उठने-बैठने, ख़ाने-पीने, घूमने-पढ़ने के समय का निर्वाह इतनी कुशलता से होता था कि एक दिन भी शिकायत का मौक़ा नहीं मिलता। फिर कुशाग्र-बुद्धि सविता ज़मीन-जायदाद की समस्याओं के बारे में भी उतनी दिलचस्पी रखती थी जितनी घर के कामकाज में। यहाँ वह रेवा से अधिक समर्थ थी। रेवा लड़की थी, पराया धन। ज़मीन-जायदाद के बारे में उसे बतलाने में कोई तुक नहीं थी। पर सविता घर की बहू थी। हर बार अपने 'इन्वेस्टमेंट' के बारे में उससे सलाह लेने के बाद, वे ठंडी साँस भरकर सोचते–काश, यह पुत्रोचित विवेक-बुद्धि सुधीर में हुई होती!

सविता की मदद से शुक्ला साहब ने अपनी छहों कोठियाँ ऊँचे-से-ऊँचे किराए पर बड़ी कम्पनियों को चढ़ा दीं। बैंक में पड़े रुपयों से नामी मिलों के शेयर ख़रीद लिये, जिन्हें वह समय-समय पर बाज़ार भाव देखकर बेचने-बदलने लगी। उसी की सलाह पर कदौरा गाँव में पड़ी अपनी सौ बीघा ज़मीन उन्होंने, गन्ने की काश्तकारी के लिए, ठेके पर दे दी। उसकी सलाह मानकर उन्होंने हर तरह अपनी सम्पत्ति में वृद्धि की। उनकी स्टडी सविता के लिए किसी दफ़्तर से कम नहीं थी। जहाँ कभी रेवा के साथ बैठकर जज साहब साहित्य-चर्चा किया करते थे, अब सविता की देखभाल में जायदाद के मसले सुलझाने लगे। इसका

यह मतलब नहीं है कि साहित्य-चर्चा होती ही नहीं थी। सविता अच्छी तरह जानती थी, डैडी को अपनी बेशुमार किताबों से गहरा लगाव है और उसे किसी से बाँट लेने की इच्छा भी। वह रेवा की कमी हर तरह पूरी कर देना चाहती थी। हर बार सम्पत्ति की बात निबट जाने पर, उनसे कोई किताब माँगकर ले जाती और जल्दी-जल्दी पढ़ डालती। घोर साहित्यिक पुस्तकों में उसे रुचि नहीं थी, फिर भी शुक्ला साहब की ख़ातिर वह उन्हें सरसरी तौर पर पढ़ लेती थी। इससे उनके बारे में इतनी जानकारी ज़रूर हो जाती कि डैडी को उकसाकर उनकी चर्चा करवाने पर, सब बातें सिर के ऊपर से न गुज़र जाएँ। बीच-बीच में एकाध प्रश्न पूछकर, उनकी दिलचस्पी बनाए रखती थी। फिर उनके हर निष्कर्ष से सहमत हो जाती थी। ऐसी सुशील और कार्य-दक्ष पुत्रवधू पाकर शुक्ला साहब के दिन आराम से कैसे नहीं बीतते!

सदियों से भारतीय नारी के जिस आदर्श रूप की धूम रही है, सविता उस पर पूरी तरह खरी उतरती थी। विवाह करने पर वह केवल एक पुरुष की पत्नी नहीं बनी थी, बनी थी उसके ख़ानदान की बहू, उसके बच्चे की माँ, उसके घर-द्वार की रक्षिका। उनके कर्तव्य निभाने में उसने कभी कोई कसर नहीं उठा रखी। और पति की मर्यादा का भी कभी उल्लंघन नहीं किया। पति की ओर से उदासीन होने पर भी अधर्म का काम नहीं किया। डंके की चोट पर वह सिर ऊँचा करके कह सकती थी, परपुरुष की तरफ़ उसने आँख उठाकर देखा तक नहीं।

सुधीर और सविता शयनकक्ष के एकान्त में मिलते रहे, पति-पत्नी का व्यापार निभाते रहे। केवल कर्तव्य समझकर नहीं, प्रकृति के नियमों से अभिभूत होकर भी। शरीर की अपनी माँगें होती हैं और अपने नियम। दिन में बिगाड़े गए रुपयों का ज़िक्र सविता रात के सन्नाटे में सुधीर से नहीं करती। मानसिक धरातल पर दुनिया से हो रहे अपने संघर्ष का वृत्तान्त सुधीर, अँधेरा घिर आने पर, सविता के सामने नहीं उघाड़ता। दिन में अपने-अपने क्षेत्र में, वे एक-दूसरे से जूझते और सूरज छिपने पर, हथियार डालकर, रात-भर के लिए सन्धि कर लेते। पर जैसे-जैसे दिन बीतते गए, सन्धि का समय घटता गया। चन्द पहरों से लेकर चन्द घंटे और फिर घंटों से हटकर चन्द मिनट। कभी-कभी एक-दूसरे की बाँहों से अलग होने से पहले ही, वे अगले दिन की मुठभेड़ की योजना बनाने लगते।

सविता की आकांक्षाओं की पूर्ति के लिए सुधीर का सुधीर होना ज़रूरी नहीं था। वह चाहती थी, एक बड़ा घर, जो जज साहब ने उसे दे दिया था। वह चाहती थी ऐशो-आराम की ज़िन्दगी, जो जज साहब के पैसे और पद ने उसके लिए मुहैया कर रखी थी। वह चाहती थी समाज की इज़्ज़त, जिसकी जज साहब के संरक्षण में कमी नहीं थी। वह चाहती थी सुरक्षित भविष्य, जिसके लिए जज साहब ने काफ़ी ज़मीन-जायदाद जुटा रखी थी। और वह चाहती थी बच्चे, जो सुधीर ने

अनजाने में उसे दे डाले। इनके अलावा वह चाहती थी, एक सबल पुरुष, जो सुधीर था। इन सब उपलब्धियों के बीच, जो उसकी मानसिक शान्ति भंग कर जाता था, वह सुधीर का सुधीर होना ही तो था।

विवाह का पहला साल पूरा होते-होते सविता की पहली सन्तान भी हो गई—लड़की। हलकी-सी निराशा हुई। पहला बच्चा लड़का हो जाता तो अच्छा रहता, डैडी को एक वारिस मिल जाता। सुधीर के दिवा-स्वप्नों से उनकी सम्पत्ति की रक्षा करना काफ़ी नहीं है, वह जानती है, उसके लिए एक उचित उत्तराधिकारी भी चाहिए। लड़का होता तो वह उसे इस तरह शिक्षा देती कि वह तमाम जायदाद को अपनी समझकर देखता-भालता। अब अगली बार तक इन्तज़ार करना पड़ेगा।

"लड़की है," सुधीर से उसने इतना ही कहा।

"कितनी प्यारी है। रेवा पर गई है, नहीं?" कहकर उसने नवजात बच्ची को गोद में उठाकर चूम लिया।

छाती के भीतर उसका हृदय गर्व से फैल गया।

"विजया," उसने कहा, "इसका नाम विजया रखेंगे। तमाम दक़ियानूसी चीज़ों पर विजय पानेवाली।"

नाम से क्या होता है, सविता ने मन-ही-मन कहा, कुछ भी रख लो। तुम्हारा नाम भी तो सुधीर है, पर तुम-सा अधीर आदमी मैंने दूसरा नहीं देखा।

ऊपर से बोली, "कुछ भी रख लो। तुम लोग पत्रा तो मानते नहीं कि उसमें देखकर नाम रखा जाएगा।"

"तुम चाहो तो निकलवा लेंगे," सुधीर ने उदारता से कहा।

"निकलवा लेंगे। वैसे पुकारने को तो कुछ भी पुकार सकते हैं।"

"तब ठीक है, विजया ही पुकारेंगे?"

"डैडी से भी पूछ लें।"

"क्यों, इसमें वे क्या करेंगे?"

"सबसे पूछकर रखना चाहिए।"

"आख़िर विजया में बुराई क्या है?" सुधीर ने कुछ तेज़ स्वर में पूछा तो सविता बोली, "बुराई क्यों होती? अच्छा नाम है, सभी को पसन्द आएगा।"

इतनी छोटी-सी बात को लेकर बहस करना उसे बेकार मालूम पड़ा था।

"विजया," सुधीर ने बच्ची को एक बार और चूमकर धीरे से पुकारा। एक बार फिर उसका हृदय हर्ष और परितोष के दबाव से चौड़ा हो गया। 'यह मेरी है,' उसने सोचा, 'इसे मैं जैसा चाहूँ बना सकता हूँ। यह मेरे संरक्षण में है। मैं इस पर कोई अंकुश नहीं रखूँगा, अपनी कोई मान्यता या महत्त्वाकांक्षा नहीं थोपूँगा,'

सोचते-सोचते वह बोल उठा, "यह जो करना चाहेगी, करेगी। जैसे रहना चाहेगी, रहेगी...आज़ाद।"

हुं! मन-ही-मन सविता ने अवहेलना से टोका, अपनी तरह ग़ैर-ज़िम्मेवार और स्वप्नजीवी बनाकर छोड़ना है। लड़की है तो ढंग से रहना सीखना होगा। पढ़-लिख लेने का यह मतलब नहीं कि पैर धरती पर न पड़कर हवा में पड़ने लगें। ऊपर से उसने कहा, "लड़की होकर हर बात में अपनी मर्ज़ी कैसे चलाएगी?"

जैसे तुम चलाती हो, जैसे रेवा चलाया करती थी, सोचकर सुधीर की ज़बान पर कड़वाहट आ गई। पर ज़ोर से कुछ कहने से पहले उसकी नज़र बाँहों में सोती अपनी बेटी पर पड़ गई और वह फिर पिघल गया।

"लड़की हो या लड़का, क्या फ़र्क़ पड़ता है?" उसने कहा, "मेरे लिए दोनों एक हैं।"

सविता चुप रही। दोनों में फ़र्क़ क्या था, सुधीर को समझाने की स्थिति में वह नहीं थी।

शुक्ला साहब का अगला वारिस ढूँढ़ने में उसे शामिल नहीं किया जा सकता था।

"डैडी शायद लड़का चाहते होंगे," कुछ रुककर उसने कहा।

"तो?"

"लड़की का सुनकर कुछ कह रहे थे क्या?"

"हाँ।"

"क्या?"

"यही कि लड़कियों से ही घर की रौनक होती है," उसने उनकी बात को हलके व्यंग्य के साथ दुहराया।

"हाँ, यह बात तो ठीक है," सविता ख़ुश होकर बोली, "लड़की हो तभी तीज-त्योहार मनाने का मज़ा है। माँ को प्यार भी लड़की से ज़्यादा होता है। यह बड़ी होगी तो हर काम में मेरा साथ देगी। मेरा भी दिल लगा रहेगा।"

"बस-बस," सहसा सुधीर के मुँह से निकल गया, "इसे भी अपने जैसा मत बना देना।"

"क्या मतलब?" सविता ने तड़पकर पूछा।

"कुछ नहीं।"

"कुछ नहीं क्यों? मुझमें जो बुराई है, खोलकर कहो न।"

"मैं तो मज़ाक कर रहा था।"

"नहीं, यह मज़ाक नहीं है। तुम यह नहीं सोचते कि मेरी वजह से यह घर सँभला हुआ है वरना कब का बर्बाद हो चुका होता। डैडी बेचारे अकेले क्या-क्या कर सकते हैं?" डैडी के ज़रिए जो तोहमत उसने सुधीर पर लगाई थी, उसे समझ वह चिढ़ उठा।

"तो अपने डैडी पर एहसान जतलाओ न, मुझे क्या कहती हो? यह घर मेरा नहीं, उन्हीं का है।"

"यह तुम्हारे मन का खोट है। डैडी का जो कुछ है, हमारा है न?"

"तुम्हारा होगा, मेरा नहीं।"

"इसलिए क्या सब-कुछ लुटाकर रख दोगे?" सविता ने कड़वे स्वर में कहा।

"क्यों, क्या लुटाया है मैंने?"

"क्यों? पिछले हफ़्ते मानकचन्द पाँच सौ रुपए नहीं ले गया तुमसे?"

"ले गया तो? तुमसे मतलब? अपने कमाए पैसे दिए हैं, तुम्हारे या तुम्हारे डैडी के नहीं।"

"पर इतने पैसे बचे कैसे? घर का ख़र्च डैडी के भरोसे चल जाता है, इसी से न?"

"यह तुम्हारी जहालत है। उनसे पैसे लेने जाती क्यों हो? यहाँ रहती क्यों हो? मैं आज ही इस नौकरी से इस्तीफ़ा देकर धनबाद चला जाता हूँ। खानों में नौकरी मिलना कोई मुश्किल काम नहीं है," कहते-कहते सुधीर ग़ुस्से से काँपने लगा।

धनबाद जाने की बात सुन सविता डर गई। अपना स्वर कोमल बनाकर बोली, "आप तो यूँ ही नाराज़ हो गए। धनबाद के धूल-कोयले में भला बेबी कैसे रहेगी?"

"जैसे सब रहते हैं," सुधीर ने तल्ख़ी से कहा और बच्ची को वापस पालने में लिटा दिया।

"मैं और यहाँ नहीं रहूँगा," उसने बाहर जाने को क़दम उठाया था कि पालने में पड़ी बच्ची चीख़कर रो दी। सुधीर ठिठककर खड़ा हो गया। गोदी की गरमाई से हटकर पालने की ठंडी चादर पर लिटाए जाने पर आँख खुलते ही रो पड़ना बच्ची के लिए स्वाभाविक था। उस रोने का विशेष महत्त्व नहीं था। पर सुधीर को लगा, शायद उसने बच्ची को ज़ोर से पालने में पटक दिया है, इसी से गला फाड़कर रो उठी है। अपराधी-सा चेहरा लेकर उसने एक बार बच्ची को देखा, फिर सविता को।

"आया को बुला लो," सविता ने रुआँसे स्वर में कहा, "मैं वैसे ही थकी पड़ी हूँ।"

सुधीर की अपराध-भावना बढ़ गई। अभी कल तो सविता ने बच्ची को जन्म दिया है। अब तक कमज़ोरी क्या, थकान तक नहीं मिटी होगी और वह उससे बेकार की झिक-झिक ले बैठा। कोई ग़लत बात तो नहीं कही उसने। छोटी-सी कोमल बच्ची धनबाद के धूल-कोयले में कैसे पनपेगी? और अभी कौन-सी धनबाद की नौकरी मिली पड़ी है। फिर आजकल मानकचन्द के साथ दवाइयों की फ़ैक्टरी

लगाने की बातचीत हो रही है। उसी की बाबत जानकारी हासिल करने के लिए, पिछले हफ़्ते पाँच सौ रुपए दिए हैं उसे।

"अच्छा बुलाता हूँ, तुम आराम करो," उसने मीठे स्वर में सविता से कहा, "बिना बात क्यों अपना दिमाग़ ख़राब करती हो।" और रोती बच्ची को गोद में उठाकर, वह आया को पुकारने लगा।

मानकचन्द सुधीर का दोस्त ही नहीं, रिश्ते में फुफेरा भाई भी लगता था। जज साहब उस रिश्ते को मानें न मानें, मानकचन्द को उनकी धन-दौलत का पूरा ज्ञान था और सुधीर की इच्छाओं का भी। यूँ तो सुधीर के क़ाफ़ी दोस्त उसे शुक्ला साहब की दौलत के इस्तेमाल के तरीक़े बतलाते हुए बिज़नेस करने की सलाह देते रहते थे, पर मानकचन्द उनसे दो क़दम आगे था। उसने केवल सलाह नहीं दी थी, बिज़नेस का पूरा प्लान भी तैयार कर लिया था। जब भी उससे मिलता, कहता, 'भाई साहब, आपके पास इतनी दौलत है, एक दवाइयों की फ़ैक्टरी क्यों नहीं खोल लेते? इस टेक्सटाइल मिल में काम करके आप किसका भला कर रहे हैं? न अपना, न देश का। आप जानते हैं, हम लोग सारी महत्त्वपूर्ण ड्रग्स बाहर से इम्पोर्ट करते हैं। पता है, एंटीबायोटिक्स कितने ऊँचे दामों पर बिकते हैं? ग़रीब आदमी बेचारा उतना पैसा ख़र्च नहीं कर सकता। बेमौत मारा जाता है। अपने देश में ज़्यादा दवाइयाँ बनने लगें तो दाम कम हो जाएँ। अरे पेनिसिलिन, स्ट्रैप्टोमाइसिन न सही, मलेरिया-पेचिश की मामूली दवाइयाँ तो यहाँ बन सकती हैं। अपने गाँवों में यही बीमारियाँ होती हैं, भाई साहब! मामाजी के पास इतना पैसा है, किस काम आएगा? फिर इस पेशे में नुक़सान की सम्भावना है नहीं! फ़ायदे का फ़ायदा और देश-सेवा की देश-सेवा।'

धीरे-धीरे प्रस्ताव सुधीर के मन में घर करता गया। एक साल बीतते-बीतते हैरिस टेक्सटाइल मिल से उसका मन ऊब चला था। जिस जोश में आकर, अदृश्य प्रेयसी के लिए, उसने इस मिल की नौकरी क़बूल की थी, वह कब का ठंडा पड़ चुका था। सविता के गुदाज बदन पर और परतें चढ़ीं तो उसे अचरज होने लगा कि कभी उसकी ख़ातिर, वह कानपुर रहने को तैयार हो गया था। कहीं और नौकरी करके अपनी कमाई पर रहने और घर बसाने का ख़्वाब वह अकसर देखा करता। वह जानता था, उतने पैसों में उनका गुज़ारा होनेवाला नहीं है। मानकचन्द के सुझाव ने तमाम समस्या सुलझाकर रख दी। शुक्ला साहब की ख़ानदानी दौलत का देश-कल्याण के लिए सदुपयोग और अपनी आय में वृद्धि। फिर मानकचन्द कहता न था, 'मामाजी से आपको रुपए उधार ही तो लेने हैं।'

एक बार फ़ैक्टरी चल निकलेगी तो जो मन में आएगा कर सकेगा। उसे कौन-सा अपने लिए पैसा चाहिए। बस, सविता के घर-ख़र्च के बाद जो बचेगा, ग़रीबों

की मदद में लगा देगा। उसके कारख़ाने में मज़दूरों को किसी क़िस्म की तकलीफ़ नहीं होने पाएगी। जो भी उसके हिस्से का पैसा होगा, उनकी भलाई में लगा देगा। बीमारों का मुफ़्त इलाज कराएगा, बच्चों को मुफ़्त स्कूल में पढ़ाएगा। अपना अस्पताल और स्कूल खोल डालेगा। कोई उसके काम में हस्तक्षेप नहीं कर सकेगा। कोई उससे यह कहने की जुर्रत नहीं कर सकेगा कि वह घर का सामान लुटा रहा है। तब सविता भी उसकी इज़्ज़त करेगी और विजया? शुरू से वह ऐसे वातावरण में पलेगी तो उसकी तरह सोचेगी। कितना गर्व होगा उसे अपने पिता पर। ग़रीब-दुखियों की सेवा में रत, दरियादिल इनसान, नेक पिता और क़ाबिल उद्योगपति। विजया के जन्म से पहले देखा सपना अब और चटख रंग लेकर उसे लुभाने लगा। वह विजया के लिए उसी तरह आदर्श होगा, जैसे शुक्ला साहब रेवा के लिए थे। वह उस पर कोई दबाव नहीं डालेगा। उसका स्नेह अपने-आप उसे जीत लेगा। उसका स्नेह और उसका व्यक्तित्व। उसकी कार्य-कुशलता। उसकी इनसानियत। ऐसा होगा। ज़रूर होगा।

"यह सब होगा न?" उसने मानकचन्द से कहा, "मुझे इस काम की जानकारी नहीं है।"

"तब क्या हुआ, भाई साहब," मानकचन्द ने विनम्र स्वर में कहा, "आप तो अभिभावक होंगे फ़ैक्टरी के। बस अपने सुझाव और आशीर्वाद देते रहिएगा। तमाम भाग-दौड़ तो मैं करूँगा। भाई साहब, मैं तो आपकी बातों पर मर-मिटा हूँ। जैसे आपके ऊँचे ख़याल हैं, सबके हों, तो देश की कायापलट न हो जाए। ग़रीबों की सेवा करने का संकल्प कितने लोग उठाते हैं? पर सेवा करने के लिए पैसा चाहिए। हर महीने आनेवाला पैसा। काम एक बार शुरू करके बीच में बन्द नहीं किया जा सकता। ठहरे हुए पानी से खेत सींचेंगे तो एक-न-एक दिन ख़त्म होगा ही। बहते पानी की नदी हो तो कोई रुकावट नहीं आती। फ़ैक्टरी से होनेवाली कमाई बहती जलधारा होगी। ऐसे महान काम में मैं आपका साथ दे सकूँ, इससे बड़ा सौभाग्य, मेरे लिए और क्या हो सकता है!"

विजया का मुँह देखकर सुधीर ने तय किया कि धनबाद जाना नहीं हो सकेगा। कानपुर में रहकर फ़ैक्टरी लगानी होगी और यह ख़ूबसूरत सपना पूरा करना होगा। बस एक बार शुरुआत करने में शुक्ला साहब से टक्कर लेनी होगी।

एक-डेढ़ महीने तक शुक्ला साहब से रुपए के बारे में बातचीत करने के लिए रोज़ अपने को तैयार करता रहा। ख़ाने की मेज़ पर आजकल वे दोनों फिर अकेले एक-दूसरे का सामना कर रहे हैं। सविता अपने कमरे से बाहर नहीं निकलती। खाना भी वहीं खाती है। अभी बच्चे को हुए चालीस दिन पूरे नहीं हुए। सुधीर चाहे तो आसानी से बात छेड़ सकता है। मेज़ पर उनके सामने बैठकर टुकड़ा तोड़ते-तोड़ते, कह देने की उत्कंठा उसके गले में आ फँसती है। रोटी का कौर मुँह में चुभने लगता

है। किसी तरह उसे निगलकर कह डालने को मुँह खोलता है और बिना कहे बन्द कर लेता है। लगता है, ज़ुबान हिलाते ही जो हठीला सपना वह इतने दिनों से देखता आ रहा है, कमज़ोर पड़कर थरथराने लगेगा। फिर उनके मुँह से 'नहीं' की चोट खाकर वहीं गिरकर ढेर हो जाएगा। उस क्षण की लाचार वेदना की कल्पना करके वह ओठ भींच लेता। न कहकर सपने को क़ायम रखा जा सकता था, टूटन भरे क्षण को स्थगित किया जा सकता था।

वह सुनता, शुक्ला साहब पूछ रहे हैं, "सविता कैसी है?"

वह जवाब देता, "ठीक है," तो उसकी अपनी बात ज़ुबान पर आने को बेताब हो उठती। दिल ज़ोरों से धड़क उठता। कान लाल हो जाते, हाथ काँपते, मुट्ठियाँ बँधतीं, फिर खुल जातीं। वह उस क्षण को फिर टाल जाता।

शुक्ला साहब अब पूछ रहे होते, "बेबी कैसी है?"

वह अपनी बात थूक के साथ गले के रास्ते धड़कती छाती के अन्दर उतार देता और रोज़ की तरह उत्तर दे देता, "ठीक है।"

"लेडी डॉक्टर आई थी?" उनके तीसरे सवाल के आने तक उसकी छाती की धौंकनी चलनी कम हो जाती, और वह निष्प्राण-सी आवाज़ में कह देता, "जी।"

"जिस चीज़ की ज़रूरत हो, मँगवा लेना," कहकर शुक्ला साहब चुप हो जाते। सुधीर पाता कि निर्णायक क्षण को आगे ठेल देने पर, अब कौर नीचे उतारने में तकलीफ़ नहीं हो रही।

"अच्छा, अगर तुम नहीं चाहतीं कि बेबी को लेकर धनबाद वग़ैरह छोटी जगह रहा जाए तो उसका एक उपाय है। साहब पैसा दें तो यहीं कानपुर में फ़ैक्टरी लगा लूँ।"

आख़िर सुधीर ने सविता से कहा। चालीस दिन पूरे होने पर, उसने दुबारा घर की बाग़डोर हाथ में ले ली है। शुक्ला साहब से रोज़ सलाह-मशवरा चलता है।

"फ़ैक्टरी?" उसने अचरज से कहा, "आप लगाएँगे फ़ैक्टरी?"

"हाँ, मानकचन्द साथ रहेगा।"

"किस चीज़ की फ़ैक्टरी?"

"दवाइयों की।"

"उसके बारे में आप क्या जानते हैं?"

"कहा न, मानकचन्द साथ रहेगा।"

"पर आख़िर हैरिस मिल की नौकरी में क्या तकलीफ़ है?"

"क्यों तुम्हीं तो कहती हो, पैसे पूरे नहीं पड़ते।"

"नहीं तो," सविता ने मासूमियत के साथ कहा, "मैं तो ख़र्चे की बाबत कहती हूँ। ख़र्चा कम हो तो..."

"ख़र्चा कम किया जा सकता है, ज़्यादा कमाया नहीं जा सकता?" सुधीर ने बीच में टोका।

"अरे हाँ," सहसा सविता ने खिलकर कहा, "डैडी कह रहे थे, यह साल पूरा होते ही आप असिस्टेंट मैनेजर हो जाएँगे।

"उनकी मिल है क्या?"

"उनसे आपके मैनेजिंग डायरेक्टर ने ख़ुद कहा है।"

"किसने? मिस्टर मंडेलिया ने?"

"हाँ।"

"क्यों? मेरा ज़िक्र उनसे कैसे आया?"

"वह अपने किसी काम के लिए डैडी के पास आए थे।"

"वाह! तो डैडी ने अपना काम बतला दिया। क्या ख़ूब!" सुधीर व्यंग्य से हँसा और बोला, "क्या काम था मंडेलिया साहब को?"

"मुझे क्या पता?" सविता उसकी प्रतिक्रिया पर कठोर हो आई।

"पता कैसे नहीं? तुम्हें ज़रूर पता है। उन्होंने इतनी बात तुमसे कही है तो वह भी कही होगी?"

"मुझे नहीं पता।"

"पता है, ज़रूर पता है तुम्हें," कह सुधीर ने उसका हाथ कसकर पकड़ लिया, दाँत भींचकर बोला, "बेकार मुझे खिजाओ मत।"

सविता सहम गई, बोली, "पक्का नहीं पता पर शायद उनके लड़के को लॉ-कॉलेज में रीडरशिप मिल गई है।"

"ओह," सुधीर ओठ बिचकाकर हँस पड़ा, फिर गम्भीर होकर बोला, "देखो, उनसे कह दो, तराजू के पलड़े में मुझे रखने की ज़रूरत नहीं है। मंडेलिया साहब के लड़के की रीडरी के बदले में मुझे मैनेजरी ख़रीदवाएँगे तो साली नौकरी को लात मारकर चला जाऊँगा।"

सविता का हाथ अब तक उसके हाथ में था। अपनी बात कहते-कहते, अनायास, उसने उसे मसल डाला। सविता सिसकारी भर उठी।

"क्या करते हो," उसने दर्द से ओठ सिकोड़कर कहा।

घबराकर सुधीर ने हाथ छोड़ दिया। फँसी आवाज़ में बोला, "क्या हुआ?"

"सारा मेरा हाथ तोड़ डाला," सविता ने उलाहना देते हुए कहा, पर ग़ुस्से से नहीं, प्यार से। उसकी आँखों में मादक चमक निखर आई और वह ओठों को हलके-से बिसूरकर, धीमे-धीमे मुस्करा दी।

सुधीर और घबरा गया। उसका कुचला हाथ थामकर धीरे-धीरे सहलाने लगा।

"पता नहीं कैसे दब गया," उसने कहा, "ज़्यादा दर्द तो नहीं है?"

"और नहीं तो क्या?" वह फिर अदा से मुस्करा दी, "तुम्हारा बस चले तो आदमी को मार डालो।"

"क्या कहती हो?" सुधीर बेचैन हो उठा, "पता नहीं क्यों, मुझे कभी-कभी बहुत ग़ुस्सा आ जाता है। दिमाग़ जैसे काम करना बन्द कर देता है। मैं किसी को दुख नहीं देना चाहता। सच, तुम क्या सोचती हो मैं ऐसा कर सकता हूँ?" उसने विह्वल स्वर में पूछा।

सविता अगर ध्यान से सुनती तो ज़रूर महसूस करती कि इतनी व्याकुलता का कारण, महज़ उसका हाथ मसला जाना या सिसकारी-भर देना नहीं हो सकता। उसके पीछे कोई गहरा और गम्भीर भय उसे मथ रहा है। पर उसका ध्यान उस तरफ़ नहीं था। उस समय सुधीर उसके लिए सिर्फ़ पुरुष था, अपनी बलिष्ठता का परिचय देता 'ही-मैन'।

"क्या?" उसने अपनी मस्त हो आई आँखें उसके चेहरे पर टिका दीं और दूसरा हाथ बढ़ाकर उसकी उठती-गिरती छाती पर रख दिया। "क्या नहीं कर सकते?" उसने अर्थपूर्ण स्वर में दुहराया।

"किसी को मारना," सुधीर ने कहा ज़रूर पर अब उसके स्वर में पहली-सी आकुलता नहीं थी।

"छोड़ो भी," सविता फुसफुसाई और सुधीर का मुख आप-से-आप उसके मुख पर झुक गया।

कानपुर छोड़कर जाने का इरादा फिर टल गया। पर वहीं रहकर फ़ैक्टरी लगाने का इरादा और पक्का हो गया।

अगले दिन वह वही प्रसंग ले सविता के पास पहुँच गया। उसकी पूरी बात सुन, इस बार उसने कहा, "आप तो जानते हैं, डैडी को बिज़नेस करने से सख़्त नफ़रत है। फिर उनसे बात करने का फ़ायदा?"

"तुम उनसे बात करो न," उसने मान-अभिमान छोड़कर कहा, "समझाकर कहोगी तो तुम्हारी बात नहीं टालेंगे। फिर इसमें घाटे का डर नहीं है। बस शुरू-शुरू में एक लाख रुपया चाहिए, बाक़ी का मानकचन्द इन्तज़ाम कर लेगा। फ़ैक्टरी चलते ही रुपया वापस मिल जाएगा।"

"एक लाख," सविता सोचकर बोली, "रक़म तो बड़ी है।"

"तो क्या फ़ैक्टरी एक रुपए में लगेगी। तुम्हारे पिताजी और भाई इसी तरह बिज़नेस करते हैं?"

"नहीं। रुपया लगता है, मैं जानती हूँ। पर डैडी से कहते डर लगता है। फिर मानकचन्द का क्या भरोसा?"

"अब किसी-न-किसी का भरोसा तो करना ही होगा।"

"अच्छा," सविता ने कुछ रुककर कहा, "अगर भैया से बात करूँ तो? बिज़नेस करना है तो उन्हीं के साथ करो।"

"नहीं, कभी नहीं," सुधीर ने तेज़ी से कहा।

"क्यों, क्या ख़राबी है? वे लोग तजुर्बेकार हैं।"

"होंगे, मैं उनके साथ काम नहीं कर सकता।"

"पर क्यों?"

"बस, नहीं कर सकता। हर बात की सफ़ाई देनी ज़रूरी है? उन लोगों जैसा बिज़नेस नहीं करना मुझे। सट्टाबाज़ारी करके खालिस रुपयों के पीछे भागना।"

"क्या मतलब? बिज़नेस में रुपयों के पीछे नहीं भागोगे तो क्या चाँद-सितारों के पीछे भागोगे?" सविता ने क्रुद्ध होकर कहा।

"मैं रुपया बनाने के लिए फ़ैक्टरी नहीं लगा रहा।"

"तो क्या जन-सेवा के लिए लगा रहे हो?"

"हाँ, उसी के लिए," सुधीर ने कहा, "तुम्हारे पिताजी की तरह, मुझे जिस-तिस की एजेंसी लेकर, दुकानदारी नहीं करनी। पचास पर ख़रीदो और सौ में बेचो। बैठे-बैठे चीज़ों के दाम बढ़ाते रहो, ग़रीब को बर्बाद करो और पैसा बनाओ। मैं ऐसी चीज़ की फ़ैक्टरी लगा रहा हूँ जो देश का, ग़रीब का, बीमार का भला करेगी।"

"फिर तो चल लिया बिज़नेस! दुनिया-जहान की सेवा करते फिरोगे तो छह महीने में रुपया डूबा समझो," उसके भाषण से चिढ़कर सविता ने कहा।

उसके पिता के पास कई महत्त्वपूर्ण वस्तुओं की एजेंसियाँ हैं, विख्यात कैलिको और अम्बिका मिल्स के कपड़ों की, एटलस साइकिलों की, फ़िलिप्स रेडियो की, जतवाड़ा पेपर की। कई पेट्रोल पम्प हैं और सट्टा-बाज़ार से रोज़ का ताल्लुक़ है। उन्हीं के ज़रिए उन्होंने अपनी धन-सम्पत्ति जोड़ी है। उन्हीं की बढ़ोतरी में अब उसका भाई अतुलदेव लगा हुआ है। सुधीर के कटाक्ष इतने सही थे कि वह तिलमिला उठी, "कम-से-कम मैं ऐसी नुक़सानदेह सलाह डैडी को नहीं दूँगी," उसने तेज़ी से कहा और कमरे से बाहर चली गई।

9

"भट्ठी में पड़ो," सुधीर ने चीख़कर कहा।

उसके पूरे बदन को झिंझोड़ती ग़ुस्से की ऐसी आँधी घुमड़ी कि औचित्य-अनौचित्य के तर्क अलग फेंक, वह एक झपेट में शुक्ला साहब के सामने जा पहुँचा। बिना प्रस्तावना के अपनी माँग उनके सामने उगल डाली, "हम फ़ैक्टरी लगा रहे हैं। एक लाख रुपया चाहिए।"

शुक्ला साहब तभी कचहरी से लौटे थे। बैठक में चाय पी रहे थे। सुधीर का आकस्मिक प्रवेश उन्हें दुविधा में डालने के लिए काफ़ी था, ऊपर से यह अनर्गल माँग। उसकी आवाज़ से चौंककर उन्होंने आँखें ऊपर उठाईं और देखते रह गए। देखे उसके लाल दहकते कान, फड़कते नथुने, चढ़ी आँखें, कसी मुट्ठियाँ। उसका उत्तेजना से काँपता, शिकन-मढ़ा कपाल। वे भयभीत हो उठे। अपनी आवाज़ नरम बनाकर धीमे से पूछा, "क्या बात है?"

"हम फ़ैक्टरी लगा रहे हैं? एक लाख रुपया चाहिए," सुधीर ने हाँफती आवाज़ में माँग दुहरा दी।

"कौन फ़ैक्टरी लगा रहे हैं?" उन्होंने अपनी आवाज़ धीमी रखी।

"हम। मैं और मानकचन्द।"

"कौन मानकचन्द?"

"सन्तो बुआजी का लड़का।"

"सन्तो बुआजी?" शुक्ला साहब समझ नहीं पाए।

"वो फूलबाग़ के पास जो रहती हैं।"

"ओ-हाँ," उन्हें याद आ गया था, दूर के रिश्ते की उनकी बहन फूलबाग़ के पास रहती है।

"उसके लड़के का नाम मानकचन्द है?"

"जी।"

"क्या करता है?"

क्या करता है? सुधीर ठीक से नहीं जानता था। मानकचन्द से उसने कभी पूछा नहीं था। इतना पता था कि सन्तो बुआजी के पास छोटे-मोटे कई मकान हैं, जिनके किराएदार किराया देने में मानकचन्द को इतना तंग करते हैं कि, आए दिन, वह वसूली के लिए जानेवाला होता है। पहली बार उसने अपने पर क़ाबू करके सोचा। हाँ, क्या करता है मानकचन्द? क्या कहना चाहिए शुक्ला साहब से? सोच-विचार का जाल बिछते ही जज साहब का पलड़ा भारी हो गया।

"कहाँ काम करता है?" उन्होंने अपना प्रश्न दुहराया तो उनके स्वर की नरमाई कम हो चुकी थी और उसमें तहक़ीक़ाती सुर उभर आया था।

"अपनी प्रॉपर्टी की देखभाल करता है," सुधीर ने कहा, "फ़ैक्टरी का काम वह पूरा सँभाल लेगा।"

"और रुपया कहाँ से आएगा?" अब जज साहब मुस्करा दिए।

आप देंगे, चाहकर भी सुधीर दन से नहीं कह पाया। सूखे होंठों पर जुबान फेरकर उसने उन्हें गीला किया और हकलाकर बोला, "कुछ दिन के लिए उधार चाहिए। आप दे दें तो फ़ैक्टरी चलते ही लौटा दिए जाएँगे।"

"कितने दिन लगेंगे?"

"यही कोई छह महीने।"

"किस चीज़ की फ़ैक्टरी लगाओगे?"

"दवाइयों की।"

"तुमने पता कर लिया है, छह महीने में वह प्रॉफ़िट देने लगेगी? उतने दिन में तो शायद लगकर तैयार हो।"

"शायद साल लग जाए," उसने अनिश्चित स्वर में कहा।

"दो साल क्यों नहीं?"

"नहीं उतना वक़्त नहीं लगेगा।"

"तुम कैसे जानते हो?"

"मानकचन्द ने सब मालूम कर लिया है।"

"प्रोप्राइटरी कंसर्न होगी?"

"जी।"

"मानकचन्द का कितना शेयर होगा?"

"तय कर लेंगे।"

"ज़मीन कहाँ लोगे? रॉ-मैटीरियल कहाँ से आएगा? इम्पोर्ट-परसेंटेज कितना होगा? मशीनें हिन्दुस्तान में अवेलेबल हैं? क्या-क्या दवाइयाँ बनाने का इरादा है? मार्केट-सर्वे कर लिया?" शुक्ला साहब ने प्रश्नों की झड़ी लगा दी।

सुधीर हकबका गया। कुछ देर सोचता रहा फिर बोला, "वह सब अभी करना है। बात तय हो जाए तो मानकचन्द कर लेगा।"

"सुधीर," सहसा उनका स्वर सख़्त पड़ गया।

सुधीर को लगा वह अब नहीं, दस साल पहले उनके सामने खड़ा है। न इतनी लियाक़त उसमें है कि उनके प्रश्नों का ठीक उत्तर दे सके, न इतनी हिम्मत कि उनके आदेशों को ठुकरा सके।

"सुधीर, मैं नहीं चाहता, मानकचन्द तुम्हारा बेवकूफ़ बनाए। उसके लिए ज़रूरी है कि तुम अपना बेवकूफ़ बनाना छोड़ दो।"

इतना कहकर उन्होंने देर से नीचे रखा चाय का प्याला उठाया और ओठों से लगा लिया। चाय ठंडी हो चुकी थी। एक घूँट भरकर प्याला नीचे रख दिया और बोले, "गोविन्द से कहो दूसरी चाय ले आए।"

गोविन्द कमरे के बाहर मँडरा रहा था। सुधीर ने आवाज़ लगाकर उसे और चाय लाने को कहा।

"बिज़नेस में बर्बाद करने के लिए मेरे पास रुपए नहीं हैं, सुधीर," शुक्ला साहब ने कहा, "मेरा ख़याल था तुम पहले से जानते होगे। और मैं बिज़नेस को ऊँचे दर्जे की चीज़ भी नहीं समझता।"

"सविता के घरवाले भी बिज़नेस करते हैं," सुधीर ने कहा।

''हाँ,'' शुक्ला साहब का स्वर सर्द हो गया, ''हमने बिज़नेस वालों के यहाँ लड़की दी नहीं, ली है। यहाँ हमारी सोहबत में रहकर सविता बहुत कुछ सीखी है। कोई कह नहीं सकता वह आभिजात्य-वर्ग की नहीं है। फिर पढ़ी-लिखी वह पहले से थी।''

''आख़िर बिज़नेस में बुराई क्या है?'' सुधीर बोला।

''इतना पढ़-लिखकर तुम्हें दुकान लगाने की ज़रूरत क्या है? ख़रीद-फ़रोख़्त के चक्कर में पड़ने के लिए बहुत लोग हैं, जिन्हें तालीम नहीं मिली। जहाँ तक तुम्हारा सवाल है, इस साल तुम असिस्टेंट मैनेजर हो जाओगे।''

सुधीर ने झट इस नए कोण को पकड़ लिया।

''किसी की सिफ़ारिश पर मैं मैनेजर नहीं बनना चाहता,'' उसने तड़पकर कहा।

''सिफ़ारिश?'' शुक्ला साहब ने अचरज से भँवें चढ़ाकर कहा, ''इसमें सिफ़ारिश की क्या बात है? एक साल ट्रेनी रहकर तुम असिस्टेंट मैनेजर नहीं बनोगे तो क्या बनोगे?''

''तो क्या मंडेलिया का लड़का लॉ-कॉलेज में रीडर नहीं लगा?''

''लगा है, पर उससे क्या? वह अपने मैरिट पर लगा है, तुम अपने मैरिट पर प्रमोट किए जाओगे।''

''पर...'' सुधीर कुछ कहे, उससे पहले शुक्ला साहब ने हिकारत से कहा, ''तुममें इतना इनफ़ीरियोरिटी कॉम्प्लेक्स क्यों है? तुम क्या सोचते हो, तुम असिस्टेंट मैनेजर होने लायक़ नहीं हो?''

सुधीर तिलमिला उठा, बोला, ''मैंने माइनिंग इंजीनियरिंग की है, मैनेजरी नहीं।''

कुछ देर शुक्ला साहब चुप रहे। इतने में गोविन्द चाय ले आया। पुरानी केतली और प्याले हटाकर गरम चाय की केतली और प्याले रख दिए। दो प्याले। गोविन्द ने सोचा होगा, सुधीर भी पिएगा। प्याले देखकर उन्हें उसका ख़याल आ गया, बोले, ''चाय लोगे?''

''जी नहीं,'' सुधीर खड़ा रहा।

''बैठ जाओ,'' उन्होंने कहा।

वह बैठ गया।

शुक्ला साहब ने अपने लिए चाय बनाई, घूँट भरी और बोले, ''अगर तुम माइनिंग इंजीनियर की जगह पर नौकरी करना चाहते हो तो ज़रूर करो। मुझे कोई आपत्ति नहीं है। वैसे इस ब्रांच को लेने के लिए मैंने तुम्हें मना किया था। ख़ैर, नौकरी तुम्हें करनी है मुझे नहीं। जहाँ तुम्हें ख़ुशी मिले वहाँ करो। मैं सिर्फ़ एक बात तुमसे कहना चाहता हूँ। हर आदमी की अपने परिवार के प्रति कुछ ज़िम्मेवारियाँ होती हैं।

खदानों के पास अगर तुम्हारा परिवार रह सके, और तुम उसे ठीक समझो, तो देख लो। यह तुम्हारी ज़िम्मेवारी है और फ़ैसला भी तुम्हें करना है। नौकरी चाहे यहाँ करो, चाहे धनबाद-रानीगंज में। पर बिज़नेस में लुटाने के लिए पैसा मैं नहीं दूँगा।''

''ठीक है, तब मैं धनबाद चला जाऊँगा,'' उनके आख़िरी वाक्य पर प्रतिक्रिया देकर सुधीर कमरे से बाहर निकल गया।

उसके चले जाने पर, कुछ देर शुक्ला साहब सोच में डूबे रहे। पता नहीं क्यों, कोई-न-कोई फ़ितूर इसके दिमाग़ पर चढ़ जाता है। मना करने के सिवाय उनके पास उपाय क्या था। सविता से वे सब सुनते आ रहे हैं। जो आदमी नौकरी करते-करते रोज़मर्रा के ख़र्चों में पैसे लुटा सकता है, वह बिज़नेस करके उन्हें कैसे बचा पाएगा? नहीं, मना करके उन्होंने कोई अन्याय नहीं किया। उन्होंने चाय की चुस्की भरी। पर सन्तोष के साथ नहीं। मन में कुछ कचोट रहा था। जाने-अनजाने शायद अन्याय उनसे हो गया है। इंजीनियर बनने पर सुधीर को कानपुर में रोके रखने का प्रयत्न करके। अगर हैरिस टेक्सटाइल मिल के मैनेजिंग डाइरेक्टर, मिस्टर मंडेलिया, उनके जानकार न होते तो इतनी आसानी से नौकरी उसे नहीं मिलती। पर उस पर दबाव नहीं डाला था उन्होंने। वह ख़ुद वहाँ रहने को तैयार हो गया था। फिर भी, एक माइनिंग इंजीनियर को ग़लत खाँचे में फ़िट करने के अन्याय में हिस्सा लेने का, प्रतिकार उन्हें करना था। आज उन्होंने कर डाला था। सुधीर चाहे तो धनबाद जा सकता है। सविता और विजया भी। अनजाने उनके मुँह से एक लम्बी साँस निकल गई। झेलना पड़ेगा अकेलेपन को।

पच्चीस साल से शुक्ला साहब की ज़िन्दगी में कोई परिवर्तन नहीं आया है। बस कुछ नाम बदल गए हैं। टॉमी से पहले जो कुत्ता उनके पास था, उसका नाम था टाइगर। टॉमी के मर जाने पर, जो एलसेशियन ख़रीदा गया है, उसका नाम है रॉल्फ़। बूढ़ा हो चला है अब वह भी। कुछ दिन बाद शायद कोई नया नाम उसका स्थान लेगा। बूढ़ी होकर घोड़ी लिज़ा ने दम तोड़ा तो, दोस्तों की सलाह के बावजूद, उन्होंने मोटरगाड़ी नहीं ख़रीदी, दूसरी घोड़ी ले आए। नाम है ब्लॉकी।

उनके दोस्त टंडन ने अपनी परेशानकुन साफ़गोई के साथ काफ़ी मज़ाक उड़ाया था उनका।

''अरे यार, अंग्रेज़ गए। अब घोड़े-गधों का वक़्त लद गया। मोटरें रखते हैं आजकल, लोग, मोटरें। न दाना-पानी की ज़रूरत, न तेल-मालिश की। पेट्रोल भर और चाहे जितनी तेज़ चला। न उसके दिल पर असर ने तेरे दिमाग़ पर। जितनी देर में तेरी घोड़ी कोठी का दरवाज़ा नहीं लाँघती, वह कचहरी पहुँचा देगी, कचहरी।''

''मुझे वहाँ पहुँचने की कोई जल्दी नहीं है,'' शुक्ला साहब ने कहा था।

''कमाल करता है यार! सिर्फ़ कचहरी का सवाल नहीं है, तू हर जगह जल्दी पहुँच सकेगा।''

''मैं कहीं भी वक़्त से पहले पहुँचना बदतमीज़ी समझता हूँ,'' शुक्ला साहब का जवाब था। टंडन खिलखिलाकर हँस पड़ा था, पूछा था, ''बच्चों से पूछा है? लड़का-बहू क्या रखना चाहते हैं, मोटर या बग्घी?''

''बग्घी,'' शुक्ला साहब ने फ़ौरन जवाब दिया था।

सुधीर का पता नहीं पर सविता उनसे कई बार कह चुकी थी कि, जो शान बग्घी में बैठकर जाने में है, मोटर में नहीं आ सकती।

''ठीक है भैया, अपने को क्या?'' टंडन ने कहा था, ''तू बग्घी ही रख।''

एक नाम और बदला है उनके आसपास। पहले उनके स्नेह और अनुग्रह के केंद्र-बिन्दु का नाम रेवा था, अब सविता है। थोड़ी दूरी पर घुसपैठ करने को तैयार विजया नाम भी लहराने लगा है। उनके चले जाने पर कैसा लगेगा? सहसा वे अपने को बहुत बूढ़ा महसूस करने लगे। कहीं आत्म-करुणा से न भर उठें, इस डर से सिर झटककर खड़े हो गए, और रॉल्फ़ को पुकारने की सीटी बजा उठे। दौड़ता हुआ रॉल्फ़ और उसके पीछे गोविन्द फ़ौरन आ पहुँचे। सीटी की आवाज़ सुनते ही गोविन्द कुत्ते को खोल दिया करता है।

''सिट,'' शुक्ला साहब ने कहा। तोप से छूटे गोले की तरह आगे बढ़ता, रॉल्फ़, ऐसे रुका जैसे उस पर जादू का डंडा फेर दिया हो। धम से फ़र्श पर बैठकर, अगले आदेश की प्रतीक्षा करने लगा।

''साईस से कहो गाड़ी क्लब ले आए। हम रॉल्फ़ को लेकर घूमते हुए पहुँच जाएँगे,'' उन्होंने गोविन्द से कहा।

आगे बढ़कर तीन शब्द पीछे उछाल दिए, ''रॉल्फ़। वॉक। हील।''

दन से रॉल्फ़ उनके पास आ पहुँचा और उनके क़दम-से-क़दम मिलाकर चलने लगा। ''इनसान से लगाव रखना बेकार है,'' शुक्ला साहब के मन में ख़याल उभरा। वे रॉल्फ़ की पीठ पर हाथ फेर आगे बढ़ गए।

''मैंने नौकरी के लिए धनबाद अर्ज़ी भेज दी है,'' क़रीब दो घंटे बाद सुधीर ने सविता से कहा।

सविता विजया को गोद में लिये बैठी थी। बोली, ''अच्छा किया। अब जाकर डॉक्टर मित्तल को बुला लाइए। बेबी सुबह से खाँस रही है।''

''अरे, बुखार भी है क्या?'' सुधीर ने पास आकर पूछा।

''अभी नहीं है पर होने में क्या देर लगती है। साँस भी रुक-रुककर आ रही है।''

"तो पहले क्यों नहीं बतलाया," सुधीर ने अधीर होकर कहा, "सुबह से बच्ची परेशान है और तुम्हें अब डॉक्टर बुलाने की सूझ रही है।"

"छाती सेंक दी थी, सोचा था, आराम हो जाएगा। पर यह खाँसे ही जा रही है।"

"अब तो नहीं खाँस रही," उसने सुनने के लिए रुककर कहा।

"अभी दो मिनट से नहीं खाँसी।"

"अच्छा लाता हूँ डॉक्टर। तुम सर्दी का ख़याल रखो। सामने की खिड़की बन्द कर दो। हवा आ रही है।"

"कम-से-कम साफ़ हवा तो है," सविता खिड़की बन्द करते हुए बुड़बुड़ाई, "रानीगंज-धनबाद रहेगी तो धूल फाँककर सारा दिन खाँसेगी ही तो!"

सुधीर असमंजस में पड़ गया। "इतने और लोग जो वहाँ रहते हैं," उसने छोटी-सी आवाज़ में कहा।

"रहते तो लोग खुली सड़कों पर भी हैं," सविता ने बलिदान देती हुई नायिका की तरह कहा, "कहो तो इसे भी वहीं फेंक आएँ।"

"तुम तो बेकार की बात करने लगती हो। अभी कौन-सा धनबाद पहुँच गए," कह सुधीर डॉक्टर को लाने चल दिया।

भगवान की कृपा से डॉक्टर को विजया के फेफड़ों में गड़बड़ी नज़र नहीं आई। आम सर्दी-खाँसी की दवा देकर चला गया। पर उतनी देर में सुधीर ने अपनी धनबाद वाली अर्ज़ी फाड़कर फेंक दी।

सुधीर का धनबाद जाना नहीं हुआ। जब-जब उसने जाने का निर्णय लिया, विजया के ख़याल ने उसे रोक दिया। नन्ही मासूम विजया! उसकी ज़िम्मेवारी उसी पर तो है। उसके होने से कितना कुछ बदल गया है। उसकी अपनी इच्छाओं-आकांक्षाओं का महत्त्व क्या रह गया है? वह उस सुदृढ़ दीवार की तरह है जिसकी आड़ में वह नाज़ुक जान अपने को सुरक्षित महसूस कर सकती है। क्या हक़ है उसे आड़ को हटा देने का? बाहर के झंझावात को उसके क़रीब आने देने का? सवाल हक़ का है भी नहीं। विजया के बदन पर लगा तेज़ हवा का बदनुमा झोंका, उसे अपने पर हुई ईंट-पत्थर की बौछार से ज़्यादा कष्ट देता है। धूल-कोयले वाली हवा उसे कैसे लगने दे सकता है? दो-तीन साल इन्तज़ार करना होगा। कच्ची पौध पनप तो ले।

सुधीर हैरिस टेक्सटाइल मिल में असिस्टेंट मैनेजर हो गया। मिल के मैनेजिंग डायरेक्टर, मिस्टर मंडेलिया ने उससे वही बात कही जो शुक्ला साहब ने कही थी। वैसे ही अन्दाज़ में।

"साल भर बाद असिस्टेंट मैनेजर नहीं बनोगे तो क्या बनोगे, सुधीर? हमेशा के लिए तुम्हें ट्रेनी इंजीनियर तो बनाकर रखा नहीं जा सकता," कहकर वे हँस दिए थे। फिर गम्भीर होकर बोले थे, "देखो सुधीर, किसी काम में सफल होने के लिए पहली चीज़ जो चाहिए, वह है आत्मविश्वास। जब तक तुम्हें अपने पर विश्वास नहीं होगा कि कोशिश करने पर तुम हर काम कर सकते हो, क्या करोगे तुम? कुछ नहीं। इंफ़ीरियोरिटी कॉम्प्लेक्स ख़त्म कर डालता है आदमी को, तबाह कर देता है।"

विजया की ख़ातिर यह भी कर देखना होगा। और दो-तीन साल। इस बीच कौन जाने फ़ैक्टरी लग ही जाए। मानकचन्द कहता है, वह हमेशा उसकी सेवा में हाज़िर रहेगा। जब चाहें उसे बुला लें।

उसकी मुग्ध आँखों के सामने विजया बढ़ने लगी। उफ़, कितना धीरे-धीरे बढ़ते हैं बच्चे। फिर भी रोज़ एक नया आयाम मिल जाता है उसके होने में। आज उसने करवट बदली तो आज पेट के बल उलट गई। आज सहारा लेकर बैठी तो आज बिना सहारे के। आज पहला दाँत निकला तो आज पहला अन्न का दाना मुँह में डाला। आज पेट के बल खिसकी तो आज घुटनों के बल। चिड़िया-सी फुदकती, बन्दर-सी किलकती विजया, घर-भर को शोर-गुल से आबाद करने लगी। वह सोती तो सुधीर उसे किलकारी मारता देखने को जगाना चाहता। वह बिस्तर पर पड़ी टुकुर-टुकुर ताकती तो सुधीर उसे गोदी में ले थपकी देकर सुलाना चाहता। वह रोती तो उसे समझ नहीं आता, दुनिया की कौन-सी नियामत उस पर बिखेरकर चुप करा ले। वह उस पर खिलौनों की बारिश कर देता, चुम्बनों से उसका मुँह भर देता। पर विजया अपनी सबसे प्यारी मुस्कान, अपनी सबसे उत्साहित किलकारी सविता के लिए रोके रखती। वह जानती भी न थी कि सुधीर नाम का आदमी अपनी दुनिया उसके इर्द-गिर्द बिछाए हुए है। उसे सिर्फ़ माँ चाहिए थी, जिसकी गोदी में वह चैन महसूस कर सके। इस आदमी की गोदी से ज़्यादा राहत तो उसे आया की गोदी में मिल जाती है।

वह क्या जानती कि प्रचंड प्रेम-प्रदर्शन के समय सुधीर की नसों का तनाव बहकर उसकी अपनी नसों में प्रवेश कर जाता है और उसे बेचैन बना डालता है। तब चीख़-चीख़कर रोने के सिवाय उसके पास कोई चारा नहीं रहता। सुधीर ख़ुद नहीं जानता था। वह उस वक़्त का इन्तज़ार कर रहा था जब विजया गोद, दूध और थपकी के अलावा कुछ और चाहेगी।

धीरे-धीरे वह समय पास आता गया। आज उसने ज़मीन पर पहला क़दम रखा तो आज डगमगाते चार क़दम। आज वह अपने कमरे का चक्कर लगा गई तो आज बाहर आँगन तक पहुँच गई। आज उसके मुँह से पहला शब्द निकला, 'माँ-माँ' और आज आख़िर उसने कह डाला, 'पा-पा'। और फिर वह बोलना क्या सीखी उसकी

माँगें एकदम बढ़ चलीं। अपने प्यार और स्वीकार की बौछार उस पर करने के मौक़े सुधीर के पास बढ़ते गए। हर बात पर 'हाँ' कहने को तत्पर सुधीर उसे जानने नहीं देना चाहता था कि 'नहीं' किसे कहते हैं।

उसके ख़ाने का समय होता तो सुधीर उसे ले घूमने निकल जाता। सोने का समय होता तो घोड़ा बन उसे पीठ पर बिठला सरपट दौड़ा फिरता। नहाने का समय होता तो ढेर-सी मीठी गोलियाँ ला उसे अटकाए रखता। वह नहीं चाहता था कि उसे समय के घेरों में बाँधकर रखा जाए। उसने जैसे कौल भर लिया था कि उसके ऊपर अनुशासन लागू नहीं होगा। तीन बरस की बच्ची के एक बार कहने पर उसने उसे बोलनेवाली गुड़िया और तीन पहियों की साइकिल ही नहीं, पतंग-डोर और फुटबॉल भी ला दी।

"पतंग उड़ाने की उम्र है उसकी? हाथ-पैर तुड़ा बैठेगी। क्या करते हो तुम?" सविता ने कहा था।

"कैसे तुड़ा बैठेगी? मैं जो साथ रहूँगा," कहकर उसे गोद में ले, पतंग उड़ाने लगा था।

लगता था विजया का ज़िद्दी बचपन विजया नहीं, सुधीर जी रहा था। जो ज़िद वह ख़ुद नहीं करती, सुधीर उसे सिखा देता।

"पार्क चलेगी?" दोपहर को ख़ाने आता तो कहता।

"अभी कैसे? अभी खाकर सोएगी," सविता जल्दी से याद दिलाती। उस पर कोई असर नहीं होता।

"पार्क चलेगी? बन्दर का खेल दिखाऊँगा," वह फिर विजया से कहता।

"पाक-पाक," विजया किलकारी मारकर कहती।

"इस वक़्त पार्क नहीं जाना," सविता डाँटती।

"चल चलें," सुधीर कहता।

"ख़ाने का क्या होगा! उसे भूख लगी होगी? डैडी भी आ गए हैं," सविता परेशान होकर कहती।

"अच्छा चल, खाना खा ले झटपट, फिर चलेंगे," सुधीर विजया से कहता।

"खाकर वह सोएगी," सविता फिर टोकती।

"सो लेगी बाद में। अभी पार्क जाएगी।"

"पाक-पाक," विजया धुन में दुहराती और दफ़्तर को देर कर, वह उसे पार्क ले जाता। लौटकर, न सोने के कारण, वह सविता को कितना तंग करती, वह जान नहीं पाता, क्योंकि तब वह दफ़्तर में होता। सविता शिकायत करती तो वह खीजकर कहता, "औरतों को सिवाय चिख-चिख करने के और काम नहीं करने होते?"

शाम को दफ़्तर से लौटता तो अक्सर जेबों में चॉकलेट भरे होते।

"चॉकलेट खाएगी?" वह विजया को गोद में उठा चूमकर कहता।

‘‘चाकलेत-चाकलेत,’’ वह हाथ फैलाकर चीख़ती।

‘‘नहीं-नहीं,’’ सविता बीच में टोकती, ‘‘अभी चॉकलेट मत दो। मैं उसके लिए फल काटकर लाई हूँ। देख तो विजया, सेब।’’

तब तक सुधीर जेब से चॉकलेट निकाल चुका होता। ऊपर का काग़ज़ फाड़कर गोल कत्थई चॉकलेट बाहर कर लेता। विजया एक बार कटे सेब को देखती, एक बार ललचाते चॉकलेट को।

‘‘चाकलेत-चाकलेत,’’ वह चीख़कर कहती।

उसकी बात ख़त्म होने से पहले सुधीर उसके मुँह में चॉकलेट ठूँस देता।

‘‘क्या करते हो?’’ सविता कहती, ‘‘मैंने उसके लिए फल काटे थे।’’

‘‘वह तुम खा लो,’’ सुधीर एक और चॉकलेट विजया को थमा देता।

इस तरह तो बिगड़ जाएगी, सविता परेशान होकर सोचती। किसी तरह इसे इनकी संगत से निकालकर डैडी की सोहबत में डालना होगा। पर डैडी क्या इतने छोटे बच्चे को साथ रखना पसन्द करेंगे। अभी तो आते-जाते, दिखने पर, उसके बाल सहला देते हैं। या पूछ लेते हैं, ‘‘कै गिलास दूध पीती है?’’ गोद में उठाकर कभी नहीं देखा। चालीस दिन की हुई थी तो आया ने उनकी गोद में देने को बच्ची आगे बढ़ा दी थी। फ़ौरन वे दो क़दम पीछे हट गए थे। हड़बड़ाकर बोले थे, ‘‘लिटा दो, लिटा दो, कहीं लग-वग जाएगी।’’ पर अब तो काफ़ी बड़ी हो गई है। प्यारी-प्यारी बातें करती है। सुधीर नहीं रहता ज़िद भी नहीं करती। समझा-बुझाकर भेजेगी तो कुछ वक़्त गुज़ार आया करेगी उनके पास।

एक दिन, जज साहब कचहरी से लौटे तो उनकी चाय की ट्रे में विजया की फल की तश्तरी रखकर, सविता ने उसे गोविन्द के साथ भेज दिया। ‘‘तश्तरी देकर वहीं बिठना देना,’’ गोविन्द से कहा, ‘‘तुम बाहर रहोगे ही। कुछ गड़बड़ करे तो ले आना। वरना वहीं बैठे रहने देना।’’

विजया को भी उसने समझा दिया, ‘‘तेरे बाबाजी बहुत बड़े आदमी हैं, राजा की तरह। उनका कमरा बहुत सुन्दर है, राजमहल की तरह। वहाँ बिलकुल गड़बड़ नहीं करना। चुप बैठकर फल खाना और जो वे पूछें बतला देना।’’

विजया ने आधी बात सुनी, आधी नहीं। सिर हिलाकर बोली, ‘‘मैं भी राजा हूँ।’’

‘‘हाँ, तू भी राजा है,’’ सविता ने कहा।

शुक्ला साहब ने उसे देखा, उसके बालों पर हाथ फेरा और चाय पीने लगे।

‘‘आप क्या पीते हैं?’’ विजया ने पूछा।

‘‘चाय,’’ उन्होंने कहा।

‘‘हम क्या पिएँ?’’

‘‘फल खाओ।’’

"यहीं बिठला दें, साहब," गोविन्द ने पूछा।

"हाँ-हाँ, बिठला दो।"

गोविन्द ने उसे कुर्सी पर बिठला दिया। पास पड़ी मेज़ पर फल की तश्तरी रख दी। वह शुक्ला साहब की चाय की चुस्कियों से ताल मिलाकर सेब कुतरने लगी और टुकुर-टुकुर उन्हें देखने लगी। बिना आवाज़ चाय की चुस्कियाँ लेता, वह भूरी आँखोंवाला आदमी उसे बहुत दिलचस्प लग रहा था। ऐसे होते हैं राजा लोग। मैं भी तो राजा हूँ, तभी उसे याद आ गया। वह अपनी कुर्सी पर अकड़कर बैठ गई।

"क्या देख रही हो?" शुक्ला साहब ने पूछा।

"आपको," विजया ने बेधड़क कहा।

शुक्ला साहब हँस दिए, बोले, "कैसे दिखते हैं?"

"आप राजा हैं," विजया ने कहा।

"अच्छा," वे लजीली-सी हँसी हँस दिए।

"हम भी राजा हैं," विजया ने कहा।

"ओह!"

"हमें चाय दीजिए," उसने फ़ौरन जोड़ा।

"हमें फल नहीं दोगी?"

"लीजिए।" विजया सेब की कुतरी फाँक हाथ में पकड़कर नीचे उतर गई।

"जूठी नहीं, सच्ची दो।"

"क्या?"

"यह तुमने खाई थी न, दूसरी दो।"

"क्यों?"

"हम कहते हैं, इसलिए।"

विजया ने उनकी तरफ़ देखा। सोचा, बात माने या नहीं फिर फ़ैसला किया, मानना न मानना अन्दर माँ के पास जाकर कर लेगी। अभी तो वह राजा है, दूसरे राजा के पास मिलने आई है। उसने कुतरी फाँक वापस प्लेट में रख दी और दूसरी फाँक उठाकर शुक्ला साहब के पास चली आई। उन्होंने ख़ुश होकर उसके बाल सहला दिए।

"अब चाय," उसने कहा।

"बस एक चम्मच मिलेगी।"

"दीजिए।"

शुक्ला साहब ने एक चम्मच चाय उसके मुँह में डाल दी। "अब जाओ अपनी कुर्सी पर," उन्होंने कहा।

विजया वापस अपने सिंहासन पर चली आई। शुक्ला साहब को लगा, अनुशासन उसने अपने दादा से विरासत में पाया है।

धीरे-धीरे यह रोज़मर्रा का दस्तूर बन गया। कचहरी से लौटने पर, शुक्ला साहब चाय की ट्रे के साथ विजया को भी कमरे में पाने के आदी हो गए। विजया उनकी आदतों की आदी हो गई। उससे कुछ देर बतियाने के बाद, वे सीटी बजाकर रॉल्फ़ को बुला लेते। फिर दोनों उससे खेलते। घूमने जाने की बारी आती तो उन्हें विजया और रॉल्फ़ के बीच चुनना पड़ता। विजया को लेकर जाने का मतलब होता, बग्घी में जाना। रॉल्फ़ को लेकर जाने का, पैदल जाना। धीरे-धीरे इस चुनाव में विजया की जीत होने लगी। रॉल्फ़ को बाद में गोविन्द घुमा लाता।

सुधीर दफ़्तर से लौटता तो पूछता, ''विजया कहाँ है?''

''डैडी के पास,'' सविता कहती।

''बुलाकर लाओ,'' वह कहता।

सविता जाती और लौट आती, कहती, ''आ नहीं रही।''

''कैसे नहीं आ रही? तुमने कहा था, मैं आ गया हूँ?''

''कहा तो था। ज़बर्दस्ती ला भी रही थी पर वह रोने लगी...ले आऊँ?''

''नहीं, रुलाने की ज़रूरत नहीं है। बाद में आ जाएगी।''

थोड़ी देर बाद गोविन्द चाय की ख़ाली ट्रे उठाए अन्दर आता और ख़बर दे जाता कि, साहब बेबी को बग्घी में घुमाने ले जा रहे हैं। वह साथ जा रहा है। साहब क्लब उतर जाएँगे, वह बेबी को फूलबाग़ घुमा लाएगा। वापसी में साहब को लेता आएगा।

''अच्छा, दूध लेते जाओ, वहीं पिला देना,'' सविता थर्मस आगे कर देती।

सुधीर कुछ कहने को होता पर सुनता सविता कह रही है, ''विजया को बग्घी में घूमने का इतना चाव पड़ गया है कि मना करने पर आसमान सिर पर उठा लेती है।''

वह उसका जाना रोक नहीं पाता।

घूमकर विजया वापस लौटती तो आधी सोई रहती। गोविन्द की गोदी से सविता या सुधीर की गोदी में आते-आते, उसकी आँखें झपकने लगतीं। सविता उसे सूप-रोटी खिलाने में जुट जाती। सुधीर के दिए चॉकलेट हाथ में पकड़े-पकड़े वह सो जाती।

सुबह होती तो सविता कोशिश करती कि दूध वग़ैरह पिलाकर विजया को गाड़ी में शुक्ला साहब के साथ कचहरी तक भेज दिया जाए। उसकी ख़ातिर वे गाड़ी का एक और फेरा लगवाना मंजूर कर लेते। सुधीर साथ जाता नहीं। वे कई बार कह चुके हैं कि उन्हें छोड़कर गाड़ी सुधीर को दफ़्तर छोड़ आया करेगी। पर उससे वक़्त की उतनी पाबन्दी नहीं बरती जाती। फिर दफ़्तर घर से दूरी पर है। घोड़ी की सुस्त चाल झेलने की बनिस्बत, वह रिक्शा लेना पसन्द करता है। शुक्ला साहब की घोड़ी बदली है पर घोड़ी की चाल नहीं।

अपनी कोशिश में सविता कभी सफल होती, कभी नहीं। किसी दिन नाश्ता करने से पहले, सुधीर उस पर आधिपत्य जमा लेता और बाहर घूमने निकल जाता। कभी बाज़ार से खिला-पिलाकर वापस लौटता। जहाँ तक विजया का सवाल था, वह दोनों के साथ ख़ुश थी सुधीर हो या शुक्ला साहब। स्नेह लेने में बच्चों को कोई संकोच नही होता। चाहे जहाँ से मिले। देने में ज़रूर कंजूसी बरत जाते हैं।

एक दिन सुधीर उसे जलेबी खिलाकर लौटा तो सविता बहुत बिगड़ी।

"क्या करते हो? पेट बिगड़ जाएगा," उसने कहा।

"जलेबी से पेट बिगड़ता है?" सुधीर बोला, "ख़मीरा उठी पाचक चीज़ है, पाचक और पौष्टिक। पता है, आधे से ज़्यादा कानपुर शहर जलेबी-दूध का नाश्ता करता है।"

"करता होगा। अपने यहाँ अंडा-डबलरोटी खाया जाता है।"

"अच्छा?" सुधीर व्यंग्य से हँस दिया, "तुम्हारे पूज्य पिताजी को मैंने कभी अंडा खाते देखा नहीं। डटकर पूरी-कचौड़ी और इमरती-गुलाबजामुन खाया करते थे।"

"वे क्या खाते थे, क्या नहीं, उससे हमें क्या? हमारे घर का जो चलन है, वही विजया को रास आएगा।"

"और आपके घर का चलन शुद्ध साहबी है, क्यों? अजीब औरत हो तुम! अपने पिता के घर को हीन नज़रों से देखती हो।"

"हीन नज़रों से क्यों देखती? औरत का घर ससुराल में होता है, मायके में नहीं।"

"और औरत का पूज्य ससुर उसके बाप को व्यापारी समझकर हिकारत से देखे, तो आज्ञाकारी बहू को भी देखना चाहिए, क्यों?"

"पिताजी को गुज़रे दो साल हो गए। उन्हें बीच में क्यों खींचते हो?"

"चलो, उन्हें छोड़ो। तुम्हारे भाईसाहब भी बिज़नेस करते हैं। साहब उन्हें हिकारत से देखते हैं तो तुम्हें बुरा नहीं लगता?"

"आप तो बात का बतंगड़ बना लेते हैं। हरेक का अपना स्तर होता है। डैडी का एक वर्ग है, व्यापारी लोगों का दूसरा?"

"और आप आराम से अपने 'डैडी' के वर्ग में आ बैठी हैं।"

"आ क्या ज़बर्दस्ती बैठी हूँ? बहू हूँ घर की। अतुल भैया ख़ुद डैडी की कितनी इज़्ज़त करते हैं, आप क्या जानें!"

"सच? उन्हें बतला दी थी, बिज़नेसवालों के बारे में डैडी की क्या राय है?"

"हाँ, बतला दी थी," सविता ने कटुता से कहा, "ख़राब राय उनकी बिज़नेस वालों के नहीं, आपके बिज़नेस करने के बारे में है। सो आपके बिज़नेस करने की

बात सुनकर भैया भी ख़ूब हँसे थे। बोले थे, ''करने के लिए अक़्ल चाहिए, अक़्ल! यह कोई मदारी का तमाशा नहीं है कि डुगडुगी और झोला लेकर खड़े हो गए, और चल गया बिज़नेस!''

''वो कौन होते हैं मेरी बात में बोलनेवाले? तुम क्यों गईं उनसे कहने?'' सुधीर ने चिल्लाकर कहा।

''मेरे भाई हैं। उनसे नहीं कहूँगी तो किससे कहूँगी? ज़रूरत पड़ने पर वही मेरे काम आएँगे?''

''कौन सी ज़रूरत पूरी नहीं हो रही तुम्हारी कि उनके पास दौड़ना पड़ा,'' उसने और ग़ुस्से से कहा।

''ज़रूरतें पूरी हो रही हैं तो डैडी के बलबूते पर। आप तो समझते हैं थैला-भर चॉकलेट और खिलौने ले आए, विजया के लिए, और हो गई ज़िम्मेवारी पूरी।''

''तुम्हें जो चाहिए मुझसे कहती क्यों नहीं? उनसे माँगने जाती क्यों हो?''

''आपको औरों को देने से छुट्टी मिले तब कहूँ।''

''क्या मतलब?''

''कल रेवा बीवी को दो सौ की साड़ी नहीं भेजी?''

''कमाल है! राखी की साड़ी नहीं भेजनी होती? तुम्हें ख़ुद कहना चाहिए था।''

''सौ की भी भेजी जा सकती थी। मुझसे कभी पूछा है आपने, मुझे ज़रूरत है या नहीं?''

''कहती तो तुम्हें भी ला देता।''

''मैं क्या कहती? जब से पिछला एबॉर्शन हुआ है, किसी चीज़ को मन नहीं करता।'' सविता ने विषय-परिवर्तन यूँ किया कि सुधीर हक्का-बक्का रह गया। देखा, उसकी आँखों में आँसू भी आ गए हैं। वह जानता है, विजया की पैदाइश के बाद से सविता लड़के की आस लगाए बैठी है। उसके बाद दो बार गर्भ रह चुका है पर, दोनों बार, तीसरे महीने गर्भपात हो गया है। गर्भ में भ्रूण लड़के का रहा होगा, डॉक्टर बतला चुकी है, एबॉर्शन ज़्यादातर लड़कों का होता है।

लगता है, जन्म से ही आदमी औरत से कमज़ोर होता है, सुधीर ने मायूसी के साथ सोचा। वह तय नहीं कर पाया कि बात जलेबी से शुरू होकर पुत्र पर कब और कैसे पहुँची? उसने सुना सविता गहरे दुख के साथ रही है, ''हर बार ऐसा होता रहा तो विजया अकेली सन्तान रह जाएगी,'' और उसकी आँखों से आँसू बहकर गालों पर आ गए हैं।

वह पिघल गया।

''हर बार ऐसा क्यों होगा?'' उसने कोमल स्वर में कहा, ''चलो, तुम्हें कानपुर हॉस्पिटल के चीफ़ सर्जन, डॉक्टर नन्दा, को दिखा दें।''

''वही क्या करेंगे?'' सविता ने मायूसी से कहा।

"क्यों नहीं करेंगे? फिर विजया अकेली काफ़ी नहीं है क्या? इतनी प्यारी बच्ची?" उसने प्यार से कहा और कन्धों से थामकर उसे पास खींच लिया।

सविता ने पाया, उसके स्पर्श में वह सम्मोहन नहीं है, जो साल-दो साल पहले तक उसे उद्वेलित कर देता था। जो उत्तेजना तब उसे अनजाने, अनायास, आक्रान्त कर लिया करती थी, अब प्रयास का मुँह ताकने लगी है। महीने-दो महीने में कभी किसी रात, वह उसे अपनी नसों में समेट पाती है। तब भी उसकी कल्पना में नर-शिशु का मुख लहराया करता है। यही होता है क्या नारी का विराट्, दिव्य, मातृरूप? पुत्र की लालसा में पति का निःस्वार्थ सहवास; कितनी ममतामयी हो चली थी सविता!

10

कमरे में बैठी सविता धोबी के कपड़े मिला रही थी कि आँधी की तरह सुधीर भीतर घुस आया।

"सुनती हो," उसने कहा, "विमला की आँख फूट गई।"

"कौन विमला?" सविता ने चादरों का मिलान करते हुए पूछा।

"जानती नहीं? तुम्हारे किराएदार फ़िलिप की लड़की।"

शुक्ला साहब की कोठी के पीछे छोटी-छोटी कोठरियाँ बनी हुई थीं। उनमें से कुछ में उनके नौकर-साईस रहते थे। बाक़ी सविता ने दस-पन्द्रह रुपए महीने के हिसाब से किराए पर चढ़ा दी थीं। दो कोठरियों का किरायेदार था फ़िलिप। किराया देने में हमेशा देर करता था। बहुत तकाज़ा करने पर जब किराया दिया जाता तो विमला आकर दे जाती। सविता उसे पहचानती है। हाई स्कूल में पढ़ रही है। छोटे बच्चों की ट्यूशन करके थोड़ा-बहुत कमा भी लेती है।

"ओह, हाँ," उसने कहा, फिर धोबी से बोली, "यह चादर धोकर लाए हो? चिक्कट की चिक्कट पड़ी है।" चादर उसे दिखाते हुए वह सुधीर से भी कह गई, "देखना, कितनी गन्दी चादर धोकर लाया है।"

"मारो गोली चादर को," सुधीर ने उग्र स्वर में कहा।

"हाँ-हाँ," सविता सम्हलकर बोली, "आँख कब फूट गई? आपको कैसे पता चला?"

"अभी। अस्पताल छोड़कर सीधा आ रहा हूँ।"

"आप छोड़कर आए?"

"और क्या। यहाँ और किसी को फ़िक्र है? ग़रीब का बच्चा है, मरे चाहे जिए। देखना तुम, मैंने सब सालों को जेल न भिजवाया तो मेरा नाम नहीं।"

"किसे?" सविता कपड़े छोड़कर उठ खड़ी हुई। धोबी से बोली, "मैले कपड़े कल आकर ले जाना।"

सुधीर के पास आकर बोली, ''किसे जेल भिजवा रहे हो? हुआ क्या, खोलकर बतलाओ।''

''बतलाया तो। विमला को नहीं जानती?''

''जानती हूँ। पर आँख कैसे फूटी?''

''स्कूल में नाटक खेला जा रहा था। पटाखे छोड़कर गोली की आवाज़ पैदा की जा रही थी। एक पटाखा उसकी आँख में जा लगा। बस बुरी तरह घायल हो गई। स्कूल वालों ने पट्टी बँधवाकर छुट्टी की।''

''दोनों आँखें जाती रहीं?''

''नहीं, एक।''

''शुक्र है।''

''शुक्र? तुम्हें इसमें शुक्र दिख रहा है?''

''हाँ, अगर दोनों चली जातीं तो?''

''एक भी क्यों जाए? डॉक्टर कह रहा था अलीगढ़ आई हॉस्पिटल ले जाकर ऑपरेशन कराने से आँख बच सकती है।''

''ओह, काफ़ी पैसा लगेगा?''

''सो तो लगेगा ही।''

''फ़िलिप दे पाएगा?''

''फ़िलिप! वह क्या देगा! सौ रुपल्ली का क्लर्क। चार-चार बच्चे। ऊपर से पक्का शराबी।''

''फिर क्या स्कूल वाले देंगे?''

''देना तो चाहिए पर वे आदमख़ोर क्या देंगे! पट्टी बँधवाकर छुट्टी कर दी। पट्टी बँधवा दी और कह दिया सॉरी। हुँह, सॉरी कहकर आदमी की जान ले लो, इनसान की क़ीमत ही क्या है? वह तो मैं था, नाटक देखनेवालों में। प्रिंसिपल को दस गालियाँ सुनाईं और लड़की को अस्पताल छोड़कर आया।''

सविता चुप रही।

''ख़ैर, छोड़ो,'' सुधीर ने कहा, ''उसके अलीगढ़ जाने का इन्तज़ाम करना है। मेरे पास इस वक़्त रुपए हैं नहीं। तुमसे पैसे माँगने आया था।''

''अलीगढ़ भेजने का इन्तज़ाम आप करेंगे?''

''और कौन करेगा?''

''फ़िलिप से पूछ लिया।''

''उस शराबी से क्या पूछना? उसके साथ मैं उसे भेज भी नहीं रहा। रुपए उसके हाथ में दिए नहीं कि घोटकर पी जाएगा। विमला ने मुझे सब बतला दिया है। मैं ख़ुद उसे ले जाऊँगा। तुम रुपए दो।''

''कितने रुपए चाहिए?''

"ढाई सौ।"

"ढाई सौ! मेरे पास तो उतने रुपए हैं नहीं।"

"नहीं हैं? ठीक है, दफ़्तर से एडवांस ले लेता हूँ। अगले महीने कट जाएँगे।"

"फिर हमारे पास क्या बचेगा?"

"नहीं बचेगा तो न सही। खाना लगवाओ। मैं खाकर जाता हूँ।"

"इतनी जल्दी क्या है? रात में तो दफ़्तर खुला होगा नहीं। जो करना है कल सुबह करोगे न? डैडी को आ जाने दो।"

"नहीं, एक बार अस्पताल और हो आऊँ। किसी चीज़ की ज़रूरत हो तो।"

"देखिए," सुधीर ख़ाने बैठा तो सविता ने समझाते हुए कहा, "थोड़ा सोच-विचारकर काम कीजिए। विमला जवान लड़की है, यूँ माँ-बाप से पूछे बिना आप उसे ले जाएँगे तो लोग क्या कहेंगे?"

"लोग?"

"हाँ, कौन जाने क्या-क्या बातें बनाएँ।"

सुनकर सुधीर एकटक उसकी तरफ़ देखता रहा। सविता को लगा, असर हो रहा है। उसने मुस्कराकर दम-आलू का डोंगा आगे करते हुए कहा, "और लो न। कैसे बने हैं दम-आलू? मैंने बनाए हैं।"

दम-आलू हमेशा की तरह बढ़िया बने थे। सुधीर को पसन्द भी बहुत थे। हाथ बढ़ाकर उसने दो आलू कटोरी में डाल भी लिये। पर डालते-डालते बोला, "तुम जैसी क़साई औरत मैंने दूसरी नहीं देखी। लड़की की आँख का सवाल है और तुम्हें लोगों की पड़ी है!"

धीमी आवाज़ में कहा गया जुमला सविता को चीख़ने-चिल्लाने से ज़्यादा काट गया। तिलमिलाकर बोली, "उसके माँ-बाप को उसकी फ़िक्र है नहीं, आप ख़ामख़्वाह बाप बने जा रहे हैं!"

"सच बात क्यों नहीं कहती? सोच रही हो ढाई सौ उस पर ख़र्च करने के बजाय अपने लिए एक जोड़ी बुन्दे न बनवाए जाएँ। क्यों?" सुधीर ने कड़वाहट के साथ कहा। उसके मुँह में दम-आलू भी बेस्वाद हो उठे।

"बुन्दे मेरे पास हैं और तुमने नहीं, मेरे..." सविता ने उतनी ही तल्ख़ी से कहना शुरू किया।

"तुम्हारे पिताजी ने दिए हैं," सुधीर ने बात पूरी कर दी, "ठीक है, अगले महीने जब ख़ाने को नहीं होगा तो उन्हें बेच लेना।"

बाक़ी का खाना प्लेट में छोड़, वह उठ खड़ा हुआ और धड़ाक से दरवाज़ा मारकर, बाहर निकल आया।

विमला की आँख ठीक हो गई। सविता के घर का ख़र्च. शुक्ला साहब ने दे दिया। विमला स्कूल लौट गई। तीन महीने बाद हाई स्कूल का इम्तहान देकर पास हो गई। सविता सुधीर की गतिविधियों पर और कड़ी नज़र रखने लगी। सुधीर की दौड़-धूप और धमकियों की वजह से विमला को उसी स्कूल में नौकरी मिल गई, जिसमें पढ़ते हुए उसकी आँख घायल हुई थी। सविता को मालूम हुआ तो बोली, ''नौकरी लग गई है तो हर महीने पच्चीस-तीस करके, हमारे रुपए नहीं लौटा सकती? पर क्यों लौटाए? जब कोई बेवकूफ़ बन रहा हो तो क्यों न बनाया जाए?''

''जानती नहीं क्या?'' सुधीर ने भन्नाकर कहा, ''हर महीने मारपीट करके फ़िलिप पूरी तनख़्वाह रखवा लेता है। जब दीवार से कान लगाकर पूरी बात सुन लेती हो तो बेकार तोहमत क्यों लगाती हो?''

''मैं दीवार से कान क्यों लगाने लगी? सुनाई दे जाए तो क्या कर सकती हूँ?''

''बेकार की टीका-टिप्पणी बन्द कर सकती हो। मदद कुछ होती नहीं, बातें बनाने...,''

''मैं मदद क्या करूँगी?'' सविता ने तड़पकर कहा, ''महावीर पुरुष तो तुम हो, जाकर घर से निकाल लाओ न।''

''यही करूँगा,'' सुधीर ने नपे-तुले स्वर में कहा तो सविता घबरा गई।

बेकार नई बात सुझा दी। महीना ख़त्म होने में सिर्फ़ दो-तीन दिन हैं। मतलब नया महीना शुरू होनेवाला है। और हर नए महीने की शुरुआत, फ़िलिप के घर, किसी-न-किसी कांड से होती है। यह महीना अपवाद निकल जाए, ऐसा होने से रहा और इतनी जल्दी सुधीर बात को भूल जाए, उसकी गुंजाइश भी कम है।

तीन दिन बाद, दूसरी तारीख़ को, फ़िलिप के घर, नाटक आरम्भ हुआ तो सुधीर घर में ही था।

रेडियो-नाटक की तरह कोठी की दीवार से लगे क्वार्टर से फ़िलिप की गर्जना सुनाई दी।

''बस पचहत्तर रुपए! बाक़ी?''

''मुझे ज़रूरत थी, ख़र्च हो गए, पापा...'' विमला का आतंकित स्वर भी स्पष्ट था।

''क्या ज़रूरत थी, हरामज़ादी? पाउडर-क्रीम लगाकर किसे मोहने जाती है?''

''स्कूल में दोपहर को जो खाती हूँ, उसी का पैसा चुकाया है, और कुछ नहीं।''

''ओहो, नवाबज़ादी पच्चीस रुपए की पत्तलें चाट गई और यहाँ बच्चे फ़ाक़े कर रहे हैं।''

धड़ाक की आवाज़ के साथ विमला एक बार चीख़ी, फिर बोली, ''नहीं, मुझे एक धोती ख़रीदनी पड़ी। पहली बिलकुल फट गई थी।''

"हाँ, मेमसाहिबा को गवर्नर की पार्टी में जाना था। निकाल पैसे वरना मारकर मुँह टेढ़ा कर दूँगा।"

विमला की फिर एक ऊँची चीख़ सुनाई दी, फिर दर्द से तिलमिलाया तीख़ा स्वर, "नहीं हैं तो कहाँ से दूँ?"

फिर प्रहारों की धमक थी या फ़िलिप की चीख़ पुकार, "हरामज़ादी! बदज़ात! मुझे आँख दिखलाती है? रुपए निकालेगी या फोड़ दूँ आँख!"

यह सुनना था कि सुधीर इतनी तेज़ी से बाहर निकला कि सविता को उसके जाने का भान तब हुआ, जब दीवार की दूसरी तरफ़ से, उसकी आवाज़ सुनाई दी।

"रुपए लौटाओ फ़ौरन। फिर लड़की पर हाथ उठाया तो जान से मार डालूँगा...चल विमला।"

पाँच मिनट बाद सुधीर वापस अपने घर में था, विमला के साथ।

भौचक सविता कुछ बोल नहीं पाई। जब सँभली तो सुधीर का तमतमाया चेहरा देखकर चुप बनी रही। समझ गई, ठंडा होने में उसका दिमाग़ दो-चार दिन लेगा, तब तक कुछ न कहना ठीक है।

अगला दिन इतवार था। विमला स्कूल नहीं गई पर भरसक कोशिश कर अपने को सविता की नज़रों से बचाए रही। सारा दिन विजया के साथ लगी रही। खाना भी उसी के साथ खाया। जितनी कहानियाँ उसे याद थीं, सारी उसे सुना डालीं। देखा, वक़्त फिर भी बचा हुआ है तो उसे कॉपी में अक्षर बनाने सिखाने शुरू कर दिए। सविता ने देखा, साढ़े तीन बरस की विजया बड़ी कुशाग्रता से विमला के बतलाए अक्षरों की नक़ल कॉपी में बना रही है। ख़ुद उसे पढ़ाने-लिखाने में बड़ी कोफ़्त महसूस होती है। विमला के साथ कुछ सीख लेगी तो स्कूल में दाख़िला दिलवाने में सुविधा हो जाएगी। बच्चा घर से कुछ सीखकर जाए तो क्लास में आगे रहता है। अगर विमला घर पर रह जाए तो आया की ज़रूरत नहीं रहेगी। महीने के तीस रुपए बचेंगे। दिन-भर की झिक-झिक से निजात मिल जाएगी। आया से कुछ-न-कुछ खटपट लगी रहती है। उसे घर में रख लेगी तो सुधीर ख़ुश होगा, विमला पर एहसान रहेगा और विजया की देखभाल हो जाएगी। बुरा क्या है?

अगले दिन विमला स्कूल गई तो उसने सुधीर से कहा, "बेचारी विमला काफ़ी भली लड़की है। बाप सचमुच उसे बहुत परेशान करता है। मैं सोच रही थी, क्यों न यहीं रह जाए!"

"सच?" सुधीर ख़ुश होकर बोला, "तुमने मेरी सब परेशानी दूर कर दी। मैं सोच-सोचकर मरा जा रहा था, उसका क्या इन्तज़ाम करूँ। मुझे उम्मीद नहीं थी, तुम उसे यहाँ रखने को तैयार हो जाओगी।"

"हाँ, तुम मुझे राक्षसी जो समझते हो!"

"नहीं-नहीं, बिलकुल नहीं। क्या करूँ सविता, चारों तरफ़ गिलाज़त देखकर सिर भन्ना जाता है। मुझे सब तरफ़ बुराई-ही-बुराई नज़र आने लगती है। तुम नहीं जानतीं, मैं अपने को कितना नाकारा महसूस करता हूँ। मैं चाहता हूँ, संसार के हाहाकार को एक झटके में दूर कर दूँ। दुनिया में जहाँ कहीं, जो कोई दुखी है उसके दुख को हर लूँ। पर कर कुछ नहीं पाता। लगता है, बुराई के दलदल से मैं किसी को बाहर नहीं खींच रहा, ख़ुद उस तरफ़ खिंचा जा रहा हूँ। मेरा सिर फटने लगता है। सविता, दीवार से माथा फोड़कर ख़ून के फव्वारे बहा दूँ तो कुछ शान्ति मिले।"

सविता को उस पर दया हो आई। वैसे ही जैसे विजया की किसी निरर्थक असंयत ज़िद पर हो आती है। सच, देखने में इतना समर्थ होते हुए भी पुरुष कितना बच्चा हो सकता है!

"क्यों अपने को हलकान करते हो?" उसने स्वर को ममतालु बनाकर कहा। फिर बच्चे को बहकाने के सुर में दूसरी बात छेड़ बैठी, "अच्छा, यह तो बतलाओ, कल फ़िलिप विमला को तुम्हारे साथ आने देने के लिए तैयार कैसे हो गया?"

"तैयार क्या होना था? मैंने एक झापड़ दिया उसे। विमला से कहा, चल विमला, और उसे लेकर निकल आया।"

"और रुपए? रुपए भी उसने लौटा दिए?"

"और क्या? अरे ये लोग कमज़ोर को ही सताते हैं।"

"हाँ, चूँ तक सुनाई नहीं दी उसकी। तुम्हारे हाथ का झापड़ खाकर ज़मीन सूँघने लगा होगा।"

"और क्या! शराबी में दम है कहाँ?"

"होता भी तो तुम्हारे सामने क्या काम आता?" उसने हँसकर कहा। बस यही तो एक रूप है सुधीर का, जो उसे अच्छा लगता है।

सुधीर का मन भी कुछ हलका हो गया। इतना बुरा तो नहीं। कम-से-कम शराबी फ़िलिप के चंगुल से विमला को तो बचा ही लाया है।

पर फ़िलिप इतनी आसानी से सौ-पचहत्तर रुपए माहवार से हाथ धोनेवाला नहीं था। तीसरे दिन, सुधीर के बाहर रहते, वह दो साथियों को ले शुक्ला साहब के पास जा पहुँचा। अपनी टोपी उनके पैरों के पास फ़र्श पर रखकर, फुग्गा मारकर रो उठा, "मेरी इज़्ज़त आपके हाथ है, जज साहब। चाहे बचाइए, चाहे सड़ने दीजिए।"

"क्या हुआ?" शुक्ला साहब ने सोचा, किसी मुक़दमे में फँसा होगा।

"साहब, कहते डर लगता है।"

"नॉनसेंस। कहने में डर तभी लगता है जब इनसान को अपनी सच्चाई पर ख़ुद यक़ीन न हो।"

"साहब, विमला नाबालिग़ ज़रूर है, पर है जवान लड़की। अगर घर न लौटी तो मेरे पास ख़ुदकुशी के सिवाय कोई चारा नहीं रह जाएगा।"

"कौन विमला?"

"मेरी बेटी, हुज़ूर।"

"क्या हुआ उसे? साफ़-साफ़ और जल्दी कहो। मेरे पास ज़्यादा वक़्त नहीं है।"

"साहब, लड़की को घर भगा ले गए हैं।"

"तो मुक़दमा दायर करना चाहते हो?"

"नहीं हुज़ूर, इतनी मेरी बिसात कहाँ? बस लड़की मिल जाए तो बहुत है।"

"तो पुलिस में ख़बर करनी होगी।"

"मेरे लिए पुलिस-अदालत सब आप हैं, जज साहब, लड़की आपके घर में है।"

"क्या बकवास करता है!" कोड़े-सा जुमला सटाक से बजा।

फ़िलिप विचलित नहीं हुआ। "सच बात है हुज़ूर," उसने हाथ जोड़कर कहा, "वरना मुँह से निकालते डर लगता। ये लोग गवाह हैं।"

"अच्छा ठहरो," कहकर शुक्ला साहब घर के भीतर पहुँच गए और ज़ोर से सविता को पुकार उठे।

हड़बड़ाकर सविता गीले हाथ लिये रसोईघर से बाहर निकल आई। जज साहब और घर के भीतर, एकदम रसोईघर के सामने।

"क्या हुआ, डैडी?" उसने घबराहट-भरे स्वर में पूछा।

"फ़िलिप कह रहा है, उसकी लड़की विमला यहाँ हमारे घर में है," उन्होंने कठोर स्वर में कहा।

सविता समझ गई, सच का कोई एक रूप उनसे कहे बग़ैर काम नहीं चलेगा।

"जी है," उसने कहा।

"है? पर क्यों? हमें क्यों नहीं बतलाया गया?"

"जी, विजया की देखभाल के लिए रख लिया था।"

"ओह! और वह बदमाश कहता है, सॉरी, वह कहता है वह नाबालिग़ है और घर से इजाज़त लिये बग़ैर आई है।"

"मुझे मालूम नहीं था। मेरा ख़याल था, घर से पूछकर आई होगी।"

"तुम्हें उससे अपने बाप को साथ लाने को कहना चाहिए था," उन्होंने सख़्ती से कहा।

"जी हाँ, ग़लती हो गई।"

"ख़ैर, उसे फ़ौरन घर भिजवा दो।"

"जी, अच्छा," सविता ने कहा, फिर बोली, "ये कह रहे थे, फ़िलिप शराब वग़ैरह पीता है। विमला को बहुत मारता-पीटता है। उसी से बचाने के लिए उसे यहाँ आने को कह दिया था।"

"यह उनका अपना मामला है। विमला चाहे तो पुलिस में रिपोर्ट कर सकती है। हमें दख़ल देने का हक़ नहीं है।"

"जी, यही मैंने कहा था पर ये माने नहीं। मैं अभी भिजवा देती हूँ," कह सविता तमाम ज़िम्मेवारी से बरी हो गई।

बाहर जाकर शुक्ला साहब ने फ़िलिप को चेतावनी दे दी।

"तुम्हारी लड़की हमारे यहाँ नौकरी करने आई थी। तुम नहीं चाहते तो वापस ले जा सकते हो। पर एक बात याद रखना। शराब पीकर मारपीट करोगे तो तुम्हारे ऊपर पुलिस केस हो जाएगा। विमला को इससे आगाह करा दिया गया है।"

"क़सम खुदा की, मैंने कभी उसे छुआ तक नहीं। ये लोग गवाह हैं, हुज़ूर। सुधीर बाबू यूँ ही लड़की को घर से निकाल लाए। अब लोगों का मुँह बन्द करने के लिए कुछ करना होगा, हुज़ूर।"

"ठीक है, अदालत में दावा कर दो," शुक्ला साहब ने उदासीन स्वर में कहा।

"नहीं-नहीं, साहब," फ़िलिप ने कान छूकर कहा, "कुछ दे-दिलाकर लोगों का मुँह बन्द कर सकता हूँ। पर मेरे पास है ही क्या..." उसने वाक्य अधूरा छोड़ दिया।

"हमारा क्लब का वक़्त हो गया," शुक्ला साहब घड़ी पर नज़र डाल उठ खड़े हुए। दाल न ग़लती देख, फ़िलिप विमला को लेकर घर लौट आया।

शाम को दफ़्तर से घर लौटने पर, सुधीर ने सुना तो अवसन्न रह गया। आत्म-तुष्टि का जो साधन इतनी मेहनत से उसने जुटाया था, दो दिन भी टिका न रह सका।

"कैसे ले गया फ़िलिप? किसके हुक्म से ले गया?" वह दहाड़ा।

"वह ख़ुद चली गई," सविता ने कहा, "डैडी ने उससे पूछा तो वह जाने के लिए तैयार हो गई। वह नाबालिग़ है।"

"नाबालिग़ है तो?"

"हम उसके बाप से पूछे बिना उसे नहीं रख सकते।"

"बाप! बाप! बाप साला क़साई जो है।"

"पर है तो बाप। ऐसे नहीं भेजते तो अदालत के कहने से भेजना पड़ता।"

"वाह! क्या ख़ूब पट्टी पढ़ाई है जज साहब ने।"

"क्या मतलब?"

"जज साहब को क़साई बाप से हमदर्दी हो, यह मैं समझ सकता हूँ। पर तुम किस लालच में उसकी पैरवी कर रही हो?"

"क्या पागलों जैसी बातें करते हो," सविता ने ग़ुस्से में कहा।

"शटअप!" सुधीर चीख़ पड़ा, "अभी हूँ नहीं पर तुम जैसे दरिन्दों के साथ रहकर हो जाऊँगा," वह घर से बाहर निकल गया।

उस शाम जो बाहर निकला तो आधी रात तक सड़कों और मैदानों के चक्कर काटता फिरा। थक गया तो फूलबाग़ की बेंच पर जा बैठा पर घर नहीं लौटा।

कितने दिन बाद जीवन में एक छोटी-सी विजय पाई थी उसने। मुसीबतज़दा इनसान की मदद करने में क़ामयाब हुआ था। उससे बड़ी सफलता यह थी कि सविता का समर्थन पा गया था। सविता का वह ममता से भरा स्वर, वह अपनत्व भरा वाक्य उसे कितनी सान्त्वना दे गया था। 'क्यों अपने को हलकान करते हो?' पर शुक्ला साहब के एक इशारे ने सब तहस-नहस कर डाला। सरकारी वकील की तरह खड़ी होकर वह उसके औचित्य को दलीलों से काटने लगी; उसकी व्यथा को पागलपन करार देने लगी। हाँ, इस नरक से नहीं भागा तो पागल हो जाएगा। उसने अपनी कनपटी की फड़कती नसों को दोनों हाथों से दबाया और बेंच पर लेट गया। इतनी थकान महसूस हो रही थी कि लगा लेटते ही नींद आ जाएगी। पर दिमाग़ ने उसकी बात न मानी। बिदके घोड़े की तरह इधर-उधर छलाँगें लगाता रहा। सिर को और ज़ोर से भींचकर, उसने ज़बर्दस्ती आँखें बन्द कीं, कि बियाबान पार्क के अँधेरे कोनों से निकल, बूढ़े सफ़ेद दैत्य, अनुभवों की शिकनें माथे पर डाले, सर्द नज़रों से घूरते, उसकी तरफ़ लपके और उसे घेर नसीहतें देने लगे।

"चुप रहो! जो मैं चाहूँगा, करूँगा," चीख़ मारकर वह उठा और पार्क के बाहर भाग गया।

बाक़ी रात फिर सड़कों के चक्कर काटता अपने इरादे को पुख़्ता करता रहा। सूरज निकलने पर, बिखरे बाल, लाल आँखें और विषण्ण मुख लिये घर पहुँचा तो बिना किसी से बात किए, अपने कमरे में जाकर, अलमारी से कपड़े निकाल, सूटकेस में ठूँसने लगा।

सविता ने देखा तो बोली, "यह क्या कर रहे हो? सारी रात कहाँ रहे?"

"रहा जहन्नुम में, पर इस बूचड़ख़ाने से बेहतर था," उसने उग्र स्वर में उत्तर दिया।

"चलो, कुछ खा लो," सविता ने कहा, "यह छोड़ो, बाद में कर लेना।"

"नहीं, मैं अभी जा रहा हूँ।"

"कहाँ?"

"दिल्ली, रेवा के पास।"

"क्यों?"

"नौकरी ढूँढ़ने।"

"और यहाँ की नौकरी?"

"इस्तीफ़ा भेज दूँगा वहीं से।"

"अच्छा, कुछ खाकर तो जाओ," सविता ने कहा। सोचा, एक बार मेज़ पर बैठ जाएगा तो शुक्ला साहब को बुला लेगी।

"नहीं, खा लूँगा स्टेशन पर। अब हटो मेरे सामने से," कह सुधीर ने अस्त-व्यस्त भरे सूटकेस को ज़बर्दस्ती दबाकर बन्द कर दिया। जैसे घर में घुसा था वैसे ही बाहर निकल गया। सब कुछ इतनी आवेश की स्थिति में हुआ कि किसी का मुँह देखकर, रुकने का सवाल ही पैदा नहीं हुआ।

वह बाहर निकला और सविता दौड़ती हुई शुक्ला साहब के पास जा पहुँची। पर आश्चर्य, आज उसकी बात सुनकर उन्होंने न हमदर्दी दिखलाई, न मदद करने का आश्वासन दिया। ठंडे स्वर में बोले, "उसे यह नौकरी पसन्द नहीं है। मैं काफ़ी दिनों से जानता हूँ। मैंने पहले ही कह दिया था, वह चाहे तो कहीं और नौकरी ढूँढ़ सकता है। पता नहीं वह अब तक गया क्यों नहीं था। जाना चाहता है तो ज़रूर जाए।"

"पर हम लोग?" चकित सविता के कंठ से आर्तनाद-सा निकला।

"नौकरी लग जाए, घर-वर मिल जाए तो तुम लोग भी चले जाना," शुक्ला साहब ने फँसे गले से कहा।

सविता से कुछ कहते नहीं बना।

"विजया उठ गई?" उन्होंने कुछ ठहरकर कहा।

"जी।"

"गोविन्द नाश्ता लाएगा तो उसे भी भेज देना।"

"जी," कहकर सविता उठ गई। आगे क्या करना है, सोचना होगा।

"और सुनो," शुक्ला साहब ने कहा, "रेवा के पास तीन-चार सौ रुपए भिजवा देना। उसे वहाँ जाकर ज़रूरत होगी।"

11

"सुधीर भैया," रेवा ने उसे अचानक आया देखा, तो चिहुँककर पूछा, "अकेले आए हो?"

"और क्या?" सुधीर ने कहा।

"ख़बर नहीं दी।"

"एकदम आना हो गया," सुधीर ने गम्भीर स्वर में कहा।

"ख़ैरियत तो है," रेवा ने मज़ाक करते हुए पूछा।

"उस बूचड़ख़ाने में क्या ख़ैरियत हो सकती है," सुधीर ने इतने उग्र स्वर में कहा कि रेवा भौचक चुप रह गई।

यह भी नहीं पूछा कि डैडी, भाभी और विजया कैसे हैं।

सविता और सुधीर के बीच बढ़ते तनाव से वह नावाक़िफ़ नहीं है। साल में एकाध बार कानपुर जाना हो जाता है। जितने दिन रहती है, सुधीर और सविता के बीच बढ़ती खाई से उसे दुख होता है। उससे ज़्यादा दुख इस बात से होता है कि सविता के साथ डैडी खाई के एक ओर जा पड़े हैं और सुधीर दूसरी ओर। इस दुख में ईर्ष्या का पुट रहता है। जो स्थान कभी उसका रहा था, अब सविता का होता जा रहा है। पर यह दुख और ईर्ष्या कानपुर छोड़ने के साथ छूट जाते हैं। दिल्ली लौटकर जब अपने पति और दोनों लड़कों (मदन और नन्दन) के साथ व्यस्त हो जाती है तो डैडी को लेकर ईर्ष्या करना बचपना लगता है। उसका अपना घरबार है, समाज है, भरी-पूरी ज़िन्दगी है, सुधीर, सविता या डैडी उसमें पूरा समय नहीं रह सकते। वह तो बचपन के लिए 'नॉस्टेल्जिया' है, जो कानपुर जाकर भड़क जाता है। सुधीर के दिलोदिमाग़ पर छाई असन्तोष की परतों को कुरेदने से वह बचपन में भी कतराती थी। वह जो कहता था, सुन लेती थी, बस। अब सुनने को भी मन नहीं हुआ। उसकी बात पर प्रतिक्रिया ज़ाहिर किए बग़ैर उसने मेहमाननवाज़ी के सुर में कहा, "आओ-आओ, अन्दर आओ। रास्ते में खाना-वाना कुछ खाया या नहीं?"

"खाया था," सुधीर सूटकेस उठाकर अन्दर आते हुए बोला।

"खाया क्या होगा! रास्ते में ढंग का कुछ मिलता कहाँ है? भूख लगी होगी।"

"हाँ, लगी है।"

"क्या बनाऊँ चाय के साथ? आलू की टिकिया या प्याज़ के पकौड़े? देखा, दोनों तुम्हारी पसन्द की चीज़ें गिना दीं।"

"कुछ भी बना दे," सुधीर ने कहा।

"ऐसे मैं नहीं बनानेवाली। टिकिया बनाऊँगी तो तुम कहोगे पकौड़े बनाती तो अच्छा था और पकौड़े बनाऊँगी तो कहोगे टिकिया बनाती तो अच्छा था।"

सुधीर कुछ हलका हो हँस दिया।

"बोलो, बोलो," रेवा ने कहा।

कितनी आरामदेह चीज़ है खान-पान की व्यवस्था। किन्हीं व्यंजनों को पकड़कर लटक जाइए और तमाम मुश्किल सवाल मुल्तवी।

"चल, आलू की टिकिया बना ले," सुधीर ने कहा।

"ठीक है, तुम मुँह धो लो, काफ़ी गरमी पड़ रही है। मैं दस मिनट में बनाकर लाई।"

शाम को सन्दीप दफ़्तर से लौटा तो मुल्तवी सवाल जुबान पर आ गए।

"अरे सुधीर," घर में घुसते ही उसने कहा, "कैसे हो भाई? अचानक रास्ता कैसे भूल पड़े?"

"नौकरी ढूँढ़ने आया हूँ," सुधीर ने कहा।

"नौकरी? क्यों, कानपुर वाली क्या हुई?"

"छोड़ दी।"

"क्यों?"

"कानपुर में और नहीं रहूँगा।"

"क्यों?"

"क्योंकि वहाँ मेरा कोई घर नहीं हो सकता," सुधीर का स्वर उत्तेजित हो उठा।

"क्या बात करते हो, यार," सन्दीप हँस पड़ा, "माल रोड की इतनी लम्बी-चौड़ी कोठी तुम्हारी नहीं तो क्या मेरी है?"

"जज साहब की है।"

"और जज साहब तुम्हारे पिता हैं।"

"तो?" सुधीर का स्वर और ऊपर चढ़ गया।

"छोड़ो, क्या जिरह ले बैठे?" रेवा ने बाधा दी पर सन्दीप पर असर नहीं हुआ। समझाने के स्वर में बोला, "एक पते की बात बतलाऊँ, यार! बाप से झगड़ा होता रहता है पर साथ रहने में फ़ायदे बहुत हैं।"

"क्या फ़ायदे हैं?" सुधीर ने मुँह सिकोड़कर पूछा।

"इतना लम्बा-चौड़ा मकान, नौकर-चाकर, घोड़ी-बग्घी, ये सब आसान हैं मिलना? मुझे देखो, 'ब्लांडन एंड कं.' में चीफ़ इंजीनियर हो गया हूँ। पर खाना बनाने को नौकर नहीं रख सकता। गाड़ी ख़रीद ज़रूर ली है पर कम्पनी से 'लोन' लेकर। एक तुम हो..."

"मकान! नौकर-चाकर! घोड़ी-बग्घी!" सुधीर फट पड़ा, "अपनी आत्मा बेचकर वो सब मुझे नहीं जुटाना। उनका ऐशो-आराम उन्हें और उनकी ख़ानदानी बहू को मुबारक। मैं इज़्ज़त की ज़िन्दगी जीना चाहता हूँ। कोई छोटी-मोटी नौकरी मिल जाए तो ठीक। विजया को लेकर थोड़े में गुज़ारा कर लूँगा। पर उस जज के साथ उम्र-क़ैद की सज़ा नहीं भुगतूँगा!"

उसके विस्फोट पर चकित सन्दीप उसका मुँह ताकता रहा। फिर स्थिति को सम्हालने की नीयत से हँसकर बोला, "ठीक है, यार! अपनी-अपनी पसन्द है। तुम्हारी जैसी आत्मा हममें नहीं है भाई!"

सुधीर नहीं हँसा। तीखे स्वर में बोला, "नहीं है तो अपनी नसीहतें अपने पास रखिए।"

उसकी बदतमीज़ी पर चकित-क्षुब्ध सन्दीप उठकर कमरे से बाहर चला गया। सूखा मुँह लिये रेवा कुछ देर सिर झुकाकर बैठी रही, फिर सन्दीप के पीछे-पीछे दूसरे कमरे में चली आई। घर पर रहकर सुधीर सन्दीप से ऐसे पेश आएगा तो कैसे चलेगा? समझ में नहीं आता इस बार उसे हो क्या गया है? एकदम पगलाया-सा

लग रहा है। विह्वल स्वर में सन्दीप को समझाकर, सुधीर की तरफ़ से माफ़ी माँगती रही। उसे इस क़दर परेशान देखकर सन्दीप प्रकृतिस्थ हो चला। स्नेहिल स्वर में बोला, ''ठीक है रेवा, सुधीर तुम्हारा भाई है। तुम्हारी ख़ातिर जो मुझसे हो सकेगा, करूँगा। आदमी का दिमाग़ ठीक न हो तो वह जैसे-तैसे बोलने लगता है। लगता है, इस बार टकराव भयंकर हुआ है। कुछ दिन में अपने-आप ठीक हो जाएगा। तुम फ़िक्र न करो।''

अगले दिन से सुधीर नौकरी ढूँढ़ने के काम में लग गया। सुबह उठकर अख़बारों में 'वांटेड' कॉलम देखता। रेवा से कहकर उसने 'हिन्दुस्तान टाइम्स' के साथ 'स्टेट्समैन' और 'इंडियन एक्सप्रेस' भी मँगवाना शुरू कर दिया था। जहाँ कहीं माइनिंग इंजीनियर की जगह ख़ाली होती, वहाँ के लिए अर्ज़ी तैयार कर लेता। उन्हें लेकर कनॉट प्लेस टाइपिंग इंस्टीट्यूट पहुँचता और अपने सामने टाइप कराता। अर्ज़ियों को भेजने के बाद पता लगाता कि दिल्ली में या दिल्ली से बाहर कौन-सी कम्पनियाँ हैं, जहाँ माइनिंग इंजीनियर की जगह ख़ाली होने की सम्भावना है। वहाँ के लिए अर्ज़ियाँ बनाता और भेज देता। जिन कम्पनियों के दफ़्तर दिल्ली में होते, उनके अधिकारियों से मिलने की कोशिश करता। ये सब करने में पूरा दिन व्यस्तता से निकल जाता। टाइपिंग और पोस्टेज के लिए पैसे उसने रेवा से उधार ले लिये थे। रेवा ने बिना यह बतलाए कि कानपुर से दो सौ का मनीऑर्डर आ चुका है, रुपए उसे पकड़ा दिए थे। ''नौकरी मिलते ही लौटा दूँगा,'' सुधीर ने कहा था।

सन्दीप देखता तो चिढ़कर रेवा से कहता, ''ऐसे जूते घिसने से नौकरी मिलती है क्या? जान-पहचान निकाले बग़ैर कहीं काम हुआ करते हैं? पर हमें क्या? कुछ कहेंगे तो उनकी आत्मा आड़े आने लगेगी।''

रेवा का मुँह मुरझा जाता तो वह फ़ौरन सुर बदलकर कहता, ''वैसे बात सुधीर की ठीक है। जो ख़ुशी आदमी को अपने बल-बूते पर जीकर मिलती है, किसी के सहारे पनपकर थोड़ा मिल सकती है? दुनिया के कुछ लोग दुनिया से अलग रीत पर चलकर दिखा देते हैं। और भई, हमें कुछ करने से पहले तुम्हारा और बच्चों का ख़याल आता है, वरना हम भी अपने मन की करें।''

पर सन्दीप जो कहता, रेवा से। सुधीर से कटा-कटा रहता। ख़ाने की मेज़ पर या आते-जाते सामने पड़ गए तो दो-चार औपचारिक बातें कर लीं, वरना टाल गए। सुधीर भी घर में कम दिखलाई देता। अर्ज़ियों का चक्कर पूरा करके, वह वक़्त काटने को किसी सिनेमाघर में जा बैठता। पैसे चुक जाते तो रेवा से ले लेता। कह देता, ''हिसाब रख लेना। नौकरी लगते ही चुका दूँगा।'' रेवा को बराबर कानपुर से रुपए आते रहते, इसलिए कोई दिक़्क़त नहीं होती। पन्द्रह-सोलह दिन

बीतते ही, शुक्ला साहब सविता को याद दिला देते कि दिल्ली रुपए भेजने हैं। लड़की पर कोई ज़ोर नहीं पड़ने देना चाहते थे। कोई दिन ऐसा जाता होगा, जब सुधीर कोई पिक्चर न देखता। कभी-कभी एक ही पिक्चर को दो-तीन बार देख लेता। रेवा के घर के आसपास नई दिल्ली में ही नहीं, पुरानी दिल्ली के भी, हर पिक्चर हॉल में वह पिक्चर देख चुका था। घूमते-घामते किसी गली में निकल जाता, चाय-नाश्ता वहीं कर लेता। दोपहर का खाना ज़्यादातर गोल होता। शाम को पिक्चर देखकर देर से घर लौटता। वापस आने पर ज़्यादातर देखता कि सन्दीप खा-पीकर कमरे में चला गया है और रेवा अकेली उसका इन्तज़ार कर रही है। ख़ाने की मेज़ पर उसके साथ बैठना भला लगता उसे। वह देखता सब उसकी पसन्द की चीज़ें बनाया करती है।

रेवा समझती थी कि डैडी और सविता के लिए आक्रोश और घृणा पालकर, जो घाव सुधीर ने अपने हृदय पर कर लिये हैं, उन्हें समझा-बुझाकर या बहस करके नहीं भरा जा सकता। उसे स्वस्थ करने का एक ही तरीक़ा है, स्नेह देकर उसकी कुंठा को सहलाकर मिटा देना। स्नेह दिखलाने का जो सबसे पुराना तरीक़ा स्त्रियों के पास है, रेवा ने उसी को अपनाया। बढ़िया मन-पसन्द ख़ाने का इन्तज़ाम। कभी दम-आलू बनते तो कभी भरवाँ करेले। कभी आलू की टिकिया तो कभी मूली के पराँठे। सुधीर ख़ुश होकर खाता तो रेवा को लगता एक बड़ा काम सिद्ध हो गया। पर जल्दी ही भ्रम टूट जाता। खाकर तृप्त हो, सुधीर सोने नहीं जाता। डैडी और सविता को लेकर अपने शिकवे-शिकायत शुरू कर देता।

"जज साहब और सविता, दोनों एक थैली के चट्टे-बट्टे हैं। उनका बस चले तो मुझे बिलकुल नाकारा बनाकर रख दें...सीधा-सा उसूल है उनका, दूसरा आदमी जो करना चाहे, मत करने दो। संघ में जाए तो कहो—छोड़ो उसे, गन्दी नाली में गिरने के समान है। खदानों में जाकर काम करना चाहे तो कहो—कोयले-धूल में घर के लोग बीमार हो जाएँगे। बिज़नेस करना चाहो तो मत करने दो। पढ़-लिखकर दुकान लगाने से मतलब?...साले उस घर में कुत्ते-घोड़ों की ज़्यादा क़दर है, इनसानों की कम। घोड़ी को एक चाबुक़ लग जाए तो आसमान सिर पर उठा लो और आदमी की चाहे जितनी चमड़ी उधेड़ो, कोई एतराज़ नहीं है। इसे कहते हैं अंग्रेज़ियत, साहबी शान!...कोठियाँ बनाकर किराया वसूलो तो साहबपना है। और मेहनत से सामान बनाकर बेचो तो दुकानदारी हैं। और वह दुकानदार की लड़की! ऐसे ताव दिखलाती है, जैसे उसके बाप-दादा नवाबज़ादे हों। बच्चे को जलेबी नहीं अंडा-डबलरोटी खिलाओ, वरना हम अलग कैसे दिखेंगे। रोज़ मुर्ग़े पकाओ और अंग्रेज़ों को खिलाओ, तभी न उनके टट्टू कहलाओगे, तभी ऊँची 'पोज़ीशन' मिलेगी।...किसी को पैसा मत दो। किसी की मदद मत करो। एक-एक पैसे को दाँत से पकड़ो और अपने पेट में ठूँस लो। तभी कोठियाँ बनेंगी। तभी पैसा पैसे को खींचेगा।...आदमी

बाहर क्या करके आया है, उससे कोई मतलब नहीं। बस टाइम पर आकर जम जाओ ख़ाने की मेज़ पर; तनकर बैठ जाओ कुर्सी पर और 'पास दिस'-'पास दैट' कर लो, तो हो गए मैनर्स। किसी दुखी की मदद करके देर से लौटो तो हो गए बदतमीज़। कौन-सी चीज़ है जो मैंने करनी चाही और उन लोगों ने बीच में टाँग नहीं अड़ाई...''

रेवा उससे बहस नहीं करती। पर चुप रहकर, उसे सुनते रहना भी काफ़ी कष्टकर हो उठता है।

अर्ज़ियाँ भेजने और पिक्चरें देखने के अलावा एक काम सुधीर और करता था। और वह था जज साहब और सविता के प्रति अपने द्वेष को भड़काना। रोज़ बिस्तर पर लेटकर, वह मन-ही-मन उन पर आक्षेप लगाता, उन्हें दोषी ठहराता और उनसे कोई सरोकार न रखने के अपने प्रण को दुहराता। रोज़ सुबह होने पर, वह उतनी ही सरगरमी से कानपुर से पत्र आने का इन्तज़ार करता। पत्र आने पर उसे उतावली से खोलता, विजया के बारे में दी गई जानकारी को बार-बार पढ़ता। फिर उसमें कोई मसला ढूँढ़ लेता, जो उसकी शिकायतों को पुख़्ता कर सके।

सविता ने लिखा, शुक्ला साहब की तबीयत ख़राब चल रही है, ब्लड-प्रेशर बढ़ा हुआ है। उसने हँसकर उड़ा दिया? 'सब बड़े लोगों के चोंचले हैं।' रेवा से भी कह दिया। सविता ने लिखा एल्गिन रोड वाली कोठी के किराएदार किराया देने में बहुत तंग कर रहे हैं, मामला कोर्ट में ले जाना पड़ेगा। वह ठहाका मारकर हँस पड़ा, रेवा से बोला, 'मामला अपनी ससुराल तक ले जाने में हर्ज क्या है, फ़ैसला अपने हित में होना ही है।' सविता ने लिखा, विजया स्कूल जाने लगी है, वह ख़ुश होकर रेवा से बोला, 'नौकरी लगते ही विजया को अपने पास ले आएगा। पढ़ा-लिखाकर क़ाबिल बनाएगा। प्रगतिशील, स्वतंत्र, कामकाजी। माँ की तरह दक़ियानूसी, कंजूस गृहस्थिन नहीं।'

महीना बीतते-बीतते रेवा ने पाया, सुधीर के प्रति मन में सहानुभूति होने के बावजूद, उसकी शिकायतों ने उसे उबाना शुरू कर दिया है। सुनकर एक ही प्रतिक्रिया मन में उठती है, 'होगा।' उसके ख़ुशहाल और सहज पारिवारिक जीवन में सुधीर एक विचित्र-विक्षिप्त माहौल ले, आ घुसा है। धीरे-धीरे उसकी सहानुभूति छँटने लगी। बच रही ऊब या आतंक। सुधीर से सम्बन्धित सभी बातें उसे और सन्दीप को खीज से भरने लगीं। वह देर करके ख़ाने के लिए घर लौटता। रेवा को उसके लिए इन्तज़ार करना पड़ता। दोनों लड़के मदन और नन्दन, सोने-सोने को होने लगते तो उनका खाना लगा देना पड़ता। ऊब से भरा सन्दीप उनके साथ ख़ाने बैठ जाता और उससे खा लेने का इसरार करता। चाहकर भी इतनी उदासीनता वह नहीं बरत पाती और अकेली सुधीर का इन्तज़ार करती रहती। वह आता तो जल्दी-जल्दी खाना निबटाकर, अपने कमरे में जाने की करती। पर सुधीर अपनी व्यथा-

कथा ले बैठता। उसका मन होता चिल्लाकर कहे, 'होगा। मेरा दिमाग़ खाना छोड़ो,' पर कह न पाती। अपने दिमाग़ को कहीं और उलझाकर बैठी रहती। उससे भी राहत नहीं मिलती। वह पाती कि न सुनना चाहकर भी वह सुन रही है। गहरी ऊब के भीतर से उठकर एक भयावह आतंक उस पर हावी होता जा रहा है। कैसा पागल-सा मालूम होता है सुधीर। कहीं कुछ कर तो नहीं बैठेगा? हे भगवान, कैसे हल होगी यह समस्या? उसे जल्दी से नौकरी मिल जाए और उसका पीछा छूटे। फिर अपने ऐसा सोचने पर उसे ग्लानि हो आती। वह क्या कुछ मदद नहीं कर सकती उसकी? उसका भी तो कुछ फ़र्ज़ बनता है। वह निश्चय करती कि अगले दिन ख़ूब समझाकर, एक पत्र डैडी को लिखेगी और एक सविता को। उन लोगों को अपना रवैया बदल डालना चाहिए, वरना सुधीर का कुछ भरोसा नहीं, क्या कर बैठे?

पर अगली सुबह, सन्दीप के दफ़्तर और बच्चों के स्कूल चले जाने पर, वह काग़ज़ निकालकर पत्र लिखने बैठती तो पाती, कहने को ठोस कुछ है नहीं। है बस एक धुँधला-सा एहसास, एक उलझी-सी भावना। कहीं कुछ ग़लत होने का तर्कहीन-सा आभास। वह औपचारिक कुशल-क्षेम पूछ-बतलाकर पत्र पूरा कर देती। रात की खीज का प्रतिकार करने के लिए, फिर सुधीर की पसन्द का खाना बना डालती। पहली रात की तरह हर रात सुधीर की बात सुनने के बाद, वह अपने कमरे में पहुँचती तो ऊब और आतंक के मिले-जुले दंश से छिदी रहती। सन्दीप के 'रेवा' कह, उसे पास खींचने पर, वह पुलकित हो पास सिमट आने के बजाय, सुधीर का क़िस्सा ले बैठती। कुछ देर सन्दीप सुनता, हाँ-ना भी करता, फिर खीज उठता। "तुम भी बेकार का राग ले बैठती हो। जवान आदमी है, बच्चा नहीं। जो ठीक समझेगा, कर लेगा।"

लज्जित-सी वह चुप हो जाती और सोचती, सुधीर ज़्यादा दिन यहाँ टिका रहा तो उसकी और सन्दीप की ज़िन्दगी चौपट कर देगा।

तभी शुक्ला साहब का एक पत्र सन्दीप के नाम आया। उसने रेवा को दिखलाया और बोला, "तीन महीने होने को आए, सुधीर को दौड़-धूप करते। अब तक अक़्ल ठिकाने आ चुकी होगी। डैडी ने एक अच्छी नौकरी के बारे में लिखा है। उससे कहकर अप्लाई करवा देता हूँ, समस्या हल हो जाएगी।"

"हाँ, कहीं और मिलने के आसार तो नज़र नहीं आ रहे," रेवा ने कहा।

उस रात सन्दीप ने सुधीर के साथ ही खाना खाया। ख़ाने के बाद कुछ और बात छिड़ने से पहले बोला, "मुझे पता चला है, सरकारी माइनिंग डिपार्टमेंट में डिप्टी-डाइरेक्टर की जगह ख़ाली है, यहीं दिल्ली में। तुम क्यों नहीं अप्लाई करते?"

"अप्लाई तो किया है, पर मुझ जैसे आदमी को वे क्यों लेंगे?"

''क्या मतलब?''

''मुझे अनुभव तो है नहीं।''

''उसकी फ़िक्र न करो। डैडी ने लिखा है वे बात कर लेंगे।''

''बात कर लेंगे, मतलब, सिफ़ारिश कर देंगे?''

''जो नाम तुम देना चाहो, दे लो,'' सन्दीप ने ऊबे स्वर में कहा।

''जी नहीं, माफ़ कीजिए, मुझे भीख नहीं चाहिए,'' सुधीर बोला।

सन्दीप की बोरियत बढ़ गई। फिर भी समझाने की कोशिश करते हुए बोला, ''इसमें भीख का सवाल कहाँ पैदा होता है? नौकरी मिलने पर तुम जो काम करोगे, पैसे उसी के मिलेंगे? नौकरी तुम नहीं लोगे तो किसी और को मिल जाएगी। तुम्हारे छोड़ देने से क्या फ़ायदा होगा, बतला सकते हो?''

''सिफ़ारिशें नहीं होंगी तो जिसमें ज़्यादा मेरिट होगा, उसे नौकरी मिलेगी,'' सुधीर ने कहा तो सन्दीप को उसके बचकानेपन पर हँसी आ गई।

बोला, ''भई, तुम्हारी सिफ़ारिश नहीं होगी तो यह मतलब नहीं कि किसी और की भी नहीं होगी? जिसकी ज़्यादा ज़बर्दस्त होगी उसे मिल जाएगी।''

''इस सिस्टम को बदलना होगा,'' सुधीर ने उत्तेजित स्वर में कहा।

''कौन बदलेगा?''

''हम, और कौन?''

''ठीक है। पर सिस्टम एक आदमी के बदलने से तो बदलेगा नहीं। जीवन में हमें कुछ समझौते करने होते हैं। अब देखो, हमारी फ़र्म में जो चीफ़ इंजीनियर की जगह ख़ाली थी, उसके लिए मैं हर तरह से लायक़ था। जगह मुझे मिलनी चाहिए थी और मुझे ही मिली। पर अगर डैडी के 'कांटैक्ट' नहीं होते तो शायद न मिलती। ठीक है, जो 'सिस्टम' है, उससे समझौता करना पड़ता है।''

''ठीक है,'' सुधीर विद्रूप से हँस दिया, ''ऐसा कीजिए, डैडी की सिफ़ारिश से यह वाली नौकरी भी आप कर लीजिए। इंजीनियर तो आप हैं ही, माइनिंग नहीं केमिकल सही। डैडी की सिफ़ारिश से क्या पता, डिग्री भी बदल जाए!''

सन्दीप समझ नहीं पाया, उसका व्यंग्य उस पर नहीं अपने-आप पर है। माइनिंग इंजीनियर होते हुए, उनकी सिफ़ारिश पर, टेक्सटाइल मिल में असिस्टेंट मैनेजर की तरह पाँच बरस काम, उसने किया है, सन्दीप ने नहीं। रेवा ज़रूर समझ गई। पर जब नाराज़ होकर सन्दीप ने उससे कहा, ''तुम्हारे भाई को जो करना है ख़ुद करे। डैडी को लिख देना, मैं उसके झगड़ों में नहीं पड़ सकता।'' तो चुप रह जाने के सिवाय उसके पास चारा नहीं था। सब लोग सुधीर की तरफ़ से आँखें मूँद लेंगे, शायद तभी वह कुछ कर सकने के क़ाबिल बन सकेगा।

तीन महीने और दौड़-धूप करने के बाद सुधीर को नौकरी मिल गई। धनबाद में पोद्दार कोल्यरीज़ की झंझरा खान में। शिफ़्ट इंजीनियर की। न कम्पनी बड़ी थी, न जगह, न पोस्ट और न तनख़्वाह। पर सुधीर इतना ख़ुश था जैसे दुनिया का ताज उसके सिर पर आ टिका हो।

अपॉइंटमेंट लेटर मिलते ही, मिठाई का डिब्बा ख़रीद, शाम पाँच बजे, वह ज़ोर-ज़ोर से रेवा को आवाज़ लगाता, घर पहुँचा।

"क्या हुआ?" आतंक से घिरी रेवा पास आई तो डिब्बा उसकी तरफ़ उछालकर बोला, "ले, मिठाई खा। मेरी नौकरी लग गई।"

"सच?" रेवा ख़ुशी से चिल्ला उठी, "कौन-सी मिठाई लाए हो, देखूँ? बढ़िया होनी चाहिए। लड्डू-वड्डू से काम नहीं चलेगा।"

उसने डिब्बा खोल लिया और बोली, "यह कौन-सी मिठाई है?"

"मुर्की छैना।"

"ओह, उसका तो मैंने सिर्फ़ नाम सुना है। खाई कभी नहीं। कहाँ से लाए हो?"

"घंटे वाले से।"

"चाँदनी चौक के घंटे वाले से? उसका भी मैंने सिर्फ़ नाम सुना है," कह रेवा हँस दी और मुर्की छैना के कुछ टुकड़े निकाल सुधीर के मुँह में डाल दिए।

"और क्या सुनेगी तू," खाते-खाते सुधीर हँसकर बोला, "यहाँ नई दिल्ली में, राउज़ एवेन्यू के अपने दड़बे में घुसे बैठे रहोगे, तो पता क्या लगेगा, शहर में क्या कुछ मिलता है। कभी सेंट्रल बैंक की दही की पकौड़ी खाई हैं?"

"बैंक में पकौड़ियाँ मिलती हैं?" रेवा ने मासूमियत से पूछा।

सुधीर खिलखिलाकर हँस पड़ा। "अरे बुद्धू, बैंक के अन्दर नहीं, बाहर एक चाटवाला बैठता है। मशहूर है पूरी दिल्ली में। पर तू कभी चाँदनी चौक गई ही नहीं होगी। चल, आज खिला लाऊँ तुझे। बच्चों को भी बुला ले।"

"ज़रूरत नहीं है। मिठाई की ख़ुशबू पाकर ख़ुद चले आ रहे हैं," रेवा ने कहा।

सचमुच शायद मिठाई की बात सुन, मदन और नन्दन, दोनों वहाँ चले आए थे।

"दही की पकौड़ी खाएगा?" सुधीर ने मदन को गोदी में उठाकर कहा।

"नहीं, रबड़ी," उसने कहा।

"मैं भी," नन्दन बोला।

"चलो, तुम्हें रबड़ी भी खिलवा देंगे," कह सुधीर ने मदन को एक बार हवा में उछालकर नीचे उतार दिया और नन्दन को गोदी में उठा लिया।

"मुझे भी उछालो," उसने कहा और सुधीर ने ज़ोर से उसे हवा में उछाल दिया।

रेवा ने ख़ुश होकर देखा, कितना खुला-खुला हो आया है सुधीर।

सन्दीप के घर में घुसते ही उसे वह ख़ुशख़बरी देकर बोली, "चलो, आज चाँदनी चौक जाकर सेंट्रल बैंक की पकौड़ी ख़ाने का प्रोग्राम है, तुम्हारी गाड़ी में।"

"चाँदनी चौक? अरे बाबा, इतनी भीड़-भाड़ में?" सन्दीप ने आपत्ति की तो रेवा एकदम मचल गई, "भाँजी मत मारो। आज बिलकुल नई चीज़ करने को मन है।"

"और सुन, रेवा," सुधीर बोला, "अब तक मैंने तुझसे कितने रुपए लिये हैं?"

"आठ सौ।"

"दो सौ और दे दे। पूरे हज़ार हो जाएँगे। तनख़्वाह मिलते ही लौटा दूँगा।"

"हज़ार मिलेंगे?" सन्दीप ने पूछा।

"नहीं, मिलेंगे तो चार सौ। दो-चार महीने में पूरा कर दूँगा," सुधीर ने आराम से कहा।

रुपए-पैसे के मामले में सुधीर हमेशा लापरवाह रहेगा। दो सौ उसे थमाते हुए रेवा ने सोचा, कानपुर से रुपए न आते होते तो भला वह इतने रुपयों का एकदम कैसे इन्तज़ाम कर देती? पर उसे जैसे कोई मतलब ही नहीं है। जितनी आसानी से दूसरों को देता है, उतनी लापरवाही से माँग भी बैठता है। यह भी ख़याल नहीं है कि धनबाद जाकर रहने के लिए, कुछ रुपया चाहिए। शायद कानपुर होकर जाने की सोच रहा हो।

चाटवाले के खोमचे के आगे खड़े होकर पकौड़ी खाते-खाते सुधीर बोला, "चलो, यहाँ के मोती पिक्चर-हॉल में छह बजे वाली पिक्चर देखते चलें।"

"मोती में? यहाँ?" सन्दीप ने ओठ सिकोड़कर कहा, "वह भी कोई पिक्चर हॉल है। चूहे दौड़ते होंगे पाँव के नीचे।"

सुधीर ने जैसे कुछ कड़वा न कहने की सौगन्ध खा रखी थी। मुस्कराकर बोला, "जैसा भी है, कानपुर के सिनेमाघरों से अच्छा होगा। अरे रेवा, तुझे याद है, जब टॉमी हमारे पीछे-पीछे पिक्चर हॉल में जा पहुँचा था?" कहकर वह ठहाका मारकर हँस पड़ा।

आज इतने महीनों में पहली बार उसने अतीत की घटना याद करके कटाक्ष नहीं किया था, माथे पर शिकन नहीं डाली थी, खुलकर हँस पड़ा था। उसे देख रेवा भी हँस दी। फिर सचमुच उसे टॉमी की वह हरकत, हॉल में बैठे लोगों की प्रतिक्रिया और बेचारे मैनेजर का खिसियाना मुख, सब याद आ गया। वह दूने वेग से हँसती हुई बोली, "और याद है, वह बौड़म मैनेजर, पूरा कार्टून था, कार्टून।" सुधीर ने

फिर ठहाका बुलन्द किया। देर तक वे दोनों अतीत में खोए, एक-दूसरे को देखकर, हँसते रहे।

हँसी तब थमी जब सड़क के साथ लगी खिलौनों की दुकान देखकर सहसा वह बोल उठा, ''अरे-अरे, गाड़ी रोकिए, सन्दीपजी।''

''क्या हुआ?''

''विजया के लिए गुड़िया ख़रीदनी है। मदन, नन्दन तुम भी आओ। क्या लोगे तुम लोग?''

''हवाई जहाज़,'' मदन तपाक से बोला।

''रेलगाड़ी,'' नन्दन बोला।

रेवा मना करती रह गई और सुधीर उन्हें ले दुकान के भीतर घुस गया। एक-एक डिब्बा पकड़े तीनों लौटे तो वह बोला, ''पास ही साड़ी की दुकान है। चल, रेवा, तुझे साड़ी दिलवा दूँ।''

''नहीं-नहीं, साड़ी का क्या होगा, अभी तो भेजी थी तुमने।''

''वह तो राखी की थी। नई नौकरी लगी है, तो साड़ी नहीं दूँगा तुझे?''

''नहीं। इतना पैसा पहले ख़र्च कर चुके!''

''तो क्या हुआ?'' सुधीर लापरवाही से बोला, ''ऐसा कर, दो सौ और लगा ले तू मेरे खाते में।''

रेवा भौचक उसे देखती रह गई। कमाल करता है सुधीर!

''और रुपए मेरे पास हैं नहीं,'' उसने कहा।

''ओह,'' कह सुधीर सोच में पड़ गया।

''साड़ी तुम वहीं से भेजना। बँगला ढंग की। दिल्ली की साड़ियाँ बहुत पहन चुकी,'' रेवा ने बात का रुख़ यूँ बदला कि बात टल गई और ख़ुशी का मौक़ा बना रहा।

''ठीक है,'' कहकर सुधीर गाड़ी में बैठ गया।

रेवा ने अपना ध्यान बच्चों की तरफ़ किया, जो अपने खिलौने दिखलाने की उतावली में कब से शोर कर रहे थे। खिलौनों को देख-परखकर प्रशंसा करने के बाद, सुधीर के हँसमुख मूड का फ़ायदा उठाते हुए बोली, ''कानपुर जा रहे हो, तो गुड़िया के साथ भाभी के लिए साड़ी भी लेते जाओ। पैसों का बन्दोबस्त कल कर दूँगी।''

क्षण-भर सुधीर सोचता रहा, फिर बोला, ''नहीं, गुड़िया पार्सल कर दूँगा। मैं सीधा धनबाद जाऊँगा। तुझे और उसे, दोनों को साड़ी वहीं से भेजूँगा।'' सविता के लिए साड़ी लेकर पहुँचा तो कौन जाने यही कह दे, तनख़्वाह तो अभी मिली नहीं होगी। उधार लेकर साड़ी ख़रीदने में क्या तुक थी? या कोई और छींटाकशी कर बैठे, नौकरी को लेकर। सविता का ख़याल आते ही धनबाद के निर्जन-पिछड़े कोने में

मिली चार सौ की नौकरी का मोहक रूप फीका पड़ गया। उसने ज़बर्दस्ती उस ख़याल को हटाकर सोचा, वह कानपुर नहीं, सीधा धनबाद जाएगा और अपने को खदान के काम में झोंक देगा। इतने दिन ख़ाली रहने के बाद, दिन-भर की सार्थक-कामगर व्यस्तता, सोचकर उसकी नसों का तनाव ढीला होने लगा।

12

सुधीर धनबाद पहुँच गया। अपने इरादे के मुताबिक़ उसने ख़ुद को खदान के काम में झोंक दिया। सुबह छह बजे के सायरन की पहली चीख़ के साथ, वह छटपटाकर बिस्तर छोड़ देता। जल्दी-जल्दी चाय बनाकर दो-तीन प्याले गटक लेता। घर में केले पड़े होते तो एक-दो खा लेता, वरना ख़ाली चाय से काम चला लेता। और खदान की तरफ़ चल देता। कम्पनी से मिले घर के साथ, वहीं काम करनेवाला पुराना बिहारी नौकर, हरि, भी आ जुटा था। उस बेचारे की आँख खुलने से पहले ही, वह काम पर निकल जाता था, इसलिए एक दिन भी, उसके लिए नाश्ता बनाने का कष्ट नहीं उठा सका। दोपहर का खाना वह ज़रूर बनाता था और शौक़ से। दो-ढाई बजे तक सुधीर आ गया तो ठीक। वरना ख़ुद खा-पीकर वह लम्बी तान लेता। कुम्भकरण-सी नींद पाई थी उसने। पर पहले मालिकों के डर से अब तक अपना पूरा जलवा नहीं दिखला पाई थी। अब जाकर उसे ऐसा मालिक मिला था, जो उसमें ख़लल नहीं डालता था। फिर भी वह भला आदमी था। जब सुधीर तीन-चार दिन तक लगातार दोपहर का खाना ख़ाने घर नहीं आता तो वह उसे याद दिला देता, कि सिर्फ़ रात का खाना खाकर गुज़ारा करने का क़ायदा, बाबू लोगों का नहीं है। वह कोई कुली-मज़दूर तो है नहीं कि एक जून खाकर काम चला ले। पर सुधीर पर उसके कहे का असर नहीं पड़ता। तब हमदर्दी की एक लम्बी साँस खींच, बेचारा हरि अपनी बरसों की नींद पूरी करने में लग जाता।

पहली शिफ़्ट के मज़दूरों के साथ सुबह साढ़े छह बजे, सुधीर, जो खदान में उतरता तो रात साढ़े आठ बजे दूसरी शिफ़्ट सम्हलवाकर बाहर निकलता। बीच में एकाध बार ऊपर आकर, चाय की दुकान से लेकर, एक प्याला चाय ज़रूर पी लेता। कभी-कभार तुरन्त मिल जाने पर, उसके साथ मिर्च-मसालेदार भजिया या लूची-सब्ज़ी भी खा लेता। फिर वापस खदान के अन्दर। उसकी देख-रेख में काम तेज़ी से चलता। कोई मज़दूर ज़रा सुस्ती दिखलाता तो सुधीर उसके हाथ से कुदाल ले स्वयं खुदाई चालू कर देता। खदान के किसी कोने से मशीन के ब्रेकडाउन की ख़बर मिलती तो उसकी आँखें यूँ चमक उठतीं जैसे बाघ को शिकार की बू आ गई हो। मशीन का ब्रेकडाउन। यानी वह चुनौती, जिससे जूझने के लिए कमर कसनी होगी, मांसपेशियाँ tाननी होंगी, हाथ काले करने होंगे। जब तक उसकी कमर और भुजाओं

की मांसपेशियाँ दुखती रहेंगी; उसके हाथ तेल और कोयले की धूल से सने रहेंगे; उसके दिमाग़ में शान्ति रहेगी। कोयले की धूल और पसीने से काले भुजंग बने अधनंगे मज़दूर; उनका साथ तभी तो इतना सुखदायी लगता है। कुदालें उठाए दुबले-पतले पर तने हाथ। केंचुओं-सी सिहरती नीली नसें। इस वहशत भरी मेहनत के लिए नाकाफ़ी बाँहों की कमज़ोर मांसपेशियाँ। अधगीले भात से आधे-भरे पेटों की सूखी फड़कती अँतड़ियाँ! कोयले की विषैली गैसों से आक्रान्त घर्र-घर्र करते गलों से खों-खों निकलती खाँसी। बहुत कुछ ग़लत होने पर भी कुछ ठीक होने का एहसास। क्योंकि कुदालें चल रही हैं, अनवरत चल रही हैं। ठक-ठक ठर्राक। ठक-ठक ठर्राक। कुदालें चलाते मज़दूर, टूटते कोयले के ढेर, ढेरों से भरती टोकनियाँ, टोकनियों से लदी हॉलिंग मशीनें। कोयला-कोयला-कोयला। और-और-और। कल से ज़्यादा उत्पादन आज। आज से ज़्यादा कल। दुखते अंग। टीसते बदन। चिन्दी-चिन्दी हो आई मांसपेशियाँ। सोया हुआ दिमाग़। आदमी नहीं, मशीन। इच्छाएँ-कामनाएँ नहीं; कोयला। और कोयला। कोयला तोड़ते मज़दूर। कोयला ढोती मशीनें। दोनों बराबर। बस काम, काम के साधन। काम में लगे मज़दूर। तनी देह, सोई चेतना। और काम।

दफ़्तर से सुधीर कोई ताल्लुक़ नहीं रखता। न दफ़्तर के कर्मचारियों से मेलजोल। दिन में आधे घंटे को जाकर फाइलें घर ले आता, और पहली तारीख़ को अपनी तनख़्वाह। इंजीनियर होने के नाते जो सफ़ेदपोशी और मिलनसारी उससे अपेक्षित थी, एक दिन भी नहीं बरती। कुर्सी पर बैठकर सिगरेट फूँकते-फूँकते आदेश देने और काग़ज़ काले करने का ख़याल, उसे दहशत से भर देने के लिए काफ़ी था। कम्पनी कैसे चलती है, कोयला कहाँ बिकता है, क्या दाम लगाया जाता है, किसको क्या तनख़्वाह मिलती है, इन सवालों का उसे इल्म न था। झंझरा के बढ़िया ऑफ़िसर-क्लब में सफ़ेदपोश अफ़सर अपनी शामें कैसे बिताते हैं, इस सवाल का हल खोजने, वह उस शानदार इमारत के भीतर कभी नहीं गया।

दिन-भर मज़दूरों की तरह कमर-तोड़ मेहनत कर, सुधीर घर पहुँचता और नहाने-धोने-ख़ाने से निबटकर, बिस्तर पर जा लेटता। तब जैसे-जैसे रात का काला सन्नाटा घिरता जाता, एक लिजलिजाता भय उसे जकड़ता जाता। एकाकीपन का भय उसका गला आ दबाता। सब राग-द्वेष भूलकर वह सविता और विजया के साहचर्य के लिए तड़प उठता। आधी रात को घबराकर आँख खुलती तो वह विजया के लाड़-दुलार की ही नहीं, सविता से बहस-मुबाहिसे की चहल-पहल की भी कामना कर उठता। मन के भीतर शुक्ला साहब से अलग अपनी गृहस्थी बसाकर देखने की इच्छा और विजया को अपने पास रखकर अपने अनुरूप ढालने की

अभिलाषा तो थी। पर सब पर हावी होता जा रहा था, अकेलेपन का काला, कचोटता, डसता, थरथराता डर।

रात के भयावह सन्नाटे में उठकर, उसने अपना पहला पत्र सविता को लिखा, "नौकरी की जगह घर मिल गया है। घर क्या है, एक लम्बा-चौड़ा क़िला है। ऊपर की मंज़िल पर अकेला सोता हूँ, तो लगता है, नीचे इसकी हिफ़ाज़त के लिए फ़ौज तैनात होगी। लेफ़्ट-राइट करते क़दमों की आहट साफ़ सुन रहा हूँ। पर अभी नीचे झाँककर देखा था। कहीं कोई नहीं है। बस दूर तक फैला अँधेरा। सूना अँधेरा। जहाँ तक नज़र जाती है और जहाँ नहीं भी जाती, केवल मन भागता है; वहाँ तक फैला, अकेला, भयानक सन्नाटा। ऐसी रातों में अतृप्त आत्माएँ भूतों की शक्लें ले घूमने लगती हैं। उनकी पदचापों का शोर मेरे क़रीब आता जा रहा है। अँधेरे में लपलपाती परछाइयाँ घूमने लगी हैं। सविता, तुम विजया को लेकर, जल्दी-से-जल्दी, चली आओ।"

और जो हो, जमी हुई गृहस्थी के सधे जीवन में कुछ-न-कुछ शोर-शराबा, खटर-पटर, चूँ-चपड़ चला करती है, जो सन्नाटे की अभिशप्त, अनर्गल आवाज़ों को पनपने नहीं देती। रात के बीहड़ सूनेपन में, गरम साँसें पास कहीं हुमगती रहें, करवट बदलने पर स्पन्दित शरीर का स्पर्श पास सिमट आए, तो मन में उग आए बेतरतीब ठूँठों का जंगल, कुछ देर को, सज-सँवरकर, वाटिका-सा आबाद हो सकता है।

चार दिन भी नहीं गुज़रे होंगे कि सुधीर का दूसरा पत्र कानपुर आ पहुँचा।

"अजीब जगह है यह। रात में ज़मीन के ऊपर अँधेरे में खोए हम। और दिन में ज़मीन के गर्भ में अँधेरे में समाए हम। रात में अँधेरा और दिन में भी। रात से भी गहरा। पर उतना भयावह नहीं। क्योंकि वहाँ सैकड़ों लोग रहते हैं। कुदालें चलती हैं। हम अपनी मेहनत से अपना पेट भरते हैं। इंजीनियर होने के नाते सब काम मैं देखता हूँ। सबके साथ मिलकर काम करता हूँ, मिलकर रहता हूँ। पर रात होते ही या मैं बचा रहता हूँ या अन्धकार में नाचती भयानक परछाइयाँ। लगता है, सो गया तो अन्धकार में मिल जाऊँगा, खो जाऊँगा, परछाईं बन भटक जाऊँगा। कितनी भी कोशिश करूँ, मैं सो नहीं पाता, सविता, चाहकर भी सो नहीं पाता।

"तुम फ़ौरन लिखो, तुम विजया को लेकर कब तक पहुँच रही हो।"

दो दिन बाद ही तीसरा पत्र आ गया।

"तुमने आने के बारे में अब तक कुछ नहीं लिखा। फ़ौरन ख़बर दो। मैं तुम्हें कलकत्ते स्टेशन पर मिल जाऊँगा। ज़्यादा छुट्टी नहीं ले सकता, नया काम है, और तमाम ज़िम्मेवारी मेरे कन्धों पर। एक मैनेजर, मिस्टर भादुड़ी हैं ज़रूर, पर वे साहब कलकत्ते में रहते हैं। कभी-कभी दौरा करने आते हैं। उनका काम कोयला निकालना नहीं, उसे बेचकर पैसा कमाना है, जो कलकत्ते से हो सकता है। अच्छा है। यहाँ की

हवा साफ़ रहती है। साफ़ हवा। यह तो एक मज़ाक है यहाँ के लिए। यहाँ तो कण-कण में कोयला है। देखने को कोयला, लगाने को कोयला, साँस लेने को कोयला। फिर भी, काम से मैं ख़ुश हूँ। बस तुम देर मत करो। लौटती डाक से अपने फ़ौरन चलने की ख़बर दो।''

एक के बाद एक, तीनों पत्र पढ़कर सविता ख़ुद किसी अनजाने डर से व्याकुल हो उठी। अजीब डरावनी मालूम पड़ती है, धनबाद के किसी बीहड़ कोने में बसी, यह कोयला खदान की बस्ती। ऊपर से संगी-साथी के नाम पर केवल सुधीर। कानपुर के भरे-पूरे घर के भीतर जिसका साथ, चैन और राहत नहीं दे पाता, सुनसान एकान्त में कैसे देगा। बहुत होगा, वहाँ एकाध नौकर हो जाएगा। न सिनेमा, न बाज़ार, न और कोई घूमने-फिरने की जगह। पता नहीं, बात करने को औरतें भी आसपास होंगी या नहीं। या घर के काम में जुते रहो या सुधीर का मुँह जोहते रहो। जिसके ख़त पढ़कर दिमाग़ अनाम डर से झनझना उठा है, उसकी बातें सुनकर जीना कितना भयावह होगा! नहीं, सुधीर को वापस कानपुर बुलाना होगा। उसका अकेलापन बाँटने को अपनी बलि नहीं चढ़ा पाएगी, सविता। पर कैसे-क्या लिखे उसे? और कैसे समझाए शुक्ला साहब को कि उनकी कर्तव्यपरायण बहू, पति के पास जाने से कतरा रही है? जब से सन्दीपजी ने ख़त लिखकर बतलाया है कि सुधीर ने धनबाद की झंझरा खदान में नौकरी ले ली है, डैडी यही समझे बैठे हैं कि, देर-सबेर, सविता और विजया को वहाँ जाना होगा। वह तो सुधीर के दिल्ली जाने के बाद से उन्हें हाई ब्लड-प्रेशर की शिकायत चल रही है, उसी के सहारे सविता अपना जाना स्थगित किए हुए है। पर कब तक?

इस बार भी डॉक्टर मित्तल ने ब्लड-प्रेशर चेक करके बढ़ा हुआ बतलाया—एक सौ अस्सी और सौ—और इलाज, आराम, परहेज़ और बेफ़िक्री।

''ठीक है, डॉक्टर मित्तल, शुक्रिया,'' शुक्ला साहब ने हलके-से मुस्कराकर कहा, ''मुझे इसके साथ जीना है तो इसे भी मेरे साथ जीना सीखना पड़ेगा। आप फ़िक्र न करें। सब ठीक रहेगा।''

''दैट्स द स्पिरिट,'' डॉक्टर ने प्रभावित स्वर में कहा।

उसके जाते ही शुक्ला साहब सविता से बोले, ''सुधीर का कोई ख़त आया? कब बुलाया है तुम लोगों को?''

''जी हाँ, ख़त तो आए हैं,'' सविता ने कहा।

''ठीक चल रहा है?''

''जी हाँ।''

''घर मिल गया?''

''जी।''

''कब तक जा रहे हो तुम लोग?''

“पहले आपकी तबीयत ठीक हो जाए,” सविता ने कहा।

“उसे छोड़ो,” उन्होंने बात काटकर कहा, “यहाँ सब पुराने नौकर-चाकर हैं, मुझे कोई दिक़्क़त नहीं होगी। तुम जब जाना चाहो, चली जाओ।”

“इतनी जल्दी क्या है डैडी, कुछ ठीक हो जाएँगे तो चली जाऊँगी। फिर विजया की पढ़ाई का भी तो सवाल है।”

“मिशनरी स्कूल वहाँ भी ज़रूर होगा,” उन्होंने याद दिलाया, “अंग्रेज़ जहाँ भी रहे उन्होंने स्कूल ज़रूर खोले।”

“इन्होंने लिखा है, वहाँ की आबोहवा बहुत ख़राब है,” सविता ने दूसरा कोण पकड़ा, “पता नहीं, विजया की सेहत कैसी रहेगी?”

“पता नहीं, धनबाद में क्यों काम लिया है,” शुक्ला साहब ने एक लम्बी साँस लेकर कहा, “दिल्ली में सरकारी विभाग में नौकरी पक्की थी।”

“फिर ली क्यों नहीं?” सविता ने चकित स्वर में कहा।

“क्या बतलाऊँ? सन्दीप ने लिखा था, कहता है सिफ़ारिश से मिली नौकरी नहीं करूँगा,” उन्होंने शिकायत के तौर पर कहना शुरू किया था पर कहते-कहते, हृदय गर्व से पसीज गया। व्यावहारिक बिन्दु पर चाहे ग़लत क्यों न हो, है गर्व का विषय। कितने युवक हैं, जो उसूलों की ख़ातिर, बड़े शहर की आरामदेह नौकरी छोड़कर, छोटे पिछड़े क़स्बे में, कम पैसों पर, नौकरी करने को तैयार होंगे?

“यहाँ की नौकरी क्या बुरी थी?” सविता ने कहा, “छोड़ दी थी तो दिल्ली में रहते। इतना दूर तो नहीं पड़ता। यहाँ आते-जाते रह सकते थे।”

“मेरी फ़िक्र छोड़ो,” शुक्ला साहब ने कठोर स्वर में कहा, “तुम लोगों को जिसमें ख़ुशी मिले, वही करो।”

जब से सुधीर ने अपना अलग निर्णय ले, अपनी अलग राह ढूँढ़ निकाली है, शुक्ला साहब की नज़रों में वह हीन नहीं रहा है। और कुछ दिन नौकरी पर टिका रहा और प्रगति करता रहा, तो वे शायद उसे अपने समकक्ष मानने को भी तैयार हो जाएँ।

“हमें ख़ुद आपकी ज़रूरत है,” उन्होंने सुना सविता स्नेहिल स्वर में कह रही है। वे अनुग्रह से मुस्कराकर रह गए।

“अभी भी दिल्ली वाली नौकरी मिल सकती है?” वह फिर बोली।

“शायद,” शुक्ला साहब ने कहा।

“तो वही लें। आपको डॉक्टर आराम करने को कहता है। प्रॉपर्टी की देखभाल के लिए भी कोई चाहिए। दिल्ली रहे तो मैं यहाँ आती-जाती रहूँगी।”

“प्रॉपर्टी की देखभाल,” शुक्ला साहब ने लम्बी साँस खींची, “अब तुम कर भी लोगी तो हमारे बाद कौन करेगा? कोर्ट-कचहरी जाना औरतें नहीं कर सकतीं।”

''क्यों, डैडी, मैं कर सकती हूँ,'' सविता ने विश्वास के साथ कहा।

''नहीं,'' शुक्ला साहब एकदम सख़्त पड़ गए।

सविता को याद आ गया कि वह एक व्यापारी की बेटी है और शुक्ला साहब ज़मींदारों के वंशज।

''हमारे यहाँ ऐसा क़ायदा नहीं है,'' उन्होंने कहा, ''जायदाद का संरक्षक पुरुष ही होता है।''

सविता का दिल धक् से रह गया। जब से डैडी का ब्लड-प्रेशर बढ़ा है, यही डर उसे बराबर सताया करता है। कहीं सही वसीयतनामा बनाए बग़ैर, उन्हें दिल का दौरा पड़ गया तो? और ख़यालात अगर ये हैं तो उन्हें कुछ होने से पहले, एक बेटे का होना ज़रूरी है। कानपुर हॉस्पिटल के चीफ़ सर्जन डॉक्टर नन्दा ने विश्वास दिलाया है कि, इस बार, कोई गड़बड़ नहीं होगी, बशर्ते शुरू से वह उनकी देखभाल में रहें। सुधीर को वापस कानपुर या दिल्ली बुलाना होगा।

''इसी महीने के आख़ीर में विजया की क्रिसमस की छुट्टियाँ हैं, हम लोग तब धनबाद हो आएँगे,'' कुछ देर बाद सविता ने कहा, ''मैं उन्हें पूरी बात लिखे देती हूँ। अगर वहाँ से नौकरी छोड़नी है तो विजया का स्कूल छुड़वाने का क्या फ़ायदा!''

सुधीर आने को तैयार नहीं हुआ तो वह कुछ दिनों के लिए धनबाद रह आएगी, उसने निश्चय किया। बच्चा तो कानपुर में ही होगा। भगवान करे लड़का हो। पर ज़्यादा दिन के लिए वहाँ रहना नहीं होगा। शुक्ला साहब को इस वक़्त अकेला नहीं छोड़ना चाहिए। पास बनी रही तो क्या पता उनके ख़यालात बदल सके या अतुलदेव को गार्जियन बनाने को राज़ी कर सके। गर्भ रहने से पहले, कुछ हो गया तो? या गर्भ रहकर भी लड़का न हुआ तो?

उसने ख़ूब समझा-बुझाकर सुधीर को चिट्ठी लिखी :

'' ...डैडी कहते हैं अभी भी दिल्ली वाली सरकारी नौकरी मिल सकती है। आप फ़ौरन छुट्टी लेकर यहाँ चले आएँ। अगर आप चाहेंगे तो सब लोग दिल्ली जा सकते हैं। वैसे मेरे ख़याल से डैडी को अकेला नहीं छोड़ना चाहिए, सेहत बिलकुल ठीक नहीं रहती। हम लोग कानपुर में रहें तो सबसे अच्छा है—जायदाद की भी देखभाल हो जाएगी और डैडी की भी। मेरे ख़याल से यहाँ भी कोई-न-कोई नौकरी मिल जाएगी। बेकार धनबाद के धूल-कोयले में सेहत ख़राब करने में फ़ायदा क्या है? आप कानपुर न रहना चाहते हों तो मैं आप पर दबाव नहीं डालूँगी। दिल्ली में नौकरी कर लें, हम लोग आते-जाते रहेंगे। विजया की छुट्टियाँ इस महीने के आख़ीर में होंगी। तब तक लिखिए, आपने क्या फ़ैसला किया। उसकी पढ़ाई का हर्ज करके आना सम्भव नहीं होगा।''

लौटती डाक से सुधीर का पत्र आ पहुँचा।

"विजया की पढ़ाई का बहाना बनाने की ज़रूरत नहीं है। तुम नहीं आना चाहतीं तो भाड़ में पड़ो। पर याद रखना, उसे मैं वहाँ छोड़ूँगा नहीं। छुट्टी मिलते ही आकर ले जाऊँगा। और जज साहब की देखभाल की ख़ूब कही! जब तुम नहीं थीं, तब भी मुझे याद नहीं कि उनकी देखभाल में कमी रहती थी। हाँ, तुम्हें ख़ुद वहाँ ज़्यादा आराम मिलता होगा। कौन जाने, सेवा के प्रभाव से, जज साहब अपनी जायदाद तुम्हें बख़्श जाएँ!"

उसके बाद दो-तीन महीने तक सुधीर ने कोई ख़त कानपुर नहीं लिखा। सविता के जो पत्र आए, उन्हें बिना पढ़े फेंक दिया। काम में अपने को इस तरह खपा लिया कि दौरे पर आया, मैनेजर भादुड़ी, अनायास कह उठा, "मिस्टर शुक्ला, आप आदमी हैं या एटम बम?"

"एटम बम नहीं, एटॉमिक एनर्जी कहिए, मैनेजर साहब," सुधीर बोला, "मैं सृजन कर रहा हूँ, सत्यानाश नहीं।"

"ख़ूब!" मिस्टर भादुड़ी हँस दिए, "आप तो ख़ूब हाज़िरजवाब भी हैं। मैंने तो सोचा था कोयला खदान के सिवाय आप कुछ जानते नहीं होंगे। कभी क्लब में भी आपको नहीं देखा।"

"क्लब साहबों के जाने की जगह है। मैं अपने को एक अदना मज़दूर समझता हूँ।"

"अच्छा-अच्छा," कह मैनेजर भादुड़ी आगे बढ़ गया। मुँहफट आदमी अगर उतनी ही तनख़्वाह पर औरों से दुगुना काम करे तो उसे तर्क नहीं, काम देना चाहिए। अनुभवी अफ़सर होने के नाते वह बख़ूबी जानता था।

दिन-भर चाबुक़ खाए घोड़े की तरह काम में जुटे रहना सुधीर की वह नियति थी, जिसे उसने सहज स्वीकार कर लिया। एक तरह की सान्त्वना मिलती थी उससे। पर चाबुक़ फटकारती ऊर्जा शरीर के सहज व्यापार से नहीं, नसों के विकृत तनाव से पैदा हो रही थी। कितना भी काम क्यों न हो, उसका ह्रास होने में नहीं आता था। सुधीर ने खदान से ऊपर जाकर चाय-भजिया ख़ाने का अवकाश लेना भी छोड़ दिया। पर काम की गति में अन्तर नहीं आया। काम न रहने पर, रात को वह वैसे ही चाबुक़ घुमाती सुधीर से अपना पीछा कराने लगी। अकेले कमरे में बिस्तर पर उसकी थकी-माँदी देह बेदम पड़ी रहती पर दिमाग़ क्षण-भर को भी दम न लेता। आँखें बन्द हो भी जातीं तो, मस्तिष्क के भीतर विद्युत तरंगें कौंधती रहतीं। सोच-सोचकर वह इस क़दर उत्तेजित हो जाता कि ज़ोर-ज़ोर से बोलने लगता। उसके शब्द दीवारों से टकराकर लौटते तो ख़ुद उसे चौंका देते। वह सोचता, जज साहब और सविता भी ऐसे ही दहल उठे होंगे। बार-बार अपने को दुहराता। एक के बाद एक योजना बनाता। कभी शुक्ला साहब को खरी-खोटी सुनाकर सविता को उनके चंगुल से निकाल लाने की, कभी सविता को खरी-खोटी सुनाकर विजया को उसके

शिकंजे से बरी कर लेने की। दिन-भर वह मशीनों को ललकारता और रात-भर सविता और शुक्ला साहब को।

एक दिन, एक नई ललकार लिये वह मैनेजर मिस्टर भादुड़ी के कमरे में जा पहुँचा। उसका नौकर हरि अपनी गहरी नींद से जगकर, अपने भतीजे रामू को लेकर उसके पास आया और उसके लिए खदान में पक्की नौकरी की सिफ़ारिश माँगने लगा।

"अभी कुछ काम नहीं करता?" उसने पूछा।

"अभी तो ठेकेदार का मजूर है, रुपया रोज़ पर।"

"एक रुपया?" सुधीर ने अचरज से कहा, "बस?"

"हाँ जी, पक्की नौकरी मिल गई तो ढाई रुपया रोज पड़ेगा," हरि ने कहा।

"इतना फ़र्क़ है दोनों में?"

"हाँ जी," हरि बोला। भतीजे रामू ने आगे सफ़ाई देते हुए कहा, "ठेकेदार अँगूठा ढाई पर लगवाता है पर देता एक है जी।"

"क्या," सुधीर ने चौंककर कहा, "अँगूठा ढाई पर लगवाता है और देता एक है?"

"हाँ जी।"

"क्यों?"

"क्या जाने?" हरि और भतीजे ने एक साथ उदासीन स्वर में कहा।

"यह तो लूट हुई," सुधीर उत्तेजित हो उठा।

"हाँ जी।" निर्विकार भाव से दोनों ने दुहराया।

"कब से इस तरह लूट रहा है तुम लोगों को?"

"क्या जाने?" उन्होंने उसी निर्विकार भाव से कहा।

"तुम लोग शिकायत क्यों नहीं करते?"

"शिकायत? किससे?" हरि ने पूछा।

"मैनेजर से।'

"किस बात की?"

"पैसे जो कम देता है, उसकी।"

हरि और भतीजे रामू ने एक-दूसरे की तरफ़ देखा और कन्धे झटक दिए, "क्या-जाने," उन्होंने कहा।

"क्या, क्या-जाने, क्या-जाने लगा रखी है?" सुधीर भड़ककर बोला, "तुमसे कुछ नहीं होता तो मैं बात करता हूँ मैनेजर से। ठीक पैसे मिलें तभी काम करना।"

"आप पैसे ठीक करा दोगे?" रामू ने मासूमियत से पूछा।

"और क्या।"

"आप मालिक हो," हरि ने हाथ जोड़कर कहा, फिर रामू से बोला, "चल रामू, मालिक तेरी बहाली करा देंगे।"

"उसकी नहीं। सब मज़दूरों के पैसे ठीक कराऊँगा," सुधीर ने ज़ोर से कहा।

"न-न, मालिक, वो कैसे होगा? पक्की नौकरी पर जिस-तिस की बहाली नहीं होती," हरि कहता रह गया और सुधीर दनदनाता हुआ मैनेजर के बँगले पर जा पहुँचा।

रात के साढ़े आठ बजे थे। मैनेजर भादुड़ी, काम निबटाकर, खाना ख़ाने से पहले व्हिस्की का गिलास हाथ में थामे, बैठक में आराम फ़रमा रहा था। अगले दिन उसे कलकत्ते लौट जाना था। उस असमय में सुधीर का अकस्मात् वहाँ आना उसे अचम्भे में डालने के लिए काफ़ी था। ऊपर से दरवाज़े से ही चीख़कर, उछाला गया उसका वह अटपटा प्रश्न।

"ठेके के मज़दूरों को ठेकेदार कितने पैसे देता है, मालूम है?"

"क्या? हुआ क्या?" भादुड़ी के मुँह से निकला।

"रिकॉर्ड में दिखलाया जाता है ढाई रुपया और मज़दूरों को दिया जाता है, एक रुपया। बाक़ी किसके पेट में जाता है?"

भादुड़ी तब तक सम्हल चुका था। इस उग्र अविनय के बावजूद उसने अपने को संयत रखा। वह अनुभवी और दुनियादार अफ़सर था। ज़रूरत पड़ने पर कामकाजी मातहतों के क्षणिक असन्तुलन को नज़रअन्दाज़ कर देता था।

"आप ठेके के मज़दूरों के बारे में बात कर रहे हैं, मिस्टर शुक्ला?" उसने आराम से पूछा।

"और किसकी कर रहा हूँ?"

"उनके वेतन के बारे में आपको आज पता चला?"

"और क्या? पहले पता चलता तो पहले नहीं पूछता?"

"कमाल है! जिस बात को सभी जानते हैं, आपको चार महीने तक पता नहीं चला?"

"सभी जानते हैं?"

"हाँ।"

"पर मज़दूर...।"

"मज़दूर भी जानते हैं।"

"मज़दूर भी?"

"हाँ," मैनेजर ने पैग़ ख़ाली करके दूसरा डाला कि सुधीर कह उठा, "यह लूट है। अन्याय है।"

"आप ख़ामख़्वाह परेशान हो रहे हैं, मिस्टर शुक्ला," उसने व्हिस्की की चुस्कियाँ लेते हुए ठंडे स्वर में कहा, "यह कोई अन्याय में अन्याय नहीं है। अन्याय

देखना है तो उन कोल्यरीज़ में जाइए, जहाँ मज़दूरों को सेफ़्टी-लैंप तक नहीं दिया जाता। जहाँ होलिंग मशीनों के बजाय मज़दूर ख़ुद टोकनियों में भरकर कोयला ऊपर ले जाते हैं, और रास्ते में गिरकर, रोज़ाना, कितने ही घायल होते रहते हैं। जहाँ इनके 'धौरों' के पास, दूर-दूर तक पीने का पानी नहीं मिलता, ज़रा चूँ-चपड़ करने पर, उन्हें लगातार, तीन-तीन शिफ़्ट तक खदान के अन्दर काम में जोते रखा जाता है।''

''क्या पता ऐसा कुछ यहाँ भी होता हो,'' संत्रस्त सुधीर के मुँह से निकला। सहसा, उसे याद आ गया कि कई बार मज़दूरों की वही शक्ल उसे एक से ज़्यादा शिफ़्ट में दिखाई देती रही है। क्या पता, जिन सुस्त मज़दूरों के हाथों से कुदालें ले वह ख़ुद थाम लिया करता था, वे इन्हीं दुहराती शक्लों वाले रहे हों।

''क्या पता?'' भादुड़ी ने उसी ठंडे स्वर में कहा, ''वक़्त मिलने पर आप पता कर लीजिएगा। अभी बैठिए, कुछ पीजिए। फिर आराम से बतलाइए, आपको तकलीफ़ क्या है?''

सुधीर को लगा उसकी तपती नसों पर किसी ने बर्फ़ीला पानी उँड़ेल दिया है। पर उसकी जलन कम होने के बजाय बढ़ गई है। चिल्लाकर उसने कहा, ''मैं बैठने नहीं आया। आपको बतलाने आया हूँ कि मज़दूर औज़ार डाल रहे हैं।''

''औज़ार डाल रहे हैं? ठेके के मज़दूर?'' मैनेजर ठठाकर हँस दिया, ''यह असम्भव है। अरे, अब तो बहुत अच्छा है। अंग्रेज़ों के ज़माने में, इन मज़दूरों को सोमवार की सुबह खदान में उतारा जाता तो पाँच दिन बाद बाहर निकाला जाता था। खाना-पीना-सोना सब अन्दर। तब इन्होंने चूँ नहीं की तो अब क्या करेंगे? ठेके के मज़दूर और औज़ार डाल दें, कमाल करते हैं आप!'' व्हिस्की की एक लम्बी चुस्की लेकर, वह फिर ठहाका लगा गया।

सुधीर ने पाया, जिस ललकार का आह्वान सुन, वह कुछ कर दिखाने की शपथ खा, मैदान में उतर पड़ा था, उसे सर्द मखौल की फूँकें मारकर उड़ाया जा रहा है। असह्य पीड़ा से चीख़कर उसने कहा, ''असम्भव समझते हैं आप? मेरे रहते? आज देखिएगा, एटॉमिक एनर्जी, एटम बम कैसे बनती है। समझते क्या हैं आप? इस कम्पनी की ईंट-से-ईंट बजाकर रख दूँगा।''

भादुड़ी ने उसका तमतमाया चेहरा देखा; मुट्ठियाँ कसे हाथ परखे; हिस्टीरिया से विकृत आवाज़ सुनी और अपने स्वर को भरसक नम्र बनाकर, समझाते हुए कहा, ''मिस्टर शुक्ला, आप बहुत कार्य-कुशल इंजीनियर हैं। मुझे ताज्जुब है, आप इतनी बचकानी बात कैसे कर रहे हैं! ज़रा धीरज रखकर सोचिए, ठेके के मज़दूर औज़ार डाल देंगे तो उन्हीं का नुक़सान होगा। कम्पनी को एक की जगह दो मज़दूर मिल जाएँगे। आप जानते नहीं, कोल्यरीज़ के आसपास, नौकरी की तलाश में भूखे-नंगे जवानों का हुजूम मँडराता रहता है। जब चाहो जितने ठेके पर लगा लो। जिन्हें काम

मिला हुआ है, वे औज़ार कभी नहीं डालेंगे। आपके कहने पर भी नहीं। वे उतने पागल नहीं हैं।''

'पागल' शब्द सुनते ही, सुधीर का रहा-सहा सन्तुलन जाता रहा।

''पागल? पागल किसे कह रहे हैं, मिस्टर भादुड़ी? आप समझते क्या हैं? ग़रीब, भूखे-नंगे मज़दूरों को बेचकर खा जाएँगे? मैं इस कम्पनी को तबाह कर दूँगा। आप सबको जेल की हवा खिलवाऊँगा। कोई क़ानून है देश में? आप हैं किस खेत की मूली? आप जैसे सैकड़ों साफ़ करके रख दिए मैंने। सैकड़ों...हज़ारों...'' सुधीर बेक़ाबू चीख़ता गया। तब तक चीख़ता गया, जब तक कम्पनी के डॉक्टर ने आकर उसे मॉरफ़िया का इंजेक्शन दे सुला न दिया। मैनेजर भादुड़ी के घंटी बजाते ही, उसके चपरासी और बैरे ने आकर, उसे धर-पकड़कर कुर्सी पर बिठला दिया था। ख़बर पाते ही पास के बँगले से डॉक्टर भी आ पहुँचा था।

मैनेजर भादुड़ी ने कलकत्ते जाना चार दिन के लिए स्थगित कर दिया। जाने से पहले, उसने सुधीर से इस्तीफ़े के दस्तावेज़ पर दस्तख़त करवाकर, उसे कानपुर रवाना करवा देना बेहतर समझा। कुछ मुश्किल के बाद, मॉरफ़िया के दूसरे इंजेक्शन से पैदा हुई ख़ुमारी में, डॉक्टर की हमदर्द, नेक सलाह के मलहम ने यह काम करवा दिया। यूँ साल पूरा होने से पहले, सुधीर अपने पुराने रण-क्षेत्र में आ पहुँचा।

13

सुधीर कानपुर की कोठी पर पहुँचा तो दरवाज़ा खोला विमला ने।

''अरे, विमला यहाँ क्या कर रही है?'' कहते-कहते वह अन्दर घुसा।

''आप? कैसे आ गए अचानक? ख़बर भी नहीं दी?'' सविता उसे देखकर बोली।

''नौकरी छोड़कर आया हूँ,'' सुधीर ने भन्नाकर कहा, ''और कुछ कहना है?''

''चलो, अच्छा किया। मैंने पिछले ख़त में फिर लिखा था। दो महीने से आपने कोई ख़त नहीं लिखा? मैंने अपने आने के बारे में लिखा तो भी कोई जवाब नहीं दिया?''

''फ़ुर्सत नहीं थी मेरे पास ख़त लिखने की। जो पूछ रहा हूँ, उसका जवाब दो। विमला यहाँ क्या कर रही है?''

''आजकल यहीं रहती है,'' सविता ने कहा।

''क्यों, अब फ़िलिप मना नहीं करता?''

''फ़िलिप है कहाँ? उसे चौदह साल की जेल हो गई। मैंने आपको लिखा तो था।''

''लिखा था?'' सुधीर को फाड़े हुए पत्रों की ठीक से याद नहीं थी।

''पर जेल हुई क्यों?'' उसने पूछा।

''शराब पीकर ख़ून कर बैठा था। पता है, डैडी ने कितनी मदद की इन लोगों की।''

''वाह,'' सुधीर ठहाका मारकर हँस पड़ा, ''जज होने के कितने फ़ायदे हैं। किसी का भला करना हो तो उम्र-क़ैद कर दो।''

''वह नहीं। बाद में। विमला को स्कूल वाले निकाले दे रहे थे, डैडी ने कह-सुनकर रखवाया। इसकी माँ भी यहीं आकार रोई-धोई। डर रही थी, कहीं वे घर न ख़ाली करवा लें। पर उन्होंने उलटे उसे सिलाई मशीन ख़रीदवा दी। अब वह और इसकी छोटी बहन, कमला, कपड़े सीकर गुज़ारा कर लेती हैं। बड़ा लड़का माधव पढ़ाई के साथ गैराज का काम सीख रहा है। दूसरा छोटा है, पढ़ रहा है। डैडी ने उसकी फ़ीस माफ़ करवा दी है।''

सुधीर ने सुना और मात खाए खिलाड़ी की तरह चुप रह गया।

''विमला को मैंने यहीं रख लिया है। यहाँ खा-पी लेती है तो स्कूल की तनख़्वाह बच जाती है।''

''और विजया की मुफ़्त देखभाल हो जाती है,'' सुधीर को सुरंग मिल गई।

''क्या मतलब?''

''आया को छुड़ा दिया न?''

''विजया अब स्कूल जाने लगी है, ज़रूरत नहीं रही।''

''विमला को उसे पढ़ाने के लिए कितने रुपए देती हो?''

''यहाँ रहती है तो पढ़ा देती है। उसने ख़ुद कहा था कि तनख़्वाह बच जाएगी तो मशीन के पैसे लौटा देगी।''

''तो मशीन उधार पर बख़्शी गई है?''

''हाँ, डैडी कहते हैं मदद ऐसी होनी चाहिए जो इनसान को आत्म-सम्मान से आगे बढ़ाए, भिखारी बनाकर न छोड़े।''

जानता है सुधीर।

''विमला को लो,'' सविता कहती गई, ''कह रही थी, मशीन के पैसे पूरे होते ही ऑपरेशन के पैसे लौटाना शुरू कर देगी।''

''ऑपरेशन के पैसे?'' सुधीर दहाड़ उठा, ''किसने माँगे उससे?''

उसकी चिल्लाहट सुन सविता हकला उठी, ''उसने... ख़ुद...ही...''

''ख़ुद की बच्ची,'' सुधीर फिर दहाड़ा, ''ऑपरेशन मैंने करवाया था, तुम्हारे डैडी ने नहीं। पैसे माँगे तो जान ले लूँगा।''

भय से स्तब्ध सविता के कंठ से शब्द नहीं निकला। सुधीर को चिढ़ते, खीज खाते, व्यंग्य करते कई बार सुना है। उसकी भन्नाई भर्त्सना भी सही है। पर ऐसा रौद्र रूप पहले नहीं देखा।

''तुम लोग साले सब, एक से बढ़कर एक आदमख़ोर हो,'' सुधीर कह रहा था, ''दूसरों का गला दबाने में ज़रा शर्म नहीं आती। एक वह है, मैनेजर भादुड़ी,

मज़दूरों का ख़ून चूसता है और धौंस जमाता है कि वे ख़ुद चुसवाते हैं, मैं क्या करूँ? बदमाश! हरामख़ोर! देखना, तुझे जेल न भिजवाया तो। मुझे मरवाना चाहता था? मैं भी कम नहीं हूँ। देख लूँगा हरामज़ादे तुझे...'' सुधीर बकता गया, जैसे सामने सविता नहीं, पोद्दार कोल्यरीज़ का मैनेजर भादुड़ी खड़ा हो।

पता नहीं कितनी देर और बकता अगर विजया वहाँ न आ निकलती। उसे देखते ही झपटकर गोदी में उठा लिया और बलात् छाती से लगा भींच दिया। एक अजनबी की उत्तप्त हरकत पर स्तब्ध, विजया, सविता की तरफ़ बाँहें फैला, 'ममीऽ' कह ज़ोर से चीख़ी और टाँगें मारकर गोदी से नीचे उतरने की कोशिश करने लगी। सुधीर ने उसे नहीं छोड़ा। और ज़ोर से भींचकर मुँह चूम डाला। विजया ने चीख़ना चाहा, पर आलिंगन के कसाव के मारे गले से आवाज़ नहीं निगल पाई। दमघोंटू दहशत से छुटकारा पाने के लिए वह ज़ोर-ज़ोर से सुधीर के पेट पर लातें जमाने लगी। उसकी हालत देख सविता ने कहा, ''पापा हैं, बेटा।'' पर विजया पर असर नहीं हुआ। उसके लिए वह आदमी एक डरावना अजनबी था, नाम चाहे जो हो।

''चल, तुझे चॉकलेट दिला लाऊँ,'' सुधीर ने एक क़दम आगे बढ़ाया तो वह इतनी ज़ोर से चीख़ी कि उसे रुक जाना पड़ा। वह 'ममीऽ-ममीऽ' की गुहार मचा, फुग्गा मारकर जो रोई कि सुधीर एकदम घबरा उठा। सविता ने आगे बढ़कर उसे ले लिया। उसने ज़रा आनाकानी नहीं की। चुपचाप विजया को चले जाने दिया। लज्जित-सा, धम्म से वहीं बैठ गया। सविता को उस पर दया आ गई।

''बहुत दिन हो गए देखे,'' उसने कहा, ''थोड़े दिनों में पहचान जाएगी।''

सुधीर बुत बना बैठा रहा। लग रहा था, मात-पर-मात खाते जाना उसकी जीवन-बाज़ी की नियति है।

फिर सविता ने पाया, सुधीर रोज़, किसी-न-किसी बहाने, धनबाद-कांड को ले बैठता है। तर्क-तक़रीर के साथ उसका बखान कर, उसका ग़ुस्सा बढ़ता जाता है। धीरे-धीरे तमाम दुनिया को समेट लेता है। भादुड़ी, डैडी, सविता, अतुलदेव से शुरू होकर उसकी चपेट में सब आ जाते हैं। उफन-उफनकर वह गालियाँ बकता है, और किसी के न रहने पर भी बोलता चला जाता है।

''मेरे पास पैसे होते तो दिखला देता, फ़ैक्टरी कैसे चलाई जाती है। किसी उल्लू के पट्ठे की ग़ुलामी करके मैं ग़रीबों को नहीं लूटूँगा। कभी नहीं लूटूँगा। मैं जानता हूँ, तुम क्या चाहते हो। तुम चाहते हो, मैं भी भादुड़ी की चालबाज़ियों में शरीक होकर, मज़दूरों का ख़ून चूसूँ, और तुम्हारे पेट में लाकर रुपया ठूँस दूँ। पर इतना कमबख़्त मैं नहीं हूँ। तुम्हारे झाँसों में नहीं आऊँगा। जो मैं करना चाहता था, जज साहब ने नहीं करने दिया। वरना दिखा देता मैं। अब भी दिखा दूँगा। एक दिन अपनी

फ़ैक्टरी लगाऊँगा, अपना बिज़नेस चलाऊँगा। तुम्हारे जज साहब की तरह रुपया जोड़कर ज़मीन में नहीं गाडूँगा। इनसानों के लिए इस्तेमाल करूँगा। देखना तुम! जज साहब अपने पैसे को लेकर ख़ुश रहें। मरेंगे तो उनके कफ़न पर न्योछावर कर दूँगा। नहीं देते तो न दें, फ़ैक्टरी लगाने का रुपया मैं ख़ुद कमा लूँगा। ख़ुद चला लूँगा बिज़नेस। जितना रुपया चाहते हो, लाकर मार दूँगा तुम्हारे मुँह पर...''

सविता को उससे भय लगने लगा है। आधे-आधे वाक्य बोलनेवाला सुधीर, आजकल, व्याख्यान देने लगा है, जिसकी हर पंक्ति उफनते रोष की लपट होती है। लगता है, इस अव्यावहारिक युवक की हवाई उड़ानों ने उसकी हताशा के भीतर छिपी विद्रोह की चिनगारी को भड़का दिया है। अब वह दावानल बन उसे भस्म किए डाल रही है। सबसे ज़्यादा डर सविता को तब लगता, जब रात के दूसरे-तीसरे पहर, आँख खुलने पर, वह देखती सुधीर बिस्तर पर नहीं है। कमरे से लेकर बाहर बरामदे तक चहलक़दमी कर रहा है। साथ-साथ अस्फुट स्वर में कुछ बड़बड़ाता जा रहा है। घबराकर वह पुकार उठती, ''सुनिए। सुनिए? क्या हुआ आपको?''

''क्या है?'' सुधीर चौंककर ऐसे कहता जैसे सोते से जगा दिया गया हो। पर बोलने का क्रम नहीं टूटता। सविता ध्यान देकर सुने बग़ैर नहीं रह पाती। हर शब्द के साथ उसकी दहशत बढ़ती जाती।

''साले समझते क्या हैं अपने आपको! अंग्रेज़ों के जूते साफ़ करके जज की कुर्सी पर बैठ गए, तो सबका भविष्य तय करने का ठेका मिल गया? जिसे चाहें फाँसी लगवा दें। जिसे चाहें नौकरी से निकलवा दें। भादुड़ी के बच्चे को इन्होंने सीख दी होगी। मैं सब जानता हूँ। ख़ुफ़िया पुलिस के बड़े-बड़े अफ़सर भी मुझसे टक्कर नहीं ले सकते। वह उल्लू का पट्ठा भादुड़ी जाएगा कहाँ? जेल भिजवाकर छोड़ूँगा, जेल। जज साहब क्या समझते हैं, उसे बचा लेंगे? मुझसे टक्कर लेंगे तो चूर-चूर हो जाएँगे। कितने दिन ख़ैर मनाएँगे। सड़-सड़कर मरेंगे और कोई पानी देनेवाला नहीं मिलेगा। तब सामने खड़े होकर हँसूँगा मैं, ज़ोर-ज़ोर से हँसूँगा...''

एक महीना बीत जाने पर भी स्थिति नहीं बदली। हिचकिचाते हुए सविता ने डैडी से कह डाला कि सुधीर की दिमाग़ी हालत ठीक नहीं मालूम पड़ती। डैडी की प्रतिक्रिया इतनी अप्रत्याशित थी कि सविता हैरान रह गई।

''तुम कहना क्या चाहती हो,'' कठोर स्वर में उन्होंने कहा, ''सुधीर पागल है?''

''जी नहीं,'' सविता ने कहा, ''पर वे बहुत उत्तेजित रहते हैं...''

''जानती हो,'' उन्होंने बात काटकर कहा, ''हमारे ख़ानदान में आज तक ऐसी बात नहीं हुई।''

''जी,'' सविता चुप रह गई।

कुछ देर ठहरकर उन्होंने ख़ुद पूछा, "परेशानी क्या है?"

"ये एक ही बात को बार-बार दुहराते रहते हैं," सविता ने कहा।

"कौन-सी बात?"

"वही नौकरी छोड़नेवाली बात। मैनेजर का ठेके के मज़दूरों को कम पैसा देना, उसका अन्याय...नौकरी इन्होंने क्यों छोड़ी, मैंने आपको बतलाया था न?"

"अन्याय पर क्रोध करना तुम्हें पागलपन मालूम पड़ता है?" उन्होंने कुछ व्यंग्य के साथ कहा।

"जी नहीं। पर जो बात इनके हाथ में नहीं है, उसे लेकर रात-भर जागने और बोलने से फ़ायदा?"

"फ़ायदा कुछ नहीं है, मानता हूँ," जज साहब ने कहा, "पर अन्याय को चुपचाप सह लेना पागलपन है, यह नहीं मानता हूँ।"

"ये ऐसे ही परेशान और उत्तेजित रहे तो..."

"वक़्त के साथ दंश कम हो जाता है। मैंने अपने बच्चों को बचपन से यही शिक्षा दी है कि वे हर घटना को न्याय-दृष्टि से देखें और परखें," जज साहब बोले, "हो सकता है, सुधीर कुछ ज़्यादा परेशान हो गया हो। हमारे घर के सभी लोग बहुत सेंसिटिव हैं।"

"ये बहुत परेशान हैं," सविता ने बेचैन होकर कहा, "कहीं कुछ कर न बैठें!"

"लगता है, नौकरी छूटने का गहरा धक्का लगा है। मैंने उतना नहीं सोचा था। पर देखा जाए तो सेंसिटिव आदमी ही ज़िन्दगी में कुछ कर सकता है। वैसे ही जैसे सेंसिटिव मशीन। मशीन सेंसिटिव होती है तो उसके टूटने-फूटने का डर ज़्यादा रहता है, पर उम्दा काम भी वही कर सकती है।"

अब डैडी भी व्याख्यान देने लगे। सहसा, सविता को लगा, सुधीर और डैडी में बहुत समानता है। दोनों धरातल पर न टिककर, अपने-अपने वैचारिक गुब्बारे थामे, हवा में उड़ रहे हैं। अन्तर केवल इतना है कि एक न्याय-दृष्टि को थामे है और दूसरा अपने व औरों पर होते अन्याय को।

हताश स्वर में उसने कहा, "अब होगा क्या?"

डैडी देर तक सोच में डूबे रहे।

आदमी के मन में उम्मीद एक अजीब चीज़ होती है। नाउम्मीदी की वजूहात जितनी ज़्यादा उसे घेरती जाती हैं, वह, उनके बीच दरारें खोज, क़ैद से उम्मीद को रिहा करता रहता है। जिस उम्मीद को नामुमकिन समझकर वह अच्छे दिनों में अलग हटा चुका होता है, उसे ही बुरे दिनों में मज़बूत सहारा मानकर थाम लेता है।

"सोचता हूँ," शुक्ला साहब ने कहा, "वह अपना बिज़नेस कर ले। क्या पता, चल जाए!"

"बिज़नेस।" सविता जैसे आसमान से गिरी।

वह जानती है, उनके मन में बिज़नेस करनेवालों के लिए वही हिकारत की भावना भरी है, जो भूमिदार अंग्रेज़ों के मन में व्यापारियों के लिए हुआ करती थी। उनके लिए जायदाद का मतलब है, ज़मीन का स्वामित्व। उसके अलावा, सिर्फ़ उन लोगों की इज़्ज़त करना वे सीख पाए हैं, जो ऊँची तालीम पाकर ऊँचे ओहदों पर लगे हों। बिज़नेस करनेवाला, चाहे कितनी ही फ़ैक्टरियाँ क्यों न चला ले, उनके लिए एक दुकानदार की हैसियत रखता है। वह ख़ुद एक बिज़नेसमैन की बेटी है, पर उनके संसर्ग में आकर, अपने को अभिजात वर्ग की जन्मजात उत्तराधिकारी मानने लगी है। वह समझती है, व्यापारी वर्ग की लड़की से अपने लड़के का विवाह करके, उन्होंने अपने हृदय की विशालता का परिचय दिया था। एक सुशिक्षित लड़की का उद्धार हो गया था। वे शुरू से मानते रहे हैं, औरत को आदमी जो चाहे बना सकता है। कर्तव्य-परायण गृहिणी या बुद्धि-विहीन खिलौना।

''पर आप तो बिज़नेस के सख़्त ख़िलाफ़ हैं?'' उसके मुँह से निकला।

''मैं ख़िलाफ़ किसी चीज़ के नहीं हूँ। किस वक़्त क्या करना नीतिसंगत है, यह परिस्थिति पर निर्भर करता है।''

''पर रुपया?''

''रुपया मैं दे दूँगा।''

सविता चुप हो गई। डैडी के इतने बड़े समझौते के सामने उससे कुछ कहते नहीं बना। फिर, जो गालियाँ आजकल सुधीर उनके लिए बकता रहता है, उन्हें डैडी के मुँह पर दोहरा देना सम्भव नहीं है।

'जज साहब क्या जायदाद-पैसा साथ लेकर जाएँगे?' कल ही सुधीर कह रहा था।

'आप ऐसा क्यों सोचते हैं?' सविता ने कहा था, 'वे हमेशा कहते हैं, जो है बच्चों के लिए है।'

'ख़ाक, ऐसा होता तो फ़ैक्टरी लगाने के लिए रुपया न दे देते?'

'आपने माँगकर देखा है?'

'माँगने से फ़ायदा? मेरी फ़ैक्टरी के लिए ग़रीबों का ख़ून चूसकर कमाया धन कैसे निकलेगा?'

'डैडी का पैसा वैसा नहीं है। अपनी मेहनत की कमाई है।'

'मेहनत की कमाई? क्या ख़ूब! तुम क्या जानती नहीं, ज़मीन-जायदाद हमें बाप-दादों की मेहरबानी से मिली है। हमारे दादाजी ब्रिटिश-राज के पहले पिट्ठू थे। उनके सामने नाक रगड़कर अपनी ज़मीन-जायदाद सुरक्षित बनाए थे। फिर, इतनी प्रजा जो थी लूटने को। खेत जोतते थे ग़रीब किसान और धन-धान्य की वसूली करते थे हमारे पूज्य दादाजी। तभी न इकलौते लड़के को हिन्दुस्तान की कलुषित आबोहवा से निकालकर विलायत भेज सके। अच्छी-ख़ासी रोकड़ लगाए बग़ैर, साहबी पिट्ठू तैयार नहीं होते।'

'छी-छी, कैसे बोलते हैं? कोई सुनेगा तो क्या कहेगा?' सविता ने बाधा दी थी।

'कहेगा क्या? कौन नहीं जानता इस बात को? तुम क्या समझती हो, ये जज-रायबहादुर के ख़िताब धर्मराज युधिष्ठिर के वंशजों को मिलते हैं?'

आज डैडी बिना माँगे वही दे रहे हैं, जो सुधीर माँग नहीं पाता। हो सकता है, सविता ने सोचा, यही इलाज हो। सुधीर और डैडी के बीच की कशमकश ख़त्म हो जाए, सुधीर को मनचाहा काम मिल जाए, तो सब ठीक हो जाए। भगवान सुधीर को सद्बुद्धि दें। संशय का विषय वही है। व्यापार में लगने से क्या सुधीर पैसे का मूल्य समझने लगेगा! दुनियादारी और सूझबूझ अपना लेगा? सफलता के लिए मेहनत के अलावा जिस पैनी स्वार्थबुद्धि की ज़रूरत होती है, उसे पा लेगा? सविता को यक़ीन नहीं था। पर उस वक़्त भविष्य को भगवान और डैडी पर छोड़ने के अलावा चारा क्या था? उन दिनों सुधीर की जो हालत होती जा रही थी, उससे बचने के लिए उम्मीद की झीनी-से-झीनी रोशनी पर भी भरोसा करना पड़ रहा था।

"आप फ़ैक्टरी लगाने के लिए रुपया देंगे?" विस्मय से फुसफुसाती आवाज़ में सुधीर ने कहा।

जज साहब के पास बुलाए जाने पर, वह उनकी स्टडी के रणस्थल में, जिरह-बख़्तर कसकर घुसा था। मैनेजर भादुड़ी और हराम की कमाई ख़ानेवालों से लोहा लेता, शुक्ला साहब के अपराधों से अपनी उग्रता को भाँजता, पूरी तरह लैस होकर मैदान में उतरा, और एक चपेट में ढह गया।

"आप रुपया देंगे? कैसे? ज़मीन बेचकर?" उसी फुसफुसाती आवाज़ में, उसने दोहराया।

"उसकी ज़रूरत नहीं होगी," शुक्ला साहब ने कहा, "मैं रुपए दे दूँगा। कितने चाहिए?"

"एक लाख।"

"ठीक है।"

"मैं दवाइयों की फ़ैक्टरी लगाऊँगा। मज़दूरों का शोषण उसमें नहीं होगा," उसने स्वर में चेतावनी लाने का प्रयत्न किया।

"वह सोचना तुम्हारा काम है," उन्होंने कहा और अब चेतावनी उनके स्वर में उभर आई, "मैं रुपया दूँगा पर सिर्फ़ एक बार। नुक़सान होने पर दुबारा नहीं। कुछ कर दिखलाने के लिए, एक मौक़ा काफ़ी होता है।"

सुधीर का कवच फिर कसा, आवाज़ से फुसफुसाहट छिटक गई, "ठीक है," उसने ऊँचे स्वर में कहा, "आप एक बार दीजिए। और...और...शुक्रिया," कह, वह तेज़ी से कमरे के बाहर निकल आया।

"भगवान सब ठीक करें," सविता ने सुना तो कहा।

"तुम अपने भगवान को बीच में मत डालो," सुधीर बोला, "जब देखो भगवान। भगवान या गोरी चमड़ीवाला उसका बन्दा। फ़ैक्टरी लगाए तो अंग्रेज़, इंजीनियर हो तो अंग्रेज़। हुक्म उनका, योजना उनकी, हम बस टट्टुओं की तरह उन्हें ढोते रहें। भगवान से सब ठीक करने की प्रार्थना करते रहें। देखना, मेरी फ़ैक्टरी में गोरी चमड़ीवाला घुस नहीं पाएगा। जो करेंगे, हम करेंगे। जो होगा, खुलेआम होगा। देखना तुम। मैं सोचता हूँ, फ़ैक्टरी के साथ एक सैनिटोरियम भी खोल लूँगा। कितने लोग हैं, जो उम्र-भर, हड्डी-तोड़ मेहनत करने के बाद, बीमार पड़ जाते हैं। तब उन्हें काम से अलग कर दिया जाता है। ऐसे लोगों का मैं इलाज कराऊँगा। उन्हें काम भी दूँगा..." कहते-कहते सुधीर कहीं और खो गया।

फिर वही दिवा-स्वप्न! "वे लोग काम कर पाएँगे?" डरकर सविता ने बाधा दी।

"हैं?" सुधीर चौंका, फिर समस्या को स्थगित करता हुआ बोला, "कुछ तो करेंगे। हलका-फुलका काम। ख़ैर, वह सब बाद में तय कर लेंगे। फ़ैक्टरी बढ़िया चलेगी, तुम देखना। दवाइयाँ बनाने का काम है भी शुभ। यह जो दाम बढ़ाकर दवाइयों का व्यापार किया जाता है, उस पर चोट करनेवाला कोई चाहिए। मैं करूँगा। तुम देखना।"

"एक बार भैया से सलाह कर लेते," आकुल होकर सविता ने कहा।

"तुमसे कितनी बार कहा है, अपने भैया को बीच में मत अड़ाया करो," सुधीर भड़क उठा, "रुपया तुम्हारे भैया नहीं, साहब दे रहे हैं। तुम बीच में चपड़-चपड़ किए बग़ैर नहीं रह सकतीं तो जाकर भैया के पास रहो।"

सविता चुप हो गई। एक झटके में बाप-बेटे ने मिलकर उसे बाहरी आदमी बना डाला था। उसका अन्तःकरण भगवान से प्रार्थना कर उठा, 'और जो करो भगवान, डैडी की सम्पत्ति का कुशल उत्तराधिकारी मुझे बख़्श दो।'

अपनी योजना के जन्मदाता और पुराने शुभचिन्तक मानकचन्द को ढूँढ़कर, सुधीर ने अपना पार्टनर बना लिया। फ़ैक्टरी की तमाम वित्तीय ज़िम्मेदारी उसे सौंप, टैक्निकल काम ख़ुद सम्हाल लिया। ज़मीन और मशीन की ख़रीदारी पूरी हो, तो फ़ैक्टरी के 'इरैक्शन' का काम शुरू हो। और किसी चीज़ की फ़िक्र करने की सुधीर को ज़रूरत नहीं होगी। मानकचन्द आश्वस्त कर चुका था। ज़मीन, मशीन और सामान की ख़रीदारी, बैंक से उधार का बन्दोबस्त, ज़मीन-मशीन का इंश्योरेंस, ऐसे सिरदर्दी के काम, वह ख़ुद सम्हाल लेगा। सूक्ष्म और कठोर व्यापारी दृष्टि पाई है उसने।

सविता गर्भवती हो गई। डॉक्टर नन्दा की देख-रेख में, पहले तीन महीनों का घातक समय, बिना हादसे गुज़र गया। उन्होंने विश्वास दिलाया, आगे ख़तरा नहीं है।

बस आराम और बेफ़िक्री का जीवन गुज़ारना होगा। पुत्र-प्राप्ति के लिए, उसने बनारस से आए योगी महाराज के पास जाकर, ताबीज़ बँधवा लिया। सौ रुपए का शानदार हवन करके, उन्होंने विश्वास दिलाया कि इस बार नर-सन्तान की प्राप्ति होगी। दोनों पर विश्वास कर, सविता, अकारण आत्म-गौरव और परितोष से भर, चेष्टाहीन सृजन की गलियों में विचरने लगी। अब उसकी देह, अपने सहज व्यापार से, उसके लिए वह सुख-सन्तोष जुटाने लायक़ हो गई, जिसकी उसे कामना रहती थी। कुछ समय के लिए बाह्य-जगत् की कार्यवाहियों से तटस्थ होकर, वह अपनी श्रम-हीन रचना में लीन हो गई।

सुधीर ने फ़ैक्टरी के 'इरैक्शन' का काम शुरू कर दिया। एक बार फिर, धनबाद की तरह, वह मज़दूरों की पंक्ति में आ खड़ा हुआ। बेजान पर पुरअसर मशीनों से जूझकर, हाथ काले करने में वह शुक्ला साहब और सविता से पुराने झगड़े भूल गया। जैसे-जैसे शरीर कठोर श्रम करता गया, दिमाग़ विश्राम करने लगा। या उसी कठिन श्रम का अभिन्न अंग बनकर रह गया। शिशु को जन्म देने-सा सहज शारीरिक परिश्रम और नए जीवन के रचयिता होने का सहज भावात्मक गौरव। समय कहाँ बचता था वैमनस्य के लिए। अतीत को लेकर वास्तविक और काल्पनिक कुँठाएँ, स्वयं कुंठित हो, किन्हीं दरारों में जा छिपीं। सुधीर के काम की गति बढ़ती गई। काम क्या, कभी न थकनेवाला जिन था, जो स्वयं चाबुक़ फटकारता और स्वयं चोट खा, दूने वेग से दौड़ पड़ता। गति, समय या भावनाओं का सन्तुलित उपयोग करना, वह जानता कहाँ था। पल-पल, घंटे-घंटे करके, स्वाभाविक गति से बढ़नेवाला काम, उसे चाहिए नहीं था। उसे चाहिए था, एक प्रचंड धमाके में दैहिक, मानसिक उपलब्धियों को इकट्ठा होम करवा लेनेवाला युद्ध। पर युद्ध उसके भीतर था, बाहर नहीं। वह स्वयं आक्रमणकारी था और स्वयं प्रतिरक्षक। नसों का तनाव उसका अस्त्र था और वही उसकी पराजय।

शुक्ला साहब का किताबों और फूलों से लगाव बढ़ता जा रहा था। जब से डॉक्टर ने आराम करने को कहा था, उनका क्लब जाना कम हो गया था। कचहरी से लौटकर, वे रॉल्फ़ को लेकर बग़ीचे में घूम लेते। गुलाब की बाग़बानी का शौक़ चरम बिन्दु पर था। माली बूढ़ा हो चला था, उनसे भी ज़्यादा। गुलाब की क़िस्मों में ठीक से भेद नहीं कर पाता था। रोशनी रहते, शुक्ला साहब गुलाब की क्यारियों के पास बैठकर गुलाब की क़िस्मों और बाग़बानी पर किताब पढ़ते। माली से उसकी विवेचना करते और उसका काम देखते। गरमियाँ बढ़ने पर उन्होंने बग़ीचे के पीछे चौड़े अहाते में खिले मौलसिरी और जूही के पेड़ों के झुरमुट में लैंप लगवा लिया। घूमने के बाद स्टडी में न लौटकर, वहीं पढ़ते।

पुस्तक गम्भीर विषय पर न रहती तो, विजया को भी वहीं बुलावा लेते। बीच-बीच में पढ़ना छोड़, वे खिलौनों और ज़मीन पर पड़े फूल-पत्तों से उसे खेलते देखते। छोटे बच्चे की सहज बुद्धि से विजया ने समझ लिया था कि इस आदमी को न खेल में शामिल किया जा सकता है और न शोरगुल करके परेशान। वह दूर देश से आया कोई राजकुमार है, जिसे क्रूर दैत्य ने शाप देकर, पत्थर की मूरत बना डाला है। उसे होश में लाने का एक ही उपाय है। वह है डाली पर खिले फूल तोड़ने को हाथ फैलाना। फूल छुआ नहीं कि दैत्य का शाप हवा हो जाता है। वह पुकार उठता है, ''विजया, फूल नहीं तोड़ो।''

वह फ़ौरन अपना हाथ खींच लेती और उनकी आवाज़ भी। वे फिर गुम हो जाते और वह ज़मीन पर पड़े फूल-पत्ते, अपने हरिण और खरगोश को खिलाने लगती। जब यहाँ गिरे तमाम फूल-पत्ते ख़त्म हो जाएँगे तो वे भी राजकुमार की तरह बोल पड़ेंगे। उन बेचारों को दैत्य ने ज़्यादा कड़ा शाप दे रखा है।

खाना ख़ाने शुक्ला साहब अन्दर आते, तो उन्हें सविता की नाज़ुक हालत याद आ जाती, और वे अपना स्नेह-अनुग्रह उस पर उँड़ेल देते। सुधीर कभी मेज़ पर रहता, कभी नहीं। शुक्ला साहब पहला कौर तोड़कर सविता से पूछते, ''कितनी रोटी खाती हो आजकल?''

सविता जवाब देती तो कहते, ''और दूध? कितनी बार पीती हो? तीन बार पीना।''

''जी,'' सविता कहती और मुस्कराकर रह जाती। कल भी उन्होंने यही कहा था।

खाना ख़त्म करके, वे जेब में हाथ डालकर, पाँच-दस का नोट निकालते और उसके हाथ पर रखकर कहते, ''फल मँगवा लेना अपने लिए। ख़ाने चाहिए।''

उन दिनों सबसे अच्छी बात यह हुई कि शुक्ला साहब के इन अबोध स्नेहिल प्रश्नों और आदेशों को सुन, न सुधीर हँसा, न कोई कटाक्ष किया। सहज ढंग से मुस्कराकर बोला, ''उन्हें अब अपनी सेहत का ख़याल रखना चाहिए, न कि तुम्हारी।''

''डैडी अपने रिटायर होने की बात करने लगे हैं,'' सविता ने कहा।

''क्या?''

''कह रहे थे, रिटायर हो जाएँ तो जी-भरकर किताबें पढ़ें।''

''पूरी लाइब्रेरी ख़त्म करने के लिए जल्दी रिटायर होना ज़रूरी है,'' सुधीर ने हँसकर कहा।

''बग़ीचे में गुलाब की क़िस्में भी पूरी करनी हैं। कह रहे थे अभी सिर्फ़ पचास क़िस्में लग पाई हैं।''

''बाप रे, तब कल ही रिटायर हो जाना चाहिए,'' सुधीर फिर हँस दिया।

14

सविता की मनोकामना पूरी हुई। लड़के का जन्म हुआ। नाम रखा गया–अजय। सुधीर के सुझाव पर। विजया और अजय। ये दोनों नहीं हारेंगे जीवन में। चलो, यही सही।

सर्दियाँ घिर आईं तो शुक्ला साहब का खुले में देर तक रहना मुश्किल हो गया। वे मौलसिरी का झुरमुट छोड़, अपनी स्टडी में लौट आए। क्लब जाना और कम हो गया। कुछ परिचित वहीं आकर मिल लेते।

सुधीर की फ़ैक्टरी का इरैक्शन आधे से ज़्यादा पूरा हो गया। कुछ दिन और, फिर सविता की तरह, उसकी आँखें भी, अपना सपना साकार देख सकेंगी।

तभी उसके होशियार, कामकाजी और मेहनती पार्टनर, मानकचन्द, ने आकर बताया कि दो लाख के एस्टीमेट के ऊपर, और दो लाख की लागत बैठ रही है। बिलों में दर्ज पूरा हिसाब-किताब उसके सामने पेश करके, उसने संजीदा स्वर में कहा, ''बिलों की अदायगी ज़रूरी है। वरना इरैक्शन समय पर पूरा नहीं हो सकेगा। मशीनों के पार्ट्स रोक दिए जाएँगे।''

''तब?'' सुधीर ने सोचा, मानकचन्द समस्या लाया है तो हल भी लाया होगा।

''एक-एक लाख रुपया और लगाना पड़ेगा,'' उसने कहा।

''एक-एक लाख रुपया और?'' सुधीर जैसे आसमान से गिरा, ''यह कैसे हो गया?''

''एस्टीमेट से ज़्यादा ख़र्च हो जाता है। इस बीच दाम भी काफ़ी बढ़ गए।''

''पहले तुमने ऐसा नहीं कहा था?''

''बिल आपके सामने हैं, भाई-साहब। मुझ पर विश्वास न हो तो मैं अलग हुआ जाता हूँ। आप मेरा शेयर भी ले लीजिए,'' मानकचन्द ने कहा, तो उसकी आवाज़ रुँध गई।

''नहीं-नहीं, मेरा वह मतलब नहीं था,'' सुधीर जल्दी से बोला।

''आप तो जानते हैं, मेरी कड़ी नज़र के सामने, कोई धोखाधड़ी नहीं हो सकती। यक्ष की तरह मैं इस कंसर्न की रखवाली करता रहा हूँ।''

सचमुच मानकचन्द की नज़र थी चौकन्नी। पर उसकी साझेदारी, ख़रीदार से कम, विक्रेता से ज़्यादा थी। मशीनों के वास्तविक मूल्यों से कितना ज़्यादा दाम, बिलों को फुलाते हुए, मानकचन्द की जेब में पहुँच चुका है, उसकी गणना करने का सुधीर के पास उपाय नहीं था।

''अब क्या करें?'' उसने कहा।

''एक-एक लाख रुपया और लगाना पड़ेगा।''

''मेरे पास और रुपया नहीं है।''

''इस वक़्त और पार्टनर भी नहीं मिलेगा।''

“तब?”

“आप अपना शेयर बेचें तो कोई ख़रीदार ढूँढ़ने की कोशिश कर सकता हूँ। पर इस हालत में रुपए में आठ आना ही मिल पाएगा।”

“मैं क्यों बेचूँ?”

“बेचने की तुक नहीं है। मामाजी से कहिए न। उनके लिए एक लाख रुपया क्या बड़ी चीज़ है?”

“नहीं!” सुधीर चीख़ दिया।

उसे शुक्ला साहब के दृढ़ शब्द अच्छी तरह याद थे–रुपया मैं दे दूँगा पर सिर्फ़ एक बार। नुक़सान होने पर दोबारा नहीं। कुछ कर दिखलाने के लिए, एक मौक़ा काफ़ी होता है। साल–भर के भीतर झोली फैलाकर उनके समाने फिर पहुँचना नामुमकिन था। उससे तो अच्छा था, किसी बैंक को लूट ले।

“भाई साहब, आप साथ नहीं रहेंगे तो बहुत अफ़सोस होगा मुझे। आप तो इस कंसर्न की जान हैं,” मानकचन्द ने कहा। सुधीर ने देखा उसकी आँखों में आँसू छलछला आए हैं।

हफ़्ता–भर सुधीर, रुपयों का बन्दोबस्त करने के लिए, दोस्तों के दरवाज़े खटखटाता रहा। पर बेचारे एकदम लाचार थे। कभी उनकी पढ़ाई–लिखाई और सैर–सपाटे के लिए सुधीर ने जेब ख़ाली की थी। सगाई की अँगूठी भी बेच डाली थी। इतने ग़रीब–बेबस थे बेचारे। अच्छी नौकरियों पर लग जाने से ही क्या वे लाखों का इन्तज़ाम करने लायक़ हो गए थे? इन्तज़ाम क्या, वे तो सलाह देने लायक़ भी नहीं थे। सिवाय इसके कि वह अपने डैडी से बात करे। सुधीर को उनसे सलाह लेने आने की ज़रूरत भी क्या थी, वह जब चाहता अपने पिता की क़ानूनी बुद्धि का प्रयोग कर सकता था।

कोई उपाय नहीं है? शुक्ला साहब से कहना होगा? इसी उधेड़बुन को सुलझाता, पुरानी आदत के मुताबिक़, वह सड़कों की धूल छानने लगा। जो ऊर्जा उसे फ़ैक्टरी के काम में जुटाए थी, अब कानपुर के एक सिरे से दूसरे सिरे तक खदेड़ने लगी। घूम–घूमकर थक जाता तो सड़क के किनारे बने किसी पार्क की बेंच पर लुढ़क, आराम कर लेता। कुछ खा–पी भी लेता। कोई उपाय नहीं है? शुक्ला साहब से कहना होगा। कहने में हर्ज भी क्या है? इतने आदमी सलाह दें, वह एकदम ग़लत तो नहीं हो सकती? एस्टीमेट से ज़्यादा ख़र्च हो जाता है। इस बीच चीज़ों के दाम भी इतने बढ़ गए। सुधीर कोई भगवान तो है नहीं कि भविष्यवाणी कर रखता, फ़ैक्टरी लगाने में ठीक कितना रुपया लगेगा। शुक्ला साहब गुलाब की क़िस्मों पर रुपए लुटा सकते हैं, उसे नहीं दे सकते? फ़ैक्टरी के चल निकलते ही पूरा पैसा वापस कर देगा। लगा ले तब गुलाब की क्यारियाँ। निर्णय लेकर, रात घिर आने पर, सुधीर घर लौटता तो काला सन्नाटा उसका स्वागत करता। समय से खाकर, शुक्ला साहब, बिस्तर थाम

चुके होते। सविता बेचारी नन्हे अजय को लेकर कमरे से बाहर ही नहीं निकल पाती। कुंडी खटखटाने पर विमला आकर दरवाज़ा खोल देती।

"साहब कहाँ हैं?" उग्र स्वर में सुधीर पूछता।

"कितनी रात हो गई," विमला मधुर स्वर में कहती, "बड़े साहब कब के सो गए। मेमसाहब अभी-अभी सोई हैं। बाबा बहुत तंग कर रहा था।" उसके स्वर के माधुर्य को सुन सुधीर रोने-रोने को हो जाता।

"खाना लगा दूँ?" उसकी थकी-उड़ी दयनीय सूरत पर दयार्द्र हो विमला और मधुर हो उठती।

"नहीं," कहने को तत्पर सुधीर उसके प्रश्न को मनुहार मानकर हाँ कर देता। खाना गरम करके थाली में लगा विमला उसके सामने रख देती। सुधीर का मन होता, वह उसके सामने बैठकर उसे खाना खिलाए, उसकी परेशानियाँ सुने और उनका हल खोजने में मदद करे। वह कौर तोड़ने लगता। विमला पानी का गिलास रख देती और इधर-उधर करती वहीं मँडराती रहती। तभी सविता की पुकार सुनाई पड़ती, "विमला!"

सुनते ही विमला उसके कमरे में पहुँच जाती। आजकल वह सविता और बच्चों के कमरे में सोती है, जिससे अजय का ख़याल रख सके। "देखना," सविता कहती, "बाबा ने गीला तो नहीं कर रखा? और विजया की रज़ाई ठीक कर दो।"

आजकल सविता सुधीर से अलग कमरे में सो रही है। पर इतनी गहरी नींद नहीं कि उसके आने, दरवाज़ा खुलने और विमला के वापस कमरे में लौटने की जानकारी न हो। बच्चों को देखकर विमला अपने बिस्तर पर जा लेटती। सुधीर की थाली उठाने नहीं जा पाती। वह जानती थी, घर के संयोजन में जो कोना उसे सौंपा गया है, उसी में सीमित रहना ज़रूरी है। गर्दन बाहर निकालकर, किसी को सान्त्वना-साहचर्य देने को, सविता गुस्ताख़ी का नाम दे देती। सुधीर को देने का मतलब रुपया ऐंठने का प्रपंच भी होता।

सुधीर दो-चार कौर खाकर, थाली ज्यों-की-त्यों छोड़ उठ जाता। अकेले बैठकर ख़ाने को मन नहीं होता। कमरे में आने पर भी, सड़कों की ख़ाक पीछा नहीं छोड़ती। अपने हौसलों को बढ़ावा देता, इरादों को पुख़्ता करता, वह एक कोने-से-दूसरे कोने तक चलता जाता, और कभी-कभी बोल भी पड़ता। उसकी आहट सुन, सविता चौकन्नी हो जाती। असहजता का अब तक उसे इतना अनुभव हो चुका है कि वातावरण को सूँघकर, वह सामान्य-असामान्य को भाँपने लगी है। ये देरी और बेचैनी फ़ैक्टरी के 'इरैक्शन' से नहीं, किसी और चीज़ से सम्बन्धित है।

अजय ने जन्म को चालीस दिन पूरे होते ही, उसने मानकचन्द को बुला भेजा और जानकारी हासिल कर ली। सब सुना और सिर पीट लिया। पहले ही कहा था, भैया से सलाह कर लो। यूँ हवा में उड़कर कहीं बिज़नेस किया जाता है? हो न हो,

इसमें मानकचन्द की कारगुज़ारी है। ऐसे ही रुपया सुधीर के हाथों में आता रहा तो अजय के लिए कुछ बाक़ी नहीं रहेगा। क्षोभ और हताशा से उफनती वह शुक्ला साहब की स्टडी में जा पहुँची।

काले चमड़े में मढ़ी अंग्रेज़ी की मोटी पोथी, हाथ में थामे, शुक्ला साहब पढ़ने में मशगूल थे। सविता की बात सुनते हुए, उन्होंने न किताब नीचे रखी, न बन्द की। सिर्फ़ आँखें पन्ने से ऊपर उठा लीं। रुककर बोले, "तुमने किंग लियर पढ़ा है?"

किंग लियर? सविता को लगा, डैडी भी हाथों से छूटे जा रहे हैं। वह वक़्त साहित्य-चर्चा का है?

"जी, पढ़ा है," उसने सँभलकर कहा।

शुक्ला साहब कुछ देर चुप रहे, फिर बोले, "आख़िर हम सबका एक ही हाल होना है।"

लम्बी साँस खींचकर, वे फिर शेक्सपियर में डूब गए।

"डैडी!" पहली बार, उनके सामने तहज़ीब भूलकर, सविता लगभग चीख़ पड़ी, "इनके हाथ में रुपया रहा तो विजया-अजय बर्बाद हो जाएँगे।"

"हाँ," उन्होंने सिर उठाकर कहा, "बिज़नेस में रुपया डालना ऐसा है जैसे मक्खन में गरम चाक़ू।"

"इन्होंने अब तक इसका ज़िक्र नहीं किया है। आगे क्या करना है, तय करना होगा।"

शुक्ला साहब ने क्षणांश के लिए सोचा, बोले, "उससे कहो, अपना शेयर बेचकर अलग हो जाए।"

"पचास हज़ार का नुक़सान हो जाएगा," सविता ने याद दिलाया।

"होने दो। इस दलदल से तो छुटकारा मिलेगा।"

"पर डैडी, मुझे लगता है, इसमें मानकचन्द का धोखा न हो।"

शुक्ला साहब की क़ानूनी बुद्धि भी यही कहती थी। पर रिटायर होने को उन्मुख, उनका अभिजात मन, बिज़नेस के गँदले पानी में घुसकर, उसकी तह तक पहुँचने से इनकार कर रहा था।

"जो हो," उन्होंने कहा, "सुधीर इसमें फँसा रहा तो बर्बाद हो जाएगा। मैंने उससे कहा था, मैं एक मौक़ा दूँगा। अच्छा हुआ वह नाक़ामयाब हो गया। अब नौकरी में मन लग जाएगा।"

"ये न माने तो?"

"न मानने का सवाल कहाँ उठता है? और चारा क्या है?"

"एक बार अतुल भैया को बुलाकर उनसे सलाह न कर लें," सविता ने पूछा। पचास हज़ार रुपया यूँ ही दे डालने को उसका मन नहीं था।

"नहीं," शुक्ला साहब ने वितृष्णा के साथ कहा, "अपने घर के मामले में दूसरों को डालने की ज़रूरत नहीं है। मैं बिज़नेस के क़िस्से में नहीं पड़ना चाहता।"

सविता को उनकी साहबी तटस्थता रास नहीं आई। धरती को छोड़, हवा में पैर मारकर चलने को ही, अगर अभिजात स्वाभिमान कहते हैं, तो वह खोखले दम्भ से अधिक कुछ नहीं है। इतनी हवाई बातें तो विजया भी नहीं करती। उसका मन हुआ, उनके बचकानेपन पर हँसे। उन्हें चेता दे कि वे बच्चे नहीं, दो पीढ़ियों के अभिभावक हैं। बरसों के संस्कारों ने अनुमति नहीं दी। पर उसके स्वर में बच्चों को चेतावनी देने का सुर बज उठा।

"आप जानते हैं," उसने कहा, "यह नई बात नहीं है। रुपए-पैसे के मामले में ये छोटे बच्चे की तरह हैं। मुझे बहुत डर लगता है।"

शुक्ला साहब ने लम्बी साँस खींची, कहा कुछ नहीं।

"अपने लिए नहीं," सविता ने कहा, "मुझे बच्चों की फ़िक्र है। वे दोनों आपके भरोसे हैं।"

"तुम्हें कोई दिक़्क़त है क्या?" शुक्ला साहब ने कहा।

"आपके रहते क्या दिक़्क़त हो सकती है? मुझे चिन्ता बच्चों के भविष्य की है। अजय के नाम जायदाद रहे तो..."

चौंककर शुक्ला साहब ने उसकी तरफ़ देखा, तो वह बोली, "मुझे नहीं तो भैया को गार्जियन बनाया जा सकता है।"

शुक्ला साहब ने जैसे गहरी नींद से जागकर उसे देखा। कुछ देर ऐसे ताकते रहे जैसे पहचान न पा रहे हों। फिर धीमी सपाट आवाज़ में बोले, "इस वक़्त तुम जाओ, सविता, मुझे काम है।"

उस वक़्त, सचमुच, उनके मन में इस व्यापारी की बेटी के लिए गहरी विरक्ति उपज आई थी।

उस शाम शुक्ला साहब बग़ीचे में घूमकर गुलाब की क्यारी के पास नहीं रुके। एक चक्कर पूरा करके, स्टडी में लौट आए और साईस को टंडन साहब को बुलाने भेज दिया।

टंडन साहब आए तो बोले, "तूने भी एक खटरागी बीमारी लगा ली न?"

"यह सब तो चला ही करता है," शुक्ला साहब ने कहा।

"लगता है, सब यार-दोस्त बूढ़े हो रहे हैं। तमाम हुजूम में एक मैं जवाँमर्द बचा हूँ। तूने सुना, झा दमे के मारे बेहाल है?"

"सुना था। हाल पूछ आया करता हूँ।"

"और हम लोगों की सेहत का रखवाला, यह डॉक्टर मित्तल, कौन सेहतमन्द है। शक्कर की बीमारी लग चुकी है। मिठाई खाता भी डटकर था।"

"खाते तो तुम भी कम नहीं," शुक्ला साहब ने याद दिलाया।

टंडन साहब हा-हा कर हँस दिए, बोले, ''मैं ठहरा वकील। ज़ुबान से जो कुनैन उगलता हूँ, उससे सब मीठा बराबर हो जाता है। पर तुझे ब्लड-प्रेशर कैसे हो गया? जज की कुर्सी पर बैठकर ऊँघने में काहे का तरद्दुद? न मुलज़िम के हमदर्द, न फ़रियादी के। सुन लिया और तराज़ू पर तौलकर कर दिया फ़रमान जारी। तुझ जैसे बेफ़िक्रे आदमी को इस मरदूद बीमारी ने कैसे आ पकड़ा?''

''टंडन,'' सहसा शुक्ला साहब ने कहा, ''मैं वसीयतनामा लिखवाना चाहता हूँ।''

''हैं? क्या हुआ?'' चौंककर टंडन ने कहा, ''यार, मैं तो मज़ाक कर रहा था। ब्लड-प्रेशर के मरीज़ सौ बरस जीते हैं।''

''इसलिए ज़रूरी नहीं है कि सौवें बरस में वसीयतनामा बनाया जाए?'' शुक्ला साहब फीकी-सी हँसी हँस दिए। ''मैं तो तुम्हें भी सलाह दूँगा कि लिख डालो।''

''क्यों मौत की याद दिला रहा है, यार।''

''मौत की याद रहे तो आदमी ज़िन्दगी के छोटे-मोटे सदमे आसानी से झेल लेता है, टंडन,'' शुक्ला साहब ने कहा, ''अमल करके देख लो।''

''तू किताबें बहुत पढ़ता है,'' टंडन साहब को उनका स्वर कुछ अटपटा लग रहा था, ''अब छोड़ फ़िलॉसफ़ी और वसीयतनामा लिखवा।''

डैडी के आदेश के ख़िलाफ़, सविता ने अतुलदेव को पत्र लिख दिया। सारी स्थिति समझाकर, उससे अनुरोध किया कि वह, जितनी जल्दी हो सके, कानपुर चला आए।

उस रात सुधीर के घर लौटने पर, दरवाज़ा सविता ने ख़ुद खोला। खाना परोसकर सामने बैठ गई।

सिर झुकाकर सुधीर ने थाली में नज़र गड़ा ली और चुपचाप कौर मुँह में डालने लगा।

''फ़ैक्टरी में रुपया कम पड़ गया, आपने बतलाया नहीं,'' सविता ने सीधा वार किया पर मधुर-धीमी आवाज़ में।

सुधीर अवसन्न रह गया। उसने सिर ऊपर नहीं उठाया। रोटी का टुकड़ा थाली में मसलने लगा।

''कम पड़ा है न?'' सविता ने फिर कहा।

''कम पड़ा है, तो?''

''डैडी कह रहे हैं, जितने में भी हो, अपना शेयर छोड़ दीजिए,'' उसने जायज़ा लेते हुए कहा।

''कभी नहीं,'' सुधीर का सिर झटके से ऊपर उठा, ''अपना शेयर कभी नहीं छोड़ूँगा, कभी नहीं।''

"मैं भी यही सोचती हूँ," सविता ने कहा।

"तुम भी...तुम भी...?" आश्चर्य से अभिभूत, दुहरा उठा सुधीर।

"हाँ, चालीस-पचास हज़ार का नुक़सान हम क्यों उठाएँ? मुझे इसमें मानकचन्द का धोखा दिखलाई देता है," सविता ने कहा।

"नहीं," सुधीर ने प्रतिवाद किया पर धीमे स्वर में, "वह धोखा क्यों करेगा? एस्टीमेट से ज़्यादा ख़र्च हो जाता है।"

"ख़ैर, आप अपना शेयर छोड़िए नहीं। मैंने चिट्ठी लिखकर भैया को बुलवाया है। उनकी सलाह लेकर कुछ कीजिएगा।"

सविता को अपनी ओर पाकर, जो अचरज और हर्ष उसने महसूस किया था, भैया का नाम सुनते ही हवा हो गया। चिल्लाकर बोला, "तुमसे किसने कहा था, अपने भैया को लिखने के लिए? मुझे जो करना होगा, अपने आप कर लूँगा।"

"क्या करेंगे? व्यापार के बारे में क्या जानते हैं आप? जो चाहे आपको धोखा दे सकता है।"

"तुम्हें सारा जहाँ धोखेबाज़ दिखता है। जानती हो, मानकचन्द मेरी कितनी इज़्ज़त करता है? अभी भी कह रहा था, भाईसाहब आप इस कंसर्न की जान हैं। आप अलग हो गए तो बहुत अफ़सोस होगा मुझे।"

"आपको तो कोई बना ले। भैया व्यापारी आदमी हैं, उनसे पूछकर काम करेंगे तो..."

"नहीं पूछना मुझे," सुधीर थाली छोड़ खड़ा हो गया, "रुपया ही तो और लगना है, लग जाएगा।"

"लगेगा कैसे? डैडी और रुपया देने से रहे," सविता ने कहा।

"लगेगा कैसे?" सुधीर गरज उठा, "जैसे लगे। तुम्हें सारी बात समझानी ज़रूरी है? औरत की तरह रहो। काम-धाम की बात में टाँग क्यों अड़ाती हो?"

सुधीर अपने कमरे का दरवाज़ा धड़ाक से मारकर भीतर जा घुसा।

हुं! सविता वितृष्णा से बुदबुदाई, मर्दानगी दिखला रहे हैं। मैं औरत हूँ, ठीक है, पर तुम्हीं ने मर्दों-सा क्या काम किया है? लम्बा-चौड़ा शरीर होने से आदमी मर्द हो जाता है?

सुधीर ने तय किया, जज साहब पैसे नहीं देंगे तो वह उनकी एकाध कोठी बेच डालेगा। क्या करेंगे? उसे जेल भिजवाएँगे? और बेचने की क्या ज़रूरत है? बन्धक रखकर उधार लिया जा सकता है। मानकचन्द कितनी बार कह चुका। आख़िर सभी जानते हैं, शुक्ला साहब की आधी जायदाद का वारिस वही है। बाद में मिली तो उसके क्या काम आएगी? ज़रूरत अब है। वह ज़रा नहीं हिचकेगा। सब बात खोलकर उनसे कह देगा। अगर उन्होंने रुपए नहीं दिए तो जमीन बन्धक रख देगा, या बेच ही डालेगा।

अगली सुबह घर से निकला सुधीर दो दिन वापस नहीं लौटा। आख़िरी और असली लड़ाई के लिए अपने को तैयार करता रहा। दो दिन बाद, रोज़ की तरह हवाई क़िले बनाता, वह सड़कों पर घूमता गंगा के किनारे जा भटका। पर न जाने किस अन्त:प्रज्ञा से प्रेरित हो, उसने सूरज डूबने से पहले, अपने क़दम घर की तरफ़ मोड़ लिये। गंगा के किनारे से माल रोड पर शुक्ला साहब की कोठी तक पहुँचने में उसे एक घंटा लग गया। फिर भी अँधेरा नहीं घिरा।

घर के पास पहुँचने पर उसने अपनी चाल तेज़ कर ली। एक बार फिर संकल्प किया–आज का दिन ख़ाली नहीं जाने देगा। आज जज साहब को ख़ाने की मेज़ पर पकड़ेगा। खाना खाकर वे अपनी स्टडी में जा घुसते हैं तो हाथ नहीं आते। स्टडी का दरवाज़ा खटखटाकर भीतर आने की अनुमति माँगने में, उसके हाथ जकड़ जाते हैं। कितना ही लताड़े-फटकारे, उठकर नहीं देते। बचपन से यही होता आया है। जज साहब का वह निजी कक्ष उसके लिए वर्जित रहा है। अंग्रेज़ों के ज़माने में हिन्दुस्तानियों के लिए गोरे क्लबों के भवनों की तरह। संस्कार ऐसे पड़ चुके हैं कि स्पष्ट मनाही न होते हुए भी, बिना पेशी के हुक्म के, अन्दर घुसते झिझक होती है।

स्टडी में हुई बचपन की हर पेशी उसे अच्छी तरह याद है। पेशी ही नहीं, उससे उत्पन्न संत्रास, घृणा और आक्रोश भी। इसी स्टडी में, रेवा को पीटने के झूठे जुर्म पर, दलील का मौक़ा दिए बग़ैर, उन्होंने ठंडे दिल से उसे पीटा था। इसी स्टडी में, उसकी बात पर ध्यान दिए बग़ैर, उन्होंने संघ में जाने के लिए उसे दुत्कारा था। और गांधीजी की हत्या पर हुई उसकी लज्जाजनक हार का, बेरहमी से मज़ाक भी, इसी स्टडी में उड़ाया था। साल-भर पहले, यहीं भिखारी की तरह फैले उसके हाथ पर लाख रुपया फेंककर उन्होंने कहा था–दान एक बार मिलता है, बार-बार नहीं। याद है, उसे अच्छी तरह याद है। इस स्टडी के दमघोंटू माहौल में जिया एक-एक लम्हा; उन लम्हों में झेली एक-एक कचोट; एक-एक चुभन। उस घृणित, दुर्जेय दुर्ग के भीतर उनका सामना करना असम्भव है। बाहर ख़ाने की मेज़ पर उन्हें जा घेरेगा। मुक़ाबले की हर चाल की पहल ख़ुद करेगा। कोठी के दरवाज़े को ठेलकर, उसने अपने क़दम तेज़ कर लिये। दुश्मन को धर-दबोचने की उत्तेजना से हाँफता, झपटकर भीतर घुस गया।

भीतर वैसा ही सन्नाटा छाया हुआ था, जैसा रात घिर आने पर घर पहुँचने पर मिला करता था। एक कमरे में बत्ती ज़रूर टिमटिमा रही थी पर साफ़ रोशनी कहीं नहीं थी। अन्दर-बाहर एक समान चितकबरा धुँधलका छाया था। जो रात घिर आने से पहले, दिन का गला तो घोंट देता है, पर न उजाला बख़्शता है, न अँधेरा।

क्या आज सात बजे से ही सब के सब बिस्तर में जा घुसे। वह क्रोध से उफन उठा। उसकी बात न सुनने के लिए, यह नया तरीक़ा अपनाया गया है। जब भी वह कोई संकल्प करता है, उसे मार गिराने के लिए, वे कोई नया हथियार अपना लेते

हैं। पर आज नहीं। आज वह अपनी बात कहकर रहेगा। जगे हों या सोए, उन्हें उसकी बात सुननी होगी, परखनी होगी और अन्ततः माननी होगी। आज फ़ैसला होकर रहेगा। अपने क़दमों को शिथिल किए बग़ैर वह उनके बेडरूम की तरफ़ दौड़ गया। पर कमरे के बाहर, बरामदे में मनुष्यों की दीवार, उसका रास्ता रोके खड़ी थी।

"साहब!" कई कंठों से निकले सम्मिलित आर्तनाद ने उसके पैर जकड़ दिए।

"क्या है?" घूमकर उसने देखा, बरामदे में घर के तमाम नौकर जमा हैं, जेकब, गोविन्द, माली, साईस, धोबी, जमादार, विमला...सब।

"क्या है?" घबराकर उसने दोहराया।

"साहब नहीं रहे!" चीख़-सा उठा समवेत कंठ-स्वर, हिचकी-सा घुट गया।

"नहीं?" सुधीर के स्वर में केवल अविश्वास था।

तभी विषण्ण मुख लिये सविता कमरे से बाहर निकली। पीछे-पीछे अतुलदेव।

"अब आए हैं?" सविता ने उलाहना देकर कहा, "कब से आपको ढूँढ़ रहे हैं।"

"क्या हुआ?"

"डैडी चल बसे।"

"नहीं, यह नहीं हो सकता," सुधीर ने आवाज़ ऊँची करने की कोशिश की।

"नहीं हो सकता कहने से क्या होगा?" सविता ने भर्त्सना से कहा।

"मेरा रास्ता छोड़ो। आज मुझे उनसे बात करके छोड़नी है। कहाँ हैं वे? बोलो, कहाँ हैं?" बार-बार चीख़-चिल्लाकर सुधीर उनका जाना रोक रखना चाहता था।

पर...

अगली सुबह...

"यही है, शुक्ला साहब की कुल वसीयत : मेरा जो रुपया या जायदाद है, सब मेरे इकलौते बेटे सुधीर शुक्ला को मिले। यही न्यायोचित है। आशा करता हूँ वह घर के पुराने नौकरों का ख़याल रखेगा।"

सुधीर का चेहरा आतंक से सफ़ेद पड़ गया।

"नऽहीं," वह हलाल होते बकरे की तरह चीख़ा और सिर धुनता, अन्धाधुन्ध घर से बाहर दौड़ गया।

कैरम की गोटियाँ

अचला बंसल

अनुवाद : स्मिता सिन्हा

मेरे पापा अपने मुड़े-तुड़े कुर्ता-पाजामा में, बिना शेव किए, कैरम के सामने बैठे हुए, गोटियों को सजाते हुए, बार-बार सजाते हुए; आँखें सिकोड़कर स्ट्राइकर से निशाना साधते हुए...आवेग में बार-बार स्ट्राइक करते हुए। हर बार निशाना चूक जाता। उनके काँपते हाथ और होंठ अब भी मुझे याद हैं।

लेकिन वे हमेशा से ऐसे नहीं थे। जब मैं, खेलने के लिहाज़ से छोटा समझा जाता था, अपनी बहन के बग़ल में बैठा करता और उन्हें खेलते देखता। वे शायद ही कभी चूकते। सम्मोहित, मैं उन्हें निशाना लगाते देखता, और ये गया! उनकी हर चाल सोची-समझी होती, उनकी आँखें कभी नहीं झपकतीं, उनकी लम्बी, कोमल अँगुलियाँ एक सर्जन के नश्तर-सी अचूक ढंग से चलतीं।

मैं नामी दून स्कूल का जाना-माना छात्र हूँ। मम्पी-पापा का दुलारा। मि. रिची रिच...आज मेरे स्कूल का आख़िरी दिन है। अपने पापा को शोफर ड्रिवेन मर्सिडीज से उतरते देख मेरा दिल बाग़-बाग़ हो उठता है। उन्होंने अभी-अभी ली है। मैं महसूस कर सकता हूँ कि मेरे दोस्त मुझे ईर्ष्या से देख रहे हैं। आख़िरकार मेरे पापा एक आकर्षक शख़्स हैं—असरदार। यहाँ तक कि हमारे खड़ूस प्रिंसिपल भी उनसे घबराते हैं...

'पापा, चलो कैरम खेलें,' मेरे सात साल के बेटे की चीख़ती आवाज़ मेरे कानों पर पड़ी। मैं उठकर बैठ गया, आँख मलते हुए, चौंककर ख़यालों से बाहर।

'हमेशा ख़यालों में खोए रहते हो,' मेरी पत्नी बुदबुदाई।

'तुम हमेशा कैरम खेलने की क्यों सोचते हो?' मैं बड़बड़ाया।

'कम से कम इससे वह घर पर तो रहेगा। तुम उसके साथ क्यों नहीं खेलते?' मेरी पत्नी ने पूछा।

'क्योंकि मैं इस खेल से नफ़रत करता हूँ।'

'क्यों?'

क्यों? मेरे पास जवाब नहीं था। मैं ख़ुद नहीं जानता था। या...फिर अच्छी तरह जानता था, सिर्फ़ स्वीकार करना नहीं चाहता था। इस खेल से मेरी गहरी चिढ़, वो यादें जो इससे उभरती हैं।

मेरे पापा अपने मुड़े-तुड़े कुर्ता-पाजामा में, बिना शेव किए, कैरम के सामने बैठे हुए, गोटियों को सजाते हुए, बार-बार सजाते हुए; आँखें सिकोड़कर स्ट्राइकर से निशाना साधते हुए...आवेग में बार-बार स्ट्राइक करते हुए। हर बार निशाना चूक जाता। उनके काँपते हाथ और होंठ अब भी मुझे याद हैं।

लेकिन वे हमेशा से ऐसे नहीं थे। जब मैं, खेलने के लिहाज़ से छोटा समझा जाता था, अपनी बहन के बग़ल में बैठा करता और उन्हें खेलते देखता। वे शायद ही कभी चूकते। सम्मोहित, मैं उन्हें निशाना लगाते देखता, और ये गया! उनकी हर

चाल सोची-समझी होती, उनकी आँखें कभी नहीं झपकतीं, उनकी लम्बी, कोमल अँगुलियाँ एक सर्जन के नश्तर-सी अचूक ढंग से चलतीं।

हर इतवार, हरेक छुट्टी का दिन, न ख़त्म होते कैरम के खेल में गुज़रता, माँ के झल्लाने के बावजूद। हमारे घर में पड़ोस के बच्चे ठसाठस भर जाते। हमारा छोटा-सा घर, पापा को हराने की उनकी शोरगुल भरी नाकाम कोशिशों से गूँजता रहता। लेकिन सिक्का उन्हीं का चलता, वे खेल के उस्ताद थे।

'इन्हें ट्यूशन फ़ीस लेनी चाहिए,' मेरी माँ बड़बड़ाती। उनके लिए छुट्टियाँ एक मुसीबत थीं। फिर, यह मुसीबत हर दिन की बात हो गई। पापा ने ऑफ़िस जाना बन्द कर दिया। उन्होंने माँ को बताया कि वे एक महीने की छुट्टी पर हैं। चुपचाप वे दिन गिनने लगीं। महीने साल में बदल गए। दो साल। उन्होंने गिनना बन्द कर दिया। बच्चों ने आना बन्द कर दिया।

मेरी बहनें उनसे कतराने लगीं—जहाँ तक सम्भव हो हम अपने में ही क़ैद रहते। लेकिन उन्होंने खेलना नहीं छोड़ा। दिन पर दिन वे अपने घिसे कैरम बोर्ड के सामने बैठते, काँपते हाथों से बदहवास स्ट्राइक करते रहते, उनकी बड़बड़ाहट ऊँची होती जाती। परदे के पीछे से मैं उन्हें सहमकर देखता रहता, वे बोर्ड को उलट देते और फिर चहलक़दमी करने लगते...आगे और पीछे...आगे और पीछे, पिंजरे में क़ैद बाघ की तरह...

एक दिन जब मैं स्कूल से घर लौटा तो अजीब ख़ामोशी पसरी थी। मैंने कमरे में झाँका। वे वहाँ नहीं थे। न ही कैरम का कोई निशान था।

'पापा कहाँ हैं?' मैंने पूछा।

'उनका ट्रांसफ़र हो गया,' माँ ने रूखेपन से कहा।

'लेकिन वे ऑफ़िस नहीं जा रहे थे।'

'इसलिए कि वे छुट्टी पर थे। अब उनकी छुट्टी ख़त्म हो गई और उनका ट्रांसफर हो गया।'

मैं उनके उतरे चेहरे को देखकर जान गया कि वे झूठ बोल रही हैं। लेकिन वे झूठ क्यों बोल रही थीं? पापा कहाँ थे? रात को मैंने अपनी बहन से पूछा। एक मिनट वह चुप रही, फिर उसने वही बात दोहराई। झूठी। सब के सब झूठ बोल रहे हैं। मुझे छोड़कर उन सबको पता था। वे मुझसे क्यों छिपा रही थीं? मैं बच्चा नहीं था। जल्दी ही मैं आठ साल का होनेवाला था।

सब जानते थे। जहाँ कहीं जाता, लोगों की हमदर्दी भरी नज़रें मुझसे छिपती नहीं थीं।

'तुम्हारे पापा पागलख़ाने में हैं,' एक दिन मेरे दोस्त दीपक ने दम्भ के साथ सूचना दी।

'तुम्हें कैसे मालूम?' मैंने कातरता से पूछा।

'मुझे पता है। मैंने अपनी माँ को पुष्पा आंटी से कहते सुना।'

यह तो अपमान की पराकाष्ठा थी। मुझे मालूम होना चाहिए था। मुझे जानने का हक़ था।

आख़िर वे मेरे पापा थे जिसके बारे में सब चटखारे ले रहे थे।

'माँ, ये पागलख़ाना क्या है?' हिम्मत करके मैंने माँ से पूछा।

उनका चेहरा फक पड़ गया। 'तुम्हें किसने बताया?' वे बुदबुदाईं।

'वह जाने दीजिए। मुझे पता है। लेकिन पापा वहाँ क्यों हैं?' मैं जानना चाहता था।

'वह एक हॉस्पिटल है,' माँ ने नरमी से मेरा गाल थपथपाते हुए कहा, 'तुम्हारे पापा बीमार हैं।'

'लेकिन आपने तो कहा था कि वे बम्बई गए हैं?' मैंने बात काटी।

'वे वहाँ बीमार पड़ गए, इसलिए...'

'लेकिन हम लोग उन्हें लाने क्यों नहीं गए? और उन्हें हॉस्पिटल देखने क्यों नहीं जाते?' मैं उनकी साड़ी पकड़कर चिल्लाया।

'सलीक़े से रहो, अब तुम बच्चे नहीं रहे,' उन्होंने डपटा।

'जब मैं बच्चा नहीं रहा तो मुझे बताया क्यों नहीं? आप झूठ क्यों बोल रही हैं?'

उनके झन्नाटेदार तमाचे से मेरी नज़र धुँधला गई। मैं कमरे से बाहर दौड़ा, मेरे गाल आँसुओं से भीग चुके थे।

मैंने उनसे फिर कभी नहीं पूछा। पापा के विषय में कोई बात नहीं करता था। क्या वे मर चुके थे? मुझे अचरज होता था। उनके मरने के बावजूद कैसे वे सब हँस-बतिया सकते थे। स्वार्थी, सारे के सारे। मुझसे काफ़ी बड़ी मेरी दोनों बहनें हर वक़्त ही-ही करतीं और बतियाती थीं। अक्सर उनकी खुसुर-फुसुर मुझे देर रात तक जगाए रखती। वे क्या राज़ साझा कर रही थीं? जब मैं उनसे पूछता, मुझे किनारे करते हुए कहतीं, 'अरे, तुम अभी बच्चे हो।' इन बड़ों के तौर-तरीक़े भी अजीब थे। एक बार तय क्यों नहीं कर सकते कि मैं बच्चा हूँ या नहीं?

'अब मैं एक टीन एजर हूँ,' मैंने अपने तेरहवें जन्मदिन पर गर्व से घोषणा की। वे ख़ुशी से मुस्कुराती रहीं, सारा दिन मुझसे लाड़ जताती रहीं। रात में भी, आपस में घुल-मिलकर फुसफुसाने की जगह, मेरी बहनों ने मुझे भी अपने साथ कर लिया। हम लोग देर रात तक बैठकर गप्पें मारते रहे और हँसते रहे। मैं रोमांचित था। अन्ततः मैं बड़ा हो चुका था। अब वे अपने राज़ मुझे बता सकती थीं। यहाँ तक कि उन्होंने मुझे 'घर का मालिक' भी कहा था। तो क्या अब मैं उनसे अपने पिता के बारे में पूछने की हिम्मत करूँ? क्या हो अगर वे मुझे सच बता भी दें? क्या वाक़ई मैं सच जानना चाहता था? एक समय था जब जानने के लिए कुछ भी देने को तैयार हो जाता। लेकिन तब मैं बच्चा था। अब मैं एक मर्द हूँ, मैंने दम्भ से सोचा। एक और

विचार मेरे मन में रेंगा। अगर मेरे पिता वापस लौट आएँ तो मैं 'घर का मुखिया' नहीं रहूँगा। ना, चीज़ें जैसी हैं वैसी ही रहें, मैंने सोचा। मैं अपनी नई हासिल हैसियत से ख़ुश था।

मेरी एक बहन की शादी होनी थी। अब उनकी कानाफूसियाँ लम्बी होने लगीं। मैंने उस पर ज़्यादा ध्यान नहीं दिया। कुछ भी हो, वे लड़कियाँ थीं। और मेरी राय में सारी लड़कियाँ बेवकूफ़ थीं। मैं उनकी बकबक सुनने में अपना वक़्त बर्बाद नहीं कर सकता था।

'क्या वह क्रिकेट खेलता है?' मैंने अपनी बहन से एक दिन पूछा। बिना किसी वजह उसका रंग लाल हो गया। कोई उसकी ज़रा चर्चा करे और वह लजा जाती। मूर्ख लड़की! अभी तक उसे पता नहीं था कि वह क्रिकेट खेलता था या नहीं।

मुझे घर के उत्सवपूर्ण और ख़ुशनुमा माहौल में अच्छा लग रहा था। शादी की तारीख़ में बस एक सप्ताह ही बचा था। मैं उनकी मदद करने की कोशिश करता था, लेकिन ज़्यादातर वे मुझसे कहतीं कि मैं उन्हें तंग न करूँ। मुझे भी ये भाता था। इसका मतलब था, पूरी शाम क्रिकेट खेलने की आज़ादी। मैं उसका ज़्यादा से ज़्यादा फ़ायदा उठाना चाहता था क्योंकि मैं जानता था कि वह ज़्यादा दिन तक चलनेवाला नहीं था। एक बार डी-डे ख़त्म होने के बाद 'होमवर्क नॉट डन' पर माँ के साइन कराना मेरे लिए आसान नहीं होगा।

सिर्फ़ दो दिन बचे थे। अब कोई स्कूल नहीं, कम से कम अगले दो दिन। मैं सीटी बजाते हुए सीढ़ियाँ चढ़ रहा था। मैं बेल बजानेवाला था कि झट से दरवाज़ा खुल गया। 'चुपचाप अपने कमरे में जाओ। तुम्हारे पापा सो रहे हैं,' माँ ने सावधान किया। भौचक, मैं उन्हें घूरने लगा। 'लेकिन...' मैं हकला गया।

'आओ और खाना खाओ,' किचन की तरफ़ जाते हुए उन्होंने कहा।

मैं दबे पाँव अपने कमरे में गया। वहाँ मेरी बहनें चुहियों की तरह दुबकी बैठी थीं।

'कुछ गड़बड़ हुई?' मैंने धीमे से पूछा।

'कुछ नहीं।'

'तो तुम लोग इतने चुप क्यों हो? पापा लौट क्यों आए हैं? इतने दिन वे कहाँ थे? क्यों...?'

'जाओ और खाना खाओ,' उन्होंने आदेश दिया।

मैं खाना टुँगने लगा।

'क्या मैं उनसे मिलूँ?' मैंने माँ से पूछा।

'नहीं-नहीं, वे आराम कर रहे हैं। तुम बाहर जाओ और खेलो।' अनमने ढंग से उन्होंने कहा।

खेलो? कैसे वे ये बात कह भी सकती हैं? मैंने उन्हें शिकायती अन्दाज़ में देखा था। वे मुझे अपने पापा से मिलने क्यों नहीं दे रही थीं? और वे क्यों सो रहे थे? क्या वे मुझसे मिलना नहीं चाहते थे? अनिल के पापा भी नाइजीरिया गए थे, लेकिन साल में एक बार उनसे मिलने आते थे। कितने सुन्दर प्रेजेंट्स वे लाते थे। शायद पापा सफ़र के बाद थके हों और...मैं अपने कमरे में पूरी शाम रुका रहा, इन्तज़ार करता रहा। लेकिन वे अपने कमरे से बाहर आए ही नहीं। न ही उन्होंने मेरे बारे में पूछा।

रात को मम्मी उनका खाना उनके कमरे में ले गईं।

'क्या वे हमारे साथ खाना नहीं खाएँगे?' मैंने पूछा। किसी ने जवाब नहीं दिया।

'उठो, स्कूल जाने का समय हो गया है।' माँ मुझे झकझोर रही थीं।

'पर आपने तो कहा था कि मैं घर पर ही रहूँगा,' मैंने विरोध किया।

'तुम स्कूल जा रहे हो।' मम्मी ने दो-टूक कहा।

'क्या यहाँ शादी नहीं हो रही है?'

'वो कल है। आज तुम स्कूल जा रहे हो।'

ग़ुस्से से भरा मैं तैयार होने लगा। मैं माँ से बहस करने की हिम्मत नहीं करता था जब वे कुछ सुनने को तैयार नहीं होती थीं।

मेरा मन ख़राब था। स्कूल अच्छा नहीं लग रहा था। बेध्यानी की वजह से सारी टीचर लगातार डाँट रही थीं। मैं उनकी अनाप-शनाप बातों पर कैसे ध्यान देता जब घर पर इतनी घटनाएँ घट रही हों? मेरी बहनें सारे उपहार ले रही होंगी, मैंने उदासी के साथ सोचा, जब मैं क्लास के बाहर खड़ा होमवर्क न करने की सज़ा भुगत रहा था।

वे क्यों नहीं समझ सकती थीं कि मुझे स्कूल आना नहीं था। ज़ाहिर है, इसी कारण मैंने होमवर्क नहीं किया था। ये सब माँ की ग़लती थी। वे मुझे टिफिन देना तक भूल गई थीं। मैंने ज़ोर से और देर तक घंटी बजाई। मैंने माँ को तेज़ी से दरवाज़े की तरफ़ आते सुना। 'इतनी जोर से घंटी क्यों बजाई?' उन्होंने डाँटा, फिर धीमी आवाज़ में जोड़ा, 'अपने कमरे में जाओ,' और डाइनिंग रूम की तरफ़ देखने लगीं।

'मुझे भूख लगी है। आपने टिफिन नहीं दिया था।' मैंने शिकायती लहज़े में कहा।

वे कुछ सुनना नहीं चाहती थीं। 'अपने कमरे में जाओ। तुम्हारे पापा खा रहे हैं। उनके ख़ाने के बाद मैं तुम्हें खाना दूँगी।'

'मैं उनके साथ क्यों नहीं...?' वे किचन में जा ही चुकी थीं।

मैंने अपना बैग बेड पर पटक दिया। उनकी अवहेलना करते हुए मैं सीधा डाइनिंग रूम में कुर्सी पर बैठ गया। सामने एक अजनबी खाना खा रहा था। उसने मुझे देखा। मैं शरमाते हुए मुस्कुराया। उसकी पथराई आँखें मुझे घूर रही थीं–अजनबी-सी। मेरा ख़ून जम गया।

ये तो पापा नहीं हो सकते...अजीब तरीक़ों वाला अनजान आदमी। वह मुझे जानता तक नहीं। अपने बेटे को! लेकिन तब मैं बड़ा और लम्बा हो चुका था। लोगों का ऐसा कहना था। 'मैं सोनू हूँ।' मैंने शरमाते हुए कहा। वे खाते रहे। मुझे लगा कि मेरे कान जल रहे हैं। काश कि मैंने माँ की बात सुनी होती और कमरे में ही रुक जाता!

मैं सारी रात जागता रहा, करवटें बदलता रहा, आँखें बन्द करने से डरता रहा। पहली बार मुझे सुबह स्कूल जाने के ख़याल से राहत मिली।

'तुम क्या कर रहे हो?' मुझे इतनी सुबह जगा देखकर अचरज से मम्मी ने पूछा था।

'स्कूल के लिए तैयार हो रहा हूँ,' मुझे भी अचरज हुआ कि वे यहाँ तक भूल गईं कि मुझे स्कूल जाना है।

'तुम आज स्कूल नहीं जा रहे हो। आज तुम्हारी बहन की शादी है।'

'लेकिन कल तो आपने मुझे भेजा था। मैंने सोचा कि शादी कैंसिल हो गई।' मैंने रुख़ाई से जवाब दिया।

'अब तुम्हारी आंटी के घर से हो रही है।'

'लेकिन क्यों...?'

'यह घर छोटा पड़ रहा है,' उन्होंने कतराते हुए कहा।

वे झूठ बोल रही थीं, मुझे पता था। 'पापा की वजह से तो नहीं?' मैंने धीमे से पूछा।

'चुप रहो, तुम बहुत ढीठ होते जा रहे हो,' उन्होंने झिड़क दिया।

आहत, मैं बाहर निकल गया। अगर उन्हें मुझ पर भरोसा नहीं तो मैं बाहर ही रहूँगा....पूरा दिन क्रिकेट खेलता रहूँगा।

जब बहन ने लंच के लिए बुलाया तो मैंने कह दिया था कि मुझे भूख नहीं। मुझे इन्तज़ार था कि वह पूछेगी, क्यों? लेकिन उसने नहीं पूछा। सारा दिन मेरा मन ख़राब रहा। ऐसा लगा कि किसी को मेरी परवाह ही नहीं थी।

शाम को मेरी माँ ने मुझे बुलाया। आख़िरकार उन्हें अपनी ग़लती का अहसास तो हुआ, मैंने हेठी के साथ सोचा।

'हम लोग तुम्हारी आंटी के घर जा रहे हैं। बहुत काम है। जब बरात आएगी तो तुम्हारे लिए किसी को भेजूँगी।'

'मैं ख़ुद आ जाऊँगा। मुझे घर मालूम है।'

'नहीं, जब तक मैं किसी को नहीं भेजूँ, तुम यहीं रुकोगे। तुम्हारे पापा यहीं ठहर रहे हैं।'

'मैं उनके साथ नहीं रहना चाहता हूँ।' मैंने ज़िद की। 'मुझे वे पसन्द नहीं।'

'अब ज़्यादा तुनको नहीं।' उन्होंने मुझे डाँटा।

'बस एक दिन की बात है,' मेरी डबडबाई आँखें देख वे नरमी से बोलीं, 'मैं वादा करती हूँ कि तुम कुछ भी मिस नहीं करोगे।'

मैं डरा हुआ था। मैं उन्हें कैसे बताता कि मैं अपने पापा से डरा हुआ हूँ? मैं–एक टीन एजर–डरा हुआ?

मेरा दिल बैठ गया जब मैंने माँ को बाहर से दरवाज़ा बन्द करते सुना। वह चाहती थी कि लोग सोचें कि घर पर कोई नहीं है। उन्होंने सोचा होगा कि यह सुरक्षित था। सुरक्षित? कितना सुरक्षित हो सकता है एक अजनबी–एक पागल–के साथ बन्द रहना? क्या वे पागल थे? लोग यही सोचते थे। वरना मेरे दोस्त मेरे घर आने से क्यों कतराते? मैंने एक बार दीपक की मम्मी को चेतावनी देते सुना था। 'वे नुक़सान नहीं पहुँचाते, वरना उन्हें वापस घर नहीं भेज दिया जाता,' उसके पापा ने टोका था। 'पागल का क्या ठिकाना,' उसकी माँ हँसी थी।

मैं दबे पाँव अपने कमरे में गया, मैंने पर्दा थोड़ा खिसकाया और दूसरे कमरे में झाँका।

वे बेड पर बैठे दीवार को लगातार घूर रहे थे। अचानक वे मुड़े और मुस्कुराए। 'आओ–आओ, वहाँ क्यों खड़े हो? तुम्हारा नाम क्या है?'

'सोनू,' मैंने धीमे से कहा।

'हाँ, बिल्कुल, मुझे याद है। तुम्हें याद है, कैसे हम लोग कैरम खेला करते थे? तुम तब एक छोटे बच्चे थे...तुम कितने लम्बे हो गए हो!'

मैं उनसे थोड़ी दूरी पर खड़ा था। वे मेरे पिता थे, आख़िरकार...उन्हें याद था।

'वह कैरम कहाँ है?'

'मैं ले आता हूँ। क्या आप मेरे साथ खेलेंगे?' मैं उत्तेजित था।

'हाँ–हाँ, तुरन्त लेकर आओ,' उन्होंने अधीरता के साथ कहा।

मैं रोमांचित था। शादी में कौन जाना चाहता था। लड़कियों का झमेला। मैं तो पापा के साथ कैरम खेलूँगा। क्या वे इसके चैम्पियन नहीं हुआ करते थे? मैं भी इसमें माहिर था, मेरे दोस्तों में कोई मुझे हरा नहीं सकता था।

उन्होंने पहले दो गेम में मुझे हरा दिया। ये पागल नहीं हो सकते, वे इतना अच्छा खेलते हैं...मैं अपने दोस्तों को बताऊँगा...

'अरे, ये मेरी बारी है,' मैंने विरोध किया था। वे सुन नहीं रहे थे।

'ये मेरी बारी है। आपने लगातार तीन चांस लिये हैं।' मैंने शिकायत की।

लेकिन वे खेलते रहे और सारा समय बुदबुदाते रहे। उन्हें देखते हुए एक डर मुझे जकड़ने लगा। मैं उठ खड़ा हुआ, मेरे पैर काँप रहे थे।

'खेल के बीच में कहाँ जा रहे हो?' उन्होंने सर्द लहज़े में पूछा।

'मैं–मैं नहीं खेल रहा हूँ,' मैं हकलाया।

'बैठ जाओ।'

मैं खड़ा था।

'बैठ जाओ,' वे दहाड़े।

कुर्सी में बैठते-बैठते मेरी पैंट गीली हो चुकी थी।

वे स्ट्राइकर मार रहे थे, तेज़-तेज़, उनकी आँखें निशाना लगाने की कोशिश कर रही थीं, उनकी काँपती अँगुलियाँ निशाना चूक रही थीं। तेज़-तेज़ वे बड़बड़ा रहे थे।

कुछ दूरी पर मैंने बैंड बजते सुना। शायद बरात आ रही थी। मुझे कोई बुलाने क्यों नहीं आया था? क्या वे भूल गए थे?

बरात और क़रीब आ रही थी...मैं ख़ुद को और रोक नहीं सका। बोर्ड को तितर-बितर करता मैं कूद पड़ा। मेरे पापा ने मुझे देखा, उनकी आँखें लाल थीं...मुझे छेदती हुईं...मुझे भेदती हुईं...अपने जहर से अन्धा करती हुईं।

'पर्दा खींच दो, बेवकूफ़। मैं देख नहीं सकता,' मैं अपनी आँखों को ढँकते हुए चिल्लाया।

'ताकि तुम बैठे-बैठे मक्खी मार सको,' मेरी पत्नी भन्नाती हुई बोली।

धड़ाक। धड़ाक।

हैरान, मैं उजास से भरे कमरे को देख रहा था। अन्ततः मेरी नज़रें कैरम बोर्ड पर टिकीं। कोई छोटी-सी आकृति वहाँ पूरे ध्यान से स्ट्राइक कर रही थी। नहीं, ये मेरे पापा नहीं थे। तब वह कौन था?

'पापा, तुम खेल रहे हो कि नहीं?' उसने पूछा।

हारकर मुझे खेलने के लिए बैठना पड़ा। 'फॉउल,' वह चिल्लाया। 'आपने दो चांस ले लिये।'

मेरा चेहरा सफ़ेद पड़ गया, मैं उठ खड़ा हुआ। सिटकनी खोलते हुए मेरे हाथ काँप रहे थे। मुझे बाहर जाना था।

'अब कहाँ जा रहे हो?' चिढ़कर मेरी पत्नी ने पूछा।

'पापा, पापा,' मेरा बेटा कातरता से मुझे पुकार रहा था, जब मैं लड़खड़ाता-सा बाहर निकल रहा था।

मैं बेमक़सद भटकता रहा। अपने अतीत के प्रेतों से छुटकारा पाने की कोशिश करता। बैंड ख़ुशी की धुनें बजा रहे थे...कैरम की अभागी गोटियाँ उन्माद में नाच रही थीं।

□□□